深渊在舔我

梦溪

萝卜桑
著

广东旅游出版社
GUANGDONG TRAVEL & TOURISM PRESS
悦读书·悦旅行·悦享人生

中国·广州

图书在版编目（CIP）数据

野火 / 萝卜桑著 . — 广州 ：广东旅游出版社,2023.9
ISBN 978-7-5570-2981-4

Ⅰ．①野… Ⅱ．①萝… Ⅲ．①长篇小说－中国－当代Ⅳ．① I247.5

中国国家版本馆 CIP 数据核字（2023）第 040451 号

野火
YEHUO

出　版　人：刘志松
总　策　划：曾英姿
责任编辑：梅哲坤
责任校对：李瑞苑
责任技编：冼志良

广东旅游出版社出版发行
地址：广州市荔湾区沙面北街 71 号首、二层
邮编：510130
电话：020-87347732（总编室）　020-87348887（销售热线）
投稿邮箱：2026542779@qq.com
印刷：长沙金鹰印务有限公司
（地址：湖南省长沙市宁乡县城郊苿田工业园金鹰印务　电话：0731-81867680）
开本：880 毫米 ×1230 毫米　　1/32
字数：311 千字
印张：10
版次：2023 年 9 月第 1 版
印次：2023 年 9 月第 1 次印刷
定价：46.80 元

目录

CONTENTS

第一章
弹指一梦

◆……◇———◆◆◆———◇……◆

　　这次回国，徐皓没和任何人提前打招呼。他懒散地拖着沉重的行李箱，走向国际航班出口。飞机抵达 S 市的时间，是晚上 7：05。

　　晚上 7：00 左右，在八月份的中国南方，日光还没有完全消失。从机场的落地大玻璃窗往外望去，还能看到天边隐隐泛着向黑色缓缓过渡的紫色。

　　徐皓狠狠地抹了一把脸，打个大大的哈欠，眨巴两下眼睛，试图缓解因长途飞行带来的疲惫感。离开英国的前一天晚上，徐皓熬了个通宵，再历经十四个小时的飞行，直到眼下站在出站口，整个人还处于半昏半醒的状态。身边人流匆匆，奔向出站口。而前方出站口处，各式各样的接机牌来回晃动，以引起出站乘客的注意。徐皓粗略扫视一圈，好家伙，绝对不少于五种文字。

　　行程他谁也没告诉，当然不会享受到接机待遇。徐皓拿出手机划拉两下，确认屏幕上显示出来的地址，估算了一下到家的时间。他稍稍站定，抬头辨别了一下机场的指示牌，向着出租车等候区走去。

他有三年时间没回国了，乍一下站在祖国的土地上，一种分外的亲切感扑面而来，然而他竟有一丝丝不适应，也许是离家太久的缘故吧。现下，眼睛看到的，耳朵听到的，都是最熟悉、最纯正的母语。这就好像从外面的大海突然扑腾回到家门口那条水沟，小是小了点儿，但在自己的地盘上，总有一股说不出来的舒服劲儿。想当年，徐皓出国时，英语说得那叫一个蹩脚，虽然在国外待了三年，语言是过关了，朋友也交了不少，但他总觉得融不进去。再加上当时走得被动，如今一回来，徐皓真是感慨颇多。

徐皓排队等到出租车的时间是 7：27。他拉开后车座的门坐上去，看着手机屏幕，把上面的地址跟司机说了一遍。那地方位于 S 市郊外的别墅区，在本地也是小有名气。司机一听，了然地点了一下头。车开上高速后，司机还主动跟徐皓聊了几句，不过徐皓实在太累了，回话有一搭没一搭，车内尴尬地安静下来。

徐皓闭着眼睛，斜倚在后车座上，一条腿半蜷缩着搭在座位上，另一条腿随意地落在下面。毕竟姿势不太舒服，徐皓处于半睡半醒间，他心里迷迷糊糊地琢磨，在他刚被送出国那会儿，他爸妈就已经搬到 S 市了。眼下三年过去了，他居然还没进过新家的门。这次回国，他也是临时起意，鉴于一些不方便明说的缘由，徐皓连他爸妈都没提前通知，等会儿，他一进家门，保准得把他们吓一跳。

春节期间，徐皓的妈妈去英国看他，就一再叮嘱让他赶紧回来。不过当时形势所迫嘛，也不是说回来就能回得来的。听说他的房间布置得还跟以前差不多，连那个进口的变形金刚模型还留着呢，年代久了零件掉了几个，仍被摆在桌上。主要是他妈妈老当着外人的面描述，他小时候是如何喜欢抱着这个变形金刚模型睡觉，第二天醒来，硌得满脸红印子那个蠢样。妈妈讲起来可谓声情并茂，让徐皓想不记着都难。想着想着，徐皓嘴角不自觉勾起。

然后他心里又合计，从机场到家四十来公里，走环城高速过去也就半个小时。S 市一到晚上路况不好，下了高速可能会堵一会儿车，满打满算，一个小时也能到家了，没准还能赶上吃个热乎饭。

徐皓脑子里就这么有一下没一下地琢磨着，身体瘫软地靠在后座上，感觉自己都要进入梦乡了。如果对面突然照过来的灯光没有这么刺眼的话，徐皓甚至不会睁开眼。眼前白晃晃的强光让他下意识抬手在眼前遮了一下，然后努力眯起眼睛，一个巨大的货车车头就那么毫无征兆地出现在挡风玻璃前。

那一瞬间，徐皓脑子里只闪过一个念头——怎么会呢？不应该啊！瞬息万变，在他还未意识到发生了什么的时候，巨大的撞击声轰然响起。徐皓坐在后座，两只手下意识撑在前面，但是在巨大的外力冲击下完全起不到任何支撑作用。两辆车高速撞击的惯性让他整个人被甩到前方，出租车被大货车整个挤压又掀过去，安全气囊弹出来，车门深陷，车体变形。

出租车司机早已在最初的撞击之前，就已经声嘶力竭地喊了出来，但两车相撞直接扼住他的喉咙，声音戛然而止。当车体第一下落地时，司机已然没声了，徐皓整个身体卡在车顶棚上，承受着巨大的震动，汽车翻卷着从一个坡度上滚下去。

尘埃落定后，在仅能看到外界一点儿灯光的车内，徐皓半睁着眼，侧卧着被夹在车里，此时他的大脑还有一点儿意识。

有意识，但是他没办法舒畅地呼吸。烟尘呛得他忍不住咳了一下，这一咳撕心裂肺般疼，接着嘴边血沫开始往外涌。

徐皓被挤在一个变形的空间里，他的头抵在车顶棚的位置上，胸前被一块铁皮整片刺入，没几秒钟，上身衣服已经变得黏糊起来。不多久，身上就像是糊了一块湿抹布一样难受。

糟糕透顶的感觉袭来——徐皓从没有这样清楚地意识到，他要死了。

2017 年 8 月 23 日，是他过完 26 岁生日的第五天。可笑的是，几天前，他决心回国，还以为他的美好人生才刚开始。意识涣散之前，不知是什么支撑着，徐皓把嘴里的血水吐出去，然后咬住牙，吃力地从口袋里把手机摸出来。

手不听使唤地哆嗦，抹得满屏幕都是血，眼前模模糊糊，什么也看不见。徐皓凭着最后一点儿连贯的记忆点开手机通讯录，从里面随便点中一个名字，号码拨出去后，他手一滑，手机直接掉到脖子的位置上。可是他没力气再拿起来了，而且眼睛完全睁不开了。

刚响两声，手机就被接通了，那边迟疑了一下，不知怎的没出声。徐皓硬撑着最后一点儿意识，用虚弱、极小的声音对着空气念了几个字："告诉……别、别……"

徐皓说话的时候哽咽了一下，他突然发现自己原来有这么多话想说，眼下的情形却不给他机会说出更多的话，这会儿他最牵挂的还是爸妈，希望他们别太难受。本来他回国招呼都没打，想着给爸妈个惊喜，谁料这下惊喜变惊吓，直接就面临阴阳两隔了，搁谁身上都受不了啊！可是他无力地发现，自己真的什么也说不出来了。

那边总算是出声了，一个男人的声音，问他："徐皓？"这一问，半天没听到回复，那边又换上一副颇为不耐烦的语气，"说话！"

再往后，似乎察觉到不对劲，对面又焦躁地说了些什么，可是徐皓听不大清。

他的世界全黑了。灵魂像是谁在剥栗子一样，"啵"的一声从肉体中剥离出来，紧跟着，意识陷入彻底无知觉的黑暗中。直到死亡即将来临的那一刻，徐皓也不知道这个电话究竟打给谁了。记忆的最后，是手腕上的手表停在了7：57。

徐皓感觉自己明明睁开眼睛了，但是四周依旧漆黑一片，什么也看不到。耳边轰隆隆响个不停，仿佛置身于飞机跑道上，耳膜有些震颤。突然，他整个身子颠了一下，好像驶过一条减速带，接着是轰隆隆的车轮飞速转动的声音。

徐皓动了一下手，顾忌到或许有伤口，不敢动作太大。他的腿弯着伸不直，感觉自己像是仰面躺在一个密闭的空间里。眼前昏暗的环境里偶尔有橙黄色的灯光一闪而过，照亮的一瞬间，徐皓眯着眼睛看过去，发现那灯光像是隔着车玻璃。这是汽车正在穿越山体隧道的声音。

徐皓后知后觉地发现有些不对劲，下意识摸了一把自己的胸口，完全不疼，甚至摸上去像是夏天绝对不会穿的毛衣。他一愣，又把手迅速地伸进衣服里面摸了一把，皮肤光滑平整，完全没有伤口。徐皓难以置信地猛地坐起身来。

不久前发生的那场车祸的每一个细节，无比清晰地深深印在徐皓的脑海里。他的眼睛闭上再睁开，扫视一圈车厢，这并不是他下飞机后搭乘的那辆出租车。徐皓脑子里乱作一团。

突然，汽车从隧道中驶出去，刺眼的日光一下子涌入。副驾驶座上突然传来一个女人的声音，像是一榔头打碎镜面一样，把徐皓的思绪瞬间拉回。

"儿子，醒了？"

徐皓则是见了鬼一样瞪着前面，完全蒙了："妈？你怎么会在这儿？"

徐皓妈妈转过身来照着徐皓的脑门就是狠狠一拍，用带着 X 市口音的普通话训斥他："臭小子！咋了，你还说起脏话来了，到新家去可不许这么粗俗了！"

徐皓捂着被妈妈拍得生疼的脑门，龇牙咧嘴，还是一脸蒙。他挺身凑上前去，往驾驶座上一看，更吃惊了："爸？爸你也在这儿？这怎么、怎么……我回国没告诉你们啊！不对啊，我不是、我不是那个……"

徐皓坐回后排座，双手在胸前比画了一阵，才发现他上身穿一件灰白色的高领毛衣，下身搭条牛仔裤，脚上是他上中学时候特别喜欢的一双限量版球鞋，一眼看上去，白边儿都没变黄，崭新。徐皓话卡在一半，不上不下地，就没声了。

前面徐皓他爸还在跟他妈抱怨："这孩子咋回事，一觉醒来魂都没了？马上到新家了，你赶紧给他捯饬两下，好歹给新邻居留个好印象，不然以后没法混了！"

他妈一听深以为然，把身子转过来，然后伸出手在徐皓的头顶一阵胡噜："你看看你看看，头发也没个型，衣领子歪哪儿去了！"

徐皓愣怔着，不躲也不闪，任由妈妈折腾，整理得差不多了，他爸刹车一踩，徐皓身体跟着惯性往前倾。这一前倾不要紧，不久前车祸的记忆一下子在脑子里炸开，徐皓那一瞬间感觉自己心跳加速，呼吸急促。他捂着胸口脑门直冒冷汗，见他爸已经停好车推门下去了，只得问他妈："咱这到哪儿了？不是，这怎么……我怎么……这还是在 X 市吗？"

徐皓他妈瞥都没瞥他一眼，直接推开车门，甩下一句："你爸难得抽空在家待几天，别惹你爸发火啊！"

徐皓迷迷瞪瞪地推门下车，一下车，视野陡然宽阔了。正对面一栋三层小别墅映入徐皓眼帘，别墅旁边花园里是一片枯黄的草。这片草因着赶上初春蹭了点儿微微的绿色，黄绿相间，看上去很是清新淡雅。别墅后面的人工湖被微风吹起一点儿褶皱来，颇有一番动态美。

这是一片环境相当优美的别墅区。眼前的别墅无论是外部还是内部都修整得十分精致。每栋别墅相隔位置较远，充分考虑到了各户主的私密性需求。徐皓再往远处望，那里应该是一个运动场，能看到球场一个围栏的网面。

徐皓觉得，比起让他确信自己26岁死亡这件事，眼前的事情明显更加令人难以置信。所以，这一切，这从16岁到26岁——活生生的十年时间啊，竟是弹指一梦？而眼前的一切都跟他真切的记忆重合了。这究竟是怎么一回事？徐皓不得而知，他感觉自己整个人快要分裂了。

面对眼前的新家，徐皓脸上没有流露出一点儿年轻人该有的新奇劲儿，他呆呆傻傻地跟根柱子似的杵在门口，直到他妈看不下去了，使劲推了他一把，他才慢吞吞往前挪了两步。

徐皓妈妈白了自家儿子一眼，不满地道："一直嚷嚷着要来的是你，真来到跟前了，傻愣着的还是你，怎么，你是对新家不满意吗？"

徐皓完全一副神游状，深一脚浅一脚地进了门，眼前崭新又熟悉的环境视觉冲击力太强，他大脑发蒙，说话也有点儿含含糊糊："那个，我不太舒服，晕车了，我先回屋睡会儿，那个，你们别叫我。"

不等他妈介绍家里的具体构造，徐皓已经笔直地向二楼走去，隐隐地还能听见他妈在原地喊了他一声："哎，你知道你屋在哪儿吗？二楼上去第二扇门，别走错了。"

徐皓冲身后摆了一下手示意了解。在徐皓出国之前，他们一家三口一直住在这里，别说家里的住房结构了，他连这房子冬天哪块地暖不够热乎都门清儿。但是他不能说啊！

进屋，锁上门，整个身子往屋里那张弹性适中的双人床上一扑，徐皓这才回过味来。从刚刚意识到一个问题之后，徐皓的心脏就一直怦怦直跳，紧张到手掌心都有点儿出冷汗。

他像是真的体验了"死亡之旅"，这十年间经历的所有事情都历历在目。然后重新睁眼，回到了十年前，他第一次来B市，还没来得及踏进新家门的车上。梦醒了，他又"活"在了十六岁。

这现实吗？这是死前最后一点儿意识编织的一个梦境，还是死后的世界都长这样？或者，他只是做了一场大梦？徐皓摸了摸自己的胸口，心脏怦怦地跳着，太逼真了，根本不像梦。如果生活真如梦中那样发展，如今这可真是个好时候。如果徐皓没记错，眼下高一已经过了一半，寒假马上结束，再没几天，他就要以插班生的身份被"空投"到R中去读书，这是他梦里人生中一个崭新的开端。

在来这里之前，徐皓整日无忧无虑，在故乡，大家都简单得要命，完全没有烦恼这一概念。

徐皓知道他爸早几年就涉足房地产行业了，眼下这个节点，无论对于他家还是对于他自己，都相当于是一个新的起步。他将会认识一批与从前完全不同的人，开辟一个全新的天地。

徐皓十六岁的身体趴在床上，他用手掌摩挲了一下床单，细密的布料蹭着指纹传递到皮肤上，很柔软，接触人体还有点儿温暖。徐皓转了个身，仰面躺下，一双眼睛直勾勾地盯着刷得崭新的屋顶，心里那点儿没着没落的情绪逐渐消散，身体里的血液都沸腾起来。重新开始，多么诱人。哪怕是梦，徐皓也想尽可能把梦做得长一点儿。

徐皓从来不觉得自己的命不好。反之，他一向认为自己是广大劳苦大众中非常幸运的一位。纵观他不算很长的一生，他乐观，善交友，勇于尝试新鲜的东西，且总有一股劲头，不撞南墙就不肯回头。某些时候，徐皓在朋友圈挺有号召力的。要说美中不足，那就是徐皓头脑简单，心思单纯，这导致他做事时常不考虑后果。当然，这跟徐皓的成长经历有很大关系，毕竟这么多年，他过得太顺了。

徐皓老家是 X 市的，徐皓爸妈结婚的时候正赶上好时候，随便做点儿什么生意都赚钱，而徐皓的爷爷是祖传的平阳打井人，一辈子劳苦攒了点儿钱，成了打井老板。早些年徐皓爷爷时常会亲自下井干活儿，但下井毕竟是个风险活儿，常在河边走哪有不湿鞋的？在徐皓还没出生的时候，徐皓的爷爷就在一次事故中丢了性命。

所以后来，当徐皓他爸扬言要继承祖业的时候，徐皓他妈和徐皓他奶在家一哭二闹三上吊，无所不用其极地硬拦着徐皓他爸，可是依旧没能拦住。没想到，徐皓出生没几年，徐皓他爸竟然发迹了。

徐皓他爸生意越做越大，但徐皓在家里其实还真算不上多么被富养，被溺爱。毕竟之前过了几年普通人家蹬着自行车上下班，逛菜市场买菜的紧巴日子，徐皓父母即便发家致富之后，也没养成奢侈浪费的坏习惯。

徐皓他妈的想法是，养孩子尤其是男孩子，打打闹闹都正常，养糙一点儿没关系，给吃饱穿暖就行了。在他爸的观念里，随着近几年生意做大，眼界也打开了，充分意识到了有文化是多么重要，他对徐皓没别的指望，就一个要求——学习得好。

幼儿园上最贵的，小学上省里师资最好的。但徐皓天生神经大条，有时候男孩子们趴在地上弹钢珠，看见徐皓过来都不带他玩，徐皓就蹲旁边看别人玩，看得久了，自己还觉得挺乐和的。

不过这种情况没持续太久，徐皓就用手中的零花钱给自己打开了一片天地。小孩子们是禁受不住零食的诱惑的，可是年纪太小，家长都不怎么给零花钱，相比之下，徐皓他妈每天给他塞五十块钱，那对于小学一年级的学生来说简直就是一笔巨款。

放学出校门后，徐皓前脚迈进附近的小商店里，后脚就跟着一小撮年龄相仿的同学。徐皓往往回头一瞅，大致数下人头，就估摸着买下一大包零食，然后很是慷慨地分给大家。而且，他家里糖果、巧克力等小零食也多，他每天上学都会把裤兜塞得满满的。在学校里，徐皓出手大方，只要是说得上话的同学，他都给分。当然，有的同学也会跟徐皓交换零食，渐渐地，徐皓就和好多同学打成一片。当然，徐皓脑子聪明，小学那点儿知识他学起来是得心应手，成绩也是响当当的。所以，徐皓的小学生活可谓风光无限——老师喜欢，同学崇拜，家长为之骄傲……

就这样，徐皓风头无两、顺风顺水地从小学毕业，上了当地最好的初中，等从初中毕业，远近几所中学就没有不知道他名号的。

大家都知道七中有个徐皓，家里有钱，人缘好，常常一呼百应。徐皓学习还好，每次考试都名列前茅，重点是人长得帅气，这让其他一众初中小葱头羡慕得牙根儿都痒痒，你说这人和人之间还能比吗？

是的，高中之前，徐皓就是这样一个人，他根本不知道挫折是什么滋味，以为人生就这么顺遂。想要什么？买！喜欢什么？追！他有点儿小聪明，不费吹灰之力就能考个不错的成绩，他还有什么好愁的？他堪称人生赢家，连思考的空间都没给自己留。

这种高速直通车一样的人生体验一直持续到高中，徐皓家搬到了寸土寸金的 B 市。徐皓成绩不错，能上省重点高中，但是徐皓他爸望子成龙，想让徐皓上全国数一数二的高中。

完全被动的情况下，徐皓这条在河里混得风生水起的小鱼，一下子被扔到 B 市这个鱼龙混杂的大海。风向变了，日子也开始不同了。R 中——徐皓很久以后才知道，他爸当初为了给他转到这个学校到底费了多大的劲儿。

在梦中的"上辈子"，徐皓刚插班进 R 中的时候，日子相当不好过。初来乍到，徐皓对 B 市一点儿也不适应，而身边的同学又几乎全是 B 市本地人。不论是哪个地方的本地人，多少都有点儿排外的心理。再加上徐皓是从小地方来的插班生，普通话说得差不算，还动不动蹦出一两句方言，所以大家一听到徐皓开口说话就忍不住笑，那笑里面多半是瞧不起人的意思，徐皓神经再大条，这种摆在明面上的歧视还是让他非常受打击。

徐皓土里土气，四处碰壁，走一下摔一跤，有时候猛然惊醒，茫然四顾，才终于发现生活真实的面目，却又对此束手无措。

等他吃过苦头长大了，拔掉爪牙学乖了，终于想明白要怎么办了的时候，又出车祸了……徐皓这一辈子，从没觉得自己有什么可遗憾的——唯独两件事，让他觉得很"打脸"。

第一件事是他曾经交过一个朋友，他把对方当成最好的兄弟，后来闹掰了，才发现人家看他就像个笑话，比之饭后谈资可能还不如。

第二件事是他本以为自己大有抱负，他这一辈子起点高，决心要做点儿什么震动世界的大事，可是都快"奔三"了，他还没整明白自己到底为什么而活着。

徐皓曾经还是挺有上进心的一个人，不料却经历被人逼得整整三年回不了国，又因为一些事受了不小的打击，精神状态就跟着松懈了。说到底也是他从小没经历过什么挫折，遇着一点儿事儿就以为这是个坎儿了，死活迈不过去。之后他在英国留学的生活也完全是浑浑噩噩的，语言糊弄着过关，成绩五科有三科亮红灯，整天泡吧喝酒荒废度日，跟小时候中规中矩的优等生样儿相比，简直是天壤之别。

他以为自己的青春才开始，过得既刺激又新鲜，其实，命运只不过给他扔了块石头，砸着脚了，他就泄愤一样挥霍生命。

可是后来，26 岁生日的前几天，某一个清晨醒来，徐皓对着镜子，第一次看清楚了自己脸上那些细微的不易察觉的皱纹，从额头的抬头纹褶皱处加深，然后又从布满血丝的瞳孔里折射出来。他突然发现自己变得比记忆中、比他以为的更苍老。回头再看这三年，颓靡，荒唐，甚至提取不出来一丁点儿有用的东西。

那天起，徐皓下定决心回国，订好机票，在几天之内替未来做了一点儿草率的打算。他以为人生几十年，总还有重来的机会。只是没想到，到头来，他的生命会定格在 26 岁。他从前总以为自己心态够成熟，见识阅历够广，年纪够大，可是现在回头看看，有什么呢？

最可笑的是，都死到临头了，他才知道后悔。只是没想到梦会醒。

人生在于经营，可惜这句话徐皓明白得实在是太晚了。之后在家"宅"了好几天，徐皓哪儿也不去，每天就抱着笔记本电脑在网上查各种资料，对社会各种焦点和现状有点儿认知了之后，渐渐接受了自己的现状。

他虽有未成年的身体，但因为一场梦，灵魂仍像是徘徊在 26 岁，这令他的思维方式很难和一个普通男高中生的一致。他老气横秋地想，他目前这状态真是利弊参半啊，利是年轻就是资本，想怎么折腾就怎么折腾，弊是年轻就受限制，各种约束，各种条条框框卡着，就比如，上学——学是一定得上的。

开学当天，他爸一早找了个司机，开着辆还算低调的车给他送到街口就走了。当徐皓穿上那身黑白相间的校服站在 R 中门口的时候，那酸爽感觉简直难以言说。虽然是一场梦，但眼下生活重合度如此之高，让徐皓难以单拎出来面对现实。

他记得当年的高中生活里，自己很是郁郁寡欢，各种因素导致他一直难以融入班集体，但是毕竟在 R 中学习生活了三年，他不否认自己对这所高中怀有感情。怎么说呢？小学不太懂事儿，初中瞎打瞎闹，都没什么好回忆的。唯独高中，十六七岁，处于未成年和成年之间，心比天高，常常渴望被当作大人，偏偏又摆脱不了内心的稚嫩，那种纠结、朦胧，甚是难忘。

如今，有机会重走一遭，徐皓想快速地融进 R 中，交上几个还不错的朋友，现在想来这似乎也不是什么难事。困难的是，一个快"奔三"的灵魂，重回高中，还得再经历一遍高考，他还真有点儿没底气。

眼下，除了英语还算过关，别的科目，知识点早还给老师了。不过，好在他醒在了高一，要是直接参加高考，徐皓估计自己连当年一半的分数都考不到，还谈什么估分报志愿啊，直接让爸妈送他出国算了。

话说回来，留学也没什么不好的，徐皓思绪纷飞。即便出国，境遇跟他之前也不一样，之前他是被迫走的，跟被流放没啥区别，这次他主动出去，那可是去深造，必须有动力啊！徐皓一边琢磨，觉得留学这事靠谱，一边硬着头皮装嫩，背着书包往学校里走。

校区是老校区，但是校内的老楼都被翻修过，刷上跟后面新楼颜色差不多的漆，使得整体校园风格看上去十分有现代设计感。轻车熟路，徐皓直接上到教学楼二楼，在高一（二）班门口站定，等老师来。正巧这时有个女同学往班里走，被徐皓拦了一下。徐皓问她："哎，同学，问一下，咱们几点开始早自习？"

十六岁的徐皓，个子已经拔得挺高了，皮肤虽然没小时候那么白，但整个人看上去还挺俊的。他言谈举止很有礼貌，笑的时候还会露出两颗小虎牙。这让那女同学脸稍稍一红，她左右看了一眼，道："那个，不都7:30吗？我们老师快来了，你几班的？你来找人？"

徐皓认真地回她："哦，谢谢，我是新来的，等老师来给我安排座儿呢。没事儿，你先进去吧，以后还请多多指教啊同学！"

那女同学一听倒是觉得稀奇，但是也没再说什么，回了座位后，还状似无意地瞟了门口的徐皓几眼。

徐皓神色轻松地把书包抵在身后，倚在门口的墙上，虽然是一个班的同学，但是让人有些尴尬的是，徐皓真记不起来这个女同学到底叫什么名字了。不过，从眼下的情况来看，他是新来的，他不知道人家叫什么也正常，知道才是见鬼了。

不多时，班主任过来了。班主任是个四十多岁的女性，因为提前打过了招呼，班主任也没兜圈子，跟徐皓简单交代了几句就示意徐皓进门。在徐皓简单做了一下自我介绍之后，班主任朝着教室后面倒数第二排一个靠窗的空位上一指，直接来了句："就坐那儿吧。"

徐皓二话不说，拎着书包就走了过去。

等他落了座，往旁边随便一打量，哎呀，他还吃了一惊，真就看见个熟人。

教室座位安排是单人单桌，总共三十几个同学，所以大家都坐得宽敞，彼此没有同桌，也一点儿不显得拥挤。而坐在徐皓旁边那排的那个人，两条长腿直直地伸到前排同学的椅子下，上半身的校服拉锁拉开，松松垮垮地敞着，里面着一件半高领黑色卫衣，一只袖子撸到胳膊肘。整张脸帅气得有点儿过分，只是表情冷冷的，有一股子生人勿近的气息。

他露在外面的小臂线条十分流畅，手腕处有一个分明的骨节，五根细长的手指正有一下没一下地转笔。察觉到旁边有一道视线定格在自己身上后，这人才回过头，投向徐皓的视线相当冷淡，他看了一会儿，很不客气地开口问徐皓："你看什么？"

眼下早自习已经开始了，教室里安静到只有翻书声，这人声音不大不小，态度十分不留情面，让全班过半的人都听了个清楚，大家纷纷回头看过来。

但班主任并没有出声制止，只是抬头看了一眼说话的人，然后敲了敲桌子，示意大家转过头来，专心早读。

不过徐皓脸色不变，被大家这样用注目礼一洗也不觉得有什么尴尬，他跟刚才那哥们儿说了一声："不好意思啊！"然后他埋下头来，好像什么事都没有发生一样，专心找自己的书去了。

徐皓记得高中跟闫泽是一个班的，但是他还真没记得闫泽在他旁边位置坐过一段时间。不过，这倒也省事了。躲是不用躲了，自己避好风头就行了。徐皓能不知道闫泽是个什么德行吗？若梦不是假的，那他太知道了。他不仅知道闫泽的为人、性格、优点，甚至知道他不为人知的小缺陷。

徐皓按照老师的指令，哗哗翻开书，第七十八页，眼睛看着第一行字，稍稍一停。

闫泽，才是真正人生起点高得让别人望尘莫及的那类人。可作为"曾经"单方向的好友，他也是徐皓这辈子最不想招惹的一个人。对于闫泽这种人，你不招惹他的唯一途径，就是在他面前当个透明人。不与他交好无所谓，但绝对不能得罪他。

当然了，像闫泽这种眼高于顶，目中无人，成天顶着一张臭脸，牛气得好像谁都欠他二百万一样的主，你想在他面前当个透明人是最简单不过的。只要你少说话，行事低调点儿，保准三年下来，即使同班同学，他也叫不上你的名字。

别说在学校里，就是在闫泽的朋友里，他也是出了名的难相处，走哪儿都横行霸道不说，脾气还差得要命，偏偏大家还不得不像供佛像一样供着他，没办法，人家就是有这个资本啊！

徐皓刚开始对闫泽也是一无所知，而且他也无从了解闫泽其人。

这一切，皆因闫泽的家庭隐私保密工作做得非常到位。高中三年，除了几个和闫泽一起长大的同学，没有人知道闫泽到底是什么来路。别人看他只能隐约感觉出这个人不太好惹，并且家境非一般优渥，可具体什么情况就只能靠猜了。

所以，徐皓一直无从得知闫泽家的具体情况。后来上大学，他无意间知道了，当时也并没觉得怎么样。即便后来，徐皓和闫泽成为要好的朋友，徐皓也没觉得两个人差距有多大。交朋友嘛，又不是看谁家钱多谁家势力大，不就是交心吗？

徐皓的想法就是这么简单。再后来嘛……徐皓把自己的书翻了两页，深深地叹了口气。再后来的事儿就甭提了，反正不是什么好发展。说实在的，徐皓想，别说他如今压根儿就不想再跟闫泽有什么接触，单说梦里，就"闫大少爷"在学校这副德行，油盐不进冷热不吃的样儿，他俩连个话都搭不上，怎么还能熟到那个份儿上了呢？

徐皓想得脑瓜疼，还是没有想出个所以然来。难道是因为座位离得近？这个念头刚冒出来就被徐皓掐死了。快别搞笑了，闫泽？闫泽他要是能放下架子跟邻座搞好关系，徐皓真能把自己的头拧下来当球踢。要说 2012 年是世界末日，徐皓觉得可能还现实点儿。

开学了，语文课是没什么难的，地史政也好说，数理化疯狂捡知识点，课堂上认真听听也能明白个大概。最搞笑的就是课间操，一想起那配乐，徐皓就想笑，再让他跟着跳，不但动作早就忘个七七八八，而且太羞耻。徐皓个子高，在班级队伍后排刚跟着摆动两下，就感觉自己的脸已经没地儿搁了。

所幸，队伍后面男生居多，一个个跳得半死不带活样儿，都不是什么守规矩的，徐皓混在里面伸伸胳膊踢踢腿，倒显得很正常。跳完一场广播体操，徐皓脸臊得跟跳了一场广场舞似的。

队伍集合往前走，徐皓没走两步，肩膀就被人拍了一下："嗨，同学，你鞋带开了。"

徐皓低头一看，还真是，原本雪白的鞋带有一半被他踩脏了。徐皓蹲下系好鞋带，再站起来，跟着集合的队伍跑了两步，回头跟后面的人说了一句："谢谢啊同学。"

后面一个戴着黑框眼镜的男生，脸盘子圆圆的，正跟他笑道："嗐，没事儿，我看你这两天课间操比刚开始熟练点儿了？感觉怎么样，还习惯吗？"

徐皓一听还有人跟他搭话，看来者五官有点儿眼熟，但具体叫什么想不起来。徐皓一边跟着队伍走，一边答话："这不是那什么，我之前在初中时不跳这套操，还得跟着你们现学呢，说实话不太习惯，这两天觉得有点儿适应过来了。"

其实徐皓也忘了原来他在初中时跳不跳这套操，只不过他现在不会跳，就胡诌一个理由，反正也不会有人闲得没事去证实这种东西。

那黑框眼镜男生好奇地瞧了他一眼："你在哪儿读的初中啊？你这普通话挺标准的，我都听不出你是哪儿的人。"

徐皓表现得十分坦诚："嗨，我是 X 市的，现在普通话全国各地都普及了，我们那边口音都不算重的。"

黑框眼镜男生见徐皓态度自然，说话听着还挺舒服的，就跟他开玩笑："哟，X 市啊，产煤大省的啊。"

徐皓咳了一下，道："呃……还行，其实 X 市也不光产煤，我们那产业多着呢，好吃的也特多，你去过没？你要是去的话，我还能给你当导游。"

黑框眼镜男生果然被吸引了注意力："我小时候去过一次，早忘了有什么了，哎，有什么好吃的？听说你们儿吃面条特多，真就蹲着吃吗？"

两人已经快走到班门口了，徐皓有些好笑地看着面前这位小伙子："好吃的好玩的东西海了去了。当然了，我们那儿面条也是一绝，给你吃个十顿八顿都不带重样的。等下次你去 X 市我带你尝尝，一定要去那种有年头的老店，只开一上午，你早上 6 点就得去排队，那味道，那卤子，简直了！"

黑框眼镜男生一看就是个吃货，听徐皓这么一介绍，两眼发亮。此时两个人走到班门口，黑框眼镜男生使劲儿拍了拍徐皓的肩膀："这么牛，那我下次去一定得麻烦你。不过，你还别说，咱这地儿好吃的也不少，你就说街南口那家包子吧，哎哟，你一定得抽空跟我去尝尝。对了，你还不知道我叫什么吧，我叫张旭升，喏，就坐那个位子。"

张旭升往徐皓座位的斜角上一指，徐皓也给他指自己的座位："行啊，我叫徐皓，我坐那儿。"

张旭升了然地跟他摆手："我知道，你是新来的，我记你就记一个人，那肯定能记住，但你记我们要记三十多个人，肯定记不住。"

徐皓一听，觉得这个叫张旭升的小伙子逻辑挺清晰，看上去没那么多歪心思。他拍了张旭升肩膀一下，觉得可以交个朋友："还真是这么回事，那行了，张同学，择日包子铺见。"

正巧上课铃响了，两人一招呼，各回各的座位上去了。徐皓刚坐下，就见闫泽从门外闯进来，上衣敞着，两只手插在裤兜里，一副六亲不认的模样，走路都跟带风似的，无语了。

不过这闫泽一进门，全班突然就多了点儿不一样的声音，只见班里过半的女生都开始装模作样收拾东西，一时间还噼里啪啦地掉了好几支笔，徐皓看着这一幕只觉得好笑，心想，这才是高中啊！

午饭去食堂，没什么稀奇的，味道就那样，种类很多，跟大学食堂有点儿相似。徐皓吃完饭，在校园里溜达了一圈，看见操场上打篮球、踢足球的都有，他哪一队都加不进去，就上楼回教室，趴桌子上找周公去了。

下午放学后，在另一条街上找到自己家好不容易停下的车，徐皓坐上去，把书包一扔，舒了口气。这几天上学状态不错，跟全班同学渐渐熟悉起来，表现没有太出格，也没有太差劲儿，大部分人的名字徐皓都记得了，总的来说中规中矩。

唯一值得吐槽的，就是B市这个路况啊，实在是太差了，6点多放学，8点多到家，有堵车这个工夫徐皓作业都写完一半了。哦，说到作业，唉，还要写作业！徐皓从书包里翻出来几张空白卷子，觉得自己实在有点儿苦。

张旭升在周四临放学的时候找到徐皓，最近他俩偶尔见面能聊上两句，连带着还认识了一下班上其他几个男生，大家没事互相开个玩笑，关系处得都还不错。

张旭升跟徐皓打招呼："嗨，今儿有事没啊，一块儿吃包子去啊？"

徐皓想了一下，还真没什么事，就说："行，你等下，我给家里打个电话，告诉他们一声不回去吃了。"

张旭升说："没问题，那我先收拾书包，王浩然和刘磊跟咱们一块儿。哎，你晚点儿回去没关系吧？那边可能要排队。"

徐皓道："没事儿，反正离家也不远，坐个地铁回去方便得很。"坐地铁可比坐车回去快多了，就是人多，有点儿挤。

说着话，张旭升背着书包走过来："你也坐地铁啊，你坐几号线？"

徐皓想了一下家门口的站牌，即使开学这几天没坐过地铁，他凭借梦里的印象，对B市还是相当熟悉的，于是回道："三号线。"

张旭升一听，忍不住挑眉道："三号线啊，我周末有时候去我爷爷家也坐三号线，你在哪站下车？"

徐皓背起书包，跟着他一并往外走："西园那块儿，你爷爷家在哪站？"

张旭升点头："哟！我爷爷家比你家远几站，在张口园那块儿。"

徐皓看了他一眼："你爷爷家张口园不就Q大那边吗？"

正好这会儿等在门口的王浩然和刘磊也跟上来，这是最近徐皓通过张旭升认识的两个哥们儿。原本他们三个关系就铁，现在徐皓跟他们熟点儿了，大家比较聊得来。

王浩然跟徐皓说："人张旭升爷爷可是工程院的院士，在学术界跺一脚都得震三下，那一般人能比吗？"

徐皓夸张地"呀"了一声："敢情书香门第啊，你要是不考个全校前三名都对不起你家这基因啊！"

刘磊立刻嬉皮笑脸地过来揭张旭升的老底："徐皓，你真是哪壶不开提哪壶啊。"

四个人就这么一路说说笑笑地走出校门。其间，徐皓给他家打了个电话，说自己坐地铁回去，不用来接了。四人走到包子铺一看，果然生意兴隆，他们等了得有半个多小时才赶上有空桌。

徐皓要了一笼牛肉的、一笼猪肉大葱的，包子不大一笼八个，再加上年轻人胃口好，吃得比较多，一人两笼对他们这些高中男生也就刚刚好。徐皓就着热气一口咬下去，汤汁溢到嘴里烫了他一下。旁边张旭升招呼他："怎么样，好吃吧？"

徐皓被烫得不轻，一边吸气一边嚼着包子，点头承认："呼，好吃好吃，真行啊你们，会吃。"

张旭升这下美了，那得意劲儿跟包子铺是他家开的似的："那必须的，他们呀也是跟着我吃，没有小爷我带路，你们都找不着这种店！"

徐皓这边倒没什么可说的，王浩然和刘磊那边明显不给张旭升这个面子，唏嘘声一阵接一阵。等饭慢，吃起来就快了，几个人吃完，在门口准备道别的时候，王浩然跟张旭升嘱咐了一句："明天别忘了带球来。"

张旭升干脆地回应道："忘不了忘不了。"转头他又跟徐皓道，"哎，徐皓，看你体格不错啊，会打球不？要不明天放学一起？"

徐皓一愣："什么球？"

刘磊一听都笑了："还能是什么球啊大哥，当然是篮球啊，难道是乒乓球啊？"

刘磊这么一说大家立马笑了，徐皓也跟着笑道："嗐，我还当什么呢，篮球啊，行，一起，咱跟谁打？"

王浩然道："就咱班那几个，可能还有别班的人吧，没事儿，到时候给你介绍介绍，你一般打什么位置，小前锋？"

徐皓手往上推，摆了个标准的三分球远投动作，道："我都行，不过后卫打得多，这有段时间没打了，明天我还得找找手感，问题不大。"

张旭升一听更乐了："看不出来啊，不过后卫好啊，咱班正好缺后卫，你控球怎么样儿，明天试试手？"

徐皓也乐道："没问题啊，明天让你知道什么叫外线小霸王！"

篮球的话题一出来，几个人又凑一块儿皮了几句，随后各回各家去了。

第二天傍晚，徐皓跟着张旭升他们几个去往学校篮球场。学校篮球场建得挺大，横排一排五个篮球架，平时不搞什么赛事的时候，学生一般都在室外这片篮球场上活动。

时间点是刚放学，篮球场上零星有几个人。徐皓一个班正好来了五个人，刘磊临时家里有事不来了，补上两个徐皓不是太熟的男生。大家点头打个招呼就算队友了。

挑了一个位置不错的篮球架，大家活动了一下。王浩然说："（五）班今天张太爷的课，一时半会儿下不了课，咱等等吧。"

一个皮肤特黑的男生接话道："没事儿，这不带了俩球来嘛，咱先活动着。"

徐皓示意张旭升扔个球过来，张旭升随意抛过来，徐皓轻松地接住。张旭升说："本来以为咱能来多点儿人，占两个场，现在就五个人，这不是逼着打成班级友谊赛了吗？徐皓，赶紧活动活动，找找手感，你不是好久没打了吗？"

徐皓原地运了几下球，然后五指张开，甩甩手腕，接着走动变小跑地运球，急停转身换手控球，发现连贯起来有点儿生疏，但大体没什么问题。篮球是初中时的一大爱好，徐皓在梦中国外那几年，没事儿会打个街头篮球，水平说不上多专业吧，但球技在业余里面也算可圈可点。

徐皓这么一连串动作，大家都看直了眼。张旭升叫道："哟，还真不赖啊，哎，不是我说，徐皓，你真不考虑往前锋发展发展？我看你挺能冲的。"

徐皓一边试着找控球的感觉，一边跟张旭升说："后卫怎么了？一会儿就让你们体会一把什么叫宾至如归的传球好吗？"

张旭升那边三个人嬉皮笑脸没个正形，王浩然过来问："咱班后卫还真缺，你一会儿主控球还是主得分啊？"

徐皓腰腹收紧，手腕放松，站在外线投了一个球出去，力道不对，勉强砸上篮圈弹飞了，身体状态不一样，球感还是挺有差别的。徐皓道："控球吧，我现在投篮没手感，给我球我也得不了分。"

张旭升颇不认可地跟他俩说："就咱这打法儿，哪儿分得这么细啊？一会儿能打就打，能投就投，看你们这架势跟要进军美职篮似的，有必要吗？"话音一落，旁边一人又往前一指："（五）班下来了。"

此时放学的人多了，陆续还有一些女生凑过来，估计想在篮球场上看帅哥养眼。总之周五晚上，一想到明天放假，加上天不怎么凉，大家都比较愿意在外面溜达。

有女生在旁边观场，男生这边气势立刻就不一样了，张旭升偷偷回过脸来跟大家挤眉弄眼："你们长点儿心，姑娘们可来了啊！"

几个十六七岁的小伙子一听，立刻你指我我指你，露出会心的笑容，嘴上还起哄："噢——"

两个班分两队，说是友谊赛，其实也没人记分，大家都是分了队就开打。一边五个人，正好占满一个全场，不过这么一组织，在篮球场上还挺吸引大家眼球的。

（五）班那边来了七个人，五个上场，还有两个替补的，徐皓他们这边就五个，有个体力不好的一会儿就跑不动了，再加上（五）班那边体能明显比他们这边好得多，虽然不记分，但明眼人都看得出他们全场被人家压着打。打着打着这些小伙子就不服气了，再传球切球一碰撞，动作一大，火气直接就上来了。

张旭升有点儿上头，不过王浩然比较冷静，中场休息的时候他把张旭升拽回来，张旭升回来就骂："这球打得太憋屈了，他们抢篮板动作太大了，还有，他们那哪是盖帽啊，那是打手犯规。哼，刚刚要是有裁判在这儿，绝对要给他们吹哨！"

徐皓觉得打得不好还是其次，在女生面前没找回面子才是让这帮小伙子最不爽的。徐皓体能不错，打了两场手感有点儿找回来了，不过他传球再对路也白瞎，班里这帮人确实水平不咋的，一看就是平时玩球不多的那种。

王浩然跟张旭升说："那没辙，人（五）班本来就实力不错，哪次比赛不是全校前三名？"

旁边那个体能不是很好的男生接话道："咱班也不赖啊！"

王浩然说："那咱班指着小前锋得分呢，可他不是没在吗？"

一听这话，原本坐着的张旭升"噌"地从地上弹了起来，叫道："嗨呀，说曹操曹操就来了，我去喊他！"

站在一旁的徐皓被张旭升这个毫无征兆的大动作吓了一跳，目送张旭升一路小跑出去，一边跑一边招手，大喊："闫泽，没走啊？"

张旭升在半道上把闫泽给拦下了，两个人站在高台上说了两句，张旭升手往篮球场上一指，声音隔着远也听不见，就见张旭升义愤填膺，然后闫泽也往球场上看了一眼，这一看，还真就跟着张旭升过来了。

旁边人连着徐皓一起觉得惊讶，黑皮男生一拍手："嘿，我还当闫泽不能来呢，竟然来了，还是张旭升会忽悠。"

徐皓也挺意外的，没想到独来独往的闫泽居然会答应凑这种热闹，不过转念一想，也许他单纯想打球罢了，毕竟在梦里闫泽球打得就很不错。

闫泽一来，随意地跟大家招下手就算打过招呼了。他走到篮球架下面把上衣校服一脱，扔在架子的底座上，然后将左手袖子撸到胳膊肘，活动了一番手腕、脚踝和膝盖。

等临上场的时候，徐皓无意间瞥见闫泽拉起来的那只袖子，突然想起来，闫泽是个左撇子。闫泽打球左右开弓，但是仔细观察会发现他还是惯用左手得分，防守严谨，突破速度很快，一旦上篮很难被封住。

闫泽把那个体能不太好的同学给换下去，王浩然把小前锋的位置让出来，自己去补位得分后卫，（五）班一看闫泽来了，也立刻从替补位上换一个人来，很明显，他们不想把这个场子让出去。

闫泽简单的热身结束了，徐皓他们几个也休息得差不多了，几个人一上场，看到对面也跃跃欲试。张旭升立刻摩拳擦掌起来："兄弟们，上！"

徐皓被张旭升这"中二"的热血劲头整得有点儿想笑，就跟要去干架似的。

闫泽果然是球技上乘，他一上来没多久就在对面抢下一个篮板，转身带球回场，一个漂亮的三步上篮，对面防不胜防，球进了。

这一进球，旁边不知道从哪儿冒出来一群女生，抱团小声"啊啊啊"地叫着，简直激动坏了。徐皓在外线站着也纳闷，刚刚他们在场上累死累活的也没见着有什么好叫的，这换个人上来，怎么情形一下子就反转了呢？

刚这么想着呢，对面球又给闫泽切过来了，对面这回有点防备了，有人及时补位在闫泽面前拦，但他哪儿拦得住闫泽啊，只见闫泽一个运球急停跳投，"啪"的一声，又进了。

这一进别说张旭升几个感觉特别长脸，场外也炸锅了，一众女生也不知道看没看懂就在那儿尖叫，这哪儿是打篮球啊，这简直就是闫泽一个人的专场秀啊！

不过对面也学乖了，分两个人过去，专门就盯着闫泽封他的路，这下闫泽就很受制，一个球没传好，被对面拦截过去，一路狂奔上篮得分。

打了没多久，徐皓就明白了，（二）班实际上就是一人挑头，全盘散架，根本就没什么配合可言，但凡对面看住闫泽一个人，主动权立刻就转移过去，张旭升这个大前锋篮板下面还没闫泽这个小前锋站得住脚。（五）班这几个队员体能本来就不错，张旭升很难从人家手上抢下来篮板，一连让对面进了三个球，连徐皓都有点儿急了。

一开始，徐皓只是想着做个控卫，中规中矩地传传球找找手感，不想活动得太扎眼，可他原本不是个多沉得住气的人，再加上正青春，肾上腺素一下飙升起来，手也开始痒痒。等再一次（五）班拿着球往内线带，接近篮板的时候，他已经放弃了外线。他在场上表现不突出，对方根本没人分心防他，在对方上篮的时候他一个弹跳起身，一巴掌严严实实地把那个球盖回去。

这一盖帽不仅（五）班队员愣了，连张旭升他们几个也愣了，球找回来主动权，又传球回徐皓手里。（五）班反应也很迅速，有队员冲过来防守徐皓往回带球。然而，徐皓本身作为控卫运球能力就出色，几下就突破到了他们自家那半场，再一看，闫泽那边的防守松开了，乱了阵脚，有一个人正在往他这边跑，徐皓看过去，闫泽也正好看过来。

徐皓能看见闫泽往左侧偏了一下身体，正好露出一点空隙来。闫泽全神贯注地看着徐皓，上半身压低，左手的手指微微蜷起来一点儿，徐皓动作甚至比意识还快，原地一个巧劲闪了对面防守一下，右换左单手把球给闫泽传过去。

徐皓这个球传得太妙了，就好像两个人一起排练过多次一样，别说场上的人没想到，就连闫泽一抬手，感觉球就像直接落在左手里似的顺手，都愣了一下。随后闫泽也没犹豫，一个垫步转身低手上篮，完美进球，一场落幕。

无视台上女生后知后觉的吵闹声，张旭升在旁边激动地直接捶了徐皓一拳："牛啊，徐皓，你刚那个盖帽简直绝了，你还待什么外线啊，我大前锋直接跟你换了吧。"

徐皓抹了把脸上的汗，道："那不行，我还是控卫顺手，再说咱班内线有一个闫泽还不够啊？"

话音刚落，远处飞过一个球来，徐皓伸手接住，抬头一看发现竟然是闫泽扔过来的。

闫泽走过来，身上也出了点儿汗，到徐皓身边后撂了一句："球传得不错。"那语气跟领导下来视察工作似的，然后他从篮球架那边捡起校服，随意地搭上书包，踩着路灯光，走远了。

闫泽一走，张旭升用胳膊肘捅了捅徐皓，说道："嘿，闫泽就这样，平时就不怎么搭理人，你别介意。"

徐皓心想我有什么好介意的，随口答道："哦，这样儿啊，没事。"

几个人一集合，一边收拾东西一边还在讨论刚刚的球，黑皮男生特别好奇地问徐皓："徐皓，你刚才怎么知道闫泽那边有机会？刚刚闫泽那边被防得可严了，我看你那个位置，就算不传球，投个三分说不定也能进。"

徐皓背起书包，一愣，还真没想到他会问这个问题，只得说："我三分球不行，完全没手感，我这不是看闫泽同学球打得不错嘛，想着给他球得分率高一点儿，随便一传还真就传过去了。"

王浩然接话道："要不是知道你新来的，我们真的以为你跟闫泽偷偷底下练过，你那随便一手传球简直是绝了，还以为你们多年老搭档呢。"

徐皓被他们你一言我一语地夸了一阵，慢慢琢磨过劲儿。

其实只有他自己知道，今天不是不想投三分，也不是怕三分投不进，而是他甚至考虑都没考虑，就下意识地传球给闫泽了。这是他从前的一个习惯，天知道徐皓为什么会习惯打后卫。徐皓打后卫，还不是因为闫泽一直打小前锋！

他俩不是看着像多年的老搭档，在梦中他俩根本就是多年的老搭档！高中两年加大学三年，五年啊，闫泽的性格加上他这个位置让他的整体打法都特别自我，每场都恨不得是自己的得分独秀，根本不会迁就别人。

可徐皓作为一个称职的控卫，对于闫泽自身的固定打法，下意识肢体上会出现的小动作，研究得比闫泽他自己都清楚，甚至可以说闫泽球场上的一个眼神，徐皓就知道他是要打进攻还是打防守，再判断自己要怎么传球。

徐皓肯配合闫泽是一方面，另一方面，他俩打球是真的有默契，练习起来一切都顺其自然，就跟自己又多长了一双手和一双脚似的。想当年在Q大，徐皓和闫泽两人挑着校队大梁，在连续两年的大赛上把别的学校杀得片甲不留，那是最辉煌的时候，徐皓现在想起来，仍然怀念不已。可是，怀念归怀念，愿不愿意再回到那会儿，就是另一码事了。

叫车来接太慢，正好张旭升还说他今天要去爷爷家过周末，徐皓二话不说，跟着张旭升就挤地铁去了。

徐皓以前没有写日记的习惯。如今，离他梦中的记忆已经过去了大半个月，刚开始那几天说不迷茫是假的，可渐渐地，也不知道是人的脑容量有限，还是做梦带来的后遗症，徐皓对于梦中的记忆一日比一日模糊。

那感觉就跟人在白天回忆自己晚上做的梦一样，越往后越模糊，现如今除了一个大体的框架，很多事如果不是在某一个节点触动了徐皓深层记忆面，他甚至都想不起来。就比如闫泽是左撇子这件事，要不是徐皓无意间瞥到闫泽撩袖子的小动作，他可能就真忘了。

然而记忆模糊，身体的惯性竟然还能保留下来，这就很麻烦。徐皓仔细地回忆起那天球场上，他怎么给闫泽传的最后一个球，手臂怎么发力，脚上怎么动作，他了解闫泽某一层面甚更甚于了解自己，这一切完全是无意识自发进行的。

脑子里记不清楚，身体上却先发制人，徐皓心里清楚，他跟闫泽动作上的默契不是一朝一夕养成的，偶然一次可以说是巧合，可要是次数多了，就很难跟别人解释清楚。直到如今，徐皓才真的发觉梦中的一切都已成真，而闫泽这个人，也确确实实是他认识的那个人。

徐皓开始觉得自己需要记个日记。说是日记，因为不是天天记，算周记或者年记都可以。

徐皓是这么打算的，往后每隔一段时间，他就把一些发生的重要的事情写在本子上做个记录，不用太复杂，简约一点儿就可以。人的记忆毕竟有限，别说现在他的梦中记忆已经不全面，到后面要真是出点儿什么事，让他把自己梦中记忆跟现实记忆稍微搞混，就有漏嘴的可能，那可真就有得聊了。

清晨卧室里日光满满当当，半扇窗开着透气，一股子嫩草汁液的味道从外面飘进来，是楼下有人在修剪草坪。徐皓坐在桌子前，拿出一本还算厚实牛皮本子，随便从笔筒里抽了一支签字笔，然后翻开本子。

为了预防本子不小心被别人看见惹上麻烦，徐皓尽量把记录都写成日记的形式，并且只字不提梦中的事。

本子前两页都是简单地写下了徐皓在班上交了什么新朋友，寥寥几个人名，没写什么别的东西，只在第三页开头，徐皓郑重其事地写了下年月日。写完日期，挪到第二行，徐皓思索了一会儿，落笔写了两个字：篮球。

徐皓想，明面上，他跟闫泽是初识，比起班上的其他同学可能还要陌生一点儿，两个人更不可能会有什么深入的接触。可实际上呢，徐皓对闫泽的了解超过了绝大多数人，甚至超过了闫泽的一部分家人。

也是通过周五放学后的那场篮球赛，徐皓才突然发现，自己做梦带来的后遗症其实没那么容易摆脱，他做梦拥有的所有关于闫泽的信息，都是反常规的，是不应该出现的。

有些习惯一旦养成，不是单纯谨言慎行就能避免的，更何况徐皓骨子里就不是一个多么谨慎的人。有的时候，徐皓还真怕自己一不小心脱口说出点儿什么不该说的，尤其是当着闫泽的面，这一切的关键都在闫泽身上。如此看来，唯一比较妥善的办法，就是尽量减少跟闫泽的正面接触。

徐皓在"篮球"的下面继续写道：篮球可以打，但是要分场合。至于那个叫闫泽的同学，球打得真漂亮，可惜跟我路子不太对，感觉以后是没有什么球场搭档的机会了。

如此模棱两可地一写，旁人看着正常，徐皓自己也能明白是什么意思，他把牛皮本子一合，然后从椅子上起身，拉开衣橱，找了一身衣服，又随便搭了一件外套。难得周末不用上学，在家"宅"着不是浪费生命吗？

徐皓时常还是会应张旭升几个人的邀请去操场上打会儿球。但偶尔闫泽来串场的时候，徐皓会装作不经意找个借口先走。所幸闫泽来得并不多，徐皓又表现得很自然，大家并没有发现其中有什么不妥。

高一下半学期就在日复一日的上下课铃声中过去了。暑假的时候，徐皓没跟着他爸妈出国，他自己挪出将近一个月的时间回 X 市老家住着去了，美其名曰回顾童年。

他也不招呼朋友，就自己出去瞎转，隔三岔五地去看望一下他奶奶。

然后剩下一个月的时间，徐皓回 B 市，恶补功课。通过上一个学期的不懈努力，徐皓基本上能跟上学校进度，但是在这个满是"学霸"的学校里面，他这点成绩真是没法看。

徐皓有时候想起他做梦那会儿的高中成绩，虽说高考有点儿超水平发挥吧，但好歹也考上了 Q 大，然而凭他现在这个成绩，再超水平也摸不着 Q 大的门槛。徐皓觉得，要是连梦里的程度都达不到，那真是白活了。

难得徐皓有主动学习的时候，全家最欣慰的要数徐皓他爸。在临开学那会儿，徐皓他爸特意扔了张卡在他桌子上，徐皓一开始收着也没去查里面有多少钱，后来偶尔路过银行自助机查了一下，冒出来的数字连徐皓自己都有点儿吃惊，他老爸出手还真是阔绰。

虽然徐皓父母对他花钱一向很宽松，但再怎么说他还是个高中生，难道是他爸存钱的时候手抖多输了一个零吗？徐皓不动声色地收好卡，颇为感慨地想，这种好事要是让梦里这个年纪的他碰上，指不定得怎么出去疯玩呢。

可惜，现在的他即使有一个可以放纵的身体，也没有一颗去浪天浪地的心。说实在的，自从在梦中死过一次之后，徐皓总有一种急迫感，觉得时间不够用。当然，这是一件好事。人要上进，首先态度上就不能懒散。

暑假快结束的时候，徐皓过完生日，再然后就是开学。假期两个月过得很平淡，没发生什么值得纪念的事情，徐皓日记本里也就空了两个月。

但是开学没多久，徐皓就遇着事儿了。那是一个十分寻常的放学后的傍晚。徐皓特意找同学要了教室的钥匙，把作业写了个差不多，才从教室出来往家走。

自从上学期徐皓自己乘坐了几次地铁之后，就不再麻烦他爸安排司机来接他。现实情况是，赶在放学高峰期，校门口车水马龙，实在不好停车。更何况 R 中很多本地的同学都是自己坐地铁回家，毕竟大家已经是高中生了。

夏天天气炎热，七八点钟，太阳已然西沉，唯独天尽头还染着一点橘红色的烟霞，天空像是呈现在眼前的一块巨大的深色玻璃。徐皓这个点从教室走出去，除了高三那层教室和老师的办公室的灯还亮着，其他都黑黢黢的，整个楼里静悄悄的。

升入高中二年级，徐皓有时候会从家里拿点儿吃的带到学校去，这样晚上就不着急回家吃饭，晚点儿走又可以避过地铁晚高峰，不至于太挤。况且在学校做作业效率是最高的，回到家徐皓还可以匀出时间来做一些自己的事儿，徐皓觉得这简直是一举多得。

走出校门，门前是一条不算宽敞的马路，马路周边交错着各种复杂的小胡同，有些胡同人比较多，有些胡同却人迹罕至。徐皓看了一眼手表，觉得时间不早了，就打算抄近路去地铁站。

徐皓一边走，一边回忆着昨天晚上看的股市。他梦里本科和研究生都修的金融专业，可惜没怎么好好学，也没闯出什么名堂来。对于股票市场，他可以说是个入门级小白。

学好几年专业知识，到头来还跟个门外汉一样，徐皓想想就觉得惭愧。不过如今打算好好学了，梦中那点儿底子竟还可用，徐皓根据记忆去书店买了一些相关书籍，翻看起来也算是事半功倍。他还特意下了个模拟的炒股软件，如今他这水平，钱扔进去全靠赌，还不如等理论知识扎实点儿了，再正儿八经地摸索一下行情。

徐皓就这么一边杂七杂八地琢磨着自己的事，一边往一条小胡同走，还没走到胡同口，突然被人喊住了。

"徐皓？"

听见有人喊他，还是个女生的声音，徐皓转过头去，就看见一个个子不高的女生站在他身后，穿短袖校服，留着齐刘海儿娃娃头，问他："这么晚了才走吗？"

这是徐皓的同班同学，名叫纪媛媛，正好也是徐皓当初刚进学校拦住问话的那个女生。徐皓跟纪媛媛友好地招了一下手："早点儿回家也没什么事，你这不是也才走？"

纪媛媛走到徐皓身边，开口道："我们社团有活动，开会开到现在才结束。"

说着话，徐皓了解到纪媛媛也是要去地铁站，两人一并拐进胡同。胡同虽然窄小，但是路灯还挺亮。纪媛媛和徐皓并肩走着，两个人有一搭没一搭地聊着班上的事儿。虽然女孩子可能出于矜持，回应的声音很小，不过徐皓并不计较，加上他本来就比较善谈，所以徐皓还是把气氛搞得不那么尴尬。走出胡同，一条被路灯照得亮堂堂的小马路呈现在眼前，马路对面是一大块空地，专门摆了些运动设施供人使用，但因为此地人迹罕至，设备也常年无人问津，就荒废了。

徐皓和纪媛媛两个人走到马路上，还有一下没一下地聊着呢，突然就听见不远处运动设施那儿有说话声音传过来。

一个男子的声音，听起来年纪不大，吊儿郎当地吆喝着："不是我说，你狂什么呢？"

这一嗓子喊出来在这条没什么人走的路上显得非常突兀。徐皓往那儿瞥了一眼，还没看清楚有什么，纪媛媛却率先停下脚步，看着那边跟徐皓小声地说："是咱学校的，怎么被人围在那儿了？"

徐皓也看清了，被围的人确实穿着R中的校服，但人背对着马路这边看不清楚是谁。而这位校友对面那六个留着"杀马特"发型的年轻人一看就不像是好人，打劫？

徐皓本来没想管闲事，这种情况一般是拿到钱，对方也就放人走了，没必要真上去打一架。可是纪媛媛在那儿定住一样站着不走，徐皓本着绅士风度也只得跟纪媛媛并肩站着。不一会儿，他俩就被"杀马特"其中一个发现了，那人手上提着棍子就往徐皓这边指："看什么看？不想挨揍就赶紧给我滚！"

"杀马特"这么一挥棍子差点儿挥在徐皓这位校友身上，就见这位同学往边上侧了一下身体，这棍子就没碰着他的衣服边。

这一侧身，不光徐皓认出来了，连纪媛媛都认出是谁来了，她捂着嘴小声惊呼："那是咱班的闫泽！"

那混混儿冲着徐皓这边叫嚣得越来越难听，可是站在跟前的闫泽看上去依然没什么动作。纪媛媛没见过这种地痞流氓的阵仗，吓得一张小脸煞白，她揪了一下徐皓的衣角，紧张地说道："徐皓，你在这儿盯着，我去学校找老师来。"说着，她扭头就跑了。

徐皓一时间不好拦住人家姑娘，目送着纪媛媛跑走后，又看了一眼闫泽和混混儿们站的方向。其中一个混混儿已经提着棍子往他这边走来，看那架势想顺路连他一起抢了，有一瞬间，徐皓真不知道是应该替自己着急还是替混混儿们着急。

徐皓打心底不觉得闫泽自己处理不了这点儿破事儿。可是眼下这场面，徐皓说什么也不可能坐视不管了，否则日后说起来，班里同学让人堵了，徐皓自己跑了，他还做不做人？

　　不等那混混儿走过来，徐皓自己主动走上前去。他把书包往旁边器械架子上一扔，掏出钱包来，抽出两张红灿灿的票子递过去："就两张，当我俩一人一百，散了吧。"

　　瞬间几个人过来又把徐皓围住了，为首的那个人毫不客气地从徐皓手里抢过钱来，叼着一支廉价的烟对着光甩了甩票子，突然阴阳怪气地笑了起来："真不是我说，你们R中一个个拿鼻孔瞪人的样儿看着就让人不爽，你们以为自己是谁啊？两百就能打发我了？以为我是乞丐呢！我告诉你——"

　　那混混儿竖着拇指往自己背后一指——是闫泽站立的方向，继续道："这小子可惹着我了，他今天要是自己不认个尿，我绝对弄瘸他的腿，你要是识相点儿，就现在，赶紧滚蛋，别碍我们办事。"

　　徐皓耐心地听着，脸上表情不变，内心十分无语。他什么年纪了，犯不上跟这种刚成年的小混混儿较劲。至于弄瘸闫泽的腿，行吧，先别说凭着眼前这几位能不能做到，就算真做到了，那事后的代价凭着徐皓匮乏的想象力还真有点儿想象不出来。

　　见徐皓站着，不说话，也没有要走的意思，那个混混儿自觉脸面上有点儿挂不住，他拎着棍子往徐皓脸前一杵："不走？给脸不要脸是吧……"

　　话还没说完，闫泽从他身后走出来，然后对着混混儿一脚就踹上去了："你让谁认尿呢？"

　　这下，不光周围的混混儿们看傻了，连徐皓都愣住了。

　　混混儿们后知后觉地反应过来，其中三个立刻就跟打鸡血一样往闫泽那边扑过去。还有两个估计琢磨着徐皓跟闫泽是一伙儿的，冲着徐皓打过来。徐皓虽然不想跟这帮人计较，但他也不是站着任别人打的主。

　　二对五，徐皓想，数量上不太占优势啊！虽然人数上不占优势，但徐皓也没再多犹豫，后退两步躲开对面挥过来的拳头，然后一拳挥过去。徐皓一动手，这场仗算是彻底打响了。

　　徐皓身体素质好，拳脚利索，这种小阵势对他而言不在话下。他只是没想到闫泽会真跟这帮人较真，说实在的，凭闫泽的身份，哪至于自己动手啊！可是徐皓忽略了闫泽的年纪，闫泽可是实打实的十八岁。换位思考，这种事搁徐皓十八岁那会儿他能忍吗？那绝对忍不了啊！

徐皓站在原地伸展了一下手指，有一个混混儿见徐皓有两下子，不是什么好惹之主，便谨慎了一些，一开始没跟着同伴上来，只是在后面悄悄攥紧了手上的棍子。

然后趁着徐皓挥拳出去还没转过身来的间隙，那人攥紧棍子向着徐皓的后脑勺抡过去。

徐皓背对着对方，察觉到有人偷袭已经晚了，不过好在他反应快，迅速弓身，及时地偏开脑袋，但后背硬生生吃了一棍子。徐皓本来就不是吃亏的人，这一棍子下去火辣辣地疼，让他十分恼火。

徐皓转过身，眼睛盯着攥着棍子的混混儿，随后"唰"地一下拉开校服上衣的拉链，把衣服脱下来，随手往地上一扔，然后直着腰抬腿一脚就踹过去。

等徐皓收拾完了自己这边两个人，打算回头看看战况的时候，就看见闫泽那边地上已经躺着两个了，唯一站着的那个也摇摇晃晃，被闫泽毫不留情地抓着衣领子一把撂倒。

徐皓火气来得快去得也快，当他看向闫泽手底下那个人时，火气早已消了七八成，然后理智一回脑子，就觉得这事儿不能这么发展下去。徐皓当下也来不及多想，两步上去直接从背后把闫泽的胳膊架住。察觉闫泽上半身绷得死紧，一使劲还要往前带拳呢，徐皓低声喝道："行了，别打了！"

两条胳膊被徐皓别在身后，眼睛冒火似的盯着躺着的那个混混儿，闫泽压着嗓子骂道："他对我动刀子。"

徐皓一听，手上顿时不太敢使劲，怕给闫泽再扯着伤口，结果差点儿又被闫泽挣脱出去。

徐皓悠着劲儿拽住闫泽："给他们个教训就得了，你伤哪儿了？"

说着，徐皓就在闫泽身上扫视一番，发现闫泽还真够狼狈的，滚得满身泥印子不说，侧腰衣服被划破一个大口子，那里面渗出来的血把白边校服染红了一圈。

闫泽轻微喘着平复一下呼吸，恶狠狠的眼神一直锁在对面混混儿身上，直到徐皓打量着他的伤口"啧"了一下，那道视线才移到徐皓脸上，路灯光映着他那精致的五官轮廓，唯有嘴唇在光亮下衬得有失血色。

徐皓朝闫泽的腰那儿指了一下："你这个，怎么处理啊，找家里来接一下？"

闫泽身上带着一丝未消的火气，他皱了一下眉，神情中还是那种爱搭不理的冷淡，跟徐皓说了句"我没事"，然后转身去捡自己扔在地上的书包。

徐皓注意到，闫泽腰腹那个地方被衣服挡住了，看不清楚具体怎么样。但他转念一想，虽然血迹看着挺触目惊心的，不过闫泽既然这么说了，那应该刀口不深。

徐皓当下也转过身去，捡起丢在地上的校服和书包，然后看了一下手表，都8点多了。他又想到刚刚回学校搬救兵的纪媛媛，算算时间应该差不多了，不知为何迟迟不见学校的人来。不过眼下架都打完了，学校的人再来又有什么用啊？

这么一想，徐皓觉得还是先走算了。徐皓手臂上搭着校服，单肩挎上书包，正打算就这么走掉，又回头看了一眼。这一看不要紧，就见闫泽僵在了弯腰的那个姿势上，单手捂着腰腹缓慢地单膝跪下去，一张脸白得像纸一样，血顺着他的指缝往下滴。

徐皓觉得状况不太妙。他快步走到闫泽身边，撑着手臂蹲下去，瞥了一眼闫泽正在压着伤口的手，那手指缝还往外呼呼冒血呢。徐皓忍不住高声说道："你这叫没事？"

闫泽嘴唇越发苍白，眉头紧锁，仍倔强地盯着前面一言不发。徐皓看了几秒钟，发现血真有点儿止不住的迹象，又见闫泽捂着伤口的手都有点儿抖了，现在打了120再等车来不知道要多久，何况胡同这么窄，也不好进出。徐皓来不及多想，他抓起闫泽空闲的那只手往自己身上一拉，顺势把闫泽背起来。

他俩身高差不多，背起闫泽来，徐皓也有些吃力，但是察觉到闫泽捂着伤口的手有点儿松开，他一咬牙，两条胳膊架着闫泽的两腿向上一托，拔腿就往胡同外跑去，还不忘嘱咐闫泽："伤口压住了。"

闫泽已经没精力再逞能了，他头垂在徐皓的肩膀上，空出来的那只手落在徐皓胸前，一声不发。等徐皓气喘吁吁地跑到街上，全身都湿透了。他背着闫泽，腾不出手招出租车，看见一辆车速不快的私家车，直接一步跑到车跟前挡住路，所幸那车离得有段距离，刹车也来得及，不过司机是个女的，给吓得不轻。

徐皓背着闫泽直接往驾驶座的玻璃上一趴，两个人身上都沾着血，情况也不用解释了，一看就很不妙。等女司机小心翼翼地打开车窗玻璃，徐皓直接跟她说："帮个忙吧，我同学失血有点儿多，给我们拉到最近的医院，车费清理费多少钱都好说。"

好在这位女士比较有善心，她看着两个人也是中学生模样，赶紧下车打开后排座的车门，徐皓先把闫泽放到后排座上，然后自己挤到他旁边，继续按压着伤口。

徐皓朝着女司机说，一会儿给留个电话，路上红灯一个都不要等，事后罚款扣分什么的，由他们全部承担。女司机了然，尽自己所能将车开得飞快。那女司机时不时抬眼从后视镜里瞅一下两个男孩子的情况，然后认出了徐皓和闫泽的校服，是R中的。好奇心驱使，她忍不住发问："R中学生都是品学兼优的呀，你们两个这是什么状况？"

徐皓草草地说了一下被抢劫的过程。女司机一下子正义感"爆棚"，一边斥责那几个小混混儿不学好，一边把车又提了速。

闫泽虚弱地倚在车座上。他肩膀瘦削、骨架修长，只是身体不方便移动，又被徐皓单手压着伤口，就跟徐皓挨得挺近。闫泽起先微微垂着头，碎发正遮住眼睛的位置，直到徐皓开口跟司机说话才抬起头看了徐皓一眼。这一眼看得颇为入神，连同表情都稍稍松动了一点儿，呈现出些许少年人才有的神情，只是脸色煞白，橙色昏黄的灯光打在他身上，令他整个人都呈现着一种昏沉的稀薄感。

不过徐皓没发现闫泽在看他，他一只手按着闫泽的伤口没松开，另一只手从书包里翻出纸和笔，在汽车到医院之前写好了自己的姓名和电话，下车前把纸往前座上一放，嘱咐女司机一定要记得给他打电话要钱，然后下车的时候扶了一把一直在冒虚汗的闫泽。

没想到闫泽一副看上去半死不活的样子，还能强打起精神，稍微推了一下徐皓的手，道："我自己能走。"

要是搁在平时，徐皓还真想看看他自己能怎么走，但这会儿况状特殊，徐皓懒得跟他废话再耽误时间。徐皓一用力把他背起来，往医院大厅里面跑，喘着气跟他说："都到医院了，你可省省吧。"

那位女司机还好心地问了一句用不用帮忙，徐皓抬下下巴，示意已经很感谢了，不用。他进了大厅，找了导诊台简单说明一下情况，导诊台的护士立刻就近找了辆轮椅让徐皓把闫泽放下，然后让徐皓去办一下手续，自己推着闫泽往急救那边跑。

徐皓把人一卸，整个人倚靠在墙上，逐渐喘匀了气，然后往挂号排队的窗口走去。

排上队了再一看表，快9点了。徐皓掏出手机，原本想给家里打个电话，但是后知后觉地想到，他爸妈现在都不在国内。叹了口气，徐皓又把手机收回去了。他现在也挺狼狈的，校服上都是泥不说，脸上也不干净，胳膊因为刚刚打架蹭破了两块皮，衣下摆还有一块血污，难怪排个队都被周围人打量，估计不知道的还以为他是刚从灾后现场爬出来的。

徐皓无奈地心想，这还真是计划赶不上变化啊！

徐皓身上挂着两个书包，手里拿着一堆单据和收款条往导诊台那边走。他是想再找到刚刚导诊台的那个护士，问问闫泽去哪儿了，结果转了一圈没找到人，反而是被匆匆的人流一冲，跟着往外走了两步。

这里是三甲医院，即使门诊那边已经下班，急诊门口走廊上来来往往都是人。徐皓走进急诊那道门，就看见几个家属和医生拥着一架医床车快速地往外跑，床上那个五十多岁的人挂着呼吸机，一张脸铁青。徐皓一看情况，赶紧给人侧身让开道路，其中一位家属跑过徐皓身边，徐皓隐隐地听见了仓促的哭腔，再回头看过去，人跟车已经推出门去，直接拐进了急诊手术室。

徐皓抓着手上的一堆纸站在拐角，放眼看了一下，这里人很多，没有认识的，多半人脸上的表情是难过的。

徐皓四下扫视着，没找到闫泽的身影，却莫名想到了自己的梦。他想到了那场已成定局的车祸。如果按照既定事实发展下去的话，当他爸妈从警察那边接到消息，目睹大吊车把那辆被撞得稀烂的出租车从山沟里捞出来——或许并不需要经历这个过程，他们只需要接到通知，跟着指示前往S市的某一家还算不错的医院，然后在某一个冰冷的房间看到他被处理过血迹的尸体。

徐皓视线移下去，落在写满细小字体的发票上，感受着自己胸腔的起伏，慢慢地呼吸着。纵使周围人很多，他还是莫名觉得心里空旷得有点儿难受。

就像一场闹剧最后谢幕，主角声嘶力竭高潮过了，逃避似的退场了，留下一帮子人收拾残局。若平行世界的说法真实存在，他不知道在他梦中死了以后，那个世界还会不会存在，又会以怎样的形式继续下去。

徐皓倒宁愿相信那一切只是一场噩梦，梦醒了，余后的所有因他而引起的悲伤和变故，就都会随着他的意识消失掉。可这一切注定无法得知，也无法实现了。

徐皓几经辗转终于在一间病房里找到了闫泽。这里充斥着一股子浓浓的酒精和消毒水味，每张手推床都被浅蓝色的吊帘简单隔离开。房间比较宽敞，里面一张挨着一张摆了近十张临时床位，徐皓往里面一探头，就看见闫泽坐在离门口不远的一张床上。

闫泽右手上固定着点滴的针，校服外套松松垮垮地披在肩上，里面的衣服从腰侧的位置被掀起来，露出一小截肌肉分明的小麦色侧腰，能清楚地看见被仔细包扎过的绷带和从厚纱布中隐隐透出来的一点红色。

虽然是一张床，但是闫泽没有躺下，反而是沿着床边坐着。他个子高且瘦，两条腿搭在床沿外面，看上去还跟个刺儿头似的。

徐皓往里面走去。

要说闫泽那长相，本来就走到哪儿都扎眼，眼下流了点儿血，脸色苍白，更把周围小护士的母性光辉给点燃了，闫泽轻轻咳了几声，就见旁边护士姐姐又递纸又递水的，关怀得那叫一个无微不至。徐皓看闫泽没什么大碍的样子。琢磨自己是打个招呼就走还是怎么着。还没走近床那边，闫泽有所察觉似的往徐皓这边看了一眼。

闫泽瞳色较深，在白晃晃的医院灯光下一衬，更显得眉目分明，他看着徐皓，不知怎的微抿了一下唇。

徐皓向闫泽抬了一下手，示意他过来了，然后走到床跟前跟他说："怎么样？"

闫泽撇开视线，也不知道是什么意思地沉默了一会儿，才道："还行。"

徐皓把两个人的书包扔到床上，将一部分单据交给护士。不料，手一把被护士拽住，只听她叫道："哎呀，你胳膊受伤了啊，我帮你包扎一下吧！"

徐皓看向自己的胳膊，上面确实有两块被蹭破点儿皮，属于过两天就能自愈的那种。徐皓本来觉得不用麻烦了，不过他现在身上脏得要命，护士一再警告这样容易感染。徐皓一听有道理，索性就往闫泽病床旁边的那个椅子上一坐，将胳膊交给护士简单处理一下。

这边护士正温柔地给徐皓擦着药水呢，徐皓一回头发现闫泽也盯着他的胳膊看，没想到闫泽还有心思关心他的伤情。徐皓一边觉得意外，一边挺客气地问闫泽："你怎么整，家里来人接？"

闫泽又把视线挪开，在旁边的帘子上盯了一会儿，道："没必要，我自己走。"

徐皓愣了一下："呃，你自己走？你这样儿——"徐皓空闲的手往身上比画了一下，被护士按住叫了一声"别动"，他又乖乖坐好，手脚也不乱动了，"你这样儿行吗？"

闫泽哼了一声，就跟对什么不屑似的："我自己住，又不远，有什么不行的。"

徐皓还真不知道闫泽是自己住，从前他俩关系虽然也不错吧，但是熟到去对方家串门，那也是上大学之后才有的事。

徐皓看闫泽精神状态还不错，就说："那行吧。"话音刚落，就听闫泽肚子突然咕噜响了一声。声音其实挺小的，但正好赶上徐皓刚说完话，这一声就让徐皓听了个清清楚楚。

徐皓一愣，再看闫泽，好家伙，没想到他还有脸皮这么薄的时候，不就肚子饿了一声吗？那眼睛跟较什么真似的瞪着一边，一张俊脸紧绷着有点儿红，偏偏他还窘迫似的挪动了一下身体。

这个反应令徐皓十分诧异，也让徐皓自梦醒以来头一遭觉得，他对闫泽的认知似乎有点儿偏差。当时大家年龄相当的时候还不觉得有什么，如今回来，心理年龄长了十岁，再这么一看，这……差点儿被闫泽这个故作深沉的模样骗了，说到底，还是个小屁孩儿……

徐皓被自己这一通分析整得心里五味杂陈，心想还是不去拆穿闫泽，当作一无所知好了。正巧这时候护士也给徐皓胳膊涂完药水了，还十分贴心地给徐皓贴了一块胶布，嘱咐徐皓第二天就可以拿下来。

徐皓跟护士道过谢，把袖子撸下来盖住胶布，然后问闫泽："忙活一晚上了还没吃饭，我出去带点儿吃的回来，你吃什么？"

闫泽一听，脸又涨红了一点儿。他嘴硬地哼了一声，也不怕碰着伤口，更不怕手背上跑了针，就那么在床上翻了个身，两条腿又搭到床的另一边去了。这下背对着徐皓，脸也看不见了，就好像吃饭是一件多么可笑的事。

徐皓："……"本着仅剩不多的人道主义精神，徐皓没有一走了之。

徐皓进了医院附近的一家便利店，随便买了点儿牛奶、包子和关东煮什么的，想到某伤员有可能嫌腻味不爱吃，又给他捎了一个即食的蔬菜三明治。徐皓就这么左手端着一个盒子，右手拎着一塑料袋的东西回去了。

进门，他就看到闫泽背下垫着一个枕头，正懒散地半躺在床上打游戏，床旁边的小橱上不知道什么时候多了一小瓶没打开的苏打水。徐皓一看就明白了，瞧瞧这待遇，还有护士姐姐给送苏打水。

徐皓把装关东煮的盒子往小桌子上一放，然后把那一塑料袋的东西扔在床上，他下午也只吃了一个从家带的三明治，一闻饭味还真有点儿饿了。

虽说便利店做的食物味道不咋地吧，但是徐皓这人最大的优点就是好养活，对食物的口感没有什么要求，他拿起一个包子就着关东煮吃起来。另一边，闫泽不紧不慢地打完一局游戏，从床上爬起来，坐到徐皓旁边的床沿上拿起另一个包子吃了一口，立刻就特别嫌弃地开口："这什么啊！"瞧瞧，这就是最难养活的那种人。

徐皓又夹起一块煮萝卜，慢条斯理地说："不想吃就别吃，反正你也不饿。"

闫泽听了，竟然没有反击，只是自己闷着坐了一会儿，然后就去翻身后那个塑料袋，翻了半天，从里面找出来一盒甜牛奶和那个蔬菜三明治。

闫泽把包子扔一边去了，撕开三明治的包装："我吃这个。"

徐皓喝了一口关东煮热乎乎的汤，又从汤碗里夹了一个鸡蛋出来，嘴里嚼着东西，含含糊糊地道："随便你。"

闫泽一边吃着三明治，一边还不住地往徐皓的碗里打量，见徐皓吃得这么香，还有点儿拉不下脸面似的，说："你这人怎么一点儿都不讲究啊？"

徐皓一听十分纳闷，转过头去看闫泽："讲究什么？"

"就是……"闫泽看了一眼被徐皓喝得底朝天的盒子，顿了一下，然后撇开头，"算了，没事。"

徐皓："……"

等两个人吃完饭，闫泽的点滴打得也差不多了。等护士拔了针，两人并肩走出医院大门，徐皓招手叫了辆出租车。

没等闫泽上车，徐皓就准备告辞，闫泽突然拦一下徐皓："那什么……"

徐皓一脸不解，见闫泽站在车门前，车门已经打开一半了，他却还面向徐皓的这个方向。闫泽一只手撑在车门上，深夜街上人已经不多了，路灯光打在闫泽的脸上，让阴影无处可匿。

就在徐皓以为闫泽还有事的时候，闫泽却转过头去，先一步坐上了车，冷淡地闷着一张脸："没什么，我回去了。"然后车门"啪"的一声关上了，司机踩油门就走了。

徐皓莫名其妙地看着出租车走远，然后原地看了一眼手表，11:05。徐皓像是突然想起来什么，表情一僵。

完了，明天要上学……他作业还没写完。

徐皓打车回家将近零点，推开家门，屋里面漆黑一片。他爸妈眼下不在国内，保姆阿姨也早下班走了，徐皓先把客厅一盏小灯打开，然后就着光去厨房冰箱里寻找吃的。

他打开冰箱，从里面拿了瓶果汁，厨房饭桌上还有给他留的饭菜，三菜一汤，荤素搭配，可惜早就凉透了，徐皓看了一眼，任凭碗筷放在桌子上没去管。

徐皓拿着果汁走上二楼，书包脏得要命，他就随手把书包往地上一扔。徐皓卧室里有一个单独的洗手间，洗手间相当宽敞，台面上摆放着牙刷、杯子、洗面奶什么的，徐皓早上走得匆忙，乱成一团，但此刻已经被保姆阿姨收拾得整整齐齐的。

徐皓仰脖子喝干了瓶中的果汁，把瓶子往书桌上一放，然后懒散地脱去校服，再把里面的衣服也脱了。最后只穿了一条四角内裤，家里温度适中，也不觉得冷，他就这么往洗手间里面走去。他一边走着一边两条胳膊互搓了一下，这一搓才想起来，胳膊上还有在医院贴的胶布。

徐皓现在年轻，新陈代谢很快，稍微一活动就是一身汗味，再加上打架滚得满身泥，实在是受不了就这么睡觉。反正也就是蹭破点儿皮，没什么大碍，徐皓索性贴着胶布就洗起澡来。洗着洗着，猛然又想到自己一会儿还要把作业写完才能上床睡觉，徐皓双手正搓着头发上的泡沫，那表情简直苦涩极了。

徐皓之前在学校已经把作业写得差不多了，即使这样，等徐皓以最快速度把剩下的作业完成，电子表上的数字也已经跳到了夜里1:30。

徐皓躺在床上的时候感觉自己简直要困毙了，说实在的，上辈子鬼混到早上6:00，他也不见得会这么困。可是目前境况不同，上了一天的学，又打架，又背人去医院，舒舒服服地洗了一个热水澡后，还不能直接上床休息，还得坐在书桌前面逐字逐句地看那些蝌蚪一样的字符，一般人谁受得了这个？

没有人知道徐皓是凭借着什么样的毅力把那张卷子涂写完的，总之写完之后，徐皓真是一个字也不记得，他只记得他做到最后几道题差点儿一头栽桌子上去。他沾床三秒钟入睡，一觉无梦睡到第二天早上。

徐皓在床上静眼，隐约看见有阳光透进来，马上意识到不妙，猛地爬起来，掀开窗帘一角，看见楼下司机早就停在门口就位。徐皓再往旁边一扭头，电子表上数字刚刚跳到 7：40。徐皓表情顿时凝固。这下好了，早自习都不用上了。

想着反正怎么也得迟到，徐皓从床上一步踏在地板上，索性不再着急。徐皓先跟楼下的司机打了声招呼，然后换了一套备用的校服，又从衣柜里临时找出一个休闲包当作自己的新书包，原来的那个已经脏得不能看了，回头让保姆阿姨帮忙清洗一下再用。

徐皓把自己收拾妥当，坐上私家车去往学校。等徐皓到了校门口的时候，第一节课临近下课。第一节课正好是班主任的课，徐皓不紧不慢地走进教学楼，各班都在上课，除了每个教室里面传出来的老师讲课声，走廊上还是相当安静的。

徐皓走到教室门口，临近下课时间，教室门大开着。徐皓往教室门口一站，前几排同学的视线唰唰全都投过来，徐皓视若无睹。等老师也发现他的时候，他大大方方一招手，跟老师说："报告，老师，我迟到了。"

徐皓的班主任是个不苟言笑的女人，嘴角的法令纹很深，给人第一印象就是一个相当刻板的人，可今天不知道中了什么邪，徐皓迟到这么久，班主任不仅没说他，竟然还慈祥地朝他笑了一下，然后点点头，和颜悦色道："嗯，快进来吧，把门带上。"

班主任这么一笑，徐皓整个人有点儿蒙。看班主任这表情，就仿佛徐皓不是迟到，而是给班里立了什么大功。好在如今徐皓功底深厚，憋了一下总算是收住了脸上的表情。徐皓不动声色地把教室门关上，往自己的座位走去，一边走一边腹诽，班主任今天是吃错什么药了吗？不对劲儿啊！

徐皓坐到自己座位上的时候，发现他旁边的位置正空着。也是，闫泽昨天伤口缝了两针，怎么着也得在家歇两天养养伤吧。之后没几分钟就下课了，徐皓下意识地撸了一下袖子，看见自己胳膊上的那两块胶布，被昨天洗澡的水一泡，边角处有些翘起来。

徐皓开始专心致志地往下撕胶布。第一块胶布刚撕了一半，就听见旁边传来张旭升的怪叫："哇，师太都会笑了！"

张旭升不知道什么时候跑到徐皓旁边来，他这么一叫，导致徐皓手上没掌握好力道，"刺啦"一下就把那块胶布全给揭了下来。那胶布粘得还挺结实，顺带着把徐皓胳膊上的汗毛都揪掉了不少，这一下给他疼得龇牙咧嘴。徐皓绷着一张脸往张旭升那个方向踹过去："你在这儿鬼叫什么！"

张旭升笑嘻嘻地一躲，然后整张脸凑过来，看了看徐皓胳膊上的伤口，又大惊小怪地叫道："哟！负伤啦？快跟哥说说，怎么了这是？是不是让你爸揍啦？"

徐皓看到张旭升一脸幸灾乐祸的坏笑感觉他实在欠打，但昨天的事儿徐皓又不想张扬，憋了半天，只来了一句："你当我是你啊？"

张旭升大咧咧地往徐皓桌子上一坐，说："我怎么了啊？我六岁之后我爸就没打过我了好不，再打我爷爷非跟他翻脸不可。快点儿，说说，这伤怎么弄的啊？"

这一屁股偏巧不巧正好坐在徐皓的笔袋上，徐皓手上撕另一块胶布的动作没停，他特别嫌弃地看了张旭升一眼："还能怎么着啊，不就打架嘛，就擦破点儿皮，这也叫伤啊？赶紧给我下去，你坐着我笔袋了。"

张旭升坐在徐皓的笔袋上不动如山，他满脸吃惊地看着徐皓："皓子，牛啊！跟谁打啊！怎么不叫上我啊？"

徐皓看张旭升这个样儿就知道他从小估计也被养得挺金贵，没怎么打过架，这种场合真叫他过去还不够添乱的。徐皓从书包里拿出昨天的作业，站起来，跟张旭升说："我去办公室交作业，你赶紧从我桌上起来，我成天脸对着的地方你拿屁股坐。"

张旭升从徐皓的桌子上跳下来，调侃徐皓："行了行了，看把你给讲究的，不过你别说，师太今天有点儿不对劲儿啊，笑起来太邪性了，你过去正好打听打听咋回事儿。"

徐皓心想我打听个头啊，跟张旭升摆了摆手就从教室走出去了。他拿着几张卷子和习题本什么的去老师办公室，刚走进去，就看见文科老师都在，班主任是教语文的，也在，徐皓一进门她就看见了。徐皓走过去递作业："老师，今天迟到了，作业还没来得及交。"

班主任一笑，特别和颜悦色："哦，我知道。"接过徐皓的作业，她又关心地向徐皓问道，"对了，你没事吧？"

徐皓被班主任这么一问都愣住了："啊？什么事？"

班主任说："哦，今天闫泽请假的时候帮你也请了，我还以为你今天不能来了呢。"

徐皓："哦……"闫泽，帮他，请假？

班主任顿了一下，又看向徐皓："听纪媛媛跟我汇报，说昨天闫泽遇上小混混儿们打劫，你见义勇为了。不过学校老师去的时候你们都走了，徐皓，可以啊，很有爱心，值得表扬。"

徐皓心虚地抹了一把头上的冷汗，特别谦虚道："没有没有，老师，应该的，帮助同学人人有责。"

班主任一听大感欣慰："那行了，你作业留这儿，我一会儿替你转给各科老师，快到上课时间了，你先回去吧。"

徐皓跟老师打了个招呼退出办公室，一时间表情可谓十分放空。

闫泽能帮他请假？他这辈子连徐皓名字都没叫过好吧，昨天喊人的时候也顶多喊个"喂"，徐皓很怀疑闫泽知不知道他到底叫什么。难道给老师请假的时候，闫泽说的是类似"我旁边位置那个，他今天也不去了"这种话？反正是挺诡异的。

第二章
再见，少年

◆……◇————◆ ◆ ◆————◇……◆

　　徐皓感觉自己最近状态很在线。期中测验结束，综合成绩全班第十名。虽说班里一共就三十来个人吧，但因为（二）班本身就有点儿实验班的性质，所以 R 中一个年级十二个班，徐皓大概能排在六十多名的样子。

　　R 中年级六十多名，那可不是一般学校的六十多名，徐皓感觉自己真没白费心思学习，每天晚上写作业跟抗战似的，上课还一字不漏地圈重点，看看，效果显著啊！等升入高三要能挤进前年级四十名，都可以尝试争取 Q 大保送了。保送什么概念——不用挤高考的独木桥了啊！光这么一想，徐皓这个大龄青年就觉得感慨无限。

　　不过，徐皓本科读不读 Q 大还是个问题，梦里在 Q 大已经待过三年，他一直在考虑要不要换个方向，直接去留学。本硕连读，再回国也才 24 岁，什么都不耽误。然而这个想法徐皓还没跟家里沟通过，徐皓他妈是一直不怎么管他学习的，徐皓他爸自己都没读过多少书，虽然有一颗望子成龙的严父心，但对于徐皓以后往哪方面深造估计也提不出什么有参考价值的建议。这事还得徐皓自己来定。

徐皓坐在位置上还没想出个所以然来，下课铃就响了。校方积极响应国家减负政策的号召，各种排名都不公开，只会让每个同学自己了解，心里好有数。成绩出来后，有人欢喜有人哀伤，徐皓自然算欢喜那一类的。

放学铃响后，徐皓慢悠悠地收拾着书包，想起来今天他要值日，就走到黑板那边看了一下轮值表的具体分工，发现张旭升这次跟他排在一块儿。徐皓往张旭升那边看了一眼，就见张旭升一派愁云惨淡之景象。张旭升坐在座位上，一只手抓着成绩单，一只手捂着心口，一副心肌梗死外加有点儿便秘的样子，看来战况惨烈。

徐皓走过去踢了张旭升一脚："得了，今儿咱俩拖地，别在这儿装神，挡着人女生扫地。"

闻言，张旭升立刻趴在桌子上，声音十分微弱："不行、不行了，兄弟我今天拖不了地了，不行了……"

王浩然也走过来，看张旭升这个半死不活的样儿忍不住笑了，就跟徐皓说："我跟他换了吧，你看他这个样儿，紧赶慢赶考了个全班倒数第二，倒数第一还是一周三天不来上课就快被学校劝退的，回家去指定被他爸怎么骂呢。"

张旭升被王浩然吐槽得有点儿崩溃，徐皓这下也有点儿憋不住笑了。王浩然又说："徐皓，我看你数学单科全班第二啊，倒数第二道题一共没几个人能得上分，你基本上把分拿满了，可以啊！"

王浩然是标准学霸，成绩常年稳定在年级前十五名，徐皓当然不好意思多抬举自己，就忍着笑说："还行、还行，这不是怎么也得有个优势学科嘛，没你厉害，你都不带偏科的。"

王浩然谦虚道："哎，言重言重了，我这基本上没什么进步空间了，反倒是你入学到现在进步神速，还是你厉害。"

徐皓也摆手："哪里哪里，跟学霸还是没法儿比的。"

两人你来我往十分虚伪地商业互吹了一拨，张旭升突然一脸菜色地抬头，指着他俩的手跟得了帕金森似的抖个不停："你俩竟然当着我的面说这种话，还有没有人性啊？有没有人性！"

这会儿刚放学，班里人还没走多少，张旭升这么一喊，周围同学看光景就知道是什么情况了，都忍不住笑起来。

氛围正愉悦，刘磊不知道从哪儿窜出来，使坏抢了值日女生的一把扫帚，那女生本来还跟这边笑着呢，这下气得要命，就去追他。这女生平时在班里比较活跃，人长得也漂亮，平时没事总有男生喜欢逗她，所以刘磊一抢扫帚，班里几个小伙子就都乐了。

刘磊把扫帚往别人那儿一扔，就跟传球似的被那个人接住，那女生红着脸带着笑，男生们隔着过道扔扫帚，她就一个一个追过去，偏偏男生们嘴上起哄还跟玩击鼓传花似的，扔着扔着就扔到徐皓他们这边来了。

张旭升这下好了，看到热闹事儿也不难受了，一下子蹦起来接住扫帚，精神头恢复得那叫一个快啊，连刚才攥着的成绩单都给扔一边去了，动作连贯简直跟刚刚判若两人。

徐皓正感慨年轻人果然有活力，就见张旭升举个扫帚跟举着奥运火炬似的，嘴里还不忘逗那女生，说："张季瑶，想要扫帚吗？想要你就求我啊，哈哈哈……"

张季瑶跟徐皓他们这边隔了两条过道，一时半会儿也过不来，她顺手拿起周围不知道哪个男生的一个笔袋就往张旭升这边扔，笑骂："我呸，张旭升，你赶紧还给我！"

这个年纪的女生本就娇得像一朵花，这种怒中带嗔的样子更是引得男生们安静不下来，张旭升手持扫帚一挥，更加耀武扬威了，一个劲儿地逗她："好啊你，不仅不求我，还骂我！我不给了！"

扫帚是那种细长形的，张旭升拿着扫帚在手里玩了两下，也不知道怎么想的，竟然装模作样地学起孙悟空转金箍棒转起扫帚来了。结果因为技术太差，扫帚一抡打到头，顿时落了一身灰。

徐皓跟王浩然两人没掺和，在旁边看到这一幕直接笑喷了。徐皓感觉自己眼泪都要笑出来了，王浩然更是毫不给面子地捶桌狂笑，张旭升被他们笑得脸一阵白一阵红，就骂道："笑个鬼啊，你们闭嘴，不准笑！"

王浩然抹了把眼镜后面的眼泪，虚弱地摆手："我不行了，太好笑了，看喜剧电影都没这么好笑。"

张旭升拍了拍脑门上的灰，老大不乐意地走过来："好哇，你们会耍猴棍，你们来啊！"说着他就把扫帚往徐皓跟前递。

徐皓一听这话，忍不住挑眉。嘿，还别说，他还真会点儿。小时候徐皓在乡下跟人学过两下子，不过单手不行，只会双手转两下。于是徐皓接过张旭升手里的扫帚，嘲笑张旭升："这叫转棍，什么耍猴棍，你知道你刚刚那叫什么不？"

张旭升一时没反应过来，傻乎乎地跟着问："叫什么？"

徐皓说："你那叫八戒打耙。"

王浩然刚从桌子上爬起来，一听这话又笑趴下了。

张旭升想笑又要面子憋住不肯笑，只得拉下一张脸瞪着徐皓。徐皓摆弄了一下扫帚，一本正经地要给张旭升"科普"："看着啊！"

张旭升很不满地"嗯嗯"两声。徐皓掂了掂手里扫帚的重量，右手拿着细长的扫帚杆从前面一转，左手又从后面接过去，就这么把扫帚背过身稍微转了一下。还没等张旭升喊完"牛啊"两个字，就见扫帚的塑料把儿突然随着两圈转动的惯性飞出去，甩了一个非常大的抛物线，砸在了正单肩挎上书包准备从座位上起身的闫泽头上。

徐皓："……"

闫泽动作停了能有三秒钟，然后一伸手，那塑料把儿跟着他站起来的动作掉下来，丝毫不差地就掉在他手里了，然后他绷着脸看过来。

自从上次闫泽受伤之后，中间隔了有一个星期才回来上课，而徐皓上学放学就跟之前一样，在学校又不刻意找话说，两人还真再没有什么交集。徐皓顿时感觉有点儿尴尬，偏偏张旭升这个没眼色的大概以为这下打成平局了，在旁边笑得那叫一个惊天地泣鬼神。

徐皓就在张旭升这种笑破音的噪音中走过去，硬着头皮对着闫泽一抬手，还没开口说话呢，张季瑶不知道从哪儿冒出来，双手合十在胸前，一个劲儿地跟闫泽道歉："闫泽，对不起对不起啊，都是他们在那儿胡闹，真烦人啊，打着你了吗？"

竟然有人抢在徐皓前面道歉！虽然不知道这姑娘啥意思，但有这个打前阵，徐皓感觉自己顺着说就行，这就好开口多了。于是，徐皓有点儿不好意思地揉了把头发，朝闫泽说道："那个，玩脱手了，真不好意思啊闫同学。"

闫泽手里拿着塑料把儿，看也不看旁边那个打前阵的姑娘，只皱了一下眉头看着徐皓，然后往徐皓这边走了一步。

徐皓看着闫泽顶着一张臭脸走过来，感觉他要动手打人了。结果……闫泽走到徐皓跟前，把塑料把儿递过来，问他："你无不无聊？"

徐皓接过来，不明所以，道："呃，还、还行？"

闫泽扫了一眼徐皓手里的扫帚，很不屑地轻嗤一声，又问他："你几岁了？"

徐皓："……"

闫泽倒也没多说什么，只是又用眼神质疑了一下徐皓的智商，就走了。

留徐皓一个人拿着扫帚，脸都快僵了。

张旭升走过来，摸了摸下巴："你看看，让你耍酷，这下把闫泽给得罪了吧。"

徐皓僵着脸看了一下手里的东西，然后把塑料把儿给插回去，心想，刚刚还嫌张旭升傻呢，转脸就被闫泽嘲笑了，主要是他都多大了，士可杀不可辱好吗？张旭升在旁边说风凉话，徐皓转过脸去没好气地呛他："你哪只眼睛看见我得罪闫泽了？"

张旭升一脸高深莫测的样子："你不懂，人闫泽平时对谁都爱搭不理，这会儿被你气得都说了两句话，你说这不是把人得罪了吗？"

徐皓像看怪物一样看着张旭升，虽然他这人也挺迟钝的，但是闫泽真发火什么样儿他能不知道吗，他索性跟张旭升说："你这么能，不如以后去写剧本？"

闻言，张旭升竟然以为是夸奖，摆手："哎，低调低调，艺术创作正是我的兴趣所在。"

徐皓："……"他被这种厚颜无耻的人堵得没话说。

王浩然手里翻着不知道从哪儿拿的一沓材料走过来，跟他俩搭话："哎，你们知道咱们这学期期末考试会提前吗？"

徐皓没回答，把扫帚给张季瑶递过去。张旭升对这种话题特别敏感，立刻问道："不知道啊，怎么了，提前放假？"

王浩然又翻了两下资料，说："算是吧，咱们这学期末要去乡下劳技，简称务农，提前一个星期考完试，紧接着就过去，听之前学长说，还挺好玩的。"

徐皓想，劳技？没什么印象了，只隐约记得发生了一件特别有趣的事。是什么事来着？

劳技这事儿徐皓一直没怎么留意，临期末考试之前那段时间，徐皓除了应付学校里的常规学习，还查了一下托福考试的相关事宜。

国外生活的日常口语，徐皓完全没问题，但牵扯到专业考试就不大行了。徐皓既然心里已有方向，就打算这个寒假开始着手报名相关的培训班，顺便咨询一下那边各学校的具体专业情况。

一学期就这么又枯燥又充实地过去了，直到期末考完最后一门生物，放学时学校临时把高二年级的同学留了一下，然后由各班老师通知大家，回家准备一下，明天开始进行为期一周的下乡劳技活动。徐皓这才又想起来还有这回事。

每个班主任通知进度不一样，就听高二年级楼层先是一个班开始撒欢儿了似的尖叫，别的班还不明白怎么回事，没多久全校十二个班的高二年级学生一起欢呼。

刚考完期末考试，老师们对学生相对宽容一些，结果高二整个年级吵吵了好几分钟才又安静下去。随后老师们逐一嘱咐，零食不要带太多，违禁电器不能带，游戏机电脑不能带，女生化妆品卷发棒吹风机都不能带。还有，最重要的——带书。

每天吃完晚饭就是一天活动结束，7：00到9：30是晚自习时间，在外面也要像在学校一样。最后，老师问："还有什么不明白的吗？"

徐皓班里坐在前排的一个男生举起了手。这哥们儿个子很矮，长相也稚嫩，看着像个初中生，但是不知道为什么就体毛特别多，使得整个人看上去有一种莫名早熟的违和感。老师点了一下头，说："张硕，你说。"

张硕站起来，表情特别认真，问："老师，刮胡刀能带吗？"

结果刚安静下去没多久的（二）班又笑炸了。

徐皓没带多少吃的，书也没带几本，除了老师要求带的书籍，他只额外带了一本自己想带的。背包空出来的地方，徐皓全都用来放换洗的衣服和日用品了。

第二天早上7：00在校门口集合，徐皓是班里少有的几个没拖箱子的人，使得他站在车前面，整个人看上去特别清闲。结果就是，他跟班里的几个高个男生一起被老师安排帮女生搬行李。

女生们一个个看着瘦巴，箱子沉得简直让人怀疑是不是把家都搬来了。徐皓一边搬，一边就听旁边另一个男生吐槽："这么沉，不就一个星期，她们穿得了这么多衣服吗？"

徐皓也感觉有点儿无语，这次校方没有强制性要求大家穿校服，所以女生基本都放飞自我了。但也不光女生，个别男生的箱子同样沉得要命，真不知道这帮人是打算参加选秀还是干什么来了。

徐皓一直站在车外面往里给同学递箱子，递得多了手上有点儿没劲儿，后面再提一个粉红色大箱子的时候一下没举好，差点儿闪了腰。

徐皓憋着一口气站稳了，再递给同学的时候，就嘱咐了里面一句："悠着点儿啊，这个沉。"

刚好出来接手的是闫泽，徐皓这么一说，闫泽忍不住蹙眉看了徐皓一眼，然后往徐皓这个方向走了一步。

他伸手，跟徐皓一样费了些力气接下这个大箱子，问道："还有几个？"

徐皓回头看了一眼，说："还有三四个吧。"

闫泽没再搭腔，提着箱子左手臂用力送进去，只放下的时候松了口气，看上去没有很吃力。而徐皓转身又去搬剩下那几个箱子。

等这边搬得差不多，班里别的同学都已经上车坐好了。徐皓他们几个帮忙搬运箱子的赶在老师前面上车。闫泽和徐皓一前一后顺着车上的过道往后走着，一看，位置基本都坐满了。

徐皓他们班一共三十七个人，女生十九个，男生十八个，所以这会儿车上就剩了三个位置，除了眼前有个女生落单，独自坐在挨在一起的两个座位上，车厢后面的区域还有两个挨在一块儿的空位。

班主任跟上来扫视了一圈，就跟徐皓和闫泽说："你两个大男生就不要跟人家小姑娘挤了，那不是后面还有两个位置嘛，过去坐吧。"

自打上车，徐皓就察觉这位落单的姑娘一直往闫泽这边瞟，结果老师这么一安排，那姑娘的脸迅速拉长，神情那叫一个落寞！

闫泽看上去对老师的安排没什么异议，提着自己的背包直接往后排走去。而徐皓找不到书包放哪儿去了，东张西望一圈发现是张旭升帮他收在座位上，就找张旭升要过来。

汽车开动的时候，徐皓提着书包摇摇晃晃地走到后排。

闫泽已在里面靠窗的位置坐下。等徐皓走过去也要落座的时候，大巴车突然小幅度地刹车，他没站稳，身体往闫泽那边歪了一下，但又想到闫泽这人一向不怎么喜欢别人跟他挨得太近，赶紧抓住前排座位的靠背。

果然就在徐皓歪过去的时候，闫泽微不可察地侧了一下身体。这其实是他下意识的小动作。徐皓迅速稳住身形，坐到座位上，没给闫泽多嫌弃他的时间。

徐皓落座，把书包放腿上，神态放松地舒了口气，然后翻出耳机插进手机听筒里，设置一番，进入音乐世界。

车厢里的同学望着窗外的景色，大多情绪高昂，相邻的同学聊得热火朝天。反观徐皓和闫泽这边，从坐下来就陷入沉默。闫泽自始至终侧头看着窗外，而徐皓又戴着耳机闭眼听歌，同学关系看起来颇为冷淡。

徐皓属于健谈型的，但不代表他什么时候话都很多。他是爱交朋友，性格挺外向的，但闫泽现在谈不上是他的朋友，两个人说话的次数五根指头都能数清。再加之闫泽这人本来就是一副高冷范儿，整天摆着闲人勿近的姿态，所以他俩这样坐着，只要徐皓自己不觉得尴尬，其实看上去也挺正常的。至于徐皓，他当然不觉得尴尬。

窗帘拦住半扇车窗，薄薄的阴影像云一样遮住徐皓的眼睛，从这片阴影中，闫泽看了徐皓一眼。此时，徐皓鼻翼往下的位置全部浸在阳光里，从嘴唇到下巴。他微微闭着双眼，根本没感觉到有一道视线向他投过来。

闫泽的眉头微微皱了一下，他似乎对这样沉默的氛围有点儿不满，想说点儿什么，但动了动嘴唇又没出声，最后还是把视线毫无目的地投放在车窗外面。

自从闫泽刚才下意识躲了那一下，徐皓就有意识地给两个人空开一点儿距离。车程渐长，徐皓感觉自己都快睡着了，身边的闫泽突然有些不怎么自在地挪动了一下身体，这让他整个人浑身上下都带了点儿躁动的气息，把半睡半醒的徐皓弄醒了。可是没几秒钟，那点儿奇怪的躁动又被闫泽呼吸两下给压下去了，像什么都没发生一样。闫泽把情绪收敛住，除了眉目处隐隐流露出的烦躁情绪，他的脸上几乎没有露出破绽。

徐皓再次睁开眼，往闫泽那边看了一眼，就看闫泽像是想到什么糟糕的事情一样，紧皱着眉头，一脸不高兴。

因为闫泽经常臭着一张脸，徐皓以为是常态，也就没往心里去。只是他坐车坐得也有点儿烦了，心想，这路可真够远的。

其实没人知道，闫泽并非骨子里就这么冷漠，相反，他的内心其实有一把火，让他在某一个节点非常容易就会被点燃。闫泽愤怒的时候很容易冲动，这跟他平时置身事外的作风截然不同，有时甚至蛮横得没什么理智可言。

窗外秋高气爽，没有云，空旷的蓝天可以直接完整地映进人的眼里。徐皓不知道是什么导致闫泽性格上的缺陷，但他了解闫泽。当闫泽站在他面前时，无论发生什么事，因为他心里有数，所以他的眼神都会显得很镇定。徐皓这人从小不会藏心思，真有那时候，估计光眼神就能把他卖了。

历经四个多小时的车程，R中高二年级全体同学终于抵达了此行的目的地。

这里并不是村民居住区，从远处看像是一个规模可观的工厂，部分地方有水泥马路，但大部分地方是平整的土地。

徐皓小时候在农村待过，农村用来大小便的地方常常跟猪圈连着，叫茅房，隔着老远就臭气熏天，还没有什么严密遮挡。他非常确定这帮娇生惯养的同学在这种条件生活，上厕所会成为一大难题。

不过徐皓明显多虑了，从建筑来看，这里是偏现代化的风格，墙壁比较新，生活条件虽然不能跟家里相比，但总的来说不算太坏。至少洗手间是现代化的，跟学校里的设施差不多。

徐皓背着书包跟同学一起走下车，就见宽阔的场地停着十几辆大巴车，乌泱泱几百号年轻人聚在一起，由各班老师带领着往宿舍区走。

徐皓跟在他们班队伍的后面，一边走，一边呼吸了几口山野间的新鲜空气。这个季节天气已经有些冷了，但因为此时是中午，从车上走下来也不会觉得太凉，反而被清风一激，再去看远处山坡半枯半绿的一大片草地，有种心旷神怡的开阔感。徐皓感觉自己心情不错。

走到宿舍区，男生跟女生的楼侧对着，老师先是嘱咐了几句午饭集合的时间和地点，然后各班学生就拖着自己的行李解散了。

徐皓往前凑到班长那边，刚看见自己房间号是301，肩膀就被人拍了一下，一回头，王浩然提着一个小箱子跟他招手："走吧徐皓，甭看了，咱俩一个宿舍。"

徐皓又从人堆里面挤出来，和王浩然勾肩搭背上楼去找301。六个人一间宿舍，最里面靠阳台有一张下床，然后靠门这边是上床下橱。徐皓只记得自己是3号床，进去一看，才发现每个班的房间分配是打散的，里面已经站了三个陌生的同学在收拾行李，其中一个王浩然认识，简单地打过招呼就进屋了。

徐皓3号床，正好是左边那张下床，王浩然1号床，是在左边靠近门的那张上床。床是钢架结构，被子放在枕头上，提前被人叠成了豆腐块的形状。房间有点儿类似军队常用的摆设，除了中间竖着摆了一张长桌子，左右各放三把椅子，其余什么家具都没有，一切从简的风格。

徐皓坐在床上，看着对面三个其他班的同学上下忙活一通，觉得自己的行李真是太简单了。有人拿自用被单也就算了，竟然还有人把棉被也拿过来了，那么大一个箱子，光被子就占了一半空间，可真够讲究的。

目前，唯一空缺的床位就是徐皓的上铺。徐皓跷着二郎腿，悠闲地看着同屋住的几个人忙活，余光瞥到门口站着一个人，便往门口看去。

闫泽正站在门口，环视一圈屋内，视线停留在徐皓身上。徐皓这一眼过去正好跟他对上了。四目相对，徐皓一愣，闫泽也是一愣，随后视线又移开，一言不发地往里走。

闫泽也没带箱子，背着一个比徐皓的包稍微大一点儿的登山包，他走到徐皓床跟前，把包随手往床上一扔。

徐皓就这么一路盯着闫泽的动作，心想，原来闫泽还跟他一个宿舍来着！真没印象了。徐皓发现，现实往后，开始跟梦中情景脱节，这种事情记不记得都没意义。

王浩然也看见闫泽了，毕竟一个班的，闫泽刚扔下包，他就主动跟闫泽打招呼："闫泽，这么巧，这个屋有咱们班三个人，真有缘分啊！"

闫泽只淡漠地"嗯"了一声就算回复，他跟徐皓一样，本身行李就不多，所以拽过来一把椅子转到身前，坐下来，正好就坐在徐皓斜对面。

徐皓这会儿还跷着二郎腿坐在床上呢，见闫泽坐过来，忙不迭地问了一句："没带箱子啊？"

闫泽后背稍微往椅子上倾斜了一下，从兜里拿出手机，正准备解锁，听徐皓这么一问，他手指动作一停，抬头看了徐皓一眼，说："你不是也没带吗？"

徐皓本来没指望闫泽给他啥反应，他以为自己的待遇就跟王浩然的一样，被闫泽随口一个音节打发过去。没想到闫泽竟然接他话茬，他脑子一时间没转过来："啊？"

一秒钟反应过来闫泽说的是什么，徐皓道："哦、哦，你说我啊？那什么，我这人不挑，什么环境都能对付睡一觉。"

闻言，闫泽轻轻哼了一声，身体更向后地靠在椅背上，有点儿放松，又有点儿不屑似的说："是，那么难吃的东西你都吃得下去，你有什么好挑的？"

徐皓憋了一会儿，看闫泽一副欠扁的样子，没忍住："是你太挑了好吗？那么晚了，你指望我能给你打包法国料理还是怎么着？"

闫泽手腕上戴着一条黑色的手环，随着他抬手的动作，手环跟着动了一下。他随手把手机放在桌子上，说："那怎么了，不是有外卖吗？你不会打电话叫人送啊？"

徐皓被噎得够呛，指着他说："你、你行！"

闫泽的表情看着也不像生气，只是视线扫了一下窗外，又转回来，他继续说："你不是说你饿了吗？再说你走呗，谁拦你了？"

早就知道闫泽是这德行，徐皓也犯不上生气，就是觉得这人真是欠打。

两人在这儿你一言我一语地又呛了几句话，就见王浩然那边已经收拾好了，跟他们说："哟，聊什么呢？快到集合点儿了啊！"

徐皓跟着坐直身体。同住一个屋就是这样，空间逼仄，每天抬头不见低头见，要是刻意不跟一个人说话，就会显得很怪。

闫泽是不会在意别人怎么想的，他爱说话就说话，不爱说话就不说话，就是这么个人，他就是一天不说一句话别人也是见惯不怪。

徐皓偏偏是那种有问必答的类型，此刻他还真巴不得闫泽住嘴，消停一点儿。临出门的时候，徐皓跟王浩然聊了几句。等几个室友都走出去后，徐皓准备锁门，人走到门口了，回头，闫泽还自己坐在那儿呢。

徐皓拎着门锁对闫泽道："走啊！"大神，我要锁门了啊！

闫泽似乎没想到徐皓会来这么一句，他身体先是有一下明显的停顿，然后头向着徐皓这个方向稍转了一下，看得出来，他有点儿犹豫。

徐皓默认闫泽是想自己锁门，就把门锁放在门框上，搂了一把王浩然的肩膀，正准备走，却见闫泽站了起来。

他拿起手机，说："行。"然后他冲着徐皓他们的方向走来。

走到楼下遇见张旭升和班里另外几个男生，张旭升隔着老远就看见王浩然和徐皓了，一边喊一边往这边跑过来。

张旭升原本就很兴奋，跑近了一看闫泽也在，更激动了，就说："闫泽也在啊？这下省事了，正有事找你们呢。"

王浩然说："闫泽跟我俩一个宿舍呢，你又遇着啥好事儿了，这么激动？"

张旭升大咧咧一巴掌拍在王浩然身上："嗐，周三有篮球赛，老师让我通知你们几个一声，算算咱们几个也算是班里骨干球员了，聚一块儿这不是好说话吗！"

还骨干球员，徐皓都替张旭升臊得慌，就跟他说："赢了是有奖励还是怎么着，让你高兴成这样？"

张旭升一扬眉，说："瞧你这话说的，做点儿为班集体争光的事儿我能不高兴吗，要什么奖励！"

此话一出，王浩然和徐皓默契地陷入了沉默。徐皓算是明白了，张旭升只要沾着跟学习无关的事儿，那劲头儿就是使不完的。

校方统一安排吃过午饭后，要求各班在空地上集合，整理完队伍之后，下午由当地的管理员引领着学生围绕整个场子转了一圈。

宿舍楼和工厂相连，整片围起来的场地很大，往外走，脚下的水泥马路渐渐变成土地，前一天下过雨，地面上还有些泥泞。徐皓跟着队伍走了一会儿，感觉脚底下的土质有点儿松软，就往远处看，果然见得一大片高耸错杂的玉米地，隔壁连着的还有各种盘在地上的作物，看上去金灿灿的，很有深秋的氛围。

偶尔间隔听得见行走队伍里一惊一乍的呼声，然后旁边还有人嬉笑几句，是走路的过程中有人踩了一脚泥。徐皓闻声看过去一眼，就收回视线，心想，都来务农了还穿得跟去赴宴似的，农民伯伯干活儿都不够累的，谁还有工夫看你们，这不瞎嘚瑟吗？

初来一个地方，学生们又都年少，那新奇劲儿就像一簇鲜花似的拥在一起，看什么都觉得好玩，都觉得新鲜，一路上情绪高昂，还有人沿路采了一些野花。

不承想，这一走就是一个多小时。

原本以为只围着这个场子转转看看，没想到领头的管理员还带着学生们走了一个山头，山体坡度不大，但是山路很绕，新鲜头一过，大家就开始喊累了。

有些鞋子不跟脚的或者体力差的女生已经不想走了，她们问同行的班主任还有多远，班主任表示也不清楚，最后差人去最前面问了，才知道他们这一趟是要去山上的水库。

说是水库，但看上去只是一个山间的普通湖泊，令所有看过的学生大失所望。想到还要再走一个半小时原路返回，大家一时怨声载道，兴致迅速跌了下去。

往回走的不是原先那条路，但大部分人已经无心看风景，仅剩的那么一部分男生还能有说有笑。下山后又是一片田地，再看见玉米田就知道离工厂不远了。走了一段路，忽然听见有个人喊了一声："怎么这么臭？"

这句话一出，大家都注意到了这股难闻的味道，且越走味道越重，不多时，忽然从队伍最前端传来一阵骚动，队伍行进的速度跟着缓下来。

有些同学觉得很累，想蹲下来喘口气，可是因为周围臭气熏天，一个个拧着眉头不敢蹲，尤其是这一路反复看见许多大坨的牛马粪，他们唯恐沾到自己身上。

跟着队伍再走一会儿，徐皓才发现前面出了什么状况。队伍之所以走得慢，是因为前面平地上有一个大坑，上面架了一块仅有一米宽的石板，为了保险起见，每次桥上只过一人，而那里面也正是散发臭气的根源。

徐皓自从上学之后就没怎么在农村待过，一时间也被这股臭气熏得要命，就听见身后张旭升抻着脖子喊了一句："这么大的一个粪坑！这怎么走啊？"

张旭升正好站在徐皓后面，徐皓转过头跟他说："什么粪坑，这叫化粪池，你一会儿记得堵着鼻子眯着眼，直接跑过去就完事了。"

说话的工夫徐皓就快到跟前了，闫泽顺位站在徐皓前面，听见徐皓这么说，回头过来问徐皓："还要眯眼？"

闫泽这人本来就挺爱干净，看他这个皱眉头的表情就知道他也被臭气熏得够呛，徐皓捂着嘴，实在不想张大口，就走到闫泽身边用另一只手拍了拍他的后背，憋着气说："听我的准没错。"

徐皓这拍后背的动作跟哄小孩儿似的，让闫泽步子稍顿了一下。

闫泽这次倒没再明显地避开徐皓，只是有些不怎么自然地侧了一下肩膀，显然是不适应这种小动作。不过徐皓拍了一下就放下手了，他自己被臭得完全没意识到自己做了什么，也没注意闫泽有什么反应。等看见闫泽捂着口鼻走过去的时候，徐皓一刻没犹豫，跟在后面跑过去了。

再后面还能听见张旭升喊："眯眼？为啥啊？为啥不能睁着眼？"徐皓真佩服张旭升这种环境里还愿意开口说话。

结果张旭升捏着鼻子跑了一半，突然表情扭曲，一步从板子上跳过来。

他一跳过来就松开鼻子，揉眼睛，说："这粪坑简直绝了，连空气都臭得辣眼。"

徐皓："早跟你说什么来着……"

第一天，校方考虑大家适应力不够，晚自习早放了半个小时。从教室离开的时候，王浩然被老师留下了，徐皓就自己先回宿舍了。

9：00的郊区，没有光污染，四周比城市更黑一分，然而场区内路灯很多，加之周围往宿舍区走的学生很多，大家结伴而行，倒也没觉得有什么隔离感。

徐皓抱着两本书走上楼，推开宿舍门的时候，发现屋里早已经回来了一个人，是闫泽。另外班的三个或许是下自习晚，还没回来。闫泽一个人站在阳台上，玻璃门半开着，他的手扶在窗框上。

阳台就在进屋门的正对面，外面有一盏路灯照着他们房间的玻璃窗，将阳台笼罩在一片橘黄色的光影里。

徐皓把书放在桌子上，伸手去提了一下门边的暖水壶，一共四个，里面都是空的。徐皓提起两个，见闫泽已经转过身，但是没说话，他就随口一招呼："看什么呢？"

闫泽走进屋，把身后的玻璃门拉上，顿了一下，才说："没什么。"

话语简短，听上去不是很想交流的样子。

徐皓提着暖水壶站在门口，说了句："行吧，我打水去。"

正打算就这么走了，徐皓却突然意识到什么似的，视线在透进来的路灯光上停留了一下。

灯光很亮。徐皓眯了一下眼。

转身出门的时候，发现闫泽不知道什么时候也到门口了，他顺手提起门边的两个暖水壶，跟徐皓说："走吧。"

徐皓一愣，没想到闫泽也会去。闫泽先一步提着暖水壶往外走了，徐皓才跟着走出去。

这个地方设计得很奇怪，打热水的地方并不在宿舍楼里，而是在宿舍区外面的一块空地上，想要用热水的学生们，无论白天晚上，都必须提着暖水壶穿过一段不算近的路程到达热水器那边。

　　徐皓跟闫泽走下楼，教学区的班级已经全部下自习了，路上人声嘈杂，学生们蜂拥着走向宿舍楼。这个时间出来打水的人不多，放眼看去只有徐皓他们和零星的几个人在逆着人流往外走。

　　再走走，嘈杂声被甩在身后，渐渐地就没什么人了。两人一路也没开口说过话。沿路植被低矮稀疏，路上布满泥泞错乱的脚印。白天走过的时候还不觉得有什么，然而乡村的夜色比城市更重一分，加之天冷，就未免觉得荒凉。然而空气新鲜得好像从云层中鲜榨出来的一样，晚上散步，让人觉得很透气，就是有点儿冷了。

　　徐皓和闫泽并肩走着，一边走一边想，节约用水也没有这么节约的吧？这荒郊野外的谁愿意出来打水，估计明天小卖铺里的矿泉水会被卖爆。正想着呢，一抬头，突然发现旁边没人了。徐皓诧异回身，就见闫泽不知什么时候在他身后几步远的地方，站着一动不动。

　　不知道是不是灯光的原因，闫泽的脸色看上去有点儿差，他侧脸抽动了一下，眼睛死盯着前面，就好像在跟什么野兽对视一样。显然闫泽是看见了什么，一点儿突发状况，让他整个人变得很紧张。

　　徐皓似有所觉，顺着闫泽的视线往前一看，却发现前面什么也看不见，是真正意义上的什么也看不见。刚刚路灯排列密集，那灯光跟不要钱似的照得那么亮，徐皓竟一时没有发现，路灯到这里，就没有了。

　　乡村就有这种特质，黑夜如胶黏稠，开着手电筒也无济于事。而闫泽就莫名其妙地停在那里，身体僵直。说真的，要不是今天晚上是他在这儿，换成别的任何一个人，看闫泽这个反应，估计都得以为闫泽这是半路见鬼了。

　　徐皓凭借自己双眼 5.0 的视力，终于从一片浓厚成胶状的黑夜中发现了一红一绿两个小光点，是热水器。约莫能再有三十米。

　　闫泽情绪反常，但徐皓顾及了一下闫泽的自尊心，就没有再去看他，只是装作什么都没有发现似的跟他说："唉，这黑灯瞎火的也不是个事儿啊，你就在这儿看着暖水壶吧，咱俩一块儿过去也什么都看不见，再让热水烫一下多不值啊！"

　　徐皓这突然开口一说话，在万籁寂静的夜晚尤其响亮，闫泽如同梦中被惊醒了一般，步子有些不稳地向后退了一步。

闫泽下意识看向徐皓，眼底的情绪甚至一时间没来得及收回去。满目仓皇，带着一点儿难以自持的失措，他微微张开嘴，短促地呼吸了几下。又不堪情绪如此直白地暴露在外，闫泽甚至有一瞬间想逃。

然而，徐皓相当有眼力见儿地没再回头。徐皓提着两个暖水壶往前走，走到深处，黑暗的压迫感从四面八方袭来。

徐皓心理素质一向过硬，他摸索着找到了热水器，腾出一只手来打开手机上的手电筒，将手机叼在嘴上，然后一只手托着暖水壶一只手压住出水口，就这么把两个暖水壶接满了。

回去的时候，徐皓就看见闫泽独自站在原地没动。徐皓走到闫泽跟前，放下两个暖水壶，再去拿闫泽手里的两个暖水壶，却发现闫泽攥得很紧，被他拽了一下，才后知后觉松开了手。

徐皓发现暖水壶把上湿湿的，闫泽紧张到手心出汗了？

闫泽松开的手有一点儿颤抖，他微微垂着头，用左手抹了把眼睛，手指最终捏成拳头。他不吭声，全身都在发力收紧，终于咬着牙克制住了那一点儿脆弱的情绪。

徐皓拿着暖水壶直起腰的时候，刻意避开了闫泽的眼睛，却突然想起以前看过的一部电影。名字已经忘记了，只记得有一个男人在路灯下走。

一盏路灯，又一盏路灯。那个男人最终走进一片不可渗透的黑暗中，连影子都被吞噬了。

这电影闫泽看不了。徐皓说是做梦，却连这些细节都记得清楚，有时他也会觉得恍惚，曾经过往竟真的只是一场梦吗？与其说是意识和梦境，倒真不如说是"上辈子"真活过一遭来得贴切。

往回走的时候，周围多少能看见几个人了，然而闫泽却明显比来的时候消沉得多。

两个人又一路无言地走回宿舍，一进屋，看见其余四个人都回来了，大家对于有人会主动打水表示相当吃惊，一进屋就把徐皓和闫泽猛夸了一阵。

闫泽话都没说一句，放下暖水壶，径直走到床边，脱了鞋，顺着梯子爬到上铺。

那四个人面面相觑，都以为自己说错什么话了，后来还是徐皓给圆了个场，这才打破尴尬，大家又聊了点儿别的。

临睡觉时，徐皓对面那个下铺去关灯。灯一关上，发现遮阳布不够长，紧邻着阳台的那个路灯仍然有一道光线散落在徐皓他们这边的床上，令那一面墙看上去明晃晃的。

这位关灯的同学一看，就忍不住过来扯遮阳布，一边扯一边说："嘿，到头了？哪有路灯给人安排在窗边的，这让人怎么睡啊？"

徐皓已经准备上床睡觉了，见床上那道光随着窗帘被扯得来回抖动，就说："算了吧，也就我们这边亮点儿，你们那边又不透光，不用忙了。"

那同学还有点儿不死心似的，抬头研究了一下窗帘的布局，说："那怎么行啊？那你们怎么睡啊？"

徐皓倒是无所谓："嗐，我是怎么都睡得着，至于……"

徐皓个子高，站在床边上一转头，正好就能看见闫泽。

闫泽背对着徐皓，身体微微拱着，一动不动，也不知道睡着了没有。

徐皓说："至于闫泽嘛，他都睡了，估计也不影响，就这样儿吧。"

那同学一听，也就作罢了。各自上了床，没多久宿舍里就陷入了睡前的安静。

徐皓躺在床上，没多时听见上铺有衣服摩擦的声音，估计是闫泽终于觉得保持一个动作太久不舒服，稍微换了个姿势。

斜后方投进来的光路，轨迹正好有一段落在徐皓手上，金灿灿的，徐皓就抬起手来看了看。手纹错杂，每一道都泛着光。

闭眼睡着前，徐皓还在琢磨，打从上辈子他就知道，闫泽感知上有缺陷。睡觉的时候必须得开灯，座位偏向坐在靠近阳光的地方，平时人五人六横得跟什么似的，突然陷入黑暗就会有非常激烈的应激反应。谁能想到呢，就闫泽这种人，竟然会怕黑。

按班级来分层，务农活动各有不一。徐皓他们班被安排去地里掰玉米。

掰玉米其实挺简单的，抓住玉米头穗那块儿往下一扯，成熟的玉米棒就会脱落，但这个时节收获玉米有点儿晚了，许多玉米都坏死在根茎上，外皮包裹着一大坨黑黢黢的发霉物，上面还有虫子在蠕动。徐皓沿路就掰下来两个坏的，别说身后女生尖叫声此起彼伏，光他自己都被恶心得够呛。

玉米种植得非常密集，要想往深处走，必须拨开眼前的各种枝叶，然而玉米叶很硬，玉米秆得有两米五左右高，这使得人在玉米地里行走的时候，不仅很难看见周围的环境，还容易被叶子割破手。

上午大家都不太熟练，一惊一乍地掰下来两筐玉米就算结束了。下午班里合计了一下，觉得不要都下地去干活，男生继续去掰玉米，女生则留下来负责搓玉米粒，这样分工也算合理，大家都表示能接受。

徐皓裤腿挽到小腿处，背着一个比书包大一点儿的竹筐往玉米地深处扒拉，掰下来的玉米棒感觉还好就扔进筐子里，坏掉的就随手扔在地上。如此收集了能有半筐，旁边传来簌簌的声音，徐皓知道是有人走过来了，但枝叶太密，也看不出来是谁。

徐皓往前走。推开眼前坚韧的秆茎，察觉到有人影在晃动，徐皓挪了一下视线，就看见了闫泽。

闫泽站在隔了两三米的地方，背着相同的竹筐，手里拿着一个刚掰下来的玉米。都是同一个班的，来回会这么撞见，徐皓觉得很正常。然而对面的人并不这么想，闫泽看过来的时候，表情怔了一下，眉间透出一点儿茫然，似乎是相当意外。这真是闫泽难得会露出来的表情。

然后在徐皓有点儿奇怪的注视中，闫泽突然下意识往后退了半步，手里的玉米一松，掉在地上。

闫泽再看徐皓的眼神就变得很警惕。那感觉……就好像徐皓马上就要冲上去抢劫他似的，可他闫泽现在身上有什么，玉米吗？

对视三秒钟，徐皓往地上的玉米棒一指，说："那什么……"

徐皓想说玉米掉了，话未说完，闫泽就跟着又往后挪动了半步，他的目光仿佛被徐皓未说完的话撕裂出一个口子，满身戒备随着对峙的气氛同时溃破，就好像弱点被人发现了一样，仅剩下一点儿令人难堪的惊慌。

闫泽整个人跟淋过雨似的，气焰刚拔起来，一下就突然被扑灭了，他甚至没有听清楚徐皓在说什么，转身扒开另一个方向的玉米，有点儿急促地走了。

徐皓满头雾水。

人几下就走没影了，徐皓索性捡起地上那根颗粒饱满的玉米棒，扔进自己的筐子里，心想，真浪费。

话说回来，自打那天徐皓跟他一块儿去打了两壶水回来之后，闫泽就变得不太正常了。连徐皓自己都能感觉出来，闫泽在有意避开他，原因虽然不明，但行为上是非常明显的那种。就比如说昨天晚上吧，闫泽本来倚在床边玩手机，徐皓要回床上坐着，还没走过去呢，闫泽却跟突然受了什么刺激一样，抬脚就走出宿舍了。

这样几个来回，连王浩然都发现不对劲儿了，过来问："你跟闫泽有啥矛盾了吗？"

徐皓一脸纳闷："矛盾？没吧？！"

然后他想，非要说的话，很可能就是那天晚上打水，闫泽被那片黑灯瞎火的地方给吓着了，事后又觉得自己反应丢人，面子上过不去，所以再看同行的徐皓也觉得不顺眼。

传说古代当官的整出点儿什么见不得光的丢人事儿，总想着把同行的都给杀了灭口，估计就是这么个道理。

不过这下子倒也方便徐皓，原本闫泽还搭他话的时候，徐皓老不知道自己该说点儿什么，眼下两个人直接井水不犯河水，徐皓也不用再跟他周旋。毕竟闫泽就是这么个人，你跟他相处一段时间，或早或晚，总会有得罪他的地方，根本避免不了。

周三篮球赛，因为近期一直干农活儿，好不容易休息半天，大家对这个小赛事还挺期待的。各班要上场的男生提前都定好了，中午吃了饭，早早地进场开始热身。

在（二）班待了这么长时间，徐皓对于班里几个人什么打法，什么水平，心里基本都有数了。徐皓是内外线都能站的类型，但是他自己觉得后卫顺手，闫泽又是典型的小前锋，其他队员就随着他俩去补其他位置。

徐皓找人借了一个球，活动着手腕在场外运了运球，转身换手的时候莫名感觉到有道视线盯在他身上，还挺强烈。

徐皓凭着感觉往那边看了一眼，却发现并没有人在看他，那边就站着一个闫泽。

闫泽左手连贯又随意地拍在篮球上，视线落在另一个方向，头都没往徐皓这个方向转。徐皓不禁对自己这种突如其来的错觉感到一阵无语。

（二）班比赛抽签是王浩然去的，回来展开一看，对手是（八）班。

张旭升对这个结果明显不爽："年级这么多个班，怎么就非得让我们遇上（八）班？真够烦的。"

徐皓对（八）班也有所耳闻。倒不是说（八）班实力就多么强悍，（八）班是有两三个男生打得还算不错，但是比这更有名的是，这是个犯规成瘾的队伍。

尤其是他们班有一个又高又壮的大胖子，球不怎么会打，但是专门盯人，场场都会因为阻挡制造五次犯规被罚下场，而（八）班还美其名曰战术，这让（八）班在R中的篮球场上臭名昭著，谁都不想跟他们打。

所以张旭升有这种抱怨，大家都表示理解。不过原本也就是学生之间打着玩的，名次再靠前也不能给你高考加分。说白了，就是这帮小伙子面子上过不得去而已，徐皓觉得跟谁打都差不多。

下午2:00，正是太阳最好的时候，比赛开始了。开场，（二）班摸着第一个跳球之后，在外线直接转移到禁区，张旭升一个跳投，对面没拦住，结果被他自己打偏了，球撞在篮筐上又弹回来，被（八）班的人直接劫走，紧跟着（八）班进了第一个球。

就听得（八）班那半场一时间欢呼不断，不过好在张旭升这人精神头比较足，进歪了一个球也不用人安慰，只不过有点愤愤地瞪了（八）班那边一眼，嘀咕道："至于吗？"

徐皓过去拍了拍他的肩膀："没事儿啊，看哥一会儿给你进几个三分球，气死他们。"

张旭升嫌弃地去拍徐皓的手："去去去，谁哥，谁哥？待会儿你就别把球传给我了，你传给闫泽，他是得分点，我就是打酱油的。"

徐皓颇为意外地看了张旭升一眼："哎哟，长大了啊，这么谦虚？"

话一出口，徐皓又觉得有人在看他，可能是离得近了，比刚刚感觉还灼热。

徐皓回头，这次他没感觉错，还是闫泽，这次闫泽确实是在盯着他。只不过徐皓刚跟他一对视上，闫泽那眼睛跟被电了一下似的，唰地一下视线就偏开了。因为反应太快了，头还没来得及转回去，此刻显得有点儿僵硬。

张旭升也凑过来，往那儿看了一眼，跟徐皓说："你看看、你看看，就因为你不给闫泽传球，给人闫泽气得都不想正眼看你，这叫啥？这就叫恨铁不成钢啊！"

徐皓扯了扯嘴角："你快闭嘴吧……"

给闫泽传球，那也得找机会。（八）班明显有备而来，那一米九几的一堵墙全场啥也不干，闫泽跑哪儿他跟哪儿，给视角堵得严严实实，总不能让徐皓闭着眼往那儿扔吧。

况且，闫泽今天状态不对。看他眼神就知道了。

一个大胖子，姿势不够灵活，凭闫泽的身手想突破出来，那根本不是难事。徐皓心里清楚，闫泽一旦有机会拿球，他全身上下都会带出一种蓄势待发的狠劲儿，那眼神锋利，左手指微微蜷起来，就代表着他准备好了，随时带球走都不会脱手。

但是闫泽今天没有，他拒绝跟徐皓有任何眼神上的接触也就罢了，浑身上下还都是破绽。

徐皓能感觉出来，就算现在把球传给闫泽，也很有可能让他半路整丢了。再看看其他半场的人，说实话，也没有什么得分点。徐皓在外线顺过球来，看了一下对面的站位，有点儿距离，当下没再犹豫，抬手推球一抛，"啪"，一个三分。进了。

虽然闫泽今天表现得有点儿奇怪，但徐皓手感不错。这下变成（二）班这半场铆足了劲儿地欢呼。整个上半场，徐皓两个三分，四个二分，在自己半场杀进杀出，跟异军突起似的。中场休息前，（二）班超了（八）班三分。

闫泽发挥也还凑合，看着比其他人强，但是远不到他自己的真正水平。上篮不稳，跑走运球也僵硬，有一次徐皓好不容易瞅准机会给闫泽送了个球，闫泽竟然没接住，给弹飞了。

这都不叫失误了，这简直就是闭着眼打球。徐皓当时都想给闫泽脸上泼点儿冷水问问他，你梦游呢？不过想归想，徐皓看闫泽这个不在状态的样儿，也懒得跟他多说。省得再把人得罪了。

下半场开始，徐皓刚找好位置，还没走两步呢，突然发现自个儿跟前多了一个人。这一站，太阳都快给挡住了。徐皓眯着眼往上看，站他对面的这个胖子兄一脸严肃，因为上半场闫泽发挥不好，胖子兄也没有太多的机会犯规，以至于这位过了半场还没被罚下去，这在（八）班史上是相当罕见的。

敢情是调整战术，来防他徐皓了啊！可，不是徐皓托大，这人也就能防一防梦游的闫泽，想防他？难。徐皓控球能力很强，运球节奏快慢自如，一个前闪，再后转身带球过去，后面这胖子追都追不上。

直到徐皓突破重围又进了两球之后，（二）班气势已经轰到顶了，（八）

班更是沉不住气了，开始骚动起来。那（八）班的前锋主力不知道跟胖子兄耳边嘀咕了一句什么，就见胖子兄点点头，再往徐皓这边看，神情从严肃变成凝重。

再等徐皓上了场之后，才知道这两个人刚刚嘀咕的是什么。这好家伙，为了不让徐皓接着球，直接开始推人了。

还有这样的？徐皓被推了几下，觉得有点儿不爽，裁判那边吹哨提醒，（二）班这边几个队员更是一个比一个想骂人。这也太过分了吧，打球还是打架？

最过分的一次是，徐皓跳起来接球，那胖子一看形势不对，跟着跳起来，胸口往前一顶，直接把徐皓推倒了。

这还不是主要的，正当徐皓后背着地摔在地上，还没来得及感觉多疼呢，突然脚踝传来一阵剧痛，那胖子竟然落地的时候没站住，一脚踩在徐皓的左脚踝上。

徐皓这会儿是真觉得眼前一阵发白，二百多斤一个人，疼得他简直连话都说不利索了。徐皓在地上躺了没两秒被人一把拽着坐起来，他冷汗涔涔地睁眼一看，哎呀，给徐皓惊得又差点儿躺回去。怎么是闫泽啊？

闫泽单手拽着徐皓的胳膊肘发力，蹲在旁边紧盯着徐皓迅速肿起来的左脚踝看了一阵，再抬头往那个胖子那儿看，就跟别人也踩着他了似的，那眼睛都快喷火了。

闫泽嘴唇微动，无声地骂了一个字。

可惜徐皓没看见。徐皓注意力全被场上的骚动给吸引走了，这会儿（二）班其余几个全都骂骂咧咧，（八）班自觉理亏，但胖子犯规是故意，踩人真不是故意的，一时间也不甘心被人这么骂，双方推搡了一会儿，眼见着就要打起来。

裁判老师及时走过来，推开两边的人，说："干什么呢？比赛还没结束。"

然后他走到徐皓身边，蹲下来看了看徐皓的左脚踝，问："怎么样，能走路吗？"

徐皓挪了挪脚踝，发现能动，估计不会骨折，但是疼劲儿还在，就说："还行，能走。"

闫泽抓着徐皓的手劲儿还挺大，徐皓就着闫泽的胳膊站起来，左脚点地，一时使不上力气，但一瘸一拐地也能走，就是慢点儿。

察觉闫泽还想跟着他走出去似的，徐皓挣开闫泽的搀扶，说："我自己过去就行了，这还没打完呢，你回去吧。"

闫泽这会儿倒是不再躲避徐皓的视线。他放慢动作松开手，还有点儿较真似的往下看，简直要把徐皓的左脚盯出洞来。

徐皓被他看得有点儿莫名其妙，就又说了一遍："真没事儿。"他指指观众席，"我过去了啊。"

然后不等闫泽有什么反应，徐皓走一步跳一下地去了观众席。闫泽看着徐皓的背影，深吸一口气，眼神都有点儿不对劲。

闫泽转身回场，徐皓回到观众席，全班就跟接待什么凯旋的英雄似的，欢呼声一阵接着一阵，竟然还有几个女生捂着脸哭了，给徐皓整得又无语又有点儿不好意思，心想，有必要这么夸张吗？不至于的吧。

徐皓往前排一坐，就有人问徐皓用不用去医务室，徐皓轻轻活动了一下左脚踝，没刚刚那么疼了，就说，不用了。然后坐在观众席上十分清闲地看起比赛来。

比赛离结束还有不到十分钟。班里一个候补换到徐皓的位置上，还没开始跳球，双方火气就对冲起来了。那势头还真跟要打群架似的。

结果，徐皓看了没有半分钟，就突然发现局势不对劲。（二）班火气大归大，但为了不犯规被罚下场，也展不开什么手脚，因为篮球比赛有规则，毕竟不是打架。

然而闫泽不知道怎的，突然就睡醒了。说睡醒了还不准确，应该说，是带着很大的起床气被人给吵醒了。那眼神又狠又戾，还满脸凶劲儿，徐皓一看就知道闫泽是真火了。至于原因，闫泽发火还需要原因吗？

闫泽这才是真的打起球来跟干仗似的，他原本就擅长快攻，三步上篮全场没人能拦得住，单枪匹马冲到人前，那股拦不住的蛮劲儿把对面冲得丢盔弃甲。

但这还不是关键。关键是，快到最后那会儿，闫泽带球往回走，也不知道是有意还是无意，正巧把（八）班那个胖子带到了篮圈底下。

闫泽走到禁区，没停顿，一个相当漂亮的高跳上篮。那胖子也没多想，一见闫泽跳起来，他也跟着跳起来了。但是闫泽跳得快一秒，徐皓心里有数，闫泽腰腹有劲儿，弹跳力相当好，这胖子跳得晚了，就算再想撞人，这个完美起跳的灌篮也基本上是百分之百能进的。

结果也不知道怎么着，徐皓看在眼里，却突然发现闫泽手上扣球的动作早了一秒。

众目睽睽之下，闫泽手劲儿一压，一球掼在人家脸上。那一球砸得狠，直接把胖子鼻血都砸出来了。偏偏闫泽冷着一张脸，双脚落地后，带着点儿挑衅似的睨着人家，鼻子里哼了一下，才说："对不起了，手滑。"

那语气哪是道歉啊，那个"滑"字还得特别重，让人一听就知道这绝对是故意的。

闫泽这一球下去，对面那个胖子直接向后一屁股坐在地上。

胖子用手捂住鼻子，但不敢使劲按，眼泪跟着鼻血一块儿往外涌，明眼人看他那个五官拧在一起的表情，就知道闫泽下手有多狠了。

且不说相隔二十多米的球场外面是什么反应，单是球场里面的其他几个队员连同裁判都被闫泽这突如其来的一招给整得有点儿蒙。还是（八）班那个一开始给胖子支着儿使坏的前锋先反应过来，他用手指着闫泽，又指了指坐在地上的胖子，说："你这故意的啊！"

闫泽紧皱着眉头往说话的人那边扫了一眼。其实闫泽的扣球速度很快，看在外人眼里也就是跳起来一瞬间发生的事，这就跟刚刚胖子踩着徐皓脚了一样，是符合实际的惯性行为，如果当事人一口咬定是意外，那其他人就算有意见也不能说什么。

所以（八）班这人一说话，（二）班的几个人立刻就不乐意了。先甭管闫泽最后那句话是什么意思，就说（八）班这态度情理上都说不过去，敢情你们班伤人就是意外，我们班伤人就得是蓄意而为吗？张旭升一手指着（八）班几个人站的方向，正要上去理论两句，却见闫泽左脚踩地，转过身，径直往（八）班前锋所在的位置走了几步。

闫泽这人看上去比较显眼，在整个 R 中都属于风云人物，只是他平时不合群，所以大家虽然知道他名声大，但对他的了解都比较少。眼下看闫泽二话不说走过来，（八）班几个人一时间摸不清楚他的意思，也不知道该有什么反应，就目送着闫泽一路走到自家前锋跟前。闫泽身上带着个不好惹的躁劲儿，让他整个人看上去特别强硬，走到脸都快贴对方脸上了才停下，逼得（八）班前锋生生往后退了一步。闫泽挤出来两个字："怎么！"

这句话不是问句，反而让人听着有点儿怪。在（八）班都还没反应过来的时候，闫泽视线在周围几个人身上扫了一圈，又说："我就故意的，怎么了！"

这一嗓子听上去底气十足，徐皓隔着二十来米远都听见了。看这个架势，闫泽是真想动手啊！

　　徐皓咂了一下嘴，心想，也难怪，（八）班这手确实太黑，那胖子堵他堵了几分钟，他都觉得憋屈，更何况闫泽呢！那胖子看了闫泽一整个上半场，就闫泽那脾气不炸才怪。这要让不知道的人看见了，还以为闫泽在挑头给他徐皓报私仇呢。

　　徐皓活动了一下左脚踝，不禁又开始感慨起年轻人的恢复能力，就这一会儿时间，都感觉不出多疼了。

　　看到不远处那几个血气方刚的小伙子大眼瞪小眼马上就要打起来，两个老师迅速跑进场地，连安抚带训斥地将两个队伍分开，然后一边由一个老师看着往各自班方向走来。

　　闫泽一边走，一边还恶狠狠地回瞪对方，老师看得都有点儿发怵。这一拳头下去，给自己、给家庭会带来什么影响，就算学生年轻易冲动不管不顾这些，但老师们出于负责任的态度，还是要把这些危险因素扼杀在萌芽阶段的。

　　徐皓扶着台阶站起来，左脚点了点地，感觉比刚刚好点儿了，就是走起路来脚还不敢落实。比赛结束，各班整队散场。徐皓深一脚浅一脚地跟着队伍走了两步，旁边不知道什么时候凑过来一个女同学，怯怯地跟他说："徐皓，你能行吗？我扶着你走吧。"

　　平台上一共就两级台阶，再看眼这位女同学，文文弱弱的，个头也就到徐皓下巴，徐皓真怕一胳膊肘搭上去把人压扁了，索性扶着栏杆往上跳，随和地笑道："不用不用，真不用，我这没有那么严重，睡一觉明儿就能好。"

　　徐皓跳了两级台阶上去了，继续深一脚浅一脚地往前走。那女同学还慢慢悠悠地跟在徐皓后面半步远，双手攥着裙角拧来拧去，一副欲言又止的样子。徐皓纳闷地看她："呃，还……还有事吗？"

　　话刚说完，徐皓悬空的左胳膊肘突然被人使蛮力往后扯了一下。

　　徐皓本来腿脚就不灵活，这一拽差点儿把他拽倒了，不过快倒的时候又顺着拽扯的那股劲儿被扶住了。

　　徐皓更纳闷地往后看，正对上闫泽板着的那张臭脸。闫泽二话不说，把徐皓往自己身边扯了一下之后，攥着徐皓的左小臂搭在自己的左肩膀，然后腿上用力后背前弯就要把徐皓顶起来。

徐皓整个人都蒙了，一时间不知道闫泽是要把他背起来还是要直接给他一个过肩摔，右手下意识推住闫泽的后背就往后使劲儿，说："你干什么啊？"

徐皓不知道闫泽是什么意思，两个人一时间就卡在一个闫泽背不起来徐皓自己又动不了的位置上，姿势有点儿尴尬。然后闫泽手上卸了力气，但抓着徐皓的手腕没松开，看那眼神也不知道是想把谁吃了："我带你回去啊，我干什么！"

这话里的意思跟闫泽语气上的火药味完全对不上，以至于徐皓原地反应了两秒，才明白过来闫泽话里的内容，一使劲儿把自己手腕给抽回来，说："不是，我又不是不能走，你这突然之间是要干吗啊？"

本来徐皓因为吃惊嗓门就挺大的，结果闫泽被徐皓的抽手动作给闪了一下，那邪乎劲儿立刻就上来了，嗓门比徐皓还大："你能走啊，你这叫能走，我去你……"

闻言，徐皓的眼睛立刻瞪起来，比铜铃还圆。

跟徐皓，你说什么都行，但这种程度的脏话他就忍不了。

徐皓绷着脸向前一步，单手指在闫泽的下巴上，直接跟闫泽对着吼："闫泽，你再给我骂一句试试！"

刚刚平息了一场纠纷的老师们怎么也想不明白：你说两个队伍打起来也就算了，怎么一个队伍里面的两个主力也剑拔弩张，一副要干仗的架势？

然而，闫泽刚刚还横得要命，徐皓都以为闫泽要跟自己动手了，被徐皓这么一吼，整个人看上去有点儿受惊，然后张了张嘴，好像是想反驳，但是没发出声音来，那一身嚣张的气焰被一盆凉水从头浇到脚，连个火苗都没剩。

闫泽又逞强似的不肯示弱，继续瞪徐皓，结果发现徐皓瞪得比他还凶，他瞪着瞪着不受控制地喘了口气，眼圈竟然还有点儿发红。

那邀功不成反被骂的委屈劲儿啊，徐皓好像在他八岁表弟身上见过。他表弟在外面不知道什么原因打架了，回到家一脸脏兮兮的，衣服也破了，还没控诉呢，先被徐皓他姑劈头盖脸地教训了一顿，那表情就跟闫泽现在脸上的一模一样。

徐皓简直怀疑自己是不是出现幻觉了。但是闫泽没给徐皓确认的机会，他猛地撇开头，嘴里低声骂了一句，然后低着头抹了把脸，短促地呼吸了几下，转身就走了。

一路小跑过来准备拦架的老师们一看，最难缠的那个人竟然掉头走了，立刻一颗心从嗓子眼儿又放回胸腔里。剩徐皓一个人站在那儿，在风中凌乱。

第二天，徐皓的脚踝就好得差不多。但是班主任体恤他的"伤情"，没让他下地掰玉米棒，而是安排他跟女生一起搓玉米粒。

徐皓搓了大概有一个小时就感觉煎熬了，活儿其实也不轻松，周围坐了一圈莺莺燕燕的小姑娘，让他一个大好青少年混在里面，别扭极了，然而这一搓就是两天。

这帮小姑娘还总爱时不时地跟徐皓搭个话，一会儿问问徐皓的老家什么情况，一会儿打听打听徐皓有什么兴趣爱好，这一轮一轮跟查户口似的，叽叽喳喳聒噪不停，把徐皓问得头都晕了，偏偏还得耐着性子跟她们讲。

男生们玉米棒收集到差不多一筐就会送过来一趟，徐皓不想搓玉米粒，就挨个儿过去接他们的筐子。有几个男同学就站在地里朝徐皓挤眉弄眼。张旭升更过分，直接跟徐皓嚷道："哟，徐皓，好福气哪！"

听听那阴阳怪气的腔调，不知道的还以为是哪个宫里的太监总管跑出来了。女生们都抿着嘴笑，徐皓气得直翻白眼。

再然后闫泽也过来了，徐皓伸手去接他的筐子，竟然没接过来，原来是闫泽的手抓在筐子的另一边不放。徐皓看了闫泽一眼，说："松手啊！"

闫泽抿了一下嘴，还是不松。自打那天篮球场上回去，这还是徐皓跟闫泽说的第一句话。闫泽一开始还有点儿躲他，但没之前那么明显，后来可能发现就算他不走，站在徐皓面前，徐皓也会跟没看见他似的走过去，闫泽这才不躲了。

闫泽突然开始莫名其妙地在徐皓眼前晃悠。就比如现在，他拽着筐子不撒手，好像就非得找点儿存在感才过瘾。

徐皓对这一现象无比费解。倒不是徐皓刻意无视闫泽，要说那天在篮球场上也不过是口角之争，火气没几分钟就消了。主要是徐皓觉得没什么好说的，再者闫泽这人爱记仇，徐皓那天已经算很不给闫泽面子了，闫泽不捶他就不错了，说到底上辈子两人闹掰了不就是因为徐皓当年一时上头了吗？

徐皓冷静下来，觉得还是躲着点儿闫泽走比较好。但闫泽现在这是要干吗？

倒玉米的地方在水泥地和土地相接的位置，正巧周围人离得都比较远，徐皓和闫泽两个人面对面尴尬不已，闫泽突然开口问徐皓："你干吗不跟我说话啊？"

那语气还不情不愿，好像这两天徐皓怎么着他一样。

徐皓被问得一愣，就说："我现在不是跟你说话了吗？"

闫泽很不高兴地盯着筐子，语气贼较真："你没有。"

徐皓满头问号："我没有什么？你先把筐子给我。"

闫泽偏开头切了一声，有点儿底气不足，放开手，还在嘀咕："你至于吗？你这人怎么这么小心眼啊？"

徐皓："我什么？"

对于徐皓下意识地反问，闫泽只是冷哼一下，没答话。

徐皓被人吐槽过"直男癌"，被人吐槽过情商低，但是真没怎么被人吐槽过小心眼。徐皓感到无言以对。

而且闫泽这两天态度也莫名其妙的，忽冷忽热不说，这话里的意思也让人很莫名其妙，什么叫"你干吗不跟我说话"？本来打个招呼也就是因为看在同班同学的分上，他俩那天还发生过口角，不说话不是很正常吗？

但想归想，徐皓不能这么说出来，就闫泽目前这副皱着眉头还不肯拿正眼看他的样子，保准火药桶一点就炸。

徐皓拿过闫泽的筐子，把玉米倒在地上，然后回身把筐子递过去。闫泽伸手接住筐子的时候看了一眼徐皓，但看见徐皓一副公事公办的样子，他又把视线落在水泥地上了。

不知道为什么，闫泽单手拎着个筐子站在那儿，整个人突然就看上去有点儿消沉似的。

闫泽不走，徐皓也不好就这么转身走掉，两个人直着腰板又沉默了一会儿。徐皓终于对这个诡异的气氛感到不能忍了，他问："那什么，你腰上的伤好利索了？"

这话其实问得特别没营养，离那次去医院都过去快三个月了，前两天篮球赛那么剧烈的活动闫泽都没事，现在却被徐皓翻出来问，徐皓顿时对于自己找话题的能力感到一阵绝望。

闫泽却抬起了头，他很快摸了一下自己侧腰的位置，然后精神头不知道怎的又振奋了起来，说："早好了，都什么时候的事儿了。"听上去跟很不屑似的。

徐皓无语地抽了抽嘴角。于是，徐皓尽量让自己看起来和蔼可亲一些，就指了指身后，说："行吧，那我先过去了啊？"说罢，他看了一眼闫泽，发现闫泽也挺认真地看着他，那眼神好像期待着徐皓能再表示点儿什么，徐皓就又补了一句，"前天那什么，是我语气不太好，唉，就那天可能伤着脚了心情不太好，你别往心里去，对不住了啊！"

虽然听上去不是那么回事，但这已经是徐皓哄孩子能用的耐心极限了。

然而闫泽看起来好像很吃这套，他刚刚脸上那点儿郁闷一挥而散，看上去还有一丝喜悦，只不过没一秒又被他憋回去了："我没有那么小气吧？"

说得跟谁很小气似的。徐皓不跟未成年人一般见识，就点点头，扭身走回去了。

一坐回去，周围五六个女生立刻跟闻着血味的鲨鱼似的围拢过来，手里的玉米棒子也不搓了，逮着徐皓就开始八卦："徐皓，你刚刚跟闫泽聊什么呢？"

徐皓莫名其妙地看了一眼问话的女生，说："没什么啊，这不就把玉米清了吗？"

另一个女生立刻接话："不可能！你俩明明说了好几句！我们都看见了！快说说，聊什么呢？"

徐皓被一群姑娘围在中间左一句右一句地审问，感觉有点儿受不住，就投降似的抬手："行、行，我招，我全招，就同学之间打了个招呼，顺便我还给闫泽道了个歉，毕竟人之前也是为我考虑的不是？再就没了，真没了。"

几位姑娘立刻唏嘘："咦，你真无聊。"

徐皓："……"还想怎么着？

为期一周的务农活动结束了，令人回想起来时间不长也不短。但不得不说，大家累归累，这种体验也挺难得，同学们还是比较尽兴。

务农活动结束之后，紧接着就是寒假。回程还是坐大巴车，校方负责把各位同学带到校门口再解散。徐皓回程路上跟张旭升坐一起，在车上那四个多小时，两个人头挤着头睡得昏天暗地。下车的时候，徐皓发现自己身上多了一道不知道是张旭升的还是他自己的口水印子，反正甭管是谁的，这看上去都有点儿恶心。

徐皓站在车边上拿面巾纸对着口水印子擦了一阵，忽然就感觉到背后一阵凉飕飕的，是一种不祥的预感。回头一看，这股凉气的根源竟然在闫泽身上。他站在那里，身上的气息如同深秋九点钟的夜色，阴冷阴冷。

然而发现徐皓在看他的时候，闫泽也看了徐皓一眼。这一眼看上去相当有距离感，扫了一下就收回去了。也不像是生气什么的，但就让人能感觉出来闫泽现在不太高兴。

至于为什么不高兴，徐皓不知道，反正他感觉怎么也不能跟自己有关。之后司机来了，把徐皓接回家过寒假去了。其实，徐皓已经把自己这个寒假规划好了。首先，他要找到一家合适的机构准备出国的事情。之前徐皓他爸扔给他的那张卡里面的钱，完全够他办完整套手续外加几年的留学费用。可以说，如果徐皓愿意的话，他就算不通过他父母那边也能把留学的相关事宜筹备完毕。

而徐皓也确实是这么打算的，等一切的方向都定下来，他再把打算跟家里一说。他这么有规划，想着出人头地，家里高兴还来不及，怎么会反对呢？

不过，把零花钱拿来学习用，徐皓都快被自己给感动哭了。当然，这也主要是他现在确实没有什么太需要用钱的地方。

想到就做，徐皓回家当天就给几个知名的培训机构打电话咨询了一下，权衡之后选出一个适合自己的，约了时间，第二天直接过去。

徐皓约的是一对一小课，价格还是其次的，主要他是觉得私人培训，针对性可以强一点儿。徐皓之前自己先做了一份测试题，大概了解了一下自己的水平。他的词汇量还可以，数学也是强项，但是托福对于他来说起点不算低，还是很需要专业指导的。

接待徐皓的机构老师是一位三十岁左右的女性，见面就告诉徐皓可以叫她莎拉，这是一位看上去相当"海归"的女人，形象干练，说话落落大方。她简单询问了一下徐皓的基本情况，一听是 R 中的，就觉得徐皓是常规意义上的优等生没跑了，然后问了一下徐皓在学校的排名和想申请的专业方向。徐皓没犹豫，直接就说他要报商科。

莎拉用圆珠笔在圆形桌上敲了两下，像是在思考，然后又跟徐皓商量了一下具体的细节。这位老师推荐徐皓申请北美的学校，她认为，如果足够勤奋，并且家里经济条件良好的话，他可选择的空间将会非常大。

距离第一批向北美学校递申请的时间还有将近一年，徐皓对学校选择比较苛刻，所以他现在开始准备已经有点儿晚了。但是没关系，徐皓感觉压缩一下时间还是有谱的。

放寒假这段时间，徐皓他爸妈难得没回 X 市，也没出国，只不过徐皓要去机构上课，每天早出晚归，他爸妈一天也就能见上徐皓两面，这样来回几天，徐皓他妈就不乐意了。

一天晚上，徐皓刚进门，鞋还没脱呢，他妈披着件丝绸睡衣堵在大门口，抱着胳膊问徐皓："儿子，你这一天忙活啥呢？可别学坏了，再染上什么不三不四的坏毛病啊！"

徐皓把鞋一脱，趿拉着拖鞋走进去，跟他妈说："想啥了，怎么还就不能把人往好里盼了？对了，正有事要跟你和我爸商量，我爸在家了？"徐皓走到楼梯口，对着楼梯往上喊，"爸？爸？"

徐皓他爸正坐在一楼阳台外面吹凉风消食，被徐皓这么一嚷嚷，推开阳台的玻璃门走进来："别叫别叫，在那儿叫谁呢，你爸在哪儿呢？"

徐皓把书包往沙发上一扔，拿起果盘里的一个苹果就啃。余光瞥着他爸慢慢悠悠地走过来，徐皓咳了一下："爸，你啤酒肚咋越来越大了？你再这么下去，小心三高。"

徐皓他妈一听就来气，冷冷地笑了一下，说："听听儿子说啥了，一天天就知道喝，等老了叫你再有钱都没那个福气消受了！"

徐皓他爸一听也不高兴了："哎，咋了咋了，这不都是应酬嘛，咋一天天的不能盼人个好了？"

徐皓他妈啐了一口，指指啃苹果的徐皓又指指徐皓他爸："爷俩一个德行，没个好！"

徐皓受牵连感到很冤枉，他把苹果核儿扔了，跟他妈说："来，妈，你先坐，跟你俩商量个事儿。"

徐皓他爸手上抓起一份报纸，抖了抖，说："怎么了儿子，要钱花哇？"

徐皓一噎，说："别说，还真跟钱有关系……"说着，就见他爸的眼睛直接瞪起来了，徐皓赶紧接着，"不过是好事，我打算去留学。"

徐皓他爸瞪起来的眼睛又给收回去了，问："留学？留什么学，去哪儿啊?"

徐皓摊手:"想去美国,去读本科,如果顺利的话还有可能连读个研。"

徐皓他妈看上去有点儿意外,点点头,又问:"这钱咱家肯定不是问题啊,儿子教育,多贵咱都出,那你想好去哪个学校没啊?"

徐皓笑:"嗐,没有那么贵,我就是跟你们打个招呼,至于学校,我想考常春藤。"

徐皓他妈脖子往前伸了一下,问:"长什么藤?"

徐皓他爸报纸一收,特别嫌弃地看了徐皓他妈一眼:"你快少说两句吧,这么有名的学校,你还啥都不知道,出去多掉份儿啊你这。"然后,他转过脸来问徐皓,"你这个常春藤大学,是在美国哪个州哪个市啊?"

徐皓:"爸……那个。"一时间不知道该怎么跟他爸解释常春藤是个联盟,而他只是想考其中的一所。为了保全他爸的面子,徐皓收住表情,尽量委婉地说,"嗯,这个,学校在费城,不过不是叫常春藤大学。这样,我现在还八字没一撇呢,考不考得上都不知道,但是就有这么一个美好的目标。不过补习班我已经报上了,大概是明年九月份开始申请,如果有戏的话,我就不用参加国内的高考了。嗯,具体的事情我自己就能办,等我真收到通知了,我们再来聊这个也不迟,行了,散会吧。"

说完,徐皓还仿照领导的样子,特别潇洒地挥了挥手,结果被他妈揪过来无情地捶了两下。

那天,徐皓跟自己爸妈聊过未来的计划之后,又按部就班地上了几天语言班。某一天下午5:00左右,徐皓刚下课,就接到张旭升的一个电话。

徐皓接起来,张旭升那边问:"皓子,干吗呢?"

徐皓站在街上举着手机,说:"张旭升,我警告你,立马给我换个称呼,别让我现在去你家堵你。"

张旭升那边开始笑:"皓哥,我错了皓哥,你别去我家,我压根儿就不在家,你晚上有事儿没有,一块儿出来玩啊!"

徐皓看了眼天色,冬至刚过没多久,刚过5:00天都快黑透了,就说:"玩啥啊?"

张旭升说:"嗐,哥们儿我这两天认识了一帮学艺术的朋友,他们这儿有个聚会,就四环这边儿,离你家也不远,打个车就来了,很快!"

张旭升估计也是一边打电话一边走，话到尾音的时候就开始乱了，听上去是进了一个相当嘈杂的环境中。徐皓大概也能想象出来那是一个什么聚会，就说："我不去，又没个我认识的人，我还想回家学习呢。"

张旭升特别夸张地喊了一声，然后接着说："徐皓，跟谁掰扯呢，我告诉你，你今天必须得来，说什么你也得来，不来你就是不给我面子，反正你得来。××路××号二十三栋，我不管，我话撂这儿了，一个小时以后让我见着你！拜拜！"然后他不由分说地就把电话给挂断了。

徐皓简直被张旭升这一套胡搅蛮缠的理论给整无语了，然后心一想，算了，自打梦醒以后还真没怎么出去玩过，有时候想想也觉得挺浪费这么个年轻的身体的，那去去去呗。

徐皓站在马路边上，给家里去了个电话，说晚上同学有聚会，不用等他吃饭了。然后四下张望了一下，他招手打了个车。

徐皓到的时候刚过 6:00。这个小区跟徐皓他们家的别墅区格局差不多，徐皓打车到门口之后，跟传达室问了二十三栋楼的位置，然后车就开进去了。

隔着老远呢，就看见一个独栋的三层小楼门半敞着，不知道是谁进出的时候没有带上门，打击乐和电吉他的响声混杂着从屋里传出来，各种红绿色的灯光从窗户里往外冒。徐皓瞅了两眼就知道，不用看楼号了，准是这儿没错。

徐皓想，还好这边不在中心区，周围几栋房子看上去也不常有人住，要不然就这帮闲得无聊的年轻人在这儿闹腾上一宿，得多扰民啊！

徐皓向司机付了车费，下车后站门口给张旭升打了个电话。电话没人接，反倒是张旭升推门出来了，估计是屋里地暖很热，张旭升竟然穿一件短袖就出来了，他一出来就搓着肩膀跟徐皓招呼："快，赶紧进来，冻死我了。"

看张旭升那个迫不及待的样子，徐皓不知道为什么就感觉自己被拉进一个奇怪的据点似的。一走进去，聒噪的鼓点和摇滚乐一下子涌进耳朵里，徐皓这才发现原来这个房子的墙已经算是隔音效果很不错的了。

三十多个年纪相仿的年轻人凑在一个屋子里是什么概念？徐皓越往里面走，越感觉自己的耳朵要聋了。瞥了路过的一个姑娘，看上去也就十八九岁的样子，端着一杯饮料跟走秀台似的走过去，路过徐皓身边还笑了一下。

张旭升也看见了，拿胳膊肘捅徐皓："哇，你看人妹子冲你笑了啊！"

徐皓很嫌弃地瞥了一眼张旭升，看看这傻小子一副没见过世面的样儿吧，还穿着短袖在这儿瞎浪，就说："你看我这谁都不认识，你把我拽来干吗啊？"

张旭升大手在徐皓的肩膀上"啪啪"直拍："哎呀，我给你介绍介绍你不就认识了吗？来，这位，就是场子的主人啦，咱打个招呼。"

张旭升带着徐皓走到一个沙发前面，那上面倚着一个年轻人，正在跟旁边两个姑娘有说有笑。一看有人走过来了，这人也站了起来，冲张旭升笑道："哟，旭升，这位就是你说的那个哥们儿吧。"

张旭升手一挥："没错，王俊恩我给你介绍一下，这位，徐皓，我哥们儿兼同班同学，R 中人称球场外线小霸王，那技术绝对一流，人也性格好得没话说，特别爽快，我们哥儿几个感情都特好，是吧，皓子？"

徐皓被张旭升这一顿闭眼吹啊，吹得表情都快僵了，但当着外人的面徐皓也不可能拆张旭升的台，只得尴尬笑着："哈、哈，瞧你说的……"

徐皓话还没说完呢，对面这个王俊恩兄弟直接上来就给了徐皓一个热情的美式拥抱。

"幸会幸会、幸会幸会！"王俊恩一头说不上什么风格但是看上去十分前卫的长发，脸上的大眼镜片比张旭升的脸还圆，一看就不是那种走寻常路的普通人，一连说了四个"幸会"，跟拍亲兄弟似的使劲地拍了拍徐皓的后背。然后他放开手，跟张旭升说："我一看你这哥们儿啊，就感觉特别有眼缘儿，你别说，"王俊恩手一指，凭空画了个圈，眼神特别迷离地思索了一下，跟徐皓说，"咱俩是不是在哪儿见过啊，是在伦敦时装周？"

这顿操作，徐皓简直想给他满分。

看王俊恩这一副自来熟的样子，就能想象出来他跟张旭升是怎么变熟悉的。不过这位王俊恩同学显然岁数不大，段位也不高，徐皓对付起来完全没问题，就跟着吹呗："嘻，哪能啊，伦敦时装周那都几年前的事儿了，真见着也不能记着。要说起来咱俩见过，唯一有可能交集的地方就是在诺丁山南边那个俱乐部里面。那个爵士乐简直绝了，就是我一个外行人听不大明白，不过里面黑灯瞎火，难为你还能记着我啊！"

徐皓天南海北瞎扯了一通，王俊恩听得有点儿愣，不过徐皓语气很和善，表情也相当友好，一副只是顺着话题随口说说的样子。王俊恩也就跟着笑："那也有可能是我看走眼了，不过我看你面熟，说明咱哥俩有缘分，来这儿就当自己家啊，千万别客气。"王俊恩抬起手来，跟指挥家似的甩了两下胳膊，冲着身后小姑娘笑，"随意啊！"

几个人又寒暄了几句，张旭升跟徐皓两人就去二楼了，这帮人学艺术的居多，音乐都不用放碟，就在边上临时组个乐队连敲带打。二楼就放置着一些吃的喝的，什么都有一点儿，大多是零食和碳酸饮料，一看就是从超市架子上扫荡回来的。

张旭升拿了块巧克力拆开，跟徐皓说："皓子，你还去过伦敦时装周啊？还有那个什么，什么俱乐部的，那干吗的啊，没听你提起过啊！"

徐皓正好晚上没吃饭，挑着能垫肚子的拿。一听张旭升问，徐皓嘴里塞着吃的瞥他："还能是干什么的，不过是个艺术格调比较高的店，你这朋友不是个搞艺术的吗？"

张旭升一听，脸都放光了："皓哥，我以前怎么没发现你这么牛啊！怎么样，洋妞美吗？"

徐皓"哼"了一下，跟张旭升说："毛还没长全呢，琢磨这些有用吗你？"那里他确实没去过，可是这帮小崽子折腾的东西都是他"上辈子"玩剩下的。徐皓自打王俊恩跟他撂话的时候就在想，跟谁掰扯呢这是，谁还没个年轻的时候。

之后跟张旭升在这儿混到10:30，聚会氛围正火热的时候，徐皓就起了走的心思。聊天？不想聊。蹦迪？不想蹦。在这个混乱又发泄着年轻过剩精力的房间里，徐皓感觉自己跟个老大爷似的干什么都提不起劲儿来。等到11:00的时候，徐皓已经被旁边架子鼓哐哐哐吵得头疼了，心里特别后悔被张旭升忽悠来，还不如在家背背单词。

然而，张旭升却撒了欢儿地玩，完全不顾徐皓请求撤退的申请。

大概零点的时候，张旭升红着脸跑过来，跟徐皓说："走啊，这边玩游戏呢，一起啊！"

徐皓扒拉开张旭升的手："我不去，我明儿还得上课呢，你不走我一会儿走了啊！"

张旭升在徐皓面前摆手："别、你别逗了，你这别是学傻了吧。"

徐皓懒得再跟他多说："不早了，你今儿在这过夜？我真走了啊！"

张旭升一看徐皓人都站起来了，连忙去拉他："哎，别啊，皓哥，别走啊，对了，那什么，闫泽前两天跟我要了你电话，他给你打电话了吗？"

徐皓一听，惊异地又坐回来了，问："闫泽跟你要我电话？没打啊，他干吗啊？"

张旭升继续摆手："我不知道啊，他说好像你有什么东西落在他那儿了，估计之前不小心装错了吧。来，你跟我去这边玩！"

被张旭升连带着周围人又纠缠了一阵，徐皓出门的时候，已经夜里2：00了。

穿上外套走出门，深冬的气息扑面而来，冻得人一个激灵。徐皓倒是不困，就打算往外走透透气，再打辆车回去。

徐皓走出小区，往马路上走，这个点路上已经没车了，整条马路看上去比平时宽阔许多，还分外冷清。徐皓走进马路边的一个二十四小时便利店，买了一瓶热乎乎的牛奶，边走边喝，在街边随手招了一辆出租车。

徐皓打开车门，正要上车，突然听见马路尽头传来一阵轰鸣声，由远及近，速度相当快。徐皓抬起头，就见四五辆跑车从眼前相继疾驰而过，油门轰得那个响啊，单看这几辆车的流线型就知道性能非常好。打头那辆徐皓看着眼熟，热烈的火红色，法拉利混合动力跑车，周围谁好像有这么一辆，不过徐皓没想起来。

等徐皓坐上出租车了，引擎声还在耳边回荡似的，他心里忍不住吐槽，这帮人还真把自己车当火箭开啊！

林笃之将车开上山顶的时候，一眼就看见了闫泽。

车灯大开着，闫泽坐在车前盖上，一条腿弯曲着，另一条腿随意地耷拉下去。他倚在车挡风玻璃上，火红色的法拉利如同一只展翅的火烈鸟，而闫泽侧脸一点儿表情都没有，目光倨傲，左手拿着车钥匙，抛起来，落在掌心，再抛起来。

即使午夜2：00，B市仍然灯火通明，一条条马路如同集成电路里的晶体管，上空光污染令人产生晕眩感，当然有光的地方永远不会沉睡。

作为对闫泽知根知底的发小兼为数极少的朋友，林笃之和闫泽的关系算不上非常亲近，但在闫泽的交际圈里，也算是难得能合得来的一位。家世相仿，这是关键，自打出生就住对门，林笃之和闫泽是光屁股一起长大的，对于眼前这位发小发育得不太健全的性格，林笃之一向觉得自己还算有发言权。

闫泽上幼儿园的时候就不是什么好惹之辈，园区小霸王，飞扬跋扈。

但十岁之前，闫泽性格恶劣归恶劣，却远没有现在这么阴沉。如果没有当年的那一场意外事故的话，或许……

闫泽眼睛看着下方，像是在打量市景，又像是在走神。深冬的风寒冷彻骨，吹过头发，那发丝扫在额头上都是凉的。车钥匙再一次落在闫泽的手上，他将钥匙放进口袋里，然后顺手拿出了手机。

屏幕亮起来，闫泽手指状似无意地划拉了几下，然后拇指停在一个没有备注姓名的号码上。闫泽目光深邃，他微微抿了一下嘴。

林笃之走过来，跟闫泽说："回吧，一会儿天该亮了。"

闫泽的拇指缓慢地移到那个号码上，再靠近一下触屏，号码就会拨打出去。可是他终究没有按下去。

闫泽收起手机，直起身，说了一个字："行。"然后他向前一步，落地。

寒假有四分之一的时间是围绕着过年的。徐皓家回 X 市过年，碍于徐皓的课程安排，一家人腊月二十七才往回走。徐皓他们家在 X 市有几处房产，但以前住的家在城里，奶奶家则靠近城乡接合部，这中间一个多小时的车程，不是很远。

徐皓他奶奶年纪大了，交际圈很窄，周围三五个都是几十年的老街坊、朋友。如今家里发迹了，老人再住原来的老房子也不合适，徐皓爸妈一合计，就在老家周边最近的乡镇给奶奶建了栋两层小楼，然后在旁边给徐皓他姑家也盖了一栋，这样比邻而居，照顾老人也方便。

下飞机后，司机正在出口等着，徐皓爸妈要回家收拾东西去，又怕奶奶等得太着急，就打算先把徐皓放到奶奶家，晚上他爸妈再过来一块儿吃个饭。

徐皓拿钥匙开门，发现奶奶早在厨房忙活开了。徐皓进门第一顿吃的是他奶奶做的剔尖。他就好这口，西红柿和辣椒一混合，再调上点儿肉沫子，拌起来那叫一个香啊！徐皓捧着碗吃得满嘴油光，间隙呼了口气，跟他奶奶说："奶，真不是我说啊，就您这手艺，要是开个店，保准有人'打飞的'来吃，别人不说吧，我就第一个回来。"

徐皓他奶奶坐在旁边的椅子上，听见徐皓这么一说，她乐呵呵地用粗糙的手去搓徐皓的耳朵："咋，吃饭都堵不住你嘴了？"

徐皓小时候耳垂长得小，奶奶老怕耳垂小的孩子长大了没福气，动不动就拿手给徐皓搓耳垂。但是现在徐皓再被奶奶这么一搓，就觉得很不好意思，说："奶，别搓了，我都多大了。"

奶奶上年纪了耳朵背，嗓门还大，没听清楚徐皓说的什么，就操着一口淳朴的家乡腔跟徐皓嚷："啊，奶做的剔尖好吃？好吃就多吃，锅里还有很多，好吃就多吃。"

徐皓见她搓耳朵一时半会儿停不下来，索性也不说了，继续吃。奶奶家总有一股味道，是徐皓小时候用过的胰子味儿。小时候，上学之前，徐皓大半的时间都是在奶奶家长大的。那会儿在农村，徐皓每天在外面跟别的小孩儿疯完了，洗手用的胰子就是这个味儿。只要一闻到这味儿，紧接着就开饭了。所以徐皓直到现在，对这股味道还是很敏感，一闻就饿，就跟条件反射似的。

徐皓扒完一碗饭，去厨房又盛了一碗，回来的时候他奶奶也进屋了。老人家自己住，家里家具也不是很多，徐皓路过，就看见他奶奶坐在床边，膝盖上摆着一个方形布包，用缝衣服的线缠了好多道，而她正戴着老花镜，仔仔细细地拆线，里面鼓鼓囊囊也不知道装的什么。

徐皓坐回刚刚的椅子上，调了调酱料，然后左脚踩住桌子一条挺高的横栏杆，胳膊肘搭在膝盖上继续吃，这姿势也就在自己家能摆，在外面让人看着未免太不雅观了。

正吃得香着呢，徐皓奶奶又回来了，她坐回徐皓旁边的那个椅子上，然后拉过徐皓拿着筷子的右手，要给徐皓塞点儿什么。

徐皓满嘴塞着吃的，被奶奶拉了一下还有点儿莫名其妙，问："奶？咋了，干啥这是？"

话还没问完呢，徐皓就感觉到手上多了一沓纸。不，准确地说是钱，被人对折过，红灿灿的。徐皓一愣，他嘴巴迟缓地嚼了两下，没把手收回来。

奶奶还在旁边把徐皓拿钱的手往他肚子那边压，原本很大的嗓门突然就收下来了，跟防贼似的在徐皓耳边嘀咕："皓皓，好好收着，别给你爸妈讲，这是奶给你的零花钱，别告诉别人。"

徐皓钱拿在手里，心里很不是滋味。他咽下嘴里这口饭，装作不经意似的往回推手，说："奶，嗐，你这多见外啊，你别给我，你不知道咱家现在啥情况吗？什么都缺就是不缺钱，你给我干吗？你拿回去。"徐皓往回推，但他奶奶劲儿很大，竟然有点儿推不动。

徐皓奶奶见徐皓不收，脸立刻板起来了："哒，你爸挣得多，花得更多！那小时候要钱花不都找奶要？奶现在年纪大了，家里什么都有，我不花钱，菜啥的都你姑给送来，我不花钱。"

徐皓拗不过她，只得将手里的两千块钱收口袋里了。

奶奶的手黑得跟树皮一样，她看上去很欣慰，摸了一把自己的膝盖，然后又拍了拍徐皓的腿，拍得很使劲儿，就跟试试徐皓长得多结实似的。她脸上的褶子舒展开，不知道想起什么事情了，神情还跟小时候送徐皓去上幼儿园一样，一笑，就露出几颗磨碎的大黄牙来，说："皓皓，奶奶年纪大了，奶奶还能看你几年呢？"说这话的时候，奶奶看上去并不难过，语气寻常得跟在招呼徐皓吃饭似的。

可是，徐皓摸着碗边的手条件反射地收了一下。徐皓憋住一口气，他觉得自己眼泪都快流下来了。其实在梦里那会儿奶奶身体还不错。至少在徐皓回国之前，奶奶还能好好地待在 X 市的这个家里。可是徐皓走她前面了。

徐皓这辈子最怕去想的是什么？他怕死，而且怕得要命，更怕去想家人见到他尸体时的痛苦表情。徐皓用指腹揉了一下眼睛，强把那点儿泪意忍回去，只心想，不能哭，太丢人了。

所幸他还活着。徐皓从没这么感激老天能再给他一次机会。这就是为什么，如今他竭力想把所有力所能及的事做到最好。因为他要有出息。他要变强大，要独立，要变得有分量。不能被压垮，更不能一事无成。他要在家里再次面对噩梦中那种突袭时，至少经济上有余地，甚至，可以反击。对手固然庞大，看上去无可撼动，可这就是徐皓如今最大的努力方向，不是吗？

过年那几天感觉时间过得特别快。每天睡醒就吃，吃完了就出去串门，不过大部分都是别人来他们家串门。偶尔徐皓还能满足他姑的要求，给他这个刚上初中的表弟辅导辅导功课。不过大过年的谁想学习啊，他表弟一看就不属于爱学习型。他表弟一提学习就愁眉苦脸，做起题来也是各种理由偷懒，徐皓也只能睁只眼闭只眼。结果每次两个人刚看能有十分钟书，就跑出去放鞭炮了。

等徐皓再回 B 市的时候，他这个表弟还大清早爬起来送他，站门口问徐皓："表哥，你还什么时候回来啊？"

徐皓跟他招手："你好好学习啊，你学习好了哥就回来带你玩。"

他表弟一听五官都挤在一起了："你骗小孩儿嘛！"

徐皓一听就笑："我可不就骗小孩儿吗？"

他表弟气得转身就回屋了。

徐皓回去第二天就继续上语言班。徐皓他爸妈好像有外出的打算，当他爸给徐皓说的时候，已经快开学了。徐皓那会儿下课刚到家，累得很，对于他爸说什么也没在意，这夫妻俩出去转着玩也不是一天两天了，倒也不是说有多恩爱，都老夫老妻了，徐皓主要就感觉他俩是各自没有什么合适出去玩的伴儿。

不过徐皓他爸告诉徐皓出门的日程之后，又跟徐皓说了一个事儿，三天之后有个宴会，规模挺大，受邀的都是有头有脸的人，层次很高，徐皓他爸是想带着他一道去，所以让徐皓提前空出时间，一定好好整理下再去参加。

徐皓知道他爸是啥意思，觉得他也老大不小了，以后要想混得好，最起码的人和世面都要见一见。不过，徐皓心里也有谱，就他家这个分量，去了，那也是无足轻重的。饭谁都会吃，可没有根基，只会让人看不起。不过徐皓无所谓。他爸既然让他跟着去，那么他去就是了呗。

徐皓站在落地镜前，一边摆弄袖口，一边看着镜子里的自己。他现在十八岁，里面穿件浅灰色的衬衫，外面搭着剪裁适宜、硬质面料的外套，仿西装款，却又不是正统意义上的西服，所以也不会显得老成。头发不长，被徐皓他爸找造型师特意用发蜡抓了两下，露出光洁的额头来。乍一看，少年期叛逆的劲儿稍稍收住了，但仍从眼睛里闪烁出些难以掌控的热烈光芒来。这是一个男人即将成年的感觉，但这个气质对于徐皓而言还是过于年轻了，徐皓总觉得自己还应该更成熟稳重一点儿。

徐皓怀着几分感慨的心思下楼，车已经等在门口。徐皓他爸一身常规的纯手工商务西装，头发被蜡油抹得油光锃亮，站在车旁时不时地抬头张望，一看见徐皓下楼，就给徐皓打了个赶紧上车的手势。

徐皓小跑两步上了后排座。一上去，就听他爸招呼司机赶紧走，徐皓看了眼表，时间还很早，说："爸，这才几点，你着什么急啊？"

徐皓他爸看上去颇为紧张，掏出手巾擦了一下手掌心的汗，跟徐皓说："你娃娃家懂什么，这种场合最怕迟到，咱们早去点儿在车上等着，那也比去晚了强。"

徐皓一听，心里觉得是这么个理，索性也不再说什么，视线飘向窗外。

徐皓跟他爸到的时间有点儿早，司机按照吩咐找了一个偏僻的地方停下，然后两人又在车上等了二十多分钟，徐皓他爸才让司机开到正门去。

徐皓下车，跟着看了一下周围的光景。眼前只立着一个看上去十分有年代感的四合院，灰白的高墙与外界隔开，总体来说占地规模并不大。

门口站着两个穿着西服的门童，此时有宾客陆续往里走，徐皓跟他爸正好排在一个年轻的女子后面。那女子着一袭大红色抹胸裙，皮肤白皙得像牛奶一样，一副非常夸张的大墨镜架在鼻梁上，露出一张小嘴，还微微噙着笑。徐皓扫了两眼就觉得眼熟，仔细一想，这不就是现在那个火得跟什么似的演员吗？

徐皓一直不太关注娱乐圈，一时半会儿想不起来人家叫什么了。跟着他爸递上请帖往院里走，经典质朴的四合院风格，居中的那个主房房门紧闭，而侧房则有一扇大门敞着。徐皓走进去，见屋里器具摆设整齐，墙壁上豁着一个开口，里面有一个不怎么符合房屋整体风格的电梯间，这里应该就是入口。

跟同行的五个人乘电梯下到负二楼，门一打开，灯光一下子映入视线。眼前金碧辉煌，这里的建筑风格依然是中式的。从电梯间走出来，大红色的灯笼就挂在走廊的两侧，走廊并不长，走出去就看见一整面墙的壁画，十分精致细腻，不知是出自哪位大师的手笔。

建筑建在地下，上等竹木把内部空间修饰得古色古香，结构敞亮，楼梯错落有致，反而是不起眼的边角都是用黑色大理石包裹起来的，这阵仗奢靡且相当有品位，一般人做不出来。

徐皓跟着他爸穿过长廊，路尽处，豁然开朗，明明是地下室，徐皓他们走出去却正站在格局正二层的一个天台上。从台面看下去，一个宽敞的大厅正在下面，头顶高悬着一个富丽堂皇的大吊灯，无数块泪珠状的玻璃碎片反射着灯光映在地面上，将整个地下空间照射得分外高大。

徐皓心中暗暗对这个居所惊叹不已，顺着天台的楼梯再往下走时，目光却突然被另一侧的一幅画给吸引住。那是一幅油画，正像展览一样被摆在大厅侧面，画面是一个码头，典型的印象派风格，海水各色颜料斑驳，岸上有一座灯塔，有一对极小的男女在灯塔下拥抱叠影，背后是浓墨重彩的沉郁黄昏。徐皓注视着这幅画，突然感到记忆深处被什么东西搅了一下，然后脚步骤然一顿。

这幅画他见过，就在梦中，在某处，可印象不深。或许只是惊鸿一瞥，但不知道为什么，徐皓感到后脖颈发凉，一瞬间鸡皮疙瘩都起来了，有种不太好的预感。

正走神之际，徐皓被人拽了一下，回过头见他爸紧张得额头都冒汗了，一边面带微笑，一边还一个劲儿地给徐皓往前使眼色。徐皓再跟着他爸的视线一看，才意识到他们不知何时已经走进一个宾客的队伍，再不往前走就要挡路了。

站在楼梯口这一队，是要给这里的主人行礼。宾客走动的缝隙间，徐皓凝神看见不远处软沙发上坐着一位年近八十岁的老人，虽瘦骨嶙峋，但精神矍铄。

徐皓这一眼看下去，心里刚刚那点儿感觉突然像是火苗着了引线，安静两秒，突然炸开！竟然是邵老！

眼看着队伍前面就只剩两家人了，徐皓神色犹豫地抬起头，却见宾客所站位置的侧对面楼梯上又走下来一个人。楼梯在邵老背后的位置，那边房间并非宾客会走动的位置，这个人是闫泽。

闫泽看上去跟平时并无两样，他从楼梯上往下走，一只手揣在兜里，居高临下且又漫不经心地从楼上打量起下面的宾客。当徐皓注意到闫泽的时候，刚看过去，就跟闫泽的目光对上了。不知道为什么，闫泽看上去似乎并不意外徐皓会出现在这里。他注视着徐皓的眼睛甚至还眯了一下。

徐皓跟他爸前面还有一位颇为油腻的中年大叔，每说一句客套话都得撩一把抹得油乎乎的刘海儿，话还没说完呢，闫泽人已经走下来了。

闫泽完全无视了徐皓前面杵着的这位，向着徐皓的方向一指，神色散漫地开口："外公，我同学。"

邵老手点着闫泽笑道："我说你平时最不愿意参加这种事，原来是有朋友来。"又用带点儿口音的普通话问徐皓，"后生，你叫什么名字？"

徐皓说："邵爷爷你好，我叫徐皓。"然后又往旁边介绍，"这位是我父亲，徐安志。"

徐皓他爸连忙问好回应。

邵老笑着点了点头："不错，你跟阿泽既是同学又是好友，我们两家人便不要这样客气。"然后跟徐皓他爸说，"徐先生来这里，做事自便，招待不周多包涵。"徐皓他爸简直受宠若惊，连忙应下，被侍者带到另一边去了。

然后邵老又转脸跟徐皓说："阿泽不常交朋友，他讲话有时苛刻了点儿，但心肠最软，你们一定……"话还没说完，被闫泽一嗓子"外公"给打断了，别说闫泽害臊，徐皓都快听不下去了，徐皓只得打圆场说："没有没有，闫泽脾气还挺……挺好的，我俩经常打球，在学校都是互相……呃，互相照顾……"

这话说得有点儿违心，徐皓持续微笑的脸都快绷不住了，所幸邵老没有再在这些事情上纠结，后面人还多，于是随便讲了几句就打发徐皓和闫泽两人去玩了。明显邵老还当他跟闫泽是小孩儿呢。

跟着闫泽走的时候，徐皓揉了一把笑僵的脸，一时半会儿扭转不过来，旁边闫泽说了句什么徐皓没留意，再去听的时候已经错过了，就问："你说啥？"

这会儿周围没什么人，闫泽又换回普通话，微皱着眉峰："你能不笑了吗？你这么笑丑死了！"

徐皓有些无语，转脸去看闫泽，说："奇怪了，你老看我干吗啊？"

闫泽原本视线还放在徐皓脸上，闻言，避嫌似的偏开视线："谁看你了？"

徐皓继续堵他："你没看？没看你知道我笑得丑？"

闫泽噎了一下，难得没反驳。徐皓又转过脸，正看见刚进大厅时看见的那幅画。原来他们两个人不知不觉已经走到这边来了，显然徐皓梦中见过这幅画，虽然不记得在哪里看见过，但应该跟闫泽有关。

徐皓走到包围着油画的玻璃柜前，半身高的画幅，灯塔下面的两个小人变得清晰起来，隔远了看是两个拥抱的人，走近一看，才知原来两个人并没有抱在一起，看体态倒像是稍稍接触，像是奔跑过去即将拥抱，又像是拥抱完了即将松开。

徐皓若有所思地说："这画还挺好看啊！"

闫泽也走过来，看见这幅画却突然停下，表情有些奇怪地问徐皓："你喜欢这幅画？"

徐皓笑："嘻，我是没什么艺术细胞的，单纯看着感觉喜欢，觉得好看，这又是哪个大家之作？"

闫泽沉默了几秒，道："这是我外婆画的。"

闫泽的外婆？邵家家业庞大，人也多，可惜邵老邵老夫人直系子嗣却不兴旺，膝下仅一儿一女，儿子二十四岁因意外事故去世，便只剩了闫泽的母亲一人。

而闫泽头上虽然有个哥哥，但并非闫泽母亲所生，所以算来，邵老也仅仅闫泽这么一个嫡外孙，也难怪闫泽是这种脾气。但徐皓隐约记得，邵老的原配夫人在闫泽还小的时候因为一次意外去世了，好像是海难？闫泽没有跟他细讲过，只是每次提起来情绪就很不对，徐皓也就一直没有多问。

显然，围绕外婆的画，这并不是一个好话题。徐皓正准备找机会换个话题，却听闫泽又问："你觉得这幅画哪儿好看？"

徐皓这下更觉得自己不好随意点评了，想了一下，才说："呃，我说不上来，就是觉得整个色调让我看着有点儿……呃……有点儿悲观？"

这话音一落，徐皓的记忆突然涌现出来。也怪不得徐皓记得这幅画，原来这相似的话他们也曾经说过。梦中忘记在哪儿了，徐皓看见这幅画，当时觉得稀奇，就去问闫泽："这两个人是正打算抱啊，还是已经抱完了啊？"

当时闫泽过来看了一眼，那会儿还没看出来情绪上有什么不对劲儿，只是反问他："我不知道，你觉得呢？"

徐皓又看了一阵，说："是已经抱完了，要走呢吧。要不为什么会选在黄昏，多悲观的基调？"

然后，徐皓记得闫泽好像笑了。闫泽说："你这话说得倒是跟画作者说得有点儿像。"

再后面闫泽没有细讲，徐皓不知道这幅画原来是闫泽外婆画的，自然也不知道闫泽外婆到底说过什么跟他相似的话。

如今这话再一出口，徐皓想了一下，琢磨着对这事还是不要再深究下去为好，却不想闫泽听完他说的话还是"哼"了一声。

闫泽说："原来你会觉得悲观。"

徐皓去看闫泽，发现他目光落在那幅画上，脸上一点儿笑的意思也没有："我外婆说，因为是日落，所以这两个人注定会分开。你说得没错。"

显然，徐皓觉得自己有必要转移话题了。徐皓往周围看了一圈，问闫泽："你渴吗？"

闫泽思绪还停留在那幅画上，被徐皓问了一句没反应过来："什么？"

徐皓朝着另一张桌子走去："我去给你拿杯喝的。"

徐皓从酒桌旁绕了一圈，好不容易找到两杯混合果汁拿回来，闫泽还在原地站着，徐皓把橙汁多一些的那杯给闫泽递过去。

闫泽的视线从徐皓的脸上滑到他手里的果汁上，消沉的情绪没全收回来，索性对着徐皓"哼"了一声："这都什么啊？"听那语气，好歹是没再继续丧下去。

徐皓喝了一大口新鲜果汁，说："补充点儿维生素吧，未成年酒喝多了伤脑子，你不知道啊？"

闫泽抿着嘴："你怎么老管这么宽啊？"

徐皓仰头把果汁喝光了，说："我哪儿管得着你啊，这叫来自同学的友情建议好吗？"

说到这儿，徐皓从刚刚就一直在想这件事，闫泽出现在这种场合，被徐皓遇见，虽说意外，但也是情理之中的事。

可闫泽突然把徐皓给他外公介绍了一下，这分量就不一样了。即使是在梦中，也是上了大学之后，徐皓才开始了解并接触闫泽家里乱七八糟的关系。目前，徐皓总觉得他跟闫泽还没多熟，撑死普通同学的关系，怎么就突然发展到可以在这种场合随便聊天的交情了？

回忆了一下日记上有记下来的事情，医院那次算一次接触，可是那之后他跟闫泽也还跟陌生人一样没什么接触。时间线再往后推，日期最近的也就是学期末的劳技那次，被分到一个宿舍，大家一块儿住了几天，再打了几次球，但是有熟到现在这个份儿上吗？

而且，邵老这个人，徐皓牙疼地咂巴了一下嘴。这么早就在邵老面前刷了一次脸熟，可真不是一件好事。毕竟梦中的那些过节，跟邵老及邵家还有点儿关系。

邵家家大业大，用脚指头想也知道邵老手段会是怎样狠辣刁钻。徐皓有时候都在怀疑，闫泽这种说翻脸就翻脸的性格，是不是多数都遗传自他外公。

邵老如今年纪大了，面子上总跟人客客气气的，只是情分这种东西，对于他们这种人来说，真的不值钱。徐皓站在原地苦思冥想了一阵，没有头绪，抬头看见闫泽站在不远处一个走廊的门口那儿看他，一只手插在口袋里，眼睛就盯着徐皓，脸上还有点儿跟平时不太一样的神采。

看徐皓视线终于看过来了，闫泽扬了一下手，说："走啊。"

徐皓把空玻璃杯放下，走过去。徐皓跟着闫泽走进这个走廊，周围人声渐少，隔间里有几个软沙发，倒像是会宾谈话的地方。

闫泽先找了个沙发坐下，徐皓跟着坐到旁边的沙发上，从果盘里拿起一个苹果，就听闫泽说："你还真爱吃水果。"

徐皓不置可否地点点头，咬了一口苹果，说："对了，听说我有东西落在你那里了？"

闫泽一听，手上的动作停顿了一下，大概没想到徐皓会突然这么问。这时徐皓啃着苹果把视线转过来，说："什么东西啊？我怎么不记得？听说你还要我电话了，怎么没打给我？"

闫泽嘴唇动了一下，整个人在沙发上的坐姿显得有些僵硬，大概一时间没想好怎么处理这事儿，所以也没说话。

徐皓瞧着奇怪："喂……"

后面的话都没来得及问，闫泽就从沙发上站了起来，转了个身背对着徐皓。

闫泽抬手扯了一下领口，问："谁告诉你的？"语气颇为强硬。

徐皓被这一句反问问得有点儿蒙。看闫泽这架势不是很愉快，徐皓下意识觉得也不好就这么把张旭升卖了，就说："应该也不是什么重要东西，你要嫌麻烦就放你那儿吧。"

徐皓跟闫泽中间隔了一个玻璃圆台，他看不见闫泽现在是个什么表情，就觉得气势上好像有点儿输，索性也站起来，问闫泽："怎么了？"

闫泽转过身来，拧着眉头，问徐皓："张旭升告诉你的？"

徐皓说："是啊，还能是谁啊？"

闫泽冷笑："怎么他说什么你就信什么，你俩关系倒是好啊！"

徐皓感觉闫泽的关注点怎么莫名其妙的，就说："这事儿他有什么好忽悠我的，那你到底捡没捡着我东西啊？"

闫泽一听火气都起来了，转身过来跟徐皓吼："你信他信我啊？"

徐皓被他吼得一愣，话到嘴边都忘了该说什么了，就站在那儿跟闫泽两个人互瞪。

徐皓先是觉得就闫泽这个恶劣的态度，他应该生气才对，但是仔细一想这个话里的逻辑，又好像没什么可气的，以至于他原地沉默了一会儿，突然伸手往闫泽的额头上一摸，两个人挨得近，本来也就隔了不到一条手臂的距离。他问："你没事儿吧。"

手掌下的温度不热，还有点儿出汗的迹象，徐皓一边摸一边说："不烫啊，没发烧啊！"他刚嘀咕了两句，闫泽突然跟触电了一样，猛地往后一退，跟跄了几步，然后毫无防备地跌倒在身后的沙发上。

再看闫泽，脸上哪里还有发火的样子，表情都僵住了。徐皓十分诧异地把手递到闫泽跟前，顺势摊开，表示自己没别的意思："我开个玩笑，你不至于吧，你今天到底怎么了？"

徐皓的手伸在半空中，示意闫泽可以借他的手站起来，就在这时，只听见遥远的走廊外侧传来一声闷响，转瞬间，整个地下室的灯光一同消失，眼前变得一片漆黑。

因为在地下室，半点儿自然光也透不进来，这是真正意义上的伸手不见五指。徐皓第一秒陷入完全的黑暗时整个人都没反应过来，只是转瞬间，听到外面此起彼伏不大不小的尖叫吵闹声时，他才意识到发生了什么，是断电了。

邵老组织的聚会很难想象会出现这种没有技术含量的错误，但若是人为事故，就不知道目的是什么了。但不管策划者目的如何，这个隔间远离大厅，就他跟闫泽两个人，环境再怎么乱也影响不到他们这个地方，徐皓就是有点儿担心他爸别在混乱中被误伤。

这一系列思绪也不过发生在几秒钟的时间。徐皓再一次意识到事情不对的时候，是因为他旁边的玻璃圆桌倒了。清脆的摔裂声，伴随着一阵被人扼住喉咙似的艰涩喘息。徐皓心里一惊，心里立刻掠过一个不太好的念头，忘了闫泽！

徐皓赶紧往前摸索，一边摸索一边装作不知情地问："闫泽？是停电了吗？你还好吧？"

徐皓想起上梦中，有一次，晚上他跟闫泽两人在图书馆的地下室复习，临闭馆的时候正赶上停电，闫泽当时整个人就不好了，徐皓一看情况不对劲，就赶紧打了120。

然后闫泽就被送进医院抢救去了，医生说是什么神经源性休克，身体没有受到伤害，一般就跟精神创伤有关，幸好来得早，要不指不定出什么事儿。也就是从那会儿开始，徐皓才知道闫泽有这个毛病。这毛病说严重不严重，可是说不严重，突然赶上意外也挺危险。

眼看着旁边的喘气声越来越艰难，徐皓当下也不敢再装傻了，他脚底下踩了一地玻璃碴子，找不到人，只得一边摸一边从口袋里掏手机，想照个亮。可刚要点开屏幕，徐皓空闲的那只手就摸着人了。

紧接着，一道大力把徐皓往那个方向蛮横地拉去，徐皓没防备，一个没站稳，人向着那边倒去。手机在跌倒的过程中也不知道摔到哪里去了。徐皓压在了闫泽身上。因为伸手不见五指，也不知道自己到底是个什么姿势，只是能感觉出来一部分的身体紧贴着另一个人的身体。

抓着徐皓的那只手的力气出奇大。闫泽显然状态不太好，整个人就跟从水里捞出来的似的，手心里全是冷汗，呼吸困难到全身发颤。徐皓也不敢抽手，至少闫泽现在还没晕过去，那就还算好事，只是也不知道这破地方什么时候来电，徐皓隐约记得休克的急救措施好像是需要给病人保温的。

徐皓挪动了一下身体，尽量让自己坐起来，哪知道他刚一动，闫泽那边几乎是下死力握住了他的手，硬逼住自己那一声哽咽没哼出口，只是咬着牙吐了一个字："别……"

徐皓听闫泽那意思真怕他下一秒就崩了，连忙说："行行行，我不动，你还好吧？"

他问完停了几秒，没听到回声，却发现刚刚十分艰难的喘气声现在没了，闫泽身体有点儿抽搐。徐皓立刻觉得事情不好，也顾不得那么多了，翻身上去压住闫泽的肩膀，另一只手钳住闫泽的下巴抬起来，迫使他张开嘴，喊他："你别憋着啊，喘气儿！"

好容易才掰开嘴，一股子新鲜空气立刻涌进去，闫泽就着徐皓的姿势大口喘了两下，低声嘶哑地说："不，我不行……"闫泽颤抖着说完了，尾音还有点儿绷不住的鼻音冒出来。

徐皓当下只得又把手上力气缓下来，说："行，你好好稳住了，马上就来电了，我就在这儿陪你，你别紧张。"

徐皓就僵持在这么一个半跪着压在沙发上抬着闫泽下巴的动作上，一只手还被人紧紧地攥着。察觉闫泽这一折腾身上的冷汗更多了，徐皓又问他："你手机在身上吗？"

话说出口半天听不到回复，徐皓琢磨着闫泽现在未必能听得进去他说话。判断了一下闫泽现在还能自己正常呼吸，徐皓就放开了闫泽的下巴，开始摸索闫泽身上的口袋。徐皓半跪在闫泽的正上方，身体尽可能不贴在一块儿，只是闫泽跟徐皓身高差不多，徐皓也只有一只空闲的手，摸索起来就有点儿费劲儿，手伸下去第一下摸的位置也难免不对。

徐皓摸索了大概有两分钟也没找到能充当光源的手机，正当徐皓准备放弃寻找的时候，眼前突然绽放出刺眼的光。他眨眨眼，看着墙，原来是来电了。他再低头，看向闫泽。闫泽明显衣衫不整，口袋都翻到身后面去了，也难怪徐皓一直没摸着手机。

闫泽后仰着头倚在沙发上，碎发下的一双漆黑的眼睛潮湿发颤，他拉着徐皓的一只手，虽然思维很快就回来了，可是他微喘着平复呼吸，仍然一言不发，就这么眼神带着一丝潮气，看着徐皓。

徐皓觉得有点儿尴尬，半天才挤出几个字："那什么，你好了？"

"不好。"闫泽卸了力气，倚靠在软沙发上，嗓音沙哑，跟大劫过后似的，气喘得很不匀，"我很讨厌没有光的地方，我一点儿都不好。"

对于闫泽突如其来的坦白，徐皓一时间不知道该接什么话好。僵持了两秒，徐皓觉得还是有必要先从这个僵硬的姿势中脱离出去，他跪在沙发上，上半身又要撑着不压到闫泽，累得跟这儿做平板支撑似的。

徐皓说："我去给你拿点儿水呗，你想喝什么？"说着，他直起一点儿腰，就想拉开一点距离。却没想刚拉开了一点儿，又被闫泽一把拉回来。闫泽十分焦躁地开口："你别……"

闫泽一把把徐皓扯到旁边坐下，硬是压着徐皓不让走，憋了片刻，才说："坐这儿等会儿不行吗？我现在不想喝水！"说完，闫泽两只手搭在膝盖上，然后很是烦躁地揉起头发来。

好吧，敢情他是怕过会儿再一下断电了，没人陪他呗！你看，没事修什么地下室，跑都没处跑，这下知道什么叫安全隐患了吧？如此一想，徐皓又瞥了一眼闫泽。闹这么大动作，就断个电？这对普通人其实没什么影响，针对性这么强，别是冲着闫泽来的吧。

知道闫泽有这毛病的人，加上徐皓不超过十五个人，究竟会是谁在搞事？不过这也轮不到徐皓操心，邵老自然会查这件事。说到底，在这种家族长大的小孩儿，估计从小经历就很玄幻。这么一想，徐皓觉得闫泽也挺倒霉的。

这时，有位侍者突然跑过来，看见徐皓和闫泽两个人在这边，松了一口气，然后跟闫泽说，邵老那边正在找人呢。

闫泽从沙发上站起来，徐皓看他那一身蹭出来的褶子都想给他扯一扯，结果闫泽仿佛没发现似的，他站在那儿瞥了徐皓一眼，视线又停顿在徐皓身侧的玻璃台上，一副有话要说不说的样子。最后跟徐皓撂了一句："等我会儿。"

闫泽说完就走了。至于徐皓，他能乖乖听话吗？当然不能。因为刚刚的突发情况，宴会提前散了。徐皓刚一出走廊就看见他爸在找他，别人都走了，徐皓他爸就准备也带着徐皓走。徐皓就在那儿想，刚刚闫泽说让他在这儿等会儿，一副还有事的样子。可是闫泽找他能有什么事，难道一起钻研寒假作业吗？

于是徐皓跟着他爸回家了。他回家洗了个热水澡，然后再往床上一倒，身体那叫一个惬意啊！徐皓朦朦胧胧快睡着的时候，手机振动了起来。振动一遍，徐皓眼没睁开，紧接着第二遍穷追不舍地跟上来。徐皓睁开惺忪睡眼，接起电话，还没开口问谁呢，那边先开吼："你人呢？"那火气隔着电话都快烧着徐皓耳朵了。

徐皓瞥了一眼屏幕，陌生来电，盘算一下也知道是谁，脑子有点儿清醒过来，说："哦，闫泽啊，那什么，我回来了，当时有点儿乱，就没跟你打招呼，怎么了吗？"

估计是睡觉的人都有一种特殊的声线，电话那头一听就沉默了，然后强压着火气问他："你睡了？"

"嗯。"徐皓满腹疑问地发了一个音节，突然又清醒了一下，说，"哦，没有，还没……"

闫泽直接问他："徐皓，你知道我在这儿等了你多久？"

徐皓从床上坐起来，看了一眼手表，都夜里 1：00 了，于是他头疼地抓着头发："不好意思哈，我以为你早……"

"我等了你三个多小时，我去你……"估计闫泽是强忍着没说出口那个脏字。然后哗啦一声，电话那头不知道什么东西碎了，闫泽火气大得很，继续跟他吼，"走，你也不知道说一声？徐皓，真有你的！"

"闫泽！"徐皓压着嗓门喊了他一声，听到那边摔东西的动静好歹是消停了一下，光剩气得够呛的喘息声从电话那头传过来。徐皓感觉这大半夜的他实在不想激化矛盾，只得让自己的声音听上去尽量正常些，"行行行，这事儿是我不对，下次我怎么也要跟你打个招呼，行吧？"

徐皓自知有点儿理亏，认错态度良好，电话那头沉默了一会儿，闫泽再开口时声音也低下去了，以一种颇为不理解的沙哑声线问他："你干吗不等我啊？我说了没几句话就回来找你了。"

这句话声音不大，但不是疑问句。好在徐皓耳朵好使，听了个全乎，忙说："唉，你不知道当时情况，大家都走了，我爸也喊我走，实在是情势所逼啊！"说完，徐皓又补上一句，"其实我当时就想跟你说的，结果我走出来才想起来忘记问你要手机号码了，我想说也没处说啊，我也很着急的。"

这句话看似漏洞百出，好在闫泽不知怎的竟然没再挑刺，只是闷着声音问："真的假的？"

徐皓当下一口咬定，态度十分诚恳："当然了！"

闫泽那边还有点儿不情愿似的："可是我们都说好了的。"

徐皓腹诽，我们哪里说好了，明明是你自己撂下一句就不管不顾地走了！但是嘴上不能这么讲，徐皓说："是的，我也是这么觉得，其实我也是因为今天晚上太紧张了，现在都感觉嗓子疼了。"说完，徐皓还佯装清嗓子一样咳嗽了几声。

闫泽那边又沉默了一会儿，徐皓感觉自己蹩脚的演技都要被拆穿了，结果闫泽说："那你多喝点儿热水啊。"

徐皓应声："行，那睡吧。"

闫泽说："这才几点。"

徐皓嘴角无力地抽搐了一下，夜里1：00难道很早吗？

于是徐皓说："别老熬夜，不长个。"

闫泽回他："我够高的了，不需要。"

徐皓揉了把脸，又用正儿八经的语气说了一遍："为了身体健康也不要熬夜，你现在年纪小感觉不出来，再过几年你就知道了，不要老是透支身体。"

闫泽那边又嘟囔了一句："知道了，你好烦啊，你怎么跟我爸似的？"

徐皓心想，呵呵。

闫泽那边接着说："那我挂了，我去睡觉了。"

这么说完了，徐皓等他挂呢，结果过了几秒没听着挂断的声音。徐皓感觉可能自己还需要补上点儿什么来收尾，就说："好的，再有几天就开学了，我们学校见啊。"顿了一下，他又说，"别忘了把作业做完。"

一声低低的回应："知道了。"闫泽先挂断了电话。

徐皓困得不行，当下倒头进入了梦乡。

徐皓开学第一件事就是被张旭升拉去谈心。当时徐皓背着书包，还没坐到椅子上，就被张旭升勾着脖子拉到一边，所谈之事无非，假期吃了什么，然后还有一个重点论题，张旭升打算学艺术，以后直接走艺考这条路。

徐皓听完表示出了一定程度的理解，说："兄弟当然支持你的想法，但你爸那边你打算怎么搞定啊？"

一句话把张旭升从天堂打到十八层地狱里面去了。徐皓见证了张旭升一秒之内从喜笑颜开到愁眉苦脸的巨大变化，惊叹道："老张，果然有艺术天赋啊，这才几天不见你都学会变脸了？"

张旭升气得捶桌大骂："皓子，你变了啊，你学坏了啊，你以前明明很宠我的！"

王浩然在旁边正收着化学作业呢，一摞作业差点儿歪倒，他跟张旭升说："你可别在这儿鬼叫了，徐皓不吐我都要吐了好吗。"

徐皓立刻配合表演："我吐了、我吐了，我现场呕吐。"

又调侃了几句之后，徐皓回自己座位上，正好闫泽进来了，高二下半学期座位没调整，闫泽还坐徐皓旁边，就见闫泽把书包往自己桌上一扬，问徐皓："怎么了，这么高兴？"

徐皓摆手："嗐，就那几个愣货，你怎么样，假期作业写完了吗？"

闫泽打开书包，掏出几摞书和三四个本子往徐皓桌上一丢，人就懒散地坐到椅子上去了。

徐皓纳闷："你作业给我干吗？你倒是交啊！"

闫泽瞥了徐皓一眼："你不是总操心我作业吗？你交啊！"

徐皓顿时无语了。王浩然在旁边"哈哈"两声，又问："好久没练手了，晚上打球你来吗？"跟着他转脸又去问闫泽，"闫泽，晚上来吗？"

徐皓考虑了一下没回话，却见闫泽视线落在他身上了。闫泽抬了一下下巴，他没第一时间回王浩然的话，反而问徐皓："你去吗？"

徐皓说："我去吧，反正也没啥事。"

"行。"闫泽点点头，跟王浩然说了声，"我也去。"

王浩然原本也就象征性地问问闫泽，因为这种活动他向来缺勤，没想到今天他却这么爽快地答应了，听那意思好像还是因为徐皓来才来的。王浩然奇怪地看了一眼徐皓，结果徐皓压根儿就没意识到有什么问题，转身就干别的去了。

放学的时候，张旭升没跟他们一起来，张旭升假期有了新情况，放学后几乎是找不到人了。打球的时候，王浩然还打趣徐皓，说："你看升子这阵仗，你呢？"

那会儿恰巧徐皓刚拿到球，闫泽就站在徐皓身边。活动了一番，大家身上都出了些汗。闫泽撩起衣服下摆擦汗的时候正听见王浩然这么问，闫泽也不知道想到了什么，手顿了一下，然后整个人停在那个姿势上就不动了。

随后就听徐皓无所谓地说："嗐，我以学业为重。"

闫泽鼻子上挂着细密的汗珠，手一松，衣服下摆就落下来了。闫泽像是意识到了什么，转头看向徐皓，直到徐皓转过身来，夕阳的熔浆在徐皓高挺的身影后面溅射开，在天空挥洒得到处都是，偏偏一点儿都没有沾到徐皓的脸上。

王浩然的话，让闫泽毫无征兆地有了一个模糊的概念。有一个想法，从来没在闫泽的大脑里出现过，此刻却像是初春淋了雨的种子，起先埋在泥土里是不知情的，直到攒足了劲儿往外破土时，那嫩芽带着的一股子生命力的冲劲儿才后知后觉令人震惊。

徐皓背着光，脸在深影里，却于闫泽的视线里勾勒出满是笑容的脸部轮廓，他怎么笑，如何笑，站在那里漫不经心地扯起一个嘴角，直到整个笑容融进太阳金色的火花中。

走神之际，一个球砸在闫泽身上。徐皓小跑两步伸手一捞，接住被闫泽身体弹开的篮球，顺手拍了一把闫泽的肩膀："想什么呢？"

闫泽随着徐皓拍肩的动作后退半步，感觉左边身子都有点儿发麻了，愣怔半天，才说："没什么……"

因为两个人一时间站着没有传球，王浩然在不远处大声地问："怎么了吗？"

徐皓把球扔过去，说："没事儿。"然后转过脸来又看了一眼闫泽的神色，脸上气血挺足的，就是人看上去有点儿不清醒，徐皓有些纳闷地看着闫泽，"你有事？"

闫泽感觉整个世界都跟着在晃。心脏像是被人灌了一桶热油，溅着火花涨起来，再迅速地收缩回去，透不过气。半天才找回自己的声音，他说："是……"

徐皓看了闫泽片刻，感觉他确实有点儿反常，索性转头跟后面的几个同学招呼了一声："那什么，有点儿事儿，先不打了啊！"

然后他跟闫泽招呼了一声："走。"他顺手捡起两个人的书包和外套。

闫泽就这么一声不吭地跟着徐皓往校门外走。

快走出去了，徐皓把闫泽的外套递给他，闫泽闷声穿好。徐皓说："你把拉链拉上。"闫泽头也不抬，把拉链从底拉到最顶上，因为闫泽平时都敞着怀穿外套，徐皓这才知道原来这件衣服还是高领的。但，闫泽今天听话得太反常了吧。

徐皓一时间书包都忘了给闫泽，问他："你怎么回事啊？"

闫泽连反应也比平时慢半拍："什么？"

徐皓干瞪眼："你不是说你不舒服吗？你行不行啊？"

闫泽头又低下去了，一个人杵在原地，不吭声。徐皓半天没等到答案，也不知道闫泽到底怎么个不舒服法儿，就说："你要真不舒服就去医院，你要是觉得还行那我给你打个车你回去？"

闫泽对医院特别抵触，说："我不去医院。"

徐皓说："那就回家。"

此时，正好来了辆出租车，徐皓招手拦车，等车停稳了之后，徐皓手搭在车门上，问他："用我送你回去吗？"

徐皓回头，就见闫泽瞳孔漆黑，就好像站在那里看了他很久，乍一对视还有点儿猝不及防似的想要移开。但闫泽视线抖了一下，没躲。他压低声音，开口还有点儿沙哑："好啊。"

闫泽率先一步上了车。徐皓没想到闫泽这都能答应下来，愣了一下才跟着上车。闫泽家离得不远，但算上堵车也得走二十分钟。一上车两个人都不说话，徐皓对着窗外看了一会儿，想起来他爸妈这会儿都不在家，晚饭干脆在外面吃得了。

正巧坐在旁边的闫泽开了口："你饿了吧？"

徐皓摸了把肚子："饿死了。"

闫泽说："我知道附近有家店味道还不错，我请你吧。"

徐皓觉得跟他也没什么好客气的，就说："行啊。"

然后闫泽跟司机说了个地址，司机点头示意明白。不一会儿，车停在一家牌匾相当有格调的日料店门口前。下车，徐皓跟着闫泽走进去，里面人不多，但从摆设来看显然有点儿昂贵。不过徐皓也没觉得闫泽请他吃这个有什么不妥的，就是穿着校服背着书包在这儿走有点儿不妥。但徐皓现在最关心的主要是这家店上菜快不快，因为他真的特别饿。

闫泽对这家店轻车熟路，穿着和服的侍者带着他们走到一间相当有日本特色的隔间，徐皓书包往旁边一丢，脱鞋坐上去了。闫泽没进来，站旁边问他吃什么。徐皓说："你看着来吧，给我来点儿肉就行。"

闫泽就跟侍者报了几个菜名，然后也脱鞋上来，跟徐皓说："你爱吃牛肉吗？这家味道还不错。"

徐皓一听更饿了，说："爱吃啊，最爱吃牛肉！哎，之前去神户吃了几次铁板烧，那牛肉可是太好吃了。"

闫泽在徐皓对面坐下，摸摸鼻子笑了一下。徐皓就撑着胳膊跟他说："我发现你这个人真的挺奇怪的。"

闫泽脸上的笑收了一下，问他："什么啊？"

徐皓耸肩："说不上来，就觉得，明明有时候感觉你也没那么难相处，但大部分时间还是不知道你在想什么，看不透。"

闫泽眉头都皱起来了："这就是你的看法？"

徐皓说："不全是，当然了，你也是有很多优点的。"

闻言，闫泽的眼神立马不对了。徐皓干笑了一下，继续说："就比如，呃……就比如我请你吃关东煮，你竟然回请我日料，这叫什么？这叫投我以木桃，报之以琼瑶，太高尚了。"

闫泽显然对这个答案不太满意，他低声说："这算什么。"

但徐皓一时之间也不知道往哪个方向夸闫泽为好，正好这时头盘上了，徐皓就开始专心吃起饭来。闫泽对于饮食是真的挑剔。徐皓用刀切开面前的牛排，牛肉鲜嫩饱满，配上独家调制的棕色酱汁，闫泽能说还不错的店，那味道真的是没跑了。

吃完后，徐皓站在门口，觉得自己容光焕发，精神饱满，反观闫泽，好像也挺满意的。徐皓问他："怎么回去？"

闫泽下巴往左边一抬："很近，走回去了。"

徐皓说："行。"然后他往反方向一指，"那我也回去了。"

说着，徐皓就打算侧过身子跟闫泽在此告别，脚还没迈出去，突然视线里闯进来一个人。

然后，徐皓像是突然被人打了一拳一样，盯着不远处，无比震惊地退了两步。在徐皓的视野中，迎面走来一个女孩儿。可以说，这是一个在人群中看一眼就会让人觉得很漂亮的女孩儿，长发束起一个高马尾，年纪跟他们相仿，穿着另一个学校的校服，正沿着街边往他们所在的这个方向走。即使时隔多年，徐皓还是能从人群中一眼就认出这个人，是林潇。

竟然是林潇？！徐皓这一下表情变化得太明显了，令闫泽瞬间就察觉到徐皓不对劲儿，他顺着徐皓的视线往那边看。

此时，林潇也走近了，大街上突然被一个同龄的男孩儿傻了一样盯着，她几乎跟闫泽同时发现了徐皓的视线，但林潇显然比较适应这种被人注视的感觉，她只是有些奇怪地回望了徐皓一眼。

这一眼回望像一道惊雷在徐皓的脑子里炸开，徐皓瞬间收回了自己的视线，眼看着闫泽已经转过去半个身体，徐皓当下来不及多想，一把拉住闫泽把他扯了回来。

但为时已晚，闫泽已经侧头看见了那个女孩儿，林潇的视线也从徐皓的身上转到了闫泽身上，他们在那一瞬间对视上了。徐皓抓着闫泽的手下意识收紧了一下，有点儿用力过度。徐皓承认，他紧张了。

闫泽显然是察觉到徐皓的手劲儿有点儿不对，他的注意力也没放在那个女孩儿身上多久，只看了一眼，视线就挪回到徐皓脸上，问："你干什么？"

林潇走到他们身边，她的视线在闫泽和徐皓身上多停了两秒。徐皓刚刚反常的大动作引起了她的注意。但徐皓突然眼睛跟长了钉子一样定在闫泽身上，就跟完全没看到旁边有别人似的。闫泽也看着徐皓，两个人都没有把注意力放在林潇身上。而像林潇这样的女孩儿向来矜持，不可能对两个素未谋面的男孩儿做出什么奇怪的举动，所以林潇只是多看了他们两眼，就走开了。

余光察觉到林潇终于走远了，徐皓这才缓慢地、失神地松了一口气。明明梦里见林潇是在大学，为什么连这个的进度都会提前？

抬眼，见闫泽还在看他，有点儿审视的意味，徐皓后知后觉地松开放在闫泽肩膀上的手，问："你刚说什么？"

闫泽说："你紧张什么？刚刚那个女孩是你熟人？"

徐皓一听又紧张了："不认识啊！第一次见。"

闫泽眯着眼睛打量了一下徐皓，嗤笑一声："骗人都不会。"

徐皓一听有点儿着急了："我真不认识啊，怎么了，难道你认识？"

闫泽盯着徐皓的眼睛："怎么，你很怕我认识她？"

徐皓脑子一蒙，没再接话。闫泽说得对，他现在最担心的就是闫泽跟林潇提前搭上关系，遥想梦里那一系列的争端，最开始的原因，只是一个女孩而已。因为梦里，徐皓和闫泽在大学就跟突然魔怔似的，竟然同时看上了一个女孩，她叫林潇。

闫泽顺着徐皓的视线朝侧后方看过去，显然，林潇走得不快，他还能看见林潇的身影。

闫泽往前走了一步。擦身而过的时候，被徐皓拉住了手腕。梦中徐皓不止一次地想过，如果没有林潇，他跟闫泽至于闹到那种程度吗？被激化的矛盾，是必然趋势，还只是偶然为之？闫泽真的从来没把他当成朋友吗？徐皓深吸了一口气，说："闫泽，你别去。"

回去之后，徐皓想了好久该怎么办。显然，目前的轨迹已经跟梦中完全不同了。他的经验，除了让他比梦中更勤奋、更成熟，似乎再无用武之地。

至于林潇，她也不是徐皓梦里第一任女朋友。跟现在不同的是，梦里上大学以后，浑事他跟闫泽一样没少做。年轻嘛，图的就是新鲜感。

然而像徐皓这样的人，心里总还是有点儿幼稚的想法，让他偶尔跟乌烟瘴气的环境显得有些不搭边。也就是这种幼稚的想法，让他在感情上栽了一个非常大的跟头。

他的心里有一块小净土。那块土地接触他心脏最热的血液，气候适宜，不受污染，还相信一切理想主义和真爱至上的原则，河流是一条冲动的脉搏，空气里都是他年轻时气势磅礴的梦想。所以，想当然地，他有一天会突然因为一个女孩儿栽进去，这个女孩儿就是林潇。

至今徐皓还是忘不了当年第一次看见林潇是什么感觉。那是个夏天的晚上，徐皓打完球出来找吃的，一身汗臭味，突然看见邻校的大门走出来一个女生。她左手抱着两本书，格衫长裙，长发披散到腰上，然后风吹过去的时候，她空闲的右手撩了一下头发，露出一只白皙可爱的小耳朵。那个瞬间，徐皓就看呆了。明明是夜晚，却突然光芒万丈，他仿佛有种置身白天的感觉。

徐皓以前一直觉得电影里那种突然来电的感情是在胡说八道，是骗小孩儿的。但那会儿他却无法对这种感情嗤之以鼻，因为徐皓对林潇一见钟情了。

费尽心思从邻校的朋友口中打听来了这个女孩儿的消息，徐皓对她展开了声势浩大的追求攻势。徐皓本身条件就不错，费了两个月的心思，这个女孩儿还真就让他给追上了。那段时间徐皓为情所困，闫泽叫他去玩，他总是推三阻四地不想去。等他把林潇追到手之后更夸张，烟酒都戒了不说，连打球都心不在焉，脾气空前好，每天跟尊弥勒佛似的笑呵呵。

就这样没多久闫泽来找他，那会儿闫泽靠在墙上点了一支烟，带着一点儿深不可测的神情盯着徐皓看，看了半晌，微微一笑："本来他们说我还不信，徐皓，你最近是有点儿反常，不是吧，这么说你还认真了？"

徐皓当时手头上有事在忙，头也不抬，十分干脆地说："这话说得，我还不能认认真真谈个恋爱了？嘁，别说你们了，我也没想过我能这么喜欢一个人，林潇真的是个好姑娘，得空带你见见啊！"

闫泽一点儿一点儿把脸上的笑收干净，眼神也变得有些暗沉。他把还剩下大半截的烟摁灭在旁边的石板上，停顿了好几秒，说了一句："行，我等着。"然后人就走了。

要说梦中徐皓有多喜欢林潇，那真的是太喜欢了，喜欢到恨不得把自己所有能给的都送给她。但这种只属于年轻人的冲动的喜欢又能单方面坚持多久呢？一年？两年？三年五年？到后面的时候，徐皓再想她，那几乎就变成一个符号了。一个类似初恋的符号，里面充满了最激进最单纯的感情。那可是属于过去的。感情吃不了回头草，否则会变得食之无味，弃之可惜，还会糟蹋了美好的回忆。所以徐皓再见到林潇，充其量，只能算一个熟人，一个人生转折路口的熟人。

心理上，徐皓早就过了那种跟愣头青一样奋不顾身去谈恋爱的年纪了，这并不是说因为他经历了一番变动，从此改头换面不相信爱情。他没有那么苦大仇深。他之所以会像现在这么没所谓，单纯就是因为过年纪了而已。

对于一个理智的成年人来说，爱情是生活调剂品，但从来不是必需品。

更何况，再喜欢谁也不能喜欢林潇啊，梦中她跟徐皓在一起的时候劈腿了，劈腿的对象还是他最好的兄弟！要说徐皓因为这事儿恨闫泽吧，其实也谈不上，如今是个法治社会，哪有那么多巧取豪夺的爱？闫泽能挖动林潇的墙脚，那说明林潇自己意志也不坚定。但这也是徐皓很久以后才想明白的，当时他哪有空儿想那么多啊！

当年，闫泽不仅莫名其妙地抢了徐皓的女朋友，还第一时间给他去了个电话。在徐皓完全不知情的状况下，他把徐皓叫去了一个酒店，说有急事，报了个房间号就挂了电话。那架势整得徐皓还以为闫泽在酒店跟人打起来了呢。结果敲开顶层总统套房的门的时候，竟然是自家女朋友裹着个浴巾就来开门了，连头发都是湿的，只要不傻都知道刚刚这间屋子里发生了什么事，看得徐皓当场脑子就"当机"了。

林潇当时特别惊慌失措地就往后退，徐皓再往后看，就见闫泽赤裸着上半身，薄薄的一层水珠顺着腹肌的轮廓往下淌，淌到裤子的边缘线上留下一个暧昧的、深色的小水印。

他长手长脚地坐在正对着门的那张软沙发上，整个人放肆又慵懒，就是眼神不太对劲儿，好像憋着一丝被冷水浸了的火药，味还没全蔓延出来。看见徐皓后，闫泽甚至还当作什么事都没发生似的抬手跟徐皓打了个招呼，说："来了啊。"

这下"当机"的变成林潇了，看她那个表情，她大概还不知道原来徐皓跟闫泽是认识的。

徐皓二话不说，几步冲过去，一拳砸在闫泽脸上。那一拳下去直接让闫泽蒙了几秒，然后闫泽转过被打偏的头来看徐皓，那眼神说不上是什么意思，过了半晌他才说："徐皓，你因为一个女人，打我？"说完两人就打起来了。

这算是他俩第一次也是唯一一次打架，徐皓当时特别上头，满身的气没处撒，却没想到闫泽好像比他还生气，那眼神狠得跟什么似的。结果就是两人下手一个比一个狠，林潇在旁边都吓傻了，一边哭一边打了120，还报了警。最后两个人双双进了医院，满身是血不说，徐皓鼻梁骨都被闫泽打折了，至此两人就闹掰了。

再后来徐皓就没怎么联系过闫泽，就记得中间有一次闫泽还主动来找过他，但是具体说的什么，徐皓给忘了，反正闹得很不愉快，因为在这之后，闫泽就消失了一段时间。

紧接着没多久，徐皓他爸的公司就被别人控股了。操盘的是邵氏的人。很难想象，若不是因为私人恩怨，邵氏那么大的一个家族企业根本不可能闲得没事跑过来折腾徐皓他们家的生意，其中力量悬殊，人家随便掉两粒芝麻就够闹得徐皓他家人仰马翻的。后来徐皓因为这事儿想去找闫泽谈谈，毕竟徐皓他爸之前跟邵氏甚至没有过贸易往来，更不可能有什么仇，那问题只有可能出在徐皓和闫泽身上，毕竟闫泽是徐皓他家跟邵家唯一的一点儿联系。

可是徐皓没找到闫泽。电话打不通，家里也没人，闫泽那边朋友都知道闫泽跟徐皓闹掰了，没少给徐皓吃闭门羹。这些原本就是些看在闫泽面子上才交的表面朋友，人家在这个节骨眼儿上不给你落井下石都算不错的了。但，徐皓也知道，一个大活人是不可能无缘无故消失的，除非这个人有意躲着他。

剩下的就只有邵家隔三岔五的打压，当徐皓他爸面临起诉，在破产边缘，家里的情况岌岌可危。那段时间算是徐皓人生中最难熬的日子，失恋了也就罢了，还被最好的朋友背叛。说实话被劈腿，徐皓顶多就是气炸了，可闫泽把他给逼到这份儿上，那真就是拿他们这几年的感情当球踢呢，比失恋还过分，可把徐皓给难受坏了。那会儿徐皓真不知道还能给家里做点儿什么。

就在这个时候，邵家一个管事的找到了徐皓，那个人叫张雷东。

咖啡店里，张雷东是这么说的："你看，最近闫少动作这么大，连我们老爷子都给惊动了。你们家的情况邵老多少了解了一些，闫少年轻，会意气用事是难免的，但闹也闹过了，邵老的意思是总不能由着他这么胡来。"

说着，张雷东掏出一沓文件，给徐皓，说："这，有个英国××大学的通知书，下周开学，手续这边都给你办好了，闫少的意思呢，就是以后不想再看见你，以后这国内啊，能别回来就尽可能别回来了。你说这儿就这么大，回头再叫闫少撞见，发起火来，老爷子不一定会管，我们底下这些人也劝不住啊。你看你也是个聪明的小伙子，哪怕是为了你家里的情况呢。"

就这，徐皓还能说什么？下周开学，东西都来不及好好收拾。徐皓就这么两手空空，走投无路地出国了。打那之后，徐皓三年没回国。他在国外折腾，可了劲儿折腾，为发泄身上这股不服气的劲儿，更为了潜意识里的不甘心。他感觉自己那几年的感情简直是喂了狗了。

徐皓到死也再没见过闫泽一面。

张旭升他爸果然不同意张旭升学艺术。张旭升他爸的原话说："现在年轻人想法多，你想走什么路子我不拦你，但是你也长大了，自己有能力，就别跟家里要钱。"

张旭升转述他爸这番话的时候，脸上很有一番要为艺术牺牲的大无畏模样。

旁边王浩然连连鼓掌："牛啊升子，哦不，张导、张导。那个张导您作业什么时候交一下？您看我抱着几十份作业听您絮叨半天了，这老师都快来了！"

张旭升脸色一变，立刻趴在徐皓桌子上哭天抢地："皓子你看他，王浩然他欺负我，你也不管管？"

徐皓默默站起来，把自己坐着的椅子从张旭升身边拖远了，说："你别把口水喷我桌子上……"

结果拖了两步，后背不小心撞在旁边一个同学身上，徐皓赶紧回头道歉："不好意思啊。"抬头一看，原来是闫泽，他站在原地，皱着眉，一副欲言又止的样子。

不等闫泽开口，徐皓立刻拖着椅子走回自己位子上，打发起张旭升来："快快快，上课了，回你位子上去，把书皮上的口水擦干净了再走！"

上课铃一响，闹腾腾的教室顿时安静下来，教室里就只有老师讲课的声音。徐皓转着笔，心不在焉地翻看着语文课本。自打那天偶遇林潇之后，徐皓回家第一件事就是翻出他那个小牛皮本，把前后的信息捋了捋，琢磨到半夜，突然想清楚一个问题。

那就是他从梦中醒来，并不意味着所有的事情都会像梦里那样发展，他也不会在同一个女孩身上重蹈覆辙。梦中的经历是意义重大的参考，也仅限于参考。

徐皓又转了一下笔，盯着课本上不知道是哪位先驱留下来的文学样本，心想，林潇突然出现带给他强烈的危机意识，这倒不是一件坏事，人在舒适的环境中容易养成惰性，这是常态，就跟你困的时候需要从头泼盆凉水才能彻底清醒，林潇卡在这个时候出现，也是一个道理。

计划清楚了之后，徐皓最近也在有意无意地避开跟闫泽的直接接触。除了众目睽睽之下不可避免的礼貌回复，他直接省略了在路上跟闫泽打招呼的环节。不做眼神对视，不做语言接触，即使出现刚刚那种突发事件，徐皓也会顺手把注意力放在旁边的某件事情上，然后一股脑扎进那个话题中，其过程中他自然堪称"影帝"级别，愣是没让周围同学看出任何问题来。除了……除了闫泽本人吧。

原本这一切还挺顺利的。自那天不欢而散之后，闫泽不出所料臭着一张脸，冷了好几天，连一开始最突兀的转变过程都给徐皓省了，让徐皓心里松了老大一口气。

那几天也有人问："哎，你跟闫泽最近怎么啦？"

徐皓耸耸肩，一副无事发生的样子："没怎么啊，闫泽不是一直那样吗？"

众人一想，也对。闫泽一直不怎么理人，要说他突然跟谁熟起来，那才是会让人觉得奇怪的事。后来发展到两人路上见面也不会打招呼，徐皓对闫泽客气得跟最普通的同学也没什么两样的时候，也就没什么人问了。

除了当事人闫泽。一开始，闫泽还算沉得住气，后来可能发现徐皓态度有点儿变化，他装作若无其事的样子找过徐皓几次，看那样子大概是想拉下脸面来和解，但是都被徐皓找机会给溜了。再后来，似乎是终于意识到徐皓的刻意疏远，闫泽整个人突然消停了。

他变得比往常更沉默，但几乎没有人发现这个问题。有时候闫泽一个人站在操场上，像是机器坏了某个核心零件，一动不动地停在那儿，没人知道他在想什么。

而徐皓则每天沉浸在自己出国考试的筹备中。最让徐皓操心的还是托福，虽然根据莎拉对徐皓目前成绩和学习进度的评估，她认为徐皓想拿下宾大的通知书，完全是板上钉钉的事儿，不过高二下半学期时间过得很快，徐皓还是挺紧张的。

托福还好说，因为托福考试场次多，如果第一次考得不理想，完全可以多考几次把分刷上去。其他项目就稍微棘手一些，主要是因为徐皓不想再往后拖，所以最好是争取一次拿下。数学部分，徐皓是没有任何担心的，他把大部分的精力献给了阅读和写作。

准备出国这事儿，徐皓没跟学校里的同学说，主要是觉得没必要。目前知情的只有王浩然和张旭升，王浩然是因为有一次无意之间发现徐皓的准备材料，问起来，两人这才对未来各自的打算聊了会儿。而张旭升则完全是站在旁边捎带知道的。

后来也是因为这个，徐皓有正当理由不去打球了。人一旦忙碌起来，生活就跟在时间轴上脱轨了似的。天渐渐暖和起来，学生们脱下暖和的羽绒外套，脱下秋衣秋裤，然后不知何时，已经有人穿上短袖了。徐皓一边感慨着年轻人真抗冻，一边换上了自己的短袖校服，结果在突然降温的第一天冻坏了。

这种平淡的日子持续到暑假前的最后一天。放假前一天，徐皓是全班最后一个走的。他已经把自己的情况跟班主任报备过，下个学期徐皓不一定全天都在学校上课，所以他得整理一下要带回家的东西。R中有不少申请留学的学生都有这个打算，班主任也答应得很干脆。

盛夏，即使徐皓走得晚，天边还是有一丝余晖泛着橙光。徐皓沿着声控灯照亮的楼道走下去，高三的学生已经高考结束，楼空了，整个学校陷入一片寂静。

徐皓穿过两楼之间的长廊，看着地上他自己的轮廓一会儿变长一会儿又变短，只沉浸在自己的事情里。教学楼离学校正门还有一条栽满樱花树的小路，但花期已过，如今只剩下汁液饱满的绿叶在黑夜中伸展着。

走着走着，徐皓余光察觉到了什么，他目光移过去，见一个高高瘦瘦的人影倚在操场栏杆边上，在昏暗的灯影下面只有一个模糊的轮廓，脸一点儿也看不见。从直觉上来讲，徐皓觉得这位同学好像在等什么人，只是怎么感觉这么眼熟？

还没等徐皓辨认清楚是不是熟人，那个人影已经往前一撑，从栏杆上站直身体，然后往徐皓这个方向走过来。当闫泽的脸从灯影下显现出来时，徐皓一时间竟然不知道该说什么好。

反倒是闫泽先开了口，他的眼神浸在夜色里，嘴角扯出一个不怎么好看的笑，他说："这么巧。"这话不是疑问的声调。语气完全听不出来相遇是个巧合。

整个学校可能目前就剩他们两个人，闫泽依然有意堵他，那就意味着徐皓除非撕破脸，不然怎么也不能若无其事地就走了。于是徐皓也说："这么巧。有事吗？"

闫泽冷笑一声，就跟这声冷笑能给自己撑场子似的，然后说："我找你能有什么事？"

感觉对方态度不怎么好，徐皓皱了一下眉，说："我怎么知道？"

闫泽被徐皓堵了一下，还想说点儿什么，结果一张嘴呼吸频率就不太对，他把嘴闭上平复了好几秒，又装作漫不经心开口道："我惹着你了吗，你在生我的气？"

徐皓不知道闫泽从哪儿想了这么一出，只冷静地说："没有。"

闫泽嘴角扯了一下，似乎又想笑，但是没笑出来，然后喉咙里有些气息从鼻子里被带出来，他说："那你怎么回事？"

徐皓一愣，说："什么怎么回事？"

闫泽抬手揉了一把眼睛，他似乎想轻松地带过去，结果声调里的鼻音更重了，但硬是没让声音暴露出任何软弱的情绪："你跟谁都能搭上话，开那些没营养的玩笑，你跟别人什么都能说，就当我是个死人吗？"

徐皓还没意识到闫泽那个不太稳的尾音代表着什么情绪，他说："我没当你是死人，你到底想干什么？没什么事的话，我先回家了。"

闫泽气得直接抬起头来，他眼睛红了一圈，泪痕都还没抹干净："徐皓，你知道我说的不是这个！"

徐皓原本听闫泽吼得气势十足，只想说点儿什么赶紧回家吃饭，结果看清闫泽的脸时，他要出口的话都被噎住了："我怎么知道你要说什么？你倒是说啊！"

闫泽凶狠地瞪着徐皓，眼泪突然从眼眶中滚下来，他慌忙用胳膊挡住脸，自言自语地骂道："徐皓你真是个浑蛋！你……嗯……我真是个傻……"

徐皓一时无暇分辨闫泽到底是在骂谁。但是，看别人哭难免有点儿过意不去，徐皓想了想，只得放缓语气，说道："这样……有事我们可以坐下来说，或者你有我电话吗？我们也可以在电话里慢慢讲清楚。"

见闫泽仍然没喘匀气，一副受了天大委屈的样子，徐皓试探性地伸出手，觉得拍头不太合适，只得轻轻拍了拍闫泽的肩膀："行吗？"

却没想，闫泽顺势扯住徐皓的胳膊，然后上前一步直接拉住徐皓。

徐皓站着等闫泽，察觉到他情绪稳定点儿了，正打算再说点儿什么，闫泽却突然抬起头来。徐皓没反应过来，两人差点儿撞一块儿去。

徐皓还没来得及躲呢，反倒是闫泽跟跄着退了两步，怔怔地看着徐皓，身上那股劲儿还没全消下去，炙热的呼吸在唇齿间颤抖着。在徐皓有点儿莫名其妙的目光中，闫泽突然转身落荒而逃。

用哥儿几个的话说，徐皓这个暑假忙得就跟人间蒸发了似的。确实是这样，暑假期间，徐皓连刷两次托福，成绩大致在预期范围内，他紧接着报了月底的考试。

考点在香港的一所中学，徐皓提前两个星期过去，在附近酒店订好一个套房，然后就开始了归隐般的备考生活。其间，徐皓他妈还提出陪考，但被徐皓义正词严地拒绝了。

反倒是徐皓他爸，见徐皓这么上进，生活上对他越来越宽松。徐皓他爸甚至还来帮着徐皓劝他妈："你看呀，儿子长大了，懂得比我们多了，你不要老把他当娃娃。"

徐皓他妈先是白了一眼徐皓他爸，然后想想，是这么个理儿，索性由着徐皓去。至于闫泽放假前整的那一出，事后闫泽迟迟没动静，而徐皓每天忙着跟时间赛跑，早就忘脑子后头去了。

临开学还有五天，考试结束了。出考场时，徐皓感觉精神饱满，整场考试考得不错，以至于考完了还有点儿神清气爽的感觉。距离出成绩还有大概二十天，徐皓想着左右没别的事，不如回去上学吧，于是当下购买了机票。

高三，挺有意思的。该出国的出国，该高考的高考。R中这种学校，本来就起点高，哪怕是学习不咋地，到头来混得也不会太差。大家有各种法子给未来谋出路。

徐皓一进班门，正好跟王浩然打了个照面。王浩然跟徐皓示意似的抬了一下下巴，说："怎么样？"

徐皓知道王浩然问的什么，考试之前徐皓还跟王浩然聊过这几个考试的事，谁让王浩然是学霸呢。

徐皓说："还可以，感觉还行。"

王浩然拍了徐皓一下，笑道："你能这么说，那肯定没问题。可以啊徐皓。"

徐皓故作谦虚地摆摆手，把书包扔自己桌子上，刚想说点儿啥，张旭升突然从背后冒出来："什么没问题，你俩聊啥呢，这么神秘？"

徐皓往座位上一仰，然后看着张旭升。这一个假期过去，张旭升人看着精神不少，头发留长了一点儿，原先的黑框眼镜替换成一副金属的细边眼镜，竟然看上去文绉绉的。徐皓就说："哟，张导换行头啦？"

张旭升抓了抓头发，破天荒露出不大好意思的表情："咋样，不难看吧？"

反倒是徐皓一时不知道该答啥，转头问王浩然："张旭升这是吃错啥药了？"

王浩然一脸不忍直视，说："别问我，我也刚来。"

张旭升顿时没好气地给他俩一人抡了一拳："滚你俩的！"

徐皓捂着被抡的胸口，一边笑一边往后退，结果椅子腿没倚住，人差点儿翻过去。

手忙脚乱稳住后，余光瞥到桌洞里有一个蓝色的东西，徐皓顺手摸出来，正反一看，竟然是个浅蓝色的信封。正面右下角十分秀气地写着三个字：致徐皓。

徐皓这边还没反应过来呢，张旭升突然骂了一句，刚攒起来的一点儿文青气质全线破功，张旭升一把抽过徐皓手里的信封。

张旭升一瞬间比自己中了彩票还激动，他手里扬着信封跟传奥运火炬似的迅速在教室里跑，一边跑一边狂喊："徐皓、徐皓，快来看看！"

张旭升这一嗓门下去半个教学楼都能听见，班上几个玩得好的哥们儿顿时拍着桌子开始起哄，连一向稳重的王浩然都嚷嚷起来。

徐皓顿时感觉头大，眼看着张旭升把信封撕开就要开始朗诵了，徐皓两步跑上讲台去抓张旭升，结果张旭升这会儿蹿得跟猴子似的，一边跑，还一边念。

徐皓被这帮起哄的臭小子气得想笑。他和张旭升在教室里鸡飞狗跳地跑了整整两圈，正当徐皓一把逮住张旭升，打算捂住他那张滔滔不绝的嘴的时候，班主任突然推门进来。

整个班跟炮仗上泼了一盆水似的，瞬间消音。班主任走到张旭升和徐皓的面前，张旭升这下乖了，笨手笨脚地就要把信往自己裤兜里塞。还没等塞进去，班主任一只手已经伸到跟前，用不容置喙的口气跟张旭升和徐皓说："什么东西，交出来！"

张旭升还不死心地把信往裤兜里塞，结结巴巴地说："没、没什么啊老师。"

班主任严厉地瞪了张旭升一眼："没什么？没什么你俩都快把房顶掀了？整个楼里就能听见咱班的嚷嚷声，校长都找到我头上了！交出来！"

张旭升不敢继续往口袋里塞了，唯唯诺诺地看了一眼徐皓，又说："不行啊老师……这是徐皓的……他还没看呢……"

徐皓头疼地捂了一把前额，从张旭升手里抽出那张皱皱巴巴的信纸递给班主任，然后摆出认错的表情，道："老师，今儿是我俩不对，下次不这样了。"

班主任接过信纸，大略浏览了一下上面的内容，心里有数了，又分别瞪了徐皓和张旭升一眼，然后跟徐皓说："你的？"

徐皓点点头。班主任将信纸还给徐皓，说："收好了，都把心思放在学习上，别瞎起哄。"

张旭升大大松了一口气，徐皓连忙摇头："不敢不敢。"

班主任挥挥手："行了，回去上课吧。"

徐皓跟张旭升两人眼观鼻鼻观心走回自己座位上，徐皓落座后，才发现自己旁边的座位空着，闫泽没来上学。徐皓翻开书，也没往这多想。

两个星期后，徐皓的考试成绩下来了。官网上查完成绩后，徐皓大脑里一片空白。

他先给莎拉打了个电话，报了成绩后，莎拉直接飙了一句："上帝！"

两人沉默一会儿，徐皓先开了口："我现在该干啥？"

莎拉说："还愣着干什么，准备资料！宾大要是不录你，我们投哈大！"

徐皓"哈哈哈"干笑了三声。其实资料早都准备得差不多了，接下来需要徐皓做的事情，还真没什么了。常春藤啊。徐皓靠在椅子上想，不知道宾大周边的伙食怎么样。

自从出成绩后，徐皓就没怎么往学校去。他私底下请张旭升、王浩然还有其他五六个男生在一家生意火爆的老火锅店吃了一顿散伙饭。

涮肉的时候，张旭升还打趣徐皓："上次那信我还没看完呢，后面写的啥呀？谁给你的啊？"

徐皓耸肩："我不知道啊，写到最后也没署名，我还纳闷呢。"

张旭升大失所望："真的假的啊，这么没劲。"

刘磊嘲弄张旭升："又不是给你写的。"

张旭升白了刘磊一眼："你根本不懂。"

那天晚上，到最后，除了王浩然还清醒点儿，剩下几个全趴下了。王浩然把几个男生分别送上出租车后，还剩下一个徐皓。

徐皓顺着椅子往上爬都站不直。王浩然蹲地上问了徐皓半天家住哪儿都没问出个所以然来，从徐皓身上摸出手机，正打算给徐皓爸妈打个电话的时候，一个电话打进来了。没有备注，是个陌生号码。王浩然犹豫再三，还是接起来了。

"喂？"

"呃，闫泽？"

"我们今晚上一块儿吃饭，徐皓站不起来了，我现在正想办法把他送回去。"

"不知道他住哪儿。呃，你知道？"

"哦……我们在××路××号×××火锅店，你怎么过来？……喂？喂？"

王浩然报了地址之后突然对面挂断电话，他看了一眼抱着椅子还在试图往上爬的徐皓，又看了看手机，眯着眼思索起来。

十几分钟工夫，闫泽直接推门进来。闫泽进来以后，站在离门不远的地方没动。他看了一会儿坐在地上半醉半醒的徐皓，又看了一眼王浩然。

王浩然虽然觉得闫泽平时也不是什么好相处的人，但今晚的生冷气氛更甚。闫泽把车钥匙往杯盘狼藉的桌子上一丢，然后坐在椅子上。

闫泽说："你走吧，我管他。"

王浩然有点儿不放心。王浩然心想，闫泽和徐皓要是真感情好到那份儿上，那徐皓的散伙饭，为什么不请闫泽？王浩然又开了口："不需要帮忙吗？徐皓还挺沉的，我半天都拖不动……"

闫泽把手搭在另一张椅子上，闻声抬头，硝烟蔓延开来："让你走你就走。"

对峙半晌，王浩然还是走了。

当整个屋子里就剩下闫泽和徐皓两个人时，闫泽坐在椅子上，一只手缓慢地攥紧，然后深吸了一口气。闫泽拉过徐皓一只手搭在肩上，然后顶着一口气以半跪的姿势把徐皓背起来。

满身酒气，从侧后方喷在脖子上，闫泽的心一下子被捏得又紧又烫，他似有些痛苦地皱了一下眉。仿佛太阳陨落了，恒星炸裂成无数块，可这场灾难距离如此之近，竟让闫泽平白生出仓皇的绝望感。

走出饭店，那辆火红的法拉利毫不客气地停在马路边上，匆促到连摆正车位的时间也没留。

第二天，徐皓睁开眼，发现他正趴在自己家的床上，还是有点儿头疼。昨天晚上，后来发生了什么全忘了。他隐约记得自己昨晚是让人扛回来的。徐皓揉了把脸，回想，谁来着？

徐皓睡眼惺忪地走下楼梯，难得徐爸徐妈都在。徐妈端了一杯牛奶正准备喝，徐爸坐在沙发上看报纸，听见徐皓下楼，两个人同时抬头。不知道为什么，徐皓总觉得他爸妈看他的表情有点儿怪。

疑惑，探究，欣慰，纳闷，表情全写在老两口脸上。徐皓低头看了看自己，又看了看身后，跟他爸妈说："你们干吗这么看我？"

徐皓他爸咳嗽一声，又抖开报纸，装作随意地说："昨晚玩得可好啊？"

徐皓挠挠头："挺好啊！"

徐皓他爸说："你们怎么吃的饭，还要劳烦闫泽亲自把你送回来。"

徐皓一下没反应过来："谁？闫泽？？"

徐皓他爸把报纸一收，没好气地说道："可不是嘛，你回来就扒着马桶好一个吐，也不知道给没给人吐车上。"

徐皓无语地想，别是那辆红色的法拉利吧，那辆车就跟闫泽的亲儿子一样，别人剐一下他能气死……又想，不对啊，昨天压根儿没叫闫泽来，这是唱的哪一出啊？

徐皓他妈放下牛奶杯，走到楼梯口跟徐皓招手："别傻站着了，儿子，下来吃饭。"等徐皓走下来，徐皓他妈两只手立刻捏上徐皓的脸，满脸欣慰，"让我看看，我儿子这么高了，真是长大了。"

徐皓满以为今天下来会被老两口骂一顿，毕竟昨晚家门都找不着。谁知道老两口不但毫无责怪之意，言语之间竟然还有些亲切关怀意味。徐皓被他妈这种态度整得有点儿毛毛的，挣脱开他妈在他脸上揉搓的手，说："大清早弄啥呢？"

徐皓他爸把报纸一收，说："刚刚你那个莎拉老师打电话过来，让你看看邮箱。"

徐皓一听，掉头就往屋里跑。打开电脑，登录邮箱，当那个徐皓不知道看了几百遍的校徽图案一下子跳到屏幕上时，他握着鼠标的手还是抖了几下。

往下拉，一封信就那么长。末尾一个龙飞凤舞的英文署名。徐皓心里告诉自己，冷静、冷静，怎么说也是快三十岁的人了。结果站起来的时候还是太冲动，撞倒了手边的一个笔筒，徐皓也不去管它，一路小跑到楼下，抱起他妈原地就是一个转圈，惊得他妈跟花腔女高音似的一阵尖叫。

徐皓开心极了，他有一种感觉，仿佛自己真就是十七八岁，一脑热就什么都忘了。从来也没今天这么高兴过，自己扎扎实实打的基础，扎扎实实获取回报，再反观梦里那些糟心事儿，真是鸡毛蒜皮，不值一提。

徐皓把他妈往地上一放，不管他妈在后面没好气的笑骂声，又噔噔噔跑回屋里，背上书包，笑着说："我把学校的东西拿回来，以后就不去了。上大学喽！"

徐皓到了学校，正巧赶上上午第四节课——体育课。他走过操场偶遇班里的几个同学，打过招呼，又被男生拉着去球场，折腾了半天，终于得以脱身。徐皓回到班里，大家都还在操场上，所以班里一个人都没有。

徐皓坐到自己熟悉的座位上，开始掏自己的桌斗。徐皓比较偏科，不爱学文科，所以多数是验算用的本子，还有几本数学物理课整理的笔记本，再往后掏，还掏出来两只打球用的护腕。

这两只护腕买的时候挺贵，白底黑红纹路，中间镶着一个很小的金标。徐皓以前打球老爱戴它，后来找不到了，徐皓还以为弄丢了，原来在这里。

徐皓随手把护腕往口袋里一揣，算算快到中午放学的时间了，他背起书包，抱着一大摞本子书什么的往外走。快走出门去的时候，江书云突然推门进来。江书云是徐皓的同班同学，平时不太熟。

江书云同学一进门，看见徐皓，立刻紧张地在门口站定，顺手把门关上。徐皓愣了一下，堵他的？

徐皓问江书云："咋的呢，江同学？"

江书云的手拧在衣服下摆上，绞得手指发白，吞吞吐吐道："徐皓，那封信你看了吗……"

徐皓一听，回忆起来，只有那么一封未署名的信，洋洋洒洒三千多字，春有百花秋有月，夏有凉风冬有雪云云，让徐皓这个语文常年不过百的文科"学渣"看得头大无比，到最后也没整明白写信人到底想说什么。徐皓甚至怀疑有人故意整他的。徐皓抓着头发，思考了半晌，说："看了。"

江书云心思细腻，一眼就看出来徐皓站在那里，回答得有些为难。然后，江书云深吸了一口气，强压下自己心里难过的情绪，咬着牙低下头，深深地一鞠躬，说："徐皓，对不起！"

江书云脸对着地，全身都在发抖，眼睛里有炙热的泪水在往外涌，一滴一滴落在地上形成小水印。

沉默了有几秒钟，徐皓颇为无奈地开了口："你有什么好对不起的？"

徐皓站在讲桌侧面，日光攀过窗台，描摹出徐皓侧脸少年样的轮廓。徐皓说："江同学，该说对不起的是我，我马上要出国了。我并不是对你有偏见，我尊重你的选择，就像我尊重我自己的选择一样，我会记住你的，谢谢你。"

江书云手忙脚乱地捂住脸，强忍着没哭出声来。徐皓觉得自己该表达的意思都表达清楚了，再说下去容易添乱，就打算走。

擦肩之际，江书云哽咽着开口："徐、徐皓，我可以留一件你的东西，作、作为纪念吗？"

徐皓一听，觉得这也不是强人所难的要求。但他看了看自己怀里，除了一堆破书本啥也没有，就说："我只有这些了。"

江书云从最上面拿了一本徐皓的数学笔记本。徐皓写字独具一格，字体开头比较用力，又收得潇洒自如，十分有他本人的风格。江书云把笔记本抱在怀里，勉强收住眼泪，跟徐皓说了一声："谢谢你。"

徐皓笑了一下，没说什么，走出教室，一出门，却见右侧墙根下面坐着一个人。闫泽一条长腿伸直了，一条腿半屈着，胳膊搭在膝盖上。也不知道刚刚那番对话，他在门口听见多少。

临下楼梯的时候，徐皓说："谢谢你昨天送我回家哈。"别的，徐皓没多说，也懒得想。

顺着楼梯一路下去，走到校门口，迎接他的就是新生了。可惜事情不巧，徐皓刚一出门，就看见几个赤橙黄绿青蓝紫头提溜着棍子在校门口不远处等着，打头的几个还有点儿眼熟。徐皓一看，纳闷了，难道经过上次那一出，闫泽他们家还没把这几个送进去吗？还敢来？而且R中门口，怎么也算闹市区，大中午的真打起来，估计警察不用十分钟就到。

徐皓抱着书本往外走。站最前面的那个橙色头发眼神还真好使，隔了这么久，一眼就认出徐皓了。二十几个人提着棍子就走过来了。

周围中午出来吃饭的学生们呼啦一下让出道来，一个个神色紧张、窃窃私语，估计没怎么见过这种场面。

打头那人阴阳怪气地笑："小子，没想到吧，又跟爷爷见面了。"

徐皓装作思考："你谁？"然后他一只手抱着书本，另一只手费劲地从口袋里掏出几百块钱，"要钱是吧，给给给，就这么多。"

橙发混混一棍子拨开徐皓的手，扯着嗓子叫嚣道："少跟爷爷来这个，让你认孙子，你打发要饭的哪？"

徐皓手被打了一下，目送那几张红灿灿的钞票顺着风飘落到地上。再抬眼看那个橙发混混，徐皓顺手就把手里的书本扔了。

校服一脱，书包扔一边去踢开，压根儿不管后面是十个人还是二十个人，徐皓一步上前，居高临下地看着那个橙发混混，火气已经压到嘴边了，说："你这就没意思了。"

橙发混混把手里的那根木棍子往徐皓肩膀上一杵，杵得徐皓稍微侧了侧身，然后骂："小瘪三，爷爷给你脸了……"

话还没说完，突然听见徐皓身后一阵大喊："皓哥给人堵截了！"

然后是张旭升骂骂咧咧的声音："刘磊，叫人！敢堵我兄弟！"

话音刚落，徐皓余光瞥见从自己的斜后方，突然飞过来一个人。

阳光落在地上，只捕捉到一个少年的阴影。说飞过来一点儿也不夸张，那人奔跑速度极快，跨过来的时候，离地大概有徐皓半个人那么高，然后一脚踹在徐皓面前那个橙发混混的脸上，直接把人踹飞老远。

夹杂着风声，徐皓还听见一声哑着嗓子的："去你的……"

徐皓想起刚刚还坐在墙根的那个人的侧影，明明手一直在颤抖，却始终没说一句话。徐皓还以为这辈子，他跟闫泽就这样形同陌路地告别了。没承想，最后竟然是闫泽第一个跑过来帮他。

闫泽一脚踢飞眼前的那个人，然后不管不顾地一拳砸在另一个混混儿的脸上。徐皓一看，撸着袖子就上了。起先就徐皓和闫泽两人，紧接着张旭升也攥着拳头冲进来，再往后，算刘磊这小子有能耐，直接把R中半个操场的男生喊过来，手里还拎着扫帚、拖把、矿泉水瓶子啥的，基本都是平时和徐皓他们打过球的。

到最后，这场混战竟然变成了二十个小混混儿对好几十个高中男生，纵观R中百年历史，从没在校门口经历过如此匪夷所思的事情，堪称一大奇观。某一个瞬间，徐皓跟闫泽靠得近了，余光瞥见闫泽一闪而过的脸。那张帅气的少年的脸上，有愤怒，有不甘，还有掩不住的难过。闫泽眼圈是红的，他喘着气，像是要把风撕碎了，再喊出来。

擦肩而过时，闫泽好像真的说了句什么。然而耳畔的风声、呼喊声太大，这句话硬是被闫泽捏碎在喉咙里，徐皓一个字都没听清，两个人就这么错过。

最后这场打斗以警察同志及时赶到而终止，十一个人被送进医院。散场的时候，因为徐皓和闫泽相比别的同学受伤比较重，分别被推上了两辆救护车。

徐皓躺在担架上的时候还在昏昏沉沉地想，今天这档子事，于情于理，都应该跟闫泽说声谢谢来着。不过当徐皓在医院养了一天，去闫泽的病房找他的时候，那边早没人了。

徐皓去跟医院的人打听闫泽伤得怎么样，每个人都说不清楚，也打听不出个所以然来。

徐皓的本子、书和书包都没丢，事后都被警察送了过来，偏偏校服外套里那两只护腕不知所终，估计打架的时候不知道丢哪里去了。

再往后，徐皓订好机票，推着行李走进国际航班登机口的时候，他腿上的伤还没好利索，留着一道二十厘米左右的痂。

不过徐皓的心里朝气蓬勃，这点儿小伤，相比接下来要面临的求学之路，不值得一提。

只是上飞机前，徐皓没来由地想起打架那天，闫泽在难过什么呢？又不可能是打架打哭了。

当飞机穿破云层，徐皓看见太阳金色的光轮，举目望去，一切属于未来。

第三章
留个电话呗

五年后，美国，宾夕法尼亚州，费城。

安德烈双手插着兜在路上行走，费城随处可见的自由涂鸦像常春藤一样蔓延在各个街区，云彩一大团一大团拥簇在一起，安德烈就这样一路穿插着小跑，穿过大学城核心街区，一路走进一栋高层学生公寓。

安德烈有意大利人常有的样貌特征，身材高大，棕色卷发，眼窝立体而深邃，还有一双多情迷人的绿眼睛。安德烈性格热烈，善于交际，还被誉为运动员级别的划船手。

安德烈今天之所以高兴，不仅仅是因为刚结束了为期两周的夏威夷之旅，在旅行途中结交了两位法国美女，还因为他大学时期最好的搭档今天从纽约回费城了。

眼下，那人就在这座公寓里。安德烈嘴里哼着小调，坐电梯一路攀升到十九层，然后找准其中一家，急促地按了几下门铃，以示自己着急想见面的心情。

不多时，门开了。开门的是一位亚洲男性，二十三四岁的年纪，身高比一般亚洲人要高，几乎跟安德烈持平，相貌端正，正常审美里是属于英俊的范畴。他身穿一件黑色毛衣配灰色休闲裤，袖子挽到肘关节，并把一只手搭在门框上。一见到安德烈，这位亚洲男性便用流利得几乎没有口音的英语说道："安德烈，几年了，你按门铃的节奏还是这么有风格。"

安德烈一把拥抱住眼前这位亚洲男性，高兴地叫道："霍尔，我的兄弟，你可算回来了，我要告诉你一个好消息！"

这位被称为霍尔的亚洲男性笑着跟安德烈拥抱了一下，说："我不相信会比我带来的消息更好。"

拥抱过后，二人进屋，安德烈轻车熟路地从柜子里拿了一瓶威士忌，拿着玻璃杯走到公寓落地窗前，脚下河景宽阔，周边城区尽收眼底。安德烈喝了口酒，说："怪不得你不想换地方住，你这地方真不错。"

安德烈的朋友已经走进卧室，说："屋里有点儿热，希望你不介意我换套衣服，要知道我也刚进门，你来的速度真够快的。"

安德烈哈哈大笑："我正好在附近吃饭，接到你的电话就急忙过来了，总之只要你别光着出来，怎么都行。"

说完，安德烈边喝着酒边打量房间内饰。整体来看，这是一个单身男人常有的居住风格，家具一切从简，装修偏北欧风格，然而东西乱堆成一团。沙发上扔着几件衣服，一堆书，一个平板，还有一个手写笔记本，笔记本上面别着一支笔。客厅没什么东西，冰箱旁边摆着一块小黑板，上面画着几个曲线方程式，还有一行行蝌蚪似的备注，十分有学术风格。

安德烈没来由地冒出一句："我说，你们中国人是不是对数学有什么奇特的种族天赋？"

正说着，那个男人走出来了，他换了一身轻薄的单衣，接过安德烈递过来的酒瓶，往玻璃杯里倒了小半杯酒，然后举着杯子说："我们只是数学基础教育比较早，这个我跟你说过很多次了，还有，这次回来是想告诉你，我们的计划，胜利在望。"

安德烈对此并不意外。早在一个月以前，他的搭档要去纽约，安德烈知道他是为什么而去的。他俩是宾大商学院本科同一届的同学，在上学之前，

113 6

安德烈从没想过有一天会跟中国人做搭档，更别提一起干什么事业。

交友，尤其是合伙干事业，那完全是一种内在层面的交流，是一种性格、精神、文化、社会观的碰撞和磨合。对于两种不同文化背景下长大的人，安德烈不认为可以相处得很融洽。

不过入学那年，学校分配宿舍，给安德烈分了这么一个中国室友，倒是使安德烈对于中国的片面化认知发生改变。

安德烈回想在宿舍公寓里与新室友的初次见面。这位中国室友一身运动装，坐在沙发上操作电脑，见有人进来，抬头，随即站起来，善意地向安德烈伸过手："你好，我叫徐皓，你可以叫我霍尔。"

安德烈当时一愣，直接问了句："日本人？还是……中国人？"

这句话问得其实有点儿冒昧，但被问话的人并没有露出任何被冒犯或者尴尬的神色，而是十分自然又带着微笑地回答道："中国人。"顿了一下，他又补充道，"不知道你听没听说过，中国 X 市，顺带一提，我们那里的面条很好吃。"

不知道为什么，安德烈总觉得这位名叫"霍尔"的室友在说起自己家乡的面条时，有一种莫名其妙的自信和优越感。但，一说到吃，尤其是说到面条，身为意大利人的安德烈立刻感觉到一股热血往头上涌。

安德烈怎么也没想到，他跟一个中国男人建立深厚友谊，竟然是从讨论意大利面和 X 市面条哪个好吃，继而发展到意大利美食和中国美食哪个更牛。

这个叫徐皓的中国人，给安德烈的第一印象，就是交谈很顺利，还挺有趣。首先，这位同学虽然是在中国长大，但英语说得非常流利，不仅没什么亚洲口音，还有隐隐一股子不大明显的英国味。然而他本人又说没在英国长期生活过，这让安德烈百思不得其解。

其次，他本人不是那种东方常有的拘谨、内向的性格。这个中国同学对于西方的社交文化非常熟悉，也应付得很自然。他为人乐观，外向，善交友，学业优秀，在团体活动中颇具向心力和领导能力。他身上有一种特质，可以在交谈时很容易博得别人好感，令别人轻易就相信他所说的话，同时，又不会冒犯到别人。凭借这种谈判优势，霍尔几乎没多费力就在上学期间与同学打成一片。

后来，安德烈凭借两人作为同专业室友的几次简短交流，又意外地发现这位同学对于商业的敏锐度惊人，犹如原始丛林里的高级猎食者，下手稳准狠，取舍有度，令人惊叹。两人多数观点一拍即合，干他们这行的无非是点石成金，无中生有，风格一致非常重要。这也为他们后期合作打下了坚实的基础。

至于优渥的家境，安德烈倒是没太在意，能来就读宾大沃顿商学院的学生，个个家境殷实，于是突显的个人能力反而会变得很吸引眼球。

正当安德烈神游天外回忆过往时，却听他的搭档突然开口，说："对了，有件事还没告诉你，我近期准备回国。"

安德烈一愣，问他："什么时候？"

徐皓一口喝完了玻璃杯中的酒，说："硕士拿下来就走。"

安德烈皱着眉思索起来："下个月？可你不是刚从纽约回来吗，不接着做了？"

徐皓知道安德烈指的是什么，但是他没有正面回复，而是笑着敲了敲桌子，道："互联网，朋友，互联网。现在是二十一世纪，我不用每天待在一个地方守着。"

安德烈听徐皓这么说，知道再说下去也没什么意义，就耸了耸肩。几年的交情，安德烈早就知道徐皓有毕业回中国发展的打算。然而现在大家要散伙各奔东西，安德烈难免觉得有点儿伤感。

徐皓觉得，他跟安德烈的交情挺有趣的。刚一见面，他发现这个名叫安德烈的意大利小伙看上去有点儿傻。不知道是意大利人对自己国家的美食有天生的执念还是怎么着，第一天见面的晚上，安德烈为了跟徐皓证明意大利面在世界的影响力，跑出去敲别的宿舍的门，找新生给他声援。

结果可能是安德烈点太背，那天晚上来的十几个新生举手投票，竟然是喜欢中国食物的人占多数，这个认知令安德烈倍受打击。事后还是徐皓反过去安慰他，好说歹说，才让这哥们儿终于不再愁眉苦脸。

但能凭实力考进宾大商学院的应届生，哪有真傻的。安德烈是天生的操盘手，他对某些股票以及某行业股票价格走势预估得就跟作弊了一样，用他自己的话说，他对于这块肥肉，天生有"野兽般的嗅觉"。所以安德烈第一次跟徐皓提议要合伙做点儿什么的时候，徐皓还挺意外。

每人五十万美元，徐皓和安德烈就在费城这么一个不到九十平方米的小公寓里建立了当时只有他们两个人的"绿色基金"，起始资金一百万美元。

至于拉马修入伙，那是一年以后的事儿了。马修更是个神人，马修和安德烈在纽约距离哥伦比亚大学不远处的一家小酒吧相识。

跟徐皓和安德烈这种明显家境优渥的人不同，马修穷得叮当响。他生长在纽约最混乱的贫民区，母亲是个酒鬼，父亲是个瘾君子。他十三岁离家出走，十六岁全美联考满分，数所高校向他抛出橄榄枝——提供奖学金，甚至愿意支付他在校的所有费用。但是马修放弃了学业，开始在社会上漫无目的地游走，打最底层的工，赚最辛苦的薪水，把仅有的一点儿钱都拿来挥霍。在过去的几年里，马修宁愿干苦力，也不愿意用自己的脑子赚钱。用马修自己的话来讲，那段时间他活得像一摊烂泥。

马修最不喜欢听到的一句话，就是上帝为你关上了一扇门，总会为你打开一扇窗。有人把他超高的天赋当作上帝馈赠的礼物，是给他悲惨的家庭、残酷的父母的一份补偿，但马修并不想要这份补偿。他宁愿上帝在创造他的时候把门窗都堵死了，让他以为所有人活着都不比在地狱好过多少，这样他顶多就是认命。

对于马修这种愤世嫉俗的观点，考虑到马修的生长环境，徐皓觉得还蛮能理解，所以也不置可否。至于怎么让马修加入徐皓他们这个小团体，徐皓也说不清楚。

这事儿还是多亏了安德烈。安德烈有个本事，总能莫名其妙就把马修惹急了，一惹急了马修就口无遮拦，一口无遮拦就闯祸，那一阵这两个人捅了不少娄子。

后来不知道安德烈是怎么说服马修的，马修终于在"绿色基金"建立一年以后，成了徐皓和安德烈的正式合伙人。

至于马修未完成的学业，在决心加入"绿色基金"之后，马修就让安德烈和徐皓别管了。

同年，马修同步拿到了剑桥大学、牛津大学两份数学系通知书，全额奖学金，并且两所学校都为其提供了相当慷慨的入学条件。有一位在学术界极有声望的剑桥数学系老教授写了一封长达五页的信，希望马修可以来剑桥深造。

后来安德烈问马修，为什么选择了剑桥而没有去牛津，马修却给了一个很无所谓的答复："我不知道，可能是看剑桥这几个字母顺眼，总之只要能离开眼下这个该死的地方，去哪里我都无所谓。"

这种路边随便捡了棵野菜似的语气，差点儿把每天兢兢业业，一步一个脚印才爬到现在的徐皓气吐了血。

三个人会面后，找了个度假胜地，吃喝玩乐了一番，又一起回了费城。马修对家庭完全没概念，他的假期一般都是在徐皓和安德烈这边混日子。安德烈做事向来果决，前一天晚上有了想去中国旅游的想法，第二天早晨就购买了和徐皓同一班回中国的机票。马修正处于自己的小假期中，眼下无处可去，干脆一起购买了机票。马修决定要在中国享受一个每天都能吃到火锅的小长假。

在徐皓开车去机场的路上，马修仍然喋喋不休地抱怨他在英国的生活。他是个彻头彻尾的话痨儿："我真不知道这个学上得有什么意思，尤其是动不动就会看见学校那帮眼高于顶的家伙，哦！"马修露出受不了的表情，在后车座上旁若无人地做各种奇怪的手势，"呵呵，我本来觉得我们的生意还挺成功的，结果有个伙计光给前女友的分手补偿就是一颗顶级红宝石。"

徐皓开车一向不怎么聊天，安德烈则十分敷衍地回应马修："是吗？"马修愤愤不平地继续念叨。

徐皓在开车，安德烈坐在副驾驶座上回过头："行啦，马修，这种人在世界各地儿都有，我们之所以这么努力，就是因为想要掌控自己的人生。"

马修把双手往脖子后面一套："也对，你接着说。"

车就在马修无休止的念叨中开进停车场，徐皓把车还给旁边的交接人，然后跟后面两个人招呼说："走吧，朋友们，中国欢迎你们。"

再一次站在 S 市的机场，国际航班口的落地大玻璃窗反射出正午明媚的阳光，令徐皓产生了一种不太真实的感觉。自徐皓出国以后，即使没有经历那场变故，徐爸徐妈的家庭重心仍跟梦中一样，渐渐转移到 S 市来。所以这次徐皓回国，没有再回 B 市，而是直接在 S 市落地。

眼下，望着眼前熟悉的场景，徐皓突然产生了一种奇怪的宿命感。时至今日再想起，那次车祸的经历在大脑里已几近褪色，连同梦中的所有记忆一起，糊成一片没有辨识度的阴影斑块。

时间线越往后移，介于某种与梦境混淆的现实准度，令徐皓日渐产生了错觉。他找不到曾经活过的证据，就像一场醒来就忘的梦。然而命运里有某种东西，任你如何乱闯，仍按照固有的轨迹发展。就跟物理惯性一样，你很难从根上改变它。

徐皓看着自己手机屏幕上显示的地址，S市郊外一片挺有名的别墅区，连门牌号都跟梦里的分毫不差。梦中，就是在前往这个地址的途中，徐皓迎来了自己的第二人生，这种感觉挺奇怪的。

正愣神间，安德烈拖着自己的行李走到徐皓身边，打着哈欠伸了个懒腰，一副没睡醒的样子。马修倒是显得很兴奋，扫视着机场的环境，又看向周围人群："我们这就站在中国的土地上了？我怎么一点儿特殊的感觉都没有？哦，这是什么？我闻到了食物的味道！"

经历了某人长达几十个小时的言语折磨，安德烈有些崩溃地捂着头："霍尔，告诉我，中国话闭嘴怎么说！"这番对话把徐皓拉回现实世界。

徐皓指着安德烈，一本正经地用汉语跟马修说道："他让你闭嘴。"

马修呆若木鸡地看着徐皓，仿佛下一秒能从徐皓的嘴里飞出一只鸟来。安德烈立刻被逗笑了，直言后悔没把马修这副表情抓拍下来。

出航站楼的时候，在接客区，徐皓意外地看见一位熟人。王浩然这五年变化挺大，但徐皓还是一眼发现他，主要是王浩然手上那张写着"徐皓"两个大字的牌子太显眼了。褪去少年时期的青涩感，王浩然此时看上去倒更像一位青年学者。他一动不动高举着广告牌，等徐皓走到跟前了，才认出徐皓。

两个人自从高中毕业后只简单聚过两次，此次久别重逢，徐皓又惊又喜："你怎么来了？"

王浩然笑着拍了一下徐皓的肩膀："嗨，我现在正好在S市读研，想着怎么也该来接你不是？前两天听说你要回国，还不回B市，升子在剧组里都快急疯了，他说后天旷工也要过来找你。"

然后王浩然对安德烈和马修用流畅的英语问候道："这两位是你朋友吧，你们好，我是徐皓的高中同学兼好友，很高兴认识你们。"

彼此打过招呼后，一行人跟着王浩然向停车场走去，徐皓说："升子后天来？有段时间没联系了，你们都怎么样啊？"

王浩然说："大家都挺好的，我现在在F大，准备硕博连读。升子去当制片人了，每天混在剧组里，全国各地跑。我俩也有大半年没见了，但还是你小子最不仗义，出国就出国，搞得跟失踪了一样。"

徐皓无奈地说："是了，在国外这几年光顾着忙，都没腾出空来跟大家联络联络感情。还好你们没把我忘了，要不我回国连个叙旧的人都没有。"

徐皓一行三个人跟着王浩然上了一辆挺朴实的大众。王浩然发动车子，说："嘻，瞧你说得这个可怜，咱们一起高中上来的感情，哪有现在社会上的人际关系那么脆弱。你这两个朋友住哪儿啊？"

徐皓回过头跟安德烈和马修简单交代了两句，然后跟王浩然说："我给他们订在那个××酒店，和我家离得不远，我打算最近带他们好好玩玩。"

王浩然设置好导航，然后说："打算去哪儿玩？等升子来了，我俩一起陪你们转转。皓子，你能回来我俩是真高兴。想当初你出国之后，前后脚的时间走了不少同学，我跟升子打球都喊不齐人。直到高考，我感觉都没剩几个人了。你还记得在你出国之前，咱们几个在校门口打过一架吧？"

徐皓说："那哪儿能忘啊？我在医院躺了快一个星期才出院。现在想想，那会儿怎么就那么容易上头呢？还是身体年轻啊！"

王浩然不知道徐皓从哪儿蹦出来"身体年轻"这么个词儿，以为徐皓是说自己那会儿身体皮实，就笑道："你还知道啊，当时你跟闫泽，两人不是都进医院了吗？升子也挂了点儿彩，回去被他老爸骂了个狗血淋头，他倒是还觉得挺光荣。主要当时那事儿也真够猛的，都上热搜了，我们校风良好人才辈出的 R 中，竟然因为学生打架上热搜，简直是奇闻。你是没看校长从上头开会回来那个脸色啊，我们差点儿笑死。"

一下子听到某个五年没提过的名字，徐皓愣了一下，才说："你这么一提，还真是，当时多亏闫泽过来帮忙，要不我指不定在医院躺多久呢。升子咱自己兄弟，就不说了。"

王浩然正开着车，听徐皓这么说，似乎是突然想起什么，看了一眼徐皓。

徐皓觉得王浩然这眼神有些古怪，就问："怎么了？"

王浩然思索了一阵，似乎不知道该怎么开口，半晌才道："说起闫泽这人，也够神的，自从那次打架之后，比你消失得还彻底，听师太那意思，你俩应该是同一批出国的。唉，这几年他没联系你吗？"

王浩然最后一句看似问得无心，但徐皓总觉得他问得很意，而且这番话里面似乎有什么徐皓不知道的隐情。徐皓说："没有啊，一次也没见过。王浩然，我怎么觉得你话里有话啊？"

王浩然神情颇为犹豫，皱着眉沉思了一会儿，说："也没什么，就是有那么一阵，我总觉得闫泽好像……"

徐皓看着王浩然："你想说什么？"

王浩然停顿了半晌，突然摇摇头，笑着说："嗐，没什么，都是我瞎猜的，多少年的事儿了，提起来没意思。我觉得你以后再见到闫泽吧，反正留个心眼，我觉得他不像什么简单人物，我听说他家庭背景挺深的。"

徐皓没怎么往心里去，道："你想多了，我跟他能有什么交集，多少年没见了，且不提能不能再见着，人还记不记得我都难说。"

王浩然开着车，似意有所指地琢磨这两个字："难说。"

后排，安德烈早在身体一沾上车座就睡死，估计拉山里卖了也就卖了。而马修则是两眼放光看着前排一直在用汉语闲聊的两人，嘀咕道："这语种发音可是太牛了，我一定得学学。"

张旭升到 S 市的时间是晚上 9 点多，徐皓、王浩然、安德烈和马修正在江边上一家颇为小资的中餐厅吃饭。张旭升拖着箱子风风火火走进包间，一看见徐皓，猛一跺脚，娇嗔地一拳捶在徐皓的后背上："皓皓，你个小没良心的，想死人家了啦！"

原本张旭升这突然一跺脚，就把埋头狂吃的安德烈吓一跳，再看到张旭升搂住徐皓的腮帮子就要亲，正在吃炒饭的马修惊得米饭差点儿从鼻子里喷出来。王浩然感觉自己已经没眼看了。

徐皓被张旭升这一拳捶得晚饭差点儿吐出来，再看到张旭升噘着两瓣大嘴片子都快贴他脸上了，他眼疾手快一巴掌把张旭升的脸推远："升哥，有话好好说！"

听见徐皓情急之下都喊哥了，张旭升贼兮兮贼笑了两声，一扭头，突然看见桌上还坐着两个外国人，看向他的眼神一个比一个呆滞。

张旭升连忙站直，挠头笑道："不好意思，忘了皓子还有朋友在，刚从宫廷剧组客串了个角色出来，有点儿转变不过来，见笑了见笑了哈！"

客套了一番，见两个外国人的眼神仍然十分茫然和复杂，张旭升转过脸问："这两个哥们儿是不是听不懂中国话啊？"

徐皓："差不多吧……"

张旭升又两步上前，一手一只握住安德烈的左手和马修的右手，热情地说道："哈喽，麦内姆一字张虚剩，艾康姆房姆拆那，奈斯吐米特友！维尔康姆土拆那！"

安德烈一愣，一边保持礼貌的微笑，一边跟蚊子哼哼似的用英语问马修："这老兄说的啥？"

马修满脸茫然："这么牛的发音，应该是中文吧。"

徐皓把张旭升扯过来坐下："行了行了，多大了还不消停。"

张旭升还有点儿兴奋："那不一样，咱多久没见了，我高兴啊，皓子。"

徐皓笑得挺无奈："是，我也高兴，听说你现在做影视去了？这以后去电影院是不是得经常看见你大名儿啊？"

张旭升哈哈一笑："那必须的啊！以后要是遇见个漂亮的小明星啥的，是不是？"然后张旭升脸上刚露点儿猥琐的神情，突然神色又变得一本正经，说，"先说好，法治社会，自由恋爱啊，追不追得上全看本事啊！"

王浩然笑骂他："瞧你这点儿出息。"

几个人吃吃喝喝，中文夹杂着英文胡侃了会儿，张旭升连比画带演示，竟然让安德烈和马修看得一愣一愣地。

后来张旭升又提议去夜店，几个人就一道都去了。

张旭升带几人在一条巷子里左绕右绕，轻车熟路地找到了要去的这家店。看门脸，跟一般好一点儿的酒吧没什么不同。结果走进一道暗门，再一下楼，光景立刻变了。激情澎湃的鼓点，躁动喧嚣的氛围。

看这夜店的规格和装饰都不俗。多数客人仍然好好地坐在各自的卡座上，或品酒，或低声交谈，偶尔传来一两声叫好声，也大多是隐蔽在黑暗中的。显然，来这里的人，相对比较注重隐私性，这是个高级场所。

安德烈和张旭升两人凑一块儿就没个正行，左一个"很好很好"右一个"good good"，也不知道到底能聊明白啥。旁边，王浩然也在和马修有一搭没一搭地聊着，但徐皓在昏暗的环境中不由自主地走神了，没怎么关注他们到底在说什么。

徐皓突然觉得没什么意思，把酒杯放下，站起来，王浩然问了一句："怎么了？"

徐皓随口道："去下洗手间。"

王浩然没再说什么。徐皓往外走，路过洗手间但没有停步。他一路走到门口，泥草混杂着潮湿的气息扑面而来，他才发现外面下雨了。晚春沁人的花香从不知名的街角若有若无地弥散在空气中。徐皓吸了一大口新鲜空气，又颇为无聊地把手伸出去，感受到细细密密的雨丝像网一样铺在手上，有些凉。大约五分钟，徐皓把手伸回去，就着雨水抹了把脸。

人清醒了，然后准备回去。一转身，从里面走出来一个人，跟徐皓打了个照面。金丝边眼镜，斯文的脸，眼角有一颗浅红色的痣，脸上惯性噙着微笑。那人正在打电话，从徐皓面前一走而过，门口正停着一辆宾利在等他上车。

擦肩而过时，就听那人带着苦笑说："薛大小姐啊，他什么脾气你又不是不知道，你这不是为难我吗？"

徐皓脚步一停，突然回头。因着天上下着小雨，那人走得比较快，一下台阶便大跨步上了车，只留给徐皓一个关车门的背影。徐皓皱起眉头，刚刚惊鸿一瞥，没太看清楚，但这人怎么感觉那么眼熟呢？

黑色的跑车匀速行驶在S市的市中心大道上。林笃之挂了刚刚那个被称为"薛大小姐"的电话，越想越觉得憋屈，于是又在后车座上拨通了另一个电话。

这通电话的待机时间比较长，就在林笃之以为对面压根儿不会接的时候，电话那头传来被接通的声音。林笃之意外之下，唯恐对方一声不吭把电话挂了，赶紧开门见山地问："什么时间回国？"

那边沉默了片刻，以一种刚睡醒似的闷沉嗓音不怎么耐烦地说："下周。"

林笃之说："琪琪回来了，要不要一起吃个饭？"

那边慢吞吞地回了一句："随便。"

林笃之也不知道这个"随便"到底是去还是不去，于是愤愤不平地说："你多说几个字能死吗？"

那头竟然只回了一个字："对。"

然后"啪"的一声他就把电话给挂了。

林笃之嘴角一抽，心想，一个两个都这么横，我又招谁惹谁了。

有个梦。梦境的世界里，有艘小船，漂浮在广阔无垠的海面。船的甲板上坐着一个人。海浪轻柔地托着船身浮沉。黑夜里，没有月亮，也没有星星，船上的人无法知道自己身在何处，也无法衡量这片海域有多深。这个唯一的人，正以一种奇怪的、类似防御的姿势倚靠着船体坐着——双手搭在膝盖上，头深埋在双臂中，然后用很用力的姿势把眼睛遮住。

这个世界并非漆黑一片，他想。只不过我双眼紧闭，双手盖住眼前，这样一点儿光都透不进来，所以整个世界给我的感知才是黑的。

没错，一旦我松开手臂，睁开眼睛，就会有很强的光透进来，到时我就会发现天竟然是亮的，一切将归于透明，从没有什么是来自黑夜的未知恐惧。

坐着的人沉默地收紧双臂，心想——而眼下，我只是不想看而已。那我为什么不看？因为没意思。坐着的人如此想着，还匆促地笑了两声，好像这个不屑的笑声可以令这些念头更加有说服力。

直到——直到海面不寻常地翻涌了一下。船身跟着海面一同倾斜出夸张的角度。坐着的人不再笑，他松动了一下手臂，抬起头。仰面对着的，是一颗冒出海面的巨大头颅。没有细节，没有光，只有茫茫然一个梭形的轮廓。紧接着一个通体漆黑的庞然大物腾空而起。

两片硕大无比的鱼鳍，一条粗壮的尾把海浪搅得天翻地覆！那是一头深夜里跃出水面的鲸鱼，腾跃在船的斜上方，距离如此之近，泡沫溅在脸上还有腥咸气息。

一个庞大的、未知的阴影悬在头上。接着一声重重的闷响，复又沉入海里。深海回荡着孤岛轰塌般的阵阵鲸鸣。小船规避开了鲸鱼落入水面的轨迹，却不再平静，船身猛烈地摇曳着，仿佛随时都要侧翻入海。而坐着的人僵住了，他痉挛般站起来，伴随着摇晃的船身跟跟跄跄地往前走，可眼前什么也看不见，只有鲸鸣声溢满在黑暗中。

他跪下，双手捂住头，黑色的潮水涌上来，夹杂着猛烈的风淹没了一切。恐惧和无力感攫住心脏。突然，他听见一个声音在说，走啊。他仓促地抬起头，一瞬间，滔天的潮水和呼啸的风全没了。

不知从哪儿飘过来一粒火星，就像是从篝火堆里溅出来的一点点，就浮在他眼前。他不由自主地伸出手，松松垮垮地握住这粒脆弱的光，突然某种强烈的酸楚感觉涌上来。这粒光种太小了，小到一点儿微风就可以把它吹散，他怔怔地看着，手却使不上力气收紧，收紧了，它就要灭了。最后，他只能看着这粒火星，掠过虚拢着的手指，飞上天空，越飞越高。最终，这粒火星变成一颗泛着火光的小星星。

然后梦醒了。闫泽睁开眼睛，怔怔地看着天花板，仍然沉浸在某种情绪之中。很久之后，他从床上坐起来，身上的汗还没消干净。

彻夜未关的台灯还亮着。他关掉台灯，然后走到窗前，一把拉开窗帘。强烈的日光争先恐后地涌入室内，刺得闫泽眯了一下眼睛。他在日光中站了很久，床头的手机突然轻微振动起来。

闫泽接通电话，那边林笃之的声音传过来："准备得怎么样了？"

闫泽转身走进浴室，开始放水："什么怎么样？"

林笃之那边愣了两秒，估计没想到闫泽会这么问，说："今天晚上跟琪琪吃饭啊，你不会忘了吧？"

闫泽应了一声："哦。"

林笃之那边听起来都快气死了："哦？哦？哦什么哦？你不会是忘了吧？你在哪儿呢，我现在就去找你！"

闫泽试了一下水，热了，于是不耐烦地说："我去跑步了，晚上再说吧，挂了。"

林笃之彻底无语了："晚上？你以为现在几点了？快5点了！听你这意思你又刚睡醒呢？你都回来一个月了还没倒完时差？喂？"

话说一半"啪"的一声，又被硬挂了电话，林笃之一口老血没上来差点儿呛着。

闫泽简单洗了个澡，头发还没干就出门了。他住在S市中心地段的一个高层复式公寓，寸土寸金的地儿，电梯直接入户，隐私性极好。闫泽顺着公寓出去，穿过周边几个人流量不是特别大的街道，身上微微出汗，又踏着稳健的步子跑进一条环河的林荫道。

六月底，树叶茂密饱满，鲜花娇得能拧出水来。闫泽跑了一个多小时，电话又来了，还是林笃之。林笃之的声音听上去很郁闷，说什么也得叫司机接上闫泽。闫泽不太清楚自己跑到哪儿了，于是沿着这条路又跑到有路牌的地方才停下。

十五分钟不到，就S市这个交通状况，林笃之的司机堪称光速赶到。闫泽上了车，接过司机递来的毛巾随便擦了把脸，然后把胳膊肘往窗框上一搭，视线百无聊赖地投放出去。

司机有眼力见儿，知道这意思是可以走了，也不敢多说话，心里谨记着林笃之的命令，十分有技巧地一踩油门，车身立刻平稳地开始加速。

眼前的景物飞速掠过，闫泽漫无目的地看着街景，不用想也知道，这次聚餐会有多没意思。然而，生活本来就像一潭死水，见不同的人，干不同的事，其实也都一样没意思。

宾利从主干道切入，快速地拐入一条林荫道，道路两旁并排栽满了法国梧桐。这是一条近道，两边建筑是外交公寓，典型的小资风格。闫泽的视野中快速地掠过法国梧桐修长的树身，掠过路边独栋建筑，又掠过路边树荫下用网拦起来的街头篮球场。

在混成油画般的车景中，一个人影很不起眼地掠过去。网格内的外线，一个高个侧影，手往上推，标准的三分球姿势。闫泽回过神的时候，车已经飞速地驶离了刚刚那片区域。他猛地弹坐起来，死死地盯着后车那扇玻璃，吼了一声："停车！"

司机被后座人的一个大动作吓了一跳，一瞬间没反应过来，再加上潜意识里一直牢牢地记着自家老板的叮嘱，车就停慢了点儿。可下一秒，司机差点儿被吓死。后座那位甚至没等车完全减速，后车门已经打开。

司机顿时惊出一身冷汗，一脚刹车踩死，可还是晚了一步。车子还没停稳，闫泽已经相当冲动地跳下车，落地的一瞬间一个趔趄，值得庆幸的是，他身体的平衡性非常好，在司机心惊胆战的注视中，闫泽单手在地上撑了一把，然后速度不减飞快地跑了出去。

他奔跑起来，风疯狂地往身后涌，心脏如雷鸣般跳动着。接着，他连急促的呼吸都颤抖起来。短短几百米，他飞奔过去，却越临近，速度越慢。

最后，他喘着粗气，步履艰难地走近那道网。场内，有个穿橙色短袖的男生回过头，跟另一个打招呼，说了些话。闫泽站在篮球场边，沉缓地、冗长地交换了一次呼吸。

不是他。闫泽抬手，把额头上灰色的运动头巾摘下来，然后用手掌揉了一把额头。汗津津的，头巾都快湿透了，原来不是他。闫泽在原地站了一会儿，收拾好乱七八糟的情绪，准备往回走。就在这时，身后传来一个爽朗的声音。

"兄弟，借个道。"

闫泽回头，表情有点儿转换不过来，显得很蒙。来人脖子上搭了条擦汗用的毛巾，胳膊下还夹着三瓶冰矿泉水，身上的黄色背心浸透了胸前的一大块，显然是刚运动完，没少出汗。

然后，那人站着，大概是突然认出来这位竟然是个熟人，语气极为惊异且匪夷所思："闫泽？"

闫泽张了张嘴，不知道该说什么，半天才找到自己的声音："还真是你。"

徐皓回国已近两个月。刚回来那阵，跟张旭升、王浩然聚了几天，然后徐皓又带马修和安德烈去自驾游，边吃边玩耗费近一个月的时间。眼下再回 S 市，也没几天。

回来之后，徐皓着手忙活自己在国内的事，先是住哪儿的问题。徐皓一想到自己这岁数，没有点儿私人空间不行，加之别墅区又远，索性在 S 市中心地段租了个一百多平方米的精装公寓。一间主卧，一间客房，还有一个小书房，这是 S 市规划的一片外交公寓，平时进出外国人居多，也方便安德烈和马修日后来国内找他。原本徐皓他爸想给他出钱买下来，不过徐皓考虑到性价比，还是算了。

安德烈旅游回来的时候接了通电话，听那意思是他家里有急事找他，只得订了张机票飞意大利。马修临近开学，但最近他还不想回去，用他的话说"不想看那群人的臭脸"，所以还打算在 S 市闲逛两天再走。

街头篮球场就在徐皓新公寓下步行五分钟的地方，对外开放的。徐皓路过的时候正好有人在玩球，水平不错，看得他心痒痒，就厚着脸皮进去打了个招呼，考虑到场地有限，人家也愿意带他一起，于是就活动起来了。有时候这里没人，徐皓一个人在外线投三分，运球，上篮，感觉比在健身房有意思。

时间是一个很奇怪的东西。一秒钟一个交点，人与人相遇就像是两条不平行的线。世界这么大，再分割成以时间为单位的不同时空，五年过去了，徐皓竟然还能在 S 市毫无征兆地遇见闫泽。而且就在大街上，这是什么概率？

徐皓想，从数学的角度基本无解了，真是够有缘分的。不过近几年，徐皓有时候也琢磨，觉得老念叨梦里的事儿没意思。说到底年纪大了，人从容了，而且平心而论，这辈子徐皓还欠闫泽一个"谢谢"。

于是阔别五年，徐皓跟闫泽说的第二句话是："要不怎么说巧呢。"

然后，徐皓看见闫泽一身运动装，汗贴着鬓角往下淌，估计他也挺热，就将一瓶冰矿泉水递过去。

闫泽两眼发直，对着徐皓流着汗却又分外清爽的脸，一时间说不出话来，再看见徐皓递过来瓶矿泉水，那眼神仿佛不认识矿泉水了一样，手没动。

徐皓见闫泽没有接的意思，索性拿着那瓶矿泉水去贴闫泽的脸。闫泽的刘海儿早就被汗浸湿了，有几根细细地贴在额头上，突然被冰水激了一下，人像是惊醒了一样，一步倒退，整个人"砰"的一声撞在后面的网上，弄出好大的声音。

徐皓拿着矿泉水的手悬在半空中，不上不下的，他只得说："拿着啊，我能给你投毒是咋的？"

闫泽后知后觉了拿了矿泉水，入手还挺凉。徐皓说："看你这行头，难道也来这边打球？"

闫泽一下拧开矿泉水瓶盖，思绪随着夏日的阳光蒸腾起来，只想了半秒，就说："对。"然后手往斜上方一指，也不知道指的哪个地方，开始胡说八道，"住附近。"

徐皓用毛巾擦了把脖子上的汗，纳闷道："这真是，简直不知道该说什么好，我回国没几天，怪不得没遇见过。"

闫泽喝了一口矿泉水，冰镇的水滑过滚烫的喉咙，有些收紧似的刺激，偏偏又甜又解渴，平时喝的水跟这简直没法比。

闫泽一边咽水，一边视线滑过徐皓汗淋淋赤裸着的手臂，又看向场子里拿着篮球的两个人，片刻后他把瓶子放下，道："能多带个吗？"他的下巴冲里面扬了一下，语气仿佛临时起意，"这不里面正好有两个嘛，二对二，活动活动？"

徐皓想了一下，摊手说："我是没意见啊！"

闫泽站直身体，用矿泉水瓶贴了一下徐皓的胳膊："走吧，一块儿打个招呼去。"

徐皓被激得一个跳脚："你报复我。"

闫泽一下没忍住，扯了个笑。两人正抬脚往里走呢，林笃之的司机从远处跑过来，西装革履，明显是在工作。司机走近了，十分为难地说："闫少，咱们……"

徐皓一看，扭过头来："你这有事儿啊？有事你忙你的，别耽误了。"

闫泽看了一眼司机，神色寻常，唯独眼神不太友善，司机接下来的话没敢说出口。

闫泽口气也很淡，说："我没事。"然后趁着徐皓转身的时候，闫泽又一次看向司机，从口袋里掏出手机，看也不看正在振动的手机，动作相当明显地按了关机键，然后缓慢地、无声地比了个口型，"滚。"

视线很冷，威胁之意一目了然。司机僵在原地，一时间冷汗都下来了，只得往回走。

转身的时候，还听见身后那个阎王似的年轻人语气如同闲谈，两人越走越远了，闫少好像还在跟他朋友解释："干吗这么看我？真没事儿，我也刚回国，我能有什么事儿。"

司机抹了把汗，心想，这真是他有生之年听见闫少说的字最多，最有耐心的一句话了……就是不知道自家老板那边该怎么解释，算了，估计他早就习惯了……

篮球一下一下地拍在地上，如同节奏紧密、忽快忽慢的鼓点。街头二对二跟之前学校里五对五的玩法又不一样，不仅很考验队友之间的默契，还要考虑灵活换位的问题，毕竟一边就两个人。

随便玩玩，徐皓没对闫泽换位抱多大期望，本来闫泽篮板就抓得很稳，再加上他那种惯常打法，估计也没什么换位的意识。中途有一次，闫泽带球冲进去，对面两人全跟他走了，徐皓站三个人的外围，本以为闫泽要直接投篮，结果闫泽一个急停动作直接把球切到徐皓手里，徐皓跟着跳投一个三分，毫无阻拦，球进了。

进球后，徐皓相当意外，反而闫泽看上去没什么变化，徐皓想，难道凑巧了？后来又有一次，徐皓中投偏了，闫泽立刻闪进去抓篮板，对面两人又跟去了，结果闫泽一步跳起，左手抢下篮板，对面紧跟着防守上来，没什么机会再上去，然后闫泽瞥了一眼徐皓，从身后迅速传球过来。

这原来是徐皓常给闫泽传球的动作，没想到竟然被闫泽给学去了。徐皓一瞬间调整好状态，二投，进了。

闫泽小跑过来，抬手跟徐皓击了个掌，说："漂亮啊！"

跑了两步，回头，突然发现徐皓视线一直停在他脸上没收回去，闫泽跟他对视了两秒就败下阵来，说："你看我干什么？"

徐皓说："啧，我觉得……"

闫泽问："什么啊？"

徐皓："我怎么觉得你长大了呢……"

闫泽一听，不怎么甘心地抬头："你别老把我当小孩儿行吗？"

徐皓敷衍："行行行。"

对面橙背心过来了，一只手叉腰，一只手挥动："不打了不打了，徐皓你这上哪儿整了个这么有默契的外援？"

徐皓回他："什么啊，这我高中同学。"

橙背心呼扇着自己的背心："有来路，怪不得。"

徐皓抬手看了一眼表，说："行吧，我待会儿还得送人去机场，今天就到这儿吧。"

徐皓走到草地那边去捡自己的空矿泉水瓶和毛巾。闫泽从后面装作顺便走过来，说："送谁去机场？我上次出境也有东西被押在那儿了，还没拿呢。"

徐皓一听，感觉这话怎么不对劲儿呢："啥意思啊，想让我给你捎回来啊？"

闫泽踢了一下脚下欣欣向荣的小草，说："不是啊，反正你开车，一道呗。"

徐皓问："那你的车呢？"

闫泽睁着眼说瞎话："送去维修了。"

徐皓疑惑："就一辆？"

闫泽："两辆，都撞了。"

徐皓："……"

徐皓往家走，看时间也来不及上去洗澡了，他让马修赶紧收拾好东西下楼。闫泽跟在他后面，一身汗也不回家洗澡，蹭车意愿十分明显。

徐皓去地下车库提车，闫泽也跟着下来，特别自觉地坐上副驾驶座，然后开始摆弄空调。他和徐皓都刚运动完，穿着运动背心和短裤就来开车，身上汗意未消，正想找点儿凉气吹吹。

马修拖着箱子下来，一看副驾驶座上竟然有人了，而徐皓正等着给他往后备厢放箱子。

马修过来问："霍尔，你朋友一起送机啊？"

徐皓给马修把箱子塞进去，关上后备厢，说："别提了，说也说不清楚。"

马修只得去后排座。等三个人都上车后，徐皓也懒得介绍，一脚油门就轰出去了。

马修坐不住，用贼砢碜的中文毛遂自荐起来："泥嚎，卧是抹锈，恨告兴人事泥（你好，我是马修，很高兴认识你）。"

闫泽："哦。"

马修一脸无语，然后他伸脖子试图从后视镜里打量副驾驶座上的到底是个啥人。

白 T，额头上绑了个灰色运动头带，黑色护腕，黑短裤，个子挺高，再看脸。看清楚的一瞬间，马修直接爆了一句："我的天！"

闫泽皱眉，不怎么耐烦地打量了一眼后座的人。徐皓被马修这一嗓子整得有点儿蒙，用英语问他："怎么了，熟人？"

马修一通比画，急得一时半会儿没说出话来，反倒是闫泽看了一眼就回过头，用中文回徐皓："不认识。"

马修也不知道听没听懂这句中文，在后面气得够呛："就是这种表情、就是这种表情！霍尔，你还记得我跟你们说过我们学校那个俱乐部吗，给前女友分手补偿是一颗顶级红宝石的，就这家伙！"

徐皓彻底无语了，这世界未免也太小了吧。结果闫泽一听这个，整个人直接炸了，回头一胳膊搭上主驾驶的后椅背："你给我把嘴闭上！"

闫泽这句骂的是英文，马修听懂了，气得他跟着对骂："你以为你是谁，说什么人家都得听？我告诉你，你不让我说偏说！非洲正宗红……"

话还没说完，闫泽已经起身，想一脚迈到后面去打人，马修这小子向来吃软不吃硬，丝毫没有退缩的意思。眼瞅着闫泽的脚都快踢马修脸上了，徐皓一打方向盘把车停在了路边，然后使劲儿把半个身子拱到后面的闫泽给拽回来，吼他："干吗呢？"

然后他又用英语吼马修："想不想赶飞机了？"

徐皓简直火大，一时没注意，这两个不省心的玩意儿差点儿把车掀翻了。闫泽被扯回副驾驶座上，还压着一股很强的怒气，带着狠劲儿扭头瞪马修，但凡马修再说一个字，他估计又得冲过去。马修也不甘示弱，闫泽一起身又要过去。徐皓一把把他拽回来坐好，说："要是再折腾，你就下车。"

闫泽用愤怒的眼神盯着徐皓，重重地呼吸了两下，然后抿着嘴转身回去，坐好不动了。

马修"哼"了一声，被徐皓打断："马修，你也是，再挑事自己下去打车。"

马修撇撇嘴，没出声。于是，三人终于一路相安无事地到了机场。

送完马修，往回走的路上，一直没说话的闫泽突然开口了。他声音有点儿闷，估计还没从刚刚那斗气情绪里完全转回来："留个电话呗。"

徐皓手搭在方向盘上，换左道，一脚油门超车过去。徐皓没说话，闫泽停了一会儿，没听到回复，修长的手指一下没一下地扯弄徐皓座椅边上的棉绒线。

汽车驶上环城高速路，路灯循环反复地投落在车内。没多久，闫泽有些颓丧地换了一个坐姿。他把两条长腿往前伸，右胳膊肘搭在窗沿上，整个人顺着椅座滑下去一截，有些消沉。

原本打球那会儿，徐皓心情还是不错的。但徐皓这人就这样，好的时候说什么都好，不好的时候说什么都没用。徐皓要是生气了，就像吵醒了一只正在睡觉的狮子，他会狩猎般眼一眨不眨地盯着你，然后用比你还大的嗓门吼你，凶得很。

闫泽用指骨分明的右手撑着太阳穴的地方，微微侧过身，用散漫的余光打量着徐皓。徐皓一只手握在方向盘上方，另一只手松松垮垮地搭在下面，手臂有力，动作干净利落。他双眼看着前方，间或去瞥反光镜，在限速的边缘打擦边球，超车绝不拖泥带水。跟他打球风格挺像，初看路子很稳，其实出手暗藏杀招。闫泽看得时间长了，见徐皓丝毫没反应，渐渐不再避讳目光。

五年了，闫泽不止一次想过，也不止一次做梦。每次从梦中惊醒，仿佛人永远停在十八岁。大脑蒸腾出一阵热气，每一根骨头都在说，我想见他，我要立刻找到他。可当理智夺回大脑的控制权，处境一次比一次难堪。哪怕冲动一次，真找到他又怎样？

闫泽又把目光在窗外放远，无声地、讽刺地勾了一下嘴角。正想着，徐皓突然开了口："对了，有件事一直没问你。"

闫泽看过去。徐皓说："五年前咱们在校门口打了一架，听说都上热搜了，这事儿你知道不？"

闫泽显然兴致不高，慢吞吞地说："不知道。"

徐皓斜了他一眼，看这小子一副养不活的样子，就说："我还没问呢，当时咱俩一块儿被拖上120，后来想找你说声谢谢也没找见人，你当时伤得怎么样啊？"

闫泽整个人看上去有些颓废，他打开车窗，脸贴着胳膊倚在车窗沿上，风迅速涌进来，呼啸着扑在脸上，而闫泽半眯着眼，头发甩打在额头上又掀过去，大脑模模糊糊地去翻阅出五年前的记忆，却没来由地，跟着翻出来徐皓告别前某一个瞬间的背影。

穿着校服，脚已经迈下一级楼梯，徐皓一只手抱着满怀的书，扬起另一只手，个子又高腰板又直，空气中有粉尘飘落，阳光穿过他手指松敞的缝隙，正好呈现出雾状的丁达尔现象。闫泽揉了一把头发，半晌才说："没什么。"

徐皓左手把着方向盘，右手顺势把空调关上，然后把窗户打开一点儿，夏夜温热的空气涌进来，徐皓对着窗外吸了口气，才说："当时全校就咱两人被抬上 120，我都去手术室缝了好几针，你的伤也轻不到哪儿去的。"

闫泽很无所谓地"哼"了一声，说："嗐，真没事儿。"其实当时他右胳膊都被人打骨折了，到剑桥开学都没好利索。

徐皓将车驶离高速路，车穿过林荫大道，下一个红灯停下，看红灯还有二十来秒，徐皓胳膊在方向盘上一撑，说："你要真不想提就算了，反正我也不是那种忘恩负义的人。闫泽，虽然这话现在说晚了点儿，不过……"

徐皓顿了一下，似乎在整理接下来的话。这时红灯转绿灯，徐皓又启动了车，说："咱俩上学那会儿，关系还行，虽然不至于很铁吧，但也不差。我知道你是个什么样的人，你跟我要电话是看得起我，以后有什么能帮忙的，力所能及之内，尽管找我，我欠你人情。"

闫泽抓了一把额前的碎发，额头垫着手臂埋下去，他一个字都不想说。今天晚上因为见面升起来的小火苗，从头到尾被浇上一大盆水，连烟都灭了。

徐皓突然间见闫泽跟霜打了一样，蔫巴巴地坐在那儿，埋着头，潜意识觉得自己刚刚那段话估计这小子不爱听，索性又问："怎么了？"

闫泽枕着手臂，说："别跟我说这个。"

徐皓没听清："什么？"

闫泽一把扯下运动头带，难看的眼神就着月光，他说："我帮你打架是因为我乐意，你听好了，我就是乐意！你觉得我断一条胳膊是为了让你欠我人情？张旭升当时不也帮你打架了，跟他你能说这种话吗？看得起我，欠你人情？呵呵，你能吗？你肯定不能。"

徐皓原先听到闫泽胳膊断了，心里不免有点儿愧疚，然而越听到后面越觉得口风不对劲儿："不是，好好的，你把张旭升扯进来干吗？"

闫泽压根儿没听徐皓说什么,头往手臂上一埋,声音压在下面沉沉的:"你根本就不把我放在眼里,光说得很好听。我也没跟你要什么特别东西,凭什么张旭升他们几个都可以,就我不行。"

徐皓单手右打方向盘,把车在路边一停。眼下离市区还有点儿距离,路灯光洋洋洒洒地铺在公路上,如同加了橙黄色滤镜。徐皓望出去,今夜月亮尤其清亮,能看见天上隐约闪烁的小星星。

片刻后,徐皓侧过身体去看闫泽:"行吧,那你说怎么办?我怎么才算把你放在眼里?"

闫泽趴在那儿一动不动,也没答话。

徐皓反应了一会儿,才又问:"你是想……咱俩当个兄弟?"

闫泽起身,身体前倾,两个胳膊肘搭在膝盖上,左手因攥着头带,指关节用力到泛白,很久才应了一声:"对。"

徐皓陷入沉默,直到窗外一股湿热的夏日空气扑上来,他一瞬间说不上来是什么感觉。徐皓说:"这我还真没想到,但有件事实在想不通,你不如给我个理由,你为什么想跟我当兄弟?"

徐皓视线落到闫泽身上,仿佛在看他,又仿佛打破时空壁垒,看到了曾经的某个人。一样的侧影,一样的五官,一样的飞扬跋扈。跟张旭升有什么好比的,他们的关系曾好到让所有人都奇怪的地步。当兄弟,太简单了。可然后呢?徐皓不傻,他跟这么多人称兄道弟,不是分不清楚人家对他真心还是假意。

五年前闫泽第一个冲过来帮他打架,胳膊都让人打断了,换位思考,如果徐皓在那儿,他能为了闫泽毫不犹豫地往上冲吗?不会,他会权衡。所以你要说徐皓完全不受触动,那是不可能的,可越这么想,他就越不理解。

梦中徐皓确实对闫泽掏心掏肺,但闫泽对徐皓就不好吗?其实都挺好。他俩曾经什么关系?三个暑假,环游小半个地球,没别人,就他俩。

去瑞士滑雪,去印尼潜水,在大堡礁一万多英尺的高空并肩跳伞,在新西兰对着宇宙大喊,那里有全世界最纯净、最透明的银河。

闫泽事儿这么多一人,大夏天陪徐皓蹲大马路上吃冰棍,矿泉水混着喝,有时候真意见不合吵起来了,也说不上到底谁先主动讲和的次数多。徐皓自认为脑子正常,不至于别人把真心掏出来放在跟前了还觉得是假的。可越是这样,他越不理解。为什么最后两个人闹成那样?

要说是闫泽长大了，视野宽了，觉得没必要跟徐皓这种人成天混一块儿浪费时间了，徐皓也能理解，但这种心路历程至少是有过程的吧？就算没过程，脾气再怪的人，又没精神不正常，至少也得符合逻辑做事儿吧。徐皓一没招他二没惹他，就因为那段时间交了个女朋友，这货一夜之间就翻脸不认人了。有时候徐皓冷静下来，仔细想想，只觉得闫泽就跟人格分裂似的。

闫泽把徐皓的恋爱给搅黄了，是因为闫泽就那么喜欢林潇吗？男人真喜欢一个女人是什么样子，徐皓又不是不知道。后来因为这个两人打了一架，这人就要对徐皓他爸的公司下手，那么现在呢？校门口堵两回，胳膊都让人打断了，怎么还没把人全报复？徐皓越想越发现闫泽这人脑子是进水了。

闫泽把头垂在双臂之间，徐皓把目光从他的头发移到他交握攥实的双手上，他仍坚守阵地不松口。

徐皓渐渐地烦躁起来，压着火问："我问你话呢！"

闫泽不抬头，突然很用力地揉了一把脸，用手指头跟搓啥似的在那儿搓眼睛，一米八多一个大男人，囔囔："你就不能不问了？"

徐皓一只手指着他："你……"憋了半天，没说出话来，徐皓很谨慎地用手指头戳了闫泽肩膀一下，"你别在这儿给我哭啊。"

闫泽狠狠地搓着脸，然后用两根手指头分别抵住两只眼睛："你没眼睛啊，我才没哭。"

一腔邪火没地儿发，徐皓整个人陷入一种彻底没辙又无语的状态："我真……"我真服你了。

此时此刻，徐皓宁愿闫泽再用拳头跟他打一架。思索半天，实在没什么好办法，眼瞅着闫泽埋着头还在那儿较劲似的揉眼，徐皓为了给闫泽留点儿仅剩不多的面子，只得再一次发动车子。

车子行驶进宽敞平坦的三道公路，徐皓超级头大地说："行行行，以后算我一个，行吗？你别哭了我求求你了。"

闫泽手一松，抬头。两只眼睛肿得跟让人打了似的，红了一大片，两行清泪从漆黑的眼睛里涌出来，顺路就淌下来了。察觉到有眼泪往下淌，闫泽神色仓促了一瞬，赶紧又用胳膊揉脸。

刚回国没多久，徐皓挺忙的。首先是解决他家企业的经营问题。

徐皓他爸其实不怎么懂经营，投资全凭他脑热。后遗症就是，徐皓对自家资产仔细研究之后，发现整个布局脆弱不堪。

徐皓他爸没上过什么学，对于知识分子总是有点儿自卑似的尊敬，这点也体现在自己儿子身上。

徐皓考上宾大，要说最高兴的绝对是他爸，激动到好几个晚上没睡着觉，一想起这事儿就美得不行。一吃饭就拉着徐皓他妈谈心，出现频率最高的一个中心思想就是：我老徐家也要出状元了！

自打徐皓出国深造之后，徐皓他爸更是对徐皓的所有决定都不再过问。甚至这次回国，徐皓一些看起来有点儿超标的要求，徐皓他爸也是一口应下。

徐皓目前面临的最大问题，是对国内近几年政策不太了解。要想快速摸清国内形势，出去社交是最简单的办法。但徐皓一个新人，如同没头苍蝇一般，很难闯出一片天地。

最近，徐皓倒是比较热衷于参与各种青年创业扶持项目的演讲会。演讲会大多数由政府举办，主持演讲的人各有不同：有些是高校教授，有些是创业成功的中青年企业家，还有部分政府工作人员，这些人从事的都是跟经济挂钩的产业。

台下，徐皓坐在靠近门口的桌前，面前一张 A4 纸，一支签字笔，还有一瓶矿泉水。今天的演讲会设在 S 市一个五星级酒店的宴会厅里，人并没有很多，但来客多少有点儿分量，这主要是因为台上演讲的这个男人——创业史上的一大奇迹，号称互联网产业最年轻的总裁——何富生。

何富生看上去比实际年龄年轻一些，目测三十岁出头，一身西装，左手举着话筒，右手随意地插在口袋里，简单地谈话仍能看出此人有极好的风度。

这场演讲徐皓听得比较认真，虽说他跟这位何先生赚钱路子不太一样，但这不妨碍徐皓欣赏这位青年企业家雷厉风行的手段。

问答环节，眼看着话筒被传到附近，徐皓顺势抛了一个问题出来。这个问题徐皓近几年一直在思考，说是问题，其实并没有什么正确答案，更像是一个论点。

何富生并没有第一时间回复徐皓的话，而是沉思片刻，而后以一种若有所思的口吻回答了徐皓，并且在末梢加上了一句："你觉得呢？"

徐皓没想到何富生会这么给他面子，于是长话短说，也把自己的观点简单地阐述了一下。

外行看热闹，内行听门道。徐皓话说完，何富生皱着眉想了几秒钟，突然一笑，看着徐皓说："有点儿意思。"

徐皓不置可否，坐在不起眼的位子上，也笑了笑。演讲结束，徐皓正准备站起来，桌上的手机突然振动了一下。徐皓瞥过去，屏幕上亮起一条微信。

闫泽："哪儿呢？"

徐皓看了眼时间，11:56。考虑到是吃午饭的时间，徐皓索性又坐回去了，拿着手机看。

那天回去的路上，气氛有点儿尴尬，两人几乎没再有什么对话。下车的时候，闫泽刚把腿迈出去，突然又闪回来了，说："给我电话号码。"

说这话的时候，闫泽脸一直对着半开的车门外，大概是觉得刚刚发生的事儿实在太抹不开面子了，头一直没扭过来。

徐皓对着空气念了一遍自己的手机号码，全程也没见闫泽掏出手机有要记的意思。然后，闫泽下车，徐皓回家。回家的时候，徐皓收到一条短信，短信内容：存。同时还有一条微信好友申请。

徐皓心想，脑子挺好使啊，说一遍记这么准。徐皓把闫泽加上，然后出于好奇心，他点开闫泽的头像，把图片拉到最大。闫泽这头像挺奇怪，画面一片漆黑，隐隐约约能看见中间偏上有一个小亮点，也不知道是星星还是萤火虫啥的。研究半天，也没研究明白，徐皓又没无聊到直接去问闫泽这头像有啥寓意，索性去睡觉了。

自打距离建立好友关系，已经过去了三天半。这三天半，闫泽一共断断续续找过徐皓三回，但对话都极其简单，令人不明所以。

第一天第一段。

闫泽："干吗呢？"

徐皓："开会。"

闫泽："哦。"

隔天第二段。

闫泽："吃了吗？"

徐皓："吃了。"

五分钟后。

闫泽："吃什么了？"

徐皓："肉。"

闫泽："哦。"

当天晚上第三段。

闫泽："哪儿呢？"

徐皓："家。"

闫泽："出来玩。"

徐皓："不了，周末在爸妈家吃饭。"

三分钟后。

闫泽："聊聊。"

徐皓："聊什么？"

闫泽："吃什么了？"

徐皓："肉，还有米饭。"

闫泽："好吃吗？"

徐皓："好吃。"

闫泽："什么味？"

徐皓："咸味。"

闫泽："哦。"

再就是今天。徐皓看见闫泽那三个字"哪儿呢"，也不知道该回什么，就打了"外面"发过去。

正在这时，何富生从台上走下来，微笑着问徐皓："还没走？"

徐皓一看，周围都没人了，便站起来："准备走了。"

何富生跟徐皓一起走出宴会厅的门，说："你刚刚的观点很有趣。"

手机又振动了一下，徐皓把手机放进口袋，说："近几年我常常思考这个问题，刚刚听您演讲，受益匪浅，于是便又想起来了，希望没冒犯到您。"

何富生一笑："怎么会。"然后他又说，"况且你的表情也不像是在冒犯别人。"

徐皓一听，觉得这位何富生大概也不怎么喜欢这些虚头巴脑的客套话，就又说了两句别的。去地下停车场的路上，两人交流不断，徐皓惊奇地发现，虽然领域不同，但他和这位何富生的某些观点惊人相似，短短几句两人竟然聊得分外投缘。

临到要取车的时候，徐皓还有点儿没聊够的感觉。有这种感觉的显然不只徐皓一个人，何富生看了一下手表，然后很友善地问徐皓："今日与徐先生聊得投缘，要不要一起吃个午饭？"

徐皓说："好。"

吃饭的地方是何富生推荐的，一家高级私人会所，吃的东西很简单，多数是一些口味清淡的蔬菜，然而装盘精致，味道也十分鲜美。

二人交谈由浅入深，果然多数观点一拍即合，甚至不需要过多的解释和赘述，徐皓这顿饭可谓吃得十分尽兴。

何富生考虑到徐皓刚回国不久，便向徐皓提出了下次聚餐的建议。徐皓立刻明白何富生的意思，若让何富生当徐皓的引路人，倒是比他老爸合适多了。青年企业家，怎么也比"煤二代"听上去强多了不是？

徐皓颇为感激地接受了何富生的好意。临走，徐皓站起，突然觉得裤子口袋里的手机在振动。徐皓掏出来，来电显示：闫泽。

何富生见徐皓有些犹豫，以为徐皓是出于礼貌不想在他面前接电话，便说："徐先生，你我电话也留了，回头联系就好。你接电话吧，我先走了。"

徐皓有些抱歉地冲着何富生点了点头，目送何富生出门取车，然后他接起电话，说："喂。"

过了两秒，闫泽问："你干吗呢？"

他那边很安静，听着不像在室外，唯独语气听上去不怎么爽快。

徐皓说："我吃饭呢。"

闫泽一顿："吃饭你不回我消息？"

徐皓说："那我不得用手吃啊？"

闫泽说："你吃饭一小时？"

徐皓听这语气跟查户口似的："我这不是腾出空来了吗？你啥事儿啊？"

闫泽憋了一肚子火气，发泄不出去，半天又问徐皓："你在哪儿呢？"

徐皓说："我在市里呢。"

闫泽："发我定位。"

徐皓："你干吗啊？"

闫泽："让你发你就发啊，发我定位。"

徐皓头疼地看着电话，心想，瞧瞧人家何富生，多好说话，再瞧瞧这位。人跟人差距怎么就这么大呢？唉。

徐皓说："我现在往家走，到楼下了给我来电话。"

闫泽突然一下没接话。再开口时，他甚至磕巴了一下："去你家？你哪、哪个家啊？"听那意思，他不火大了，语气也不狂了。

徐皓说："还有哪个家啊？就你打完球一块儿取车的那个。"

那边沉默两秒，突然传来一阵噼里啪啦的收拾声，声音很快，徐皓隐约分辨出有钥匙撞在玻璃上的脆响，夹杂着脚步声，有点儿匆促，像在跑。

闫泽说："等我啊！"然后他挂了电话。

徐皓一脸无语，他再看手机屏幕，两条微信，五个未接来电，都是来自一个人的。怪不得他刚接电话那会儿语气那么冲。

徐皓开车往家走。这里离他家大概二十分钟的路程，不远，但路况堪忧。徐皓在临近家门口的一条街上堵了十来分钟，前面大概出车祸了，硬是四个信号灯没过去，终于要过路口时，突然有一个老人带着个四五岁的小孩儿闯红灯，来往车辆急着不让行，正卡在徐皓车前面。

徐皓被这一老一小卡了大半个红绿灯没法动，后面那辆车不方便变道，按喇叭都按疯了。徐皓被身后这个车喇叭声扰得头疼，但看车前这个老人被眼前的车流冲得有点儿蒙，小孩儿也吓得要哭不哭的样子，他索性摇下车窗，说："老人家，等个信号灯吧，不着急。"

老人家抹了把汗，回过头冲着徐皓有些尴尬地笑了笑。徐皓又说："以后不要闯红灯了，尤其是带着小孩儿，太危险了。"

那小孩儿一听，顿时号啕大哭起来，老人的脸一阵红一阵白，也笑不下去了。

身后那辆保时捷的车喇叭声一直响着没一点儿停下的意思。徐皓等眼前这两人走过去后，迅速开过路口，身后那辆阴魂不散的保时捷竟然还在按喇叭。

转过来的这条路相当顺畅，那辆保时捷一边按喇叭一边猛地踩了一脚油门，不管不顾地从徐皓左边的逆行车道超车过去，然后在持平的位置拉下车窗，冲着徐皓一阵破口大骂："去你个小白脸，不会开车的蠢货，别让我再看见你，下次见一次撞你一次！"

这人嗓门极大，骂完后顺着逆行车道一脚油门冲出去，开车架势非常蛮横，还差点儿刮到对面正常行驶的一辆马自达。

徐皓这边还没来得及上火，身后突然响起一阵巨大的引擎轰鸣声。视野里不远处，一辆通体漆黑的兰博基尼突然极限加速，以比刚刚那人还快的速度轰过徐皓身边，极有技巧地绕过前面另一辆车。

然后在十秒钟之内，那车非常凶狠地撞上了刚刚那辆保时捷的车屁股。保时捷顿时打滑出去，两辆车一并滑向了路旁一棵树前才停下，发出好大一阵声响。亏得这条公路没有人行道，再加之市内速度不快，没有路人受伤。

徐皓跟着把车停到事故不远处的路旁，打开双闪。开保时捷那男的年纪也不大，不到三十岁，头发抹得油光锃亮，他从安全气囊里挣脱出来，嘴里还骂骂咧咧。

几乎同时，就见那辆黑色兰博基尼的车门也打开了，闫泽从驾驶室下来，摘下墨镜，然后一把摔在对面那人身上，直接打得那墨镜一个反弹。闫泽说："你刚骂谁呢？"

徐皓停车的时候顺便报了警。走下车，再抬头一看，两位肇事车主虽然没受伤，但火药味已经蔓延开了。

对面保时捷的车主气得脸都快绿了，指着闫泽上前开骂："我骂谁跟你有什么关系啊？"

因闫泽背对着徐皓站着，所以徐皓看不见他的表情，但见对面那个二世祖手指头刚伸出来，闫泽一把扯住那人手腕，借着牵引力的瞬间，左手一拳砸在那人侧脸上，直接把人打翻在地。听声音，这一下挺狠。

徐皓快步跑过去按住闫泽的肩膀，制止住闫泽要继续往前的动作。闫泽的左手臂爆发力有多强徐皓是知道的，对面那人估计平时也欠缺锻炼，很不经打的样子，这么一下基本丧失反击能力了。

闫泽正在气头上，不太情愿就这么转身，但还是随着徐皓的手后退了一步。

徐皓打量了一下现场，车损不是很严重，于是问闫泽："你没事儿吧？"

闫泽应了一声，视线的焦点仍随着那人捂着脸在地上翻腾的动作挪动，但凡对面再有什么小动作，他还得上。

看闫泽紧皱着眉头，一副怒火难消的样子，徐皓突然间觉得有点儿好笑，他往回走的时候拉了闫泽一把："得了，你这两下够解气的了，没必要再跟这种人较劲。"

实话实说，虽然有点儿不大地道，但闫泽这一套下来，徐皓刚刚那点儿火气简直消得比脸还干净。

闫泽抿着嘴很是不屑地"哼"了一声，一边跟着徐皓往回走，一边说："这货，我犯得上跟他较劲儿？"听那意思，气是没那么气了，但还不大高兴。

徐皓打开车门，上了自己的车，闫泽跟着坐上副驾驶座。徐皓这边刚发动起车来，闫泽已轻车熟路地打开了空调，把副驾底座向后拉到最大，然后两条大长腿往前一伸，后背往座椅上一靠，脸上逐渐放松下来。

徐皓说："哟，挺熟练啊！"

眼下换了环境，闫泽眉眼不再凌厉，神情带了些松懈后的慵懒，见徐皓没有启动车子的意思，闫泽不怎么在意地撑起下巴，说："走吧，有人来处理这事。"

徐皓一想，事儿不大，闫泽亲自处理还更麻烦，于是他说："行。"

徐皓家离事故地不远。路上，闫泽在副驾驶座一会儿往左靠，一会儿往右趴，短短五分钟换了七八种坐姿，徐皓看右后视镜的时候用余光瞥他："怎么了你？"

闫泽伸手跟拍西瓜似的拍了拍副驾的靠背："这地儿不错，以后就是我专座了。"

徐皓失笑："这话说得，你问过我了吗？"

闫泽不以为意地跷起二郎腿："这有什么，我陪你开车，多好。"

徐皓打了一把方向盘："说得好像你以后不开车了一样。"

闫泽说："不开了呗，反正也撞了。"

徐皓"脑补"了一下闫泽这撞车频率，语重心长地叹了口气："行吧。"他又说，"今天这事儿不能全赖你，我怎么也得占一半责任吧。"

闫泽听前半句还不觉得有什么，一直在用后背蹭来蹭去地丈量他的"专座"，听后半句反而消停下来，半晌才说："有你什么责任啊？"

听那语气，就跟在琢磨自己是不是犯事儿了一样，挺谨慎的。

小区门口就在跟前，徐皓拐进地下车库，说："怎么说你也是帮我出气好吧，要是哪天我也帮你出头了，你不也会想着怎么谢谢我吗？"

闫泽一听，徐皓口风没有不对，坐姿又放肆起来，很不屑地说："我主要是看那货不顺眼，这种人留在社会上也是祸害。"

徐皓把车停好，见闫泽一脸没事人似的要去开车门，又补充了一句："但我可没说你今天这做法就可取啊，你以后别这么开车，也太危险了。"

闫泽一边下车一边挥手："行行行。"

——你压根儿就没打算听吧。

徐皓带着闫泽一路从电梯上去，也不知道为什么，原本这家伙下车还挺跃跃欲试，但一走进电梯间，随着电梯楼层数往上跳，闫泽却突然收敛起来。电梯门打开了，徐皓往外走，却发现旁边没人跟上来。他回头一看，电梯门都快关了，闫泽还站在电梯里没出来。

徐皓连忙上去按住电梯的下行按钮，防止电梯门关上，跟闫泽喊了一嗓子："走啊。"

闫泽像是从梦中惊醒，骤然抬眼，缓了一下神，这才跟着徐皓往外走。

掏钥匙开门之前，徐皓给闫泽打预防针："先说好，我没找保姆，屋里挺乱的。"

门打开，徐皓先一步走进，闫泽迟缓地挪进门，眼睛不怎么自在地张望了一番，说："还、还行啊。"

徐皓的屋子其实没多乱，就是有些东西喜欢随手乱放。徐皓把沙发上那几件衣服和电脑收起来，正准备回卧室，却见闫泽换了拖鞋，还在门口杵着，就说："进来啊，随便坐。"

说不紧张是假的。闫泽从门口往沙发走，就差同手同脚了，路过沙发拐角，还撞倒了徐皓立在旁边的写字板。闫泽眼疾手快扶了一把写字板，没让它发出声响，却低头看见黑红蓝三色马克笔在板子上写满了方程式、画满了曲线图，字体潇洒收放自如，是某人的风格。闫泽伸手，用食指指腹抹掉了其中一个符号收笔时挑出来的小尾钩，然后捻开自己指腹上的黑色笔水。

徐皓这屋子虽然一百来平方米，但采光极好，满满的阳光充溢在客厅的一整面墙上，窗外天透得跟黄金海岸的浅海滩一样。闫泽走到沙发旁坐下，轻浅呼吸了一下，仿佛声音再大一点儿，就会惊动了房子里的某种神灵一般。

闫泽努力让自己坐在沙发上的样子看上去又自然又协调，其实连手都在细微地颤抖，鼻息间充斥着房屋主人身上常有的那种干净凛冽的气味。他心里一时说不上什么滋味。

徐皓从卧室出来，见闫泽长手长脚地搭在沙发上，看上去神情恹恹，仿佛陷入了某种自我否定的情绪中，就问："怎么了，没吃饭？"

闫泽抬眼，见徐皓换上一身简单的白T恤加短裤搭配，隐约看得见手臂和腿部流畅的肌肉线条。徐皓的头发大概是刚刚进屋时被随意地抓了两下，稍稍有点儿凌乱，现在露出饱满的额头，乍一看，竟跟记忆中十八岁的样子相差无几。

闫泽特别挫败地捂了一把脸，仰面靠上沙发，开口时语气十分勉强："没事，吃了。"其实他没吃。这杀伤力，早知道不来了，简直丢人丢到家了。

徐皓坐下来，问："今天找我什么事？"

闫泽还没答话，徐皓的手机突然响了，是安德烈的国际长途。

徐皓跟闫泽比了个抱歉打断对话的动作，走到一边去接电话，安德烈开口第一句是："你看了没有？"

徐皓想了一下，用英语回："等会儿。"

徐皓走进卧室去拿电脑，打开一看，嗬，这形势跟打仗似的。

安德烈又问："怎么说？"

徐皓倚在床头，想了大概三秒钟，说："抛了吧。"

安德烈也没多犹豫，说："我也这么觉得，咱们压得够久了，不管怎么说，这一次可是血赚啊，霍尔！"

徐皓哈哈一笑，心情不错，就说："还行、还行。"

安德烈那边不以为意："你们中国人总这样，都这种时候了，还有什么好谦虚的！可惜我现在走不开，不然我一定买明天一早的机票去找你喝个通宵！"

又胡侃了几句，徐皓笑着问安德烈："什么时候有空过来？带你好好玩玩。"

安德烈说："再过一阵吧，嘿，你是不知道我老爹……唉，总之最近风声有点儿紧，有空我就过去。"

徐皓心想，这话怎么听着跟逃犯似的，但他也没想打探这家伙的隐私，就说："行，你自己安排。"

挂了电话，闫泽站在门口，倚在墙上抱着胳膊，看他："谁啊？"

徐皓放下手机，说："大学同学兼合作伙伴。"

闫泽一想，突然皱起眉头："不会是上次那个矮子吧？"

徐皓想了一下，才反应过来闫泽说的是马修。马修最恨别人说他矮了，让他听见这话估计又得气死："上次那个矮子叫马修，他跟你才是同学好吗？他也是我的合作伙伴之一。"

说起马修，闫泽脸色突然变得不太自然："谁认识他啊，上次那宝石什么的，压根儿就不是那么回事儿……"

徐皓对于八卦没啥兴趣，就说："你还没说你今天找我什么事呢。"

闫泽一愣，好在脑子转得够快，他不露声色地临时胡诌了个理由："哪天有空？带你去个好玩的地方。"

徐皓心情好，随口就答应下来："后天或者大后天吧，都行。"

闫泽在徐皓家待到吃过晚饭才走。外面天太热，两个人都不想动，就在家点了几份外卖。闫泽饿得有点儿狠了，看什么都想吃，一没留神就点了很多，不过徐皓这人一向不喜欢铺张浪费，删删减减，就点了两个人刚刚能吃很饱还能吃完的分量。

菜品很丰盛。闫泽往家走的时候，还撑得有点儿难受。他没坐车，走回去不到半个小时，风很热。他心里总觉得像烧着一把火似的，想宣泄点儿什么出来。回到家，反而有点儿冷清，闫泽在床上翻腾到后半夜才睡着。

梦里，一如既往的海浪，腥咸的泡沫扑面而来。他站在一座小岛上，立地不过两只脚勉强分开来站那么大，然而却没什么可怕的。

闫泽抬头。有一颗小星星，泛着熔岩般的火光，从天上坠落，然后像一颗米粒一样悄无声息地落入海中。瞬间，深不可测的大海被点燃了。橙色的海浪翻涌着，脚下的一切归于透明，萤火虫般的深海鱼群飞速穿梭，身体庞大的鲸鱼将将冒出一颗散发着炙热光芒的脑袋。

闫泽睁眼的时候，正有一束光落在床上。谈不上温和，也不是会让人心生温暖的那种，而是盛夏中最灼热的一束光。

徐皓再见何富生，是在一周以后。他依约按时抵达饭店，由服务员带着走至顶层一间包厢，打开门一看，在场十二个座位，人到了一半。

何富生原本坐在沙发上与另一个人聊天，见徐皓走进来，便站起来示意徐皓来这边。

何富生先是带着徐皓走流程，待人差不多到齐了之后，何富生开始介绍在场所有人认识，随后众人落座。此时圆桌主要的两个客位仍然空着，何富生在旁边向徐皓小声介绍："今日宴请了两位比较重要的客人，算是风头较盛的后辈，年纪与你差不多。一会儿他二人来了，你们有话就聊，没话随着客套几句就罢了，混个眼熟，日后做事会方便很多。"

徐皓一听便心里有数，对何富生言语里的好意心怀感激，说："我明白。"

贵客不来，这顿饭迟迟开不了席，众人坐着没事干，只能尴聊。大约尴聊到9：00的时候，两位主角终于姗姗来迟。

这一晚上的彩虹屁就开始了。徐皓左边一个西装革履的大哥站起来敬酒，声情并茂眉飞色舞："论现在这社会，我最佩服谁——除了您二位，再也找不出第三人！韩少您前段时间投的那个项目，那叫一个慧眼，识货！不说了，这杯我敬您，您自便，我干了！"

说着，也没管他口中那个"韩少"跟不跟他喝，仰头就干了。

再看那个韩少，年纪确实跟徐皓相仿，也就是二十六七岁的样子，在徐皓左边这人敬酒时，那个韩少压根儿就没往这边瞟过一眼，间或跟他旁边那位被称为"明少"的男子说笑两句，仿佛敬酒这人不存在一样。

虽然敬酒西装男的彩虹屁吹得好像这位韩少多有经商天赋，但明眼人都知道实情。至于那位明少，信息就不多了，看皮相是比那个韩少好点儿，人生得唇红齿白、细皮嫩肉，但看形势估计不如这位姓韩的热门，向他吹彩虹屁的人相对较少，徐皓也就对他不太了解。

一顿饭吃下来，情况差不多，二位贵客愿意说就说两句，不愿意说就当除他两人之外的所有人都不存在，顶多再加上半个何富生。但在座的各位显然已经过千锤百炼，内心十分强大，一顿饭吃下来，竟然也能维持着良好的气氛，这点徐皓也是很服的。

眼下，徐皓除了点头尴笑随大流，好像也没什么可做的。那感觉就像是进戏班子表演来了，场上甭管华彩的还是献丑的跟他徐皓都没关系，他徐皓就是来职业充当背景幕布的。

饭后准备散伙的时候，一直没怎么主动说话的明少却突然提议再去一个地方……

第四章
破碎的月光

＊＊……◇——＊＊＊——◇……＊

　　徐皓到家时间是中午。一回家，熟悉的气息扑面而来，徐皓感觉他跟好几天没回家了似的。徐皓把钥匙随手放在隔断上，身上的衣服一扒，扔进脏衣篓，然后进浴室冲澡。

　　洗完澡，精力还算充沛，徐皓没心思再休息。回来的路上，他听了马修一段留言，他们绿色基金有个方案需要修改一下。徐皓从听到语音后就一门心思都在那上面，眼下没别的事，就打开电脑开始工作。手头上较紧急的工作集中处理一番，徐皓精神专注，没有留意时间，直到一个电话打进来。

　　徐皓抬头，发现电话是张旭升打来的。徐皓揉了把酸痛的脖子，接起电话，再往窗外看，发现天已经黑了。

　　张旭升那边也不客套，张嘴第一句就是："皓哥，这两天在哪儿呢，还在 S 市不？"

徐皓趴在沙发椅靠背上转动颈椎："在啊，怎么了？"

张旭升说："没怎么，就是想你了，过两天去 S 市看你啊？"

徐皓嗤笑一声，说："行啊，来呗，哥哥请你吃好的，叫上浩然一起。"

张旭升说："你别管王浩然，他这段时间出去交流，少说得一个多月才能回来。你啊请客就免了，我这次不光一个人来，还有我另一个做导演的朋友，这哥们儿也挺逗的。咱一块儿撸个串喝酒去，你别开车啊！"

徐皓也不跟张旭升多客气："行，那我可光带一张嘴去了啊！你什么时候来？"

张旭升说："下周一、二的样子吧，到时候给你电话。"

两人挂了电话，徐皓寻思张旭升这是交新朋友了，能跟张旭升玩一块儿去，又是搞艺术的，估计人挺有意思。想了一会儿，他又想起昨晚的事儿。徐皓感觉于情于理应该给何富生一个交代。

徐皓又给何富生去了个电话。没响几下，那边接了电话，徐皓说："何先生，昨晚打扰各位雅兴，十分抱歉。您那边还好吗？"

何富生好一会儿没说话，开口时听语气有些谨慎："徐先生言重了，可能是我先前对徐先生有些误会，我以为您……需要一些资源，现在看来是我眼拙。"

徐皓听何富生这么说，知道他是受昨晚的事影响，一时间自己也挺犯难："这事儿说来真是不怕您笑话，昨天来的那位闫少是我高中同学，我压根儿没想到他能来，这事儿也怪我。我原本以为我俩有交情是一码事，我出来社交又是另一码事，但没想到会这么复杂。总而言之，我不是特意想坑您，是我疏忽了，希望您能原谅我。"

何富生那边有些苦涩地笑了笑，说："徐先生，我看您也是个爽快人，我也不跟您绕圈子，您说的这两码事，在我看来是一码事。只要以后还要碰面，就不可能分得这么清楚，必然会有很多事会相互受到影响，就像昨晚。您跟闫少既是高中同学，闫少又显然很看重你们这份交情，那对于你而言，已经是戴着金字招牌走路。您这刚从国外回来，对于这种门道可能还没摸索清楚，我也是欣赏您这种性情，所以在这里多说了几句，希望您日后想起来也不要介意。至于昨晚的事，您没什么需要我原谅的。"

徐皓听了，感觉挺无奈的，就说："你说的道理，我听，我懂。可你说，要是有一天人家不把我们的交情当回事了呢？那我咋整，干瞪眼啊？"

何富生那边没说话。

徐皓叹了口气，说："你说得对，经过昨晚这么一出，短期内我的社交环境可能真如你说的那样顺畅无阻。但温室终归是温室，它不是你自己打造的环境，就永远充满不可控的因素。但说白了，指望别人，去借那个东风，还不如指望自己，做那个蝴蝶效应里的蝴蝶。蝴蝶还能自己飞，借东风的船，风没了，可就什么都没了。何先生不会不懂这个道理。"

何富生说："那您是想改变世界吗？"

徐皓说："改变世界？我不想。我只是不要世界改变我。"

何富生又沉默了，片刻后，他笑了。何富生说："行，徐先生，我原谅你。"

徐皓说："谢了。"

两个人挂了电话后，徐皓去厨房给自己整了一小杯美式咖啡。之前在国外上学的时候，徐皓喝咖啡比较多，回国后置办好公寓，他自己又买了一套做咖啡的机器，咖啡豆用得讲究，机器也挺贵。他喝得最多的还是加两份浓度的美式，自己做的咖啡，总觉得比外面磨的香。

之后，徐皓走回沙发，捞过电脑，翻了翻未读邮件，马修的一封，安德烈的两封。徐皓打开回复邮件的页面，把咖啡杯放到桌旁，然后继续工作。

张旭升到S市是在一周后。晚上7点，徐皓打车去张旭升说的大排档。他下车一看，大排档生意火爆，桌子都摆到大街上来了。

张旭升就在靠马路的一张桌子旁跟徐皓招手。徐皓走过去，见桌子跟前还坐着一个男人，三十来岁，身材偏胖，上身绿色T恤，下身运动长裤配拖鞋，还蓄着一把小胡子，从头到尾都是不修边幅的派头，应该就是张旭升嘴里的那位导演朋友。

徐皓走近，这位导演朋友跟着张旭升一起站起来，向徐皓打招呼。落座后，张旭升给徐皓介绍："皓子，这我朋友，姚清明，姚导。这次来S市，是我俩打算一起拍个电影，来看看有没有能给电影取景的地方。这不，顺路跟你喝个酒。"

张旭升转过脸来又跟姚清明说："清明，这是我高中的好兄弟，徐皓，人刚从美国回来，正儿八经的青年才俊，搞金融的，非常厉害。"

姚清明说："幸会幸会。"

徐皓笑道："姚导你好，别听升子瞎说，没那么玄。"

三人认识之后，陆续开始上烧烤小菜。三个人要了一箱啤酒，头顶月明星稀，天气凉爽，喝点儿酒就着初秋的小风还挺惬意。

徐皓问张旭升："打算拍个什么类型的电影啊，找着地方取景了？"

张旭升说："有点儿想法了，不过这次编剧没来，就我俩先商量着。这次就是想拍个片儿，我做制片，他嘛——"张旭升往旁边姚清明那儿指，"他做导演。"

徐皓丢了粒花生米进嘴里，又看向姚清明："什么样的电影啊？"

姚清明笑着说："说不好是什么类型，就挺微妙的。"

徐皓有点儿意外："是个什么故事？"

一提起电影，姚清明就来劲儿了，隔着桌子跟徐皓比画："就是有两个人，一个是世界有名的天才钢琴家，这位钢琴家在开头就死了。另一个人与这位钢琴家生前曾相识，虽然交情不深，但因为一些契机，他要找寻这个钢琴家的死因。在追查的过程中，种种迹象表明，这并不是一起简单的自杀案件，而是一个有计划、有目的的死亡事件。整个电影就围绕着查这事儿展开。"

徐皓问："然后呢，查出啥来了？"

姚清明抬头，突然问了一个不着调的问题："问你个问题啊，你觉得生活痛苦不？"

徐皓一愣，说："还行吧。"

姚清明又问："一看你就是心大的。那再问你一个问题，如果有一天一个人因你而死，自杀的那种，那么你觉得凶手是你呢，还是死者？"

突然一下让徐皓回答这么沉重的问题，他还真有点儿说不出什么，想了一会儿，答道："如果真有这么一个人，我会想办法让他活下来。"

姚清明说："那已经死了的呢？在一个伟大的天才死亡之后，你才发现自己是造成这一切的根源，随着对这一切的认知越陷越深，你发现你本有能力救一个人，但是他已经死了，你会怎么办？"

徐皓喝了一口啤酒，说："我怎么觉得我被道德绑架了。"

姚清明耸肩："代入一下情景，别管别人，我只是一个旁观者，一切都是虚拟的，没有人能绑架你。在这个情境中，全世界只有你和一个死人知道他为什么而死，而死了的人是不会表态的，所以如果这样你还是会觉得在道德绑架，那就是你在道德绑架你自己。"

徐皓放下酒瓶，说："好吧，我想想。如果真有这么一个人，他生活得很痛苦，然后又是这样一个故事，那说明他的死亡是跟我有关的。我想我有很大概率会愧疚终生，具体多愧疚还要看我们两个人之间到底是什么关系。但这种事离我真的太远了，我想象不出来。"

姚清明笑着喝了口酒，转脸问张旭升："升子，你这位好兄弟有没有兴趣演电影啊？"

张旭升有点儿惊诧："怎么了，你觉得他能演谁啊？"

姚清明说："你不觉得他跟江明宇有点儿像吗？你这朋友形象也很好，有没有兴趣露露脸啊兄弟？"

张旭升怕徐皓分不清楚人物，就说："江明宇就是那个没死的。"

徐皓摆手："别逗了，我平时对着镜头照相都紧张，还演戏呢。不过你们这个故事确实挺有意思，那编剧这趟怎么没来啊？"

一看徐皓确实意不在此，姚清明觉得有点儿遗憾，张旭升倒没觉得有什么，本来让徐皓过来演男一这事儿就不现实。张旭升跟徐皓说："编剧回 B 市了。"

徐皓说："哦，你们编剧是男是女啊？"

张旭升甩了甩手上的花生米："男的。"

徐皓一愣，又想了想他们这个电影，说："嘻，要不说艺术源于生活呢。"

三个人吃饭吃到后半段，酒也喝得差不多了，徐皓接到一个电话，马修的。马修简短地跟徐皓说了两句工作上的事情，徐皓这会儿喝得有点儿晕，再加上这事儿不是特别急，就说明天三个人一起开个电话会议得了。

挂了电话之后，张旭升笑着说："你那两个外国朋友挺逗的，他们什么时候还来啊？"

徐皓说："看时间吧，最近都挺忙的。"说着，又打进来一个电话，是闫泽。

徐皓接起来，闫泽那边说："一块儿去瑞士滑雪呗？"

徐皓问："什么时候？"

闫泽说："下个月。"

徐皓想了一下，说，"行。"

闫泽那边听上去挺高兴，声调也张扬起来："那说好了，到时候跟我走。"

徐皓说：“行行。”

挂了电话，张旭升问：“又谁啊？”

徐皓说："嗐，闫泽。"

张旭升一下没反应过来："谁？"

徐皓说："闫泽，咱高中同学，闫泽。"

张旭升推了徐皓一把："我知道是哪个闫泽！你俩咋又联系上了？你俩多久没见了？"

徐皓："要不怎么说神呢，我这回国没俩月，在球场打球遇见他了，他也刚回国，也在 S 市，然后就联系上了。从高中毕业就没见过了吧。"

张旭升一脸匪夷所思："你俩挺神的，以前上学那会儿这闫泽谁也不爱搭理，偏偏就跟你玩得还行。说到这个，你知道这闫泽家里什么来路吗？"

徐皓从盘子里捏了粒花生米扔进嘴里："有一点儿耳闻，挺不一般的吧。"

张旭升拿筷子敲桌子："何止是不一般啊，你这刚回国可能还不知道，我这几年不都是在国内混吗，他闫泽，那是正儿八经儿最挑头的一拨啊。闫泽他爸我就不说了，就他哥，听说大咱们很多，将近差一个辈分，那基本上已经在顶尖混了，还有他外公……"

徐皓夹起一块馒头塞进张旭升嘴里："少废话，多吃饭。"

张旭升嚼着烤馒头，颇为不满："你这人怎么一点儿好奇心没有啊？"

徐皓："你可消停点吧。"

为了配合安德烈和马修的时差，徐皓在第二天晚上跟他俩开了个简短的电话会议。主要内容就是调整近期的投资项目和战略方针，其间还要听马修喋喋不休地抱怨他在学校有多无聊和英国为什么有吃不完的土豆，以及他对四川火锅的无穷思念。认识这几年，徐皓和安德烈已经学会了如何对马修进行选择性视听。

在电话会议结束之前，徐皓顺便说了一下自己下个月会去瑞士滑雪的事情，他会把电脑带着，让他们有事随时联系。

安德烈立刻被吸引了注意力："霍尔，你必须顺路来趟西西里，我要带你吃全世界最好吃的意大利面！"

徐皓知道最近安德烈因为一些事情脱不开身，日子过得特别憋屈，就笑着说："你不是出不了家门吗，还有精力接待我？"

安德烈在电话那头爽朗一笑，说："嘿，别人我不管，你来了，死神也不能阻止我出门。"

徐皓说："先别说得这么吓人，我主要是去滑雪的，未必真有时间过去一趟。"

安德烈说："你有时间也得来，没时间也得来，你要是真不来，天杀的，我就去找人把你从中国绑来。"

徐皓失笑："你现在活像一个流氓头子，好吧，到时我们再联系好吗？"

那边马修对着手机："哈喽？打扰了？你们的耳朵难道是做整容手术接上的吗，听不到我在这里叫你们？这已经是我第二十三遍问候了，有人在吗？"

徐皓和安德烈装作无事发生接连挂了电话。气得马修差点儿把手机从三楼学生公寓扔出去。

徐皓比约定时间提前五分钟抵达机场。这块区域是私人的，徐皓的车牌号因为提前打过招呼，到机场门口抬杆自动抬起。徐皓一路畅通无阻地开到停机坪附近，又由人指引着上了小型摆渡车。

随着摆渡车开近，可以看见停机坪上停着一架相当漂亮的私人飞机。闫泽双手扒在登机口的门上，遥遥地看见徐皓坐的摆渡车，然后抬起一只手。徐皓把手伸出去，也跟他打招呼，示意自己看见了。

下了摆渡车，徐皓把行李交给旁边的工作人员，一边登机，一边跟闫泽招呼："遇着好事儿了？"

闫泽今天穿得非常利索，额前的头发撩起来一点儿，看上去还有点儿少年时期那种放荡不羁的劲头儿。他单手撑着机舱门，在阳光下对着徐皓笑："怎么才来啊？"

徐皓看了一眼表，心想，我这不还来早了吗？

闫泽转脸跟工作人员说："人齐了，飞吧。"

徐皓一听，十分诧异地想，难道他真是最后一个来的，现在人都这么勤快了？

往里走，徐皓发现客座上压根儿没人。徐皓扫了一眼桌子上那一堆食物饮品，说："这就人齐啦？就咱俩？"

闫泽把身体往松软的椅子上一靠，摆出个放松的姿势，撑着下巴一副理所当然的样子看着徐皓："当然。叫那么多人干吗，不够烦的。"

徐皓一想，是闫泽的风格，索性也两耳不闻窗外事，往椅子上一坐，说："行吧，反正你这次做东，只要你别飞半路把我扔了，怎么都行。"

　　闫泽又笑，看得出他今天心情非常好："放心吧，扔谁也不能扔你。"

　　飞机进入飞行轨道，徐皓顺着机窗往外看，阳光铺洒在略显枯黄的草地上，如同镀了一层金衣。再往远方看，火红色枫叶好像烧起来了一样，随后窗外视野倾斜，飞机腾空而起。

　　闫泽那边问："有一阵没见了，你最近忙什么呢？"

　　徐皓收回视线，说："嗐，创业呢，不就瞎忙活。你呢？"

　　飞机逐渐持平，闫泽倒了杯白葡萄酒，说："我最近手上也有几个小项目，反正就打打发发时间呗。话说回来，绿色基金是你起的名字吗？"

　　徐皓抬眼看他一眼："也不算吧，一起想的。"

　　闫泽转动着手里的玻璃杯，像是在晃动一个晶莹剔透的大玻璃水珠："我这也有两个挺合适的项目，有兴趣合作没啊？"

　　徐皓点头："那我可是太荣幸了。"

　　闫泽感觉徐皓语气不大正常，看他："你怎么这种语气？"

　　徐皓说："我哪种语气了，你大老远叫我去滑雪是为这事儿？"

　　闫泽眉头皱起来："那不是你先那什么的吗？"

　　徐皓很莫名其妙："我什么了我，我让你查我了？有事儿你不会问我啊，你非得查我？那我说句特别荣幸怎么了？"

　　闫泽把手往窗外指，一脸火气开始翻旧账："不是你先去跟他们吃饭的吗？你跟那帮人有什么好应酬的，有事情你不会找我办？你来质问我，那我倒是想问你，有事你为什么不能跟我把话摆明面上说？你让我问你，我问你你告诉我吗？"

　　徐皓也有点儿火，看向窗外说："行。"

　　扭过头来，徐皓又说："但这不是你侵犯我隐私的理由吧，再说了，我有权规划我的社交圈，我总不至于连这点儿人身自由都没有吧，作为朋友，你这做法是不是有点儿不尊重我啊？"

　　闫泽被指责得有点儿坐不住了，他换了个坐姿，刚刚那点儿喜悦荡然无存："我也没想不尊重你好吧。"

　　闫泽把嘴唇抿成一条直线，看上去很抗拒："可是你为什么老跟我隔着一层似的说话，咱们就不能好好说话吗？"

徐皓没说话。闫泽有些难为情地抬眼："那天在车上，你说以后都算你一个，对吧？那咱俩这关系，这点儿事儿你还瞒着我？你说我不尊重你，那你尊重过我们的情谊了吗？"

这怎么突然还打起感情牌来了？徐皓抹了把脸，说："行、行，算你有理，我说不过你。"

聊到最后，谁也没把谁聊服。徐皓一时半会儿不太想跟闫泽再聊，索性转身去包间把床放下，门一关，睡觉去了。

也不知道过了多长时间，飞机追着太阳跑，机窗外仍然是傍晚晴朗的光晕。徐皓在床上翻了个身，迷迷糊糊睁眼，突然发现床边站了个人。徐皓直接从床上坐起来，看清楚来人，心有余悸地说："你要吓死我啊！"

闫泽顺势坐在徐皓床边上，答非所问地说："都多少年了，你怎么还这么小心眼啊？"听他那语气，仿佛自己已经把事儿想得多通透了，现在还得来开导徐皓。

两个人静坐了一会儿，徐皓也不知道闫泽什么时候来的，只得头疼地揉了揉太阳穴，说："一码归一码，这事儿过去就过去了，出来玩儿的，咱俩谁也别争。但你以后别再做这种事，我觉得在这件事上我没有受到平等的尊重。"

闫泽没看徐皓，视线放在一边，片刻后才不怎么情愿地张口："知道了。"

私人飞机抵达平原，两人换乘直升机，又开了半小时的车，终于抵达了目的地。一座雪山脚下，茂林丛中，立着一座三层的木质别墅，典型的欧式建筑。门口十来个工作人员候着迎接，基本都是外国面孔。

因为这边纬度高海拔高，所以气温偏低，徐皓和闫泽都换上了比较轻薄的羽绒服。两人从车上下来，徐皓猛地吸了一大口雪山清透冰凉的空气，只觉得把自己肺里的那点儿浊气全换出去了，顿时心情好到飞起。

闫泽从后面推了徐皓一把："快走快走，我带你在屋子里转转。"

徐皓立马跟着闫泽往屋里跑。至于刚刚在飞机上那点儿小摩擦，转换直升机的时候，两人就忘脑子后面去了。徐皓跟着闫泽跑进屋里，立刻被一股子干燥且温暖的气息包围住。进门先是穿过一个带拐角的木质隔断，然后到前厅。前厅的桌子上摆放着各种糖果、面包和葡萄酒，徐皓和闫泽一人一手拿了个刚出炉的烤面包，再往前走，就是中厅。

中厅铺着松软的地毯，家具多为实木的，房间中间有一个壁炉，里面的木头正在燃烧，散发着一股子很浅的焦炭味，正源源不断向四周传递着春天一样的温度。

徐皓一下子躺倒在沙发上，感慨道："这地儿也太好了。"闫泽跟着他躺倒，在另一侧，两个人头对着头，谁也不脱外套和帽子。

闫泽脸上冒着汗，说："太好了，比我印象中还好。"

又躺了一会儿，徐皓问："你出汗没有？"

闫泽说："出了。"

徐皓问："那你为什么不脱衣服？"

闫泽说："你先脱。"

又过去十秒钟，还是谁也没动。

徐皓满头大汗，说："我们别是脑子进水了吧。"

说完后实在受不了了，徐皓特别笨重地坐起来，把帽子一扔，然后开始脱羽绒服。脱了羽绒服，还是觉得很热，徐皓又把毛衣脱了。这下里面就穿了一件黑色短袖。

闫泽一看，也折腾起来脱外套。徐皓一看，说："你这人怎么这么爱攀伴，人家干吗你干吗？"

闫泽很挑衅："我乐意。"

徐皓手指头点点他，说："你乐意是吧。"

话未说完，徐皓一把拿过自己刚脱下来的帽子往闫泽头上使劲儿一套，闫泽自己帽子还没脱呢，这下两顶帽子一摞，闫泽立刻骂了一句。徐皓不管他，手速极快地又把自己羽绒服扯了过来，抓着两个袖子往闫泽脖子上一卷，然后翻身坐在闫泽身上，压着他的头往下捂"你乐意是吧，我让你暖和暖和。"

闫泽被压在下面，胳膊被圈在羽绒服里，只有腿脚一个劲儿扑腾，很生气又很想笑，声音从不知道几层衣服下面传上来，听着特别闷："啊——我要热死了！！"

徐皓捂着羽绒服不撒手，说："来，先认个错。"

闫泽腿上扑腾得更厉害了，一副抵死不从的语气，拧巴得跟个试图脱茧的大虫子似的："不可能！徐皓你有种把我放开，咱俩正面较量！"

徐皓岿然不动，说："行，有骨气，我欣赏。"他腾出一只手来一把抓住闫泽的腰，使劲儿一捏，手掌擦过闫泽肌肉线条分明的腰线，不由分说地开始挠闫泽痒痒，"可以啊，小闫，身材挺有料啊？这什么，人鱼线啊？"

闫泽使劲儿一弹，然后以更大的幅度开始扑腾，嘴里几乎是上气不接下气地喊："我——哈哈哈哈——不行不行——哈哈——错了错了我错了！"

徐皓把闫泽放开，闫泽一下子跟脱了力似的陷在沙发里。徐皓从一堆衣服里把闫泽扒出来，顺手给他把两层帽子也脱了。闫泽跟刚洗过澡似的，面色发红，脸上全是汗水，由于徐皓脱帽的方式太直接，闫泽头发也乱成了一团。

徐皓看他那少有的狼狈样，觉得特逗。闫泽喘息着坐起来，抬手利落地把身上的衣服全脱了，就留下一个背心。闫泽在沙发上呆坐了一会儿，突然倒在松软的沙发上，语气特别颓丧："我不服。"

因为初来乍到时差有点儿转换不过来，徐皓5点多就醒了。清晨山上弥漫着轻浅的雾气，徐皓披上外套拉开阳台的落地玻璃门。一阵松木混合着晨露的气味扑面而来，天色冷清，挺拔的冰川正遮挡住半个太阳，好像伤寒病人的脸。

徐皓双手搭在栏杆上，鼻息间空气新鲜到让人觉得冷。从大都市脱离出来，突然被如此原始的山景包围着，就会让现代人有种被大自然吞并的感觉。不过徐皓不讨厌这种感觉。

徐皓喜欢和大自然融合的某一个瞬间，人会意识到自己的渺小，但同时也会从心里迸发出某种活着的力量，非常冲动，就好像源于人类最原始的想要取火的本能。

欣赏了半个小时的山景，徐皓回房，抓起电脑包，从房间出来走下楼。6点多一点儿，桌子上已摆放好早餐。徐皓吃了些冷切火腿，煎小牛排，几片无花果面包，然后又喝了一碗热汤和一大杯牛奶。

闫泽一脸睡眼惺忪踩着楼梯往下走的时候，徐皓正懒散地倚靠在壁炉旁一个超大懒人沙发上操作电脑。闫泽往下看，见底下那人一身深蓝色睡衣，右臂衣袖有一段被随意地挽起来，露出修长的手臂，壁炉里木柴燃烧那小小的爆裂声配合着徐皓手下有序敲击键盘的声音，像是一只只在梦里才会膨胀的萤火虫。

徐皓闻声抬头，看着闫泽抬起右手，笑："起挺早啊！"

闫泽抓了把头发，刚睡醒，头发有几缕翘起来，他也跟着徐皓笑，神色有些慵懒："时差还没倒过来。"

徐皓没从懒人沙发上站起来，而是一只手端着电脑，另一只手比较随意地往桌子上指："我觉得这个面包和牛排是最好吃的，当然别的也不错，但你一定得留点儿肚子给这两个。"

闫泽挑眉，然后从桌子上拿了两片面包，三下塞进嘴里，转过头声音不清不楚地问徐皓："大清早忙什么呢？"

徐皓摆弄电脑触屏的手指一顿，然后冲闫泽招手："来。"

闫泽端着一杯咖啡走到徐皓一旁，徐皓往旁边挪，给闫泽在懒人沙发上腾了半个座位："有问必答，好吧，省得你又说我不尊重你。来，坐。"

闫泽站在那儿，对徐皓的这个邀请突然有点儿没防备似的，端着咖啡动作不怎么利索地往下坐。

这个懒人沙发虽然很软，但好在够大，两个人长手长脚，勉强没挤到一起去。

徐皓端着电脑给闫泽看："我在做风险评估，算起来这还是我们的商业机密，你别给我说漏了。"

最后一句显然是在开玩笑，闫泽先是瞥向一旁扯了个笑，笑容很没辙的样子，然后扭过脸来说："行，我肯定不说。"

随后两人注意力都转移到徐皓的电脑上，闫泽看着屏幕上井然有序的树状图："这是你们现有的投资倾向吗？"

徐皓指着电脑屏幕："对，但这只是我负责的一部分，这个周期我还没有完全做完。安德烈，就是我的另一个合伙人，他还会整理出来另外一部分，最后会汇总到马修那边做大数据处理。"

闫泽神色专注，看了一会儿，说："我认为……很不错。这完全不像是三个人的工作量。"

徐皓知道闫泽这人特别不擅长夸别人，对于他能说到这份儿上还觉得挺稀奇，两个人就专业内的观点又讨论了几句。两个人聊起工作来，不觉时间流逝得很快。9点的时钟敲响了，两个人才回过神来。

徐皓把电脑合上，抬头一看有四五个工作人员已经带着滑雪器具在前厅静候多时，两人站起来，心情很好地向门口走去。走到门口，闫泽突然回头跟徐皓说："哎，其实我们不一定非坐越野车上去。"

徐皓顺着闫泽指的方向，见旁边停了几辆履带式雪地车，显然这种交通工具更接地气也更好玩，徐皓跃跃欲试地说："就它了，走走走。"

两人穿好防寒服、厚实的靴子手套和防雾护目镜，由驾驶员带着一人坐上一辆雪地车，向滑雪场地行进。坐雪地车，跟正常开车的感觉完全不一样，就像是人坐在雪地里跟着车飞速打滑一样，连减速也比正常行驶慢很多，但行程刺激，甚至可以在深雪里爬坡。

抵达滑雪场，雪白无垠的山道上除了几个管理工作人员，一个滑雪的都没有。徐皓坐在雪地里小木屋旁的椅子上换滑雪器具，问闫泽："你把这场地包了吗？怎么没见着人啊？"

闫泽那边换得快，他戴着护目镜，只有一个下巴露在外面，身材高大且挺拔，即使穿一身黑白色的滑雪服也不见臃肿，反而显得飒爽。闫泽正在用左手调整右手腕衣服贴合的松紧度，闻言，抬头对着徐皓笑："说什么呢，这雪场是我七岁的时候外婆送我的生日礼物，我可从来没带别人来过这里。"

徐皓一听，迅速在脑子里搜索起来，再往这个山道上看去，才勉强有了一点儿记忆。原来梦里他跟闫泽来过这里，徐皓这才想起来，这座山好像都是闫泽他们家的，服了。

闫泽安装好滑雪板，撑着雪杖滑到徐皓旁边，问："怎么样，会滑吗？用不用我带带你？"

徐皓脚踩下去，固定好滑雪板，把护目镜从头顶上拉下来，然后看了一眼闫泽："马上就让你知道什么叫专业。"

语毕，徐皓身体前倾，率先顺着浅坡滑下去，在起点缓冲滩动作利落地转了个身，然后冲着闫泽招了一下手，那意思，就等他了。

闫泽扯了个很有意思的笑，雪杖点地，倾身而下。闫泽顺着雪地无阻力的光面几乎转瞬就到了徐皓面前。徐皓正准备跟他再说两句，却见他根本没有要减速的迹象，动作潇洒地从徐皓身后近四十五度角侧身滑过，速度之快溅起一阵泡沫似的雪花。然后徐皓在风声中听见有人撂下一句："先走一步。"

徐皓目送着这人跟离弦的箭一样纵身出去，没几个呼吸就在雪场上留下两小条非常流畅的弧形轨道，心想，好嘛，这是在我面前耍帅呢。

徐皓当仁不让地跟了下去。

傍晚，就着余晖往回走，徐皓一步一个脚印，感觉自己的腿部肌肉明显有使用过度的迹象。闫泽也没好到哪儿去，两人这大半天工夫都在山头上较劲，你比我，我攀你，最后下坡速度冲得跟跳楼似的。得亏两人身体素质过硬，反应够快，技术到位，就算做点儿极限运动，也没出什么意外。回头一想，还挺热血。

徐皓从雪地车上下来，再回头看，日落如同金色的树脂熔化了一般，给整片雪山冰川浇上了一层浆。

闫泽从他身侧走过，摘掉护目镜和帽子，头发边上还沾着一点点雪，徐皓看他那个样，问："累吧？"

闫泽从鼻子里哼笑一声，带点儿不屑似的："怎么可能。你累啊？"

徐皓一听，行，还较劲儿呢，说："不累啊，热身有什么好累的。"

结果两人往里走的姿势都不太自然，徐皓僵着腿走得一瘸一拐，心想，就都装吧。

晚饭肉香四溢，配上一碗浓郁的奶油汤，给徐皓撑够呛。

两人吃完饭，徐皓围着屋子散步，闫泽拉开观景阳台的玻璃门，靠在门边抽烟。

徐皓走到壁炉旁边的一个木台旁，见墙上挂着几张照片。打头的一张大概是年代久了，照片有些泛黄，是一位看上去非常温婉美丽的夫人。她拥着貂绒半蹲在木屋前，背后就是雪山，两只手分别揽着两个孩子。一个男孩儿，大概十岁，还有一个小女孩儿，四五岁的样子。

徐皓的视线再往上，又看见一个小男孩儿，这张照片年代就新一些了。小男孩儿五六岁的样子，在雪地里被裹得严严实实，滑雪装备竟然配备得很齐全，对着镜头绷着脸，一脸臭屁样，不是闫泽又是谁？

徐皓刚想笑，无意间又瞥见一张照片。这张照片上的人显然又比刚刚那张男孩儿的照片年龄要大一些，是一个二十多岁的男人。他斜倚在门前的柱子上，看上去非常年轻，身材高大，眉目有些凌厉。拍照的时候，这个年轻男人正冲着镜头笑得又张扬又肆意。

徐皓看完这张照片，再转头去看斜倚在门口抽烟的闫泽，竟发现这两人眉目间有近五分相像。徐皓没忍住问了一句："这是谁啊？"

闫泽叼着烟转过头，顺着徐皓手指的方向看过去，不用仔细看，他也知道那里摆的是什么。闫泽说："我舅舅吧。"

徐皓一愣，再看，发现这个年轻男子确实跟那个被妇人揽着的小男孩儿像一个人。徐皓说："你跟你舅舅长得还真像。"

闫泽扭过头去，对着门外吐出一口白烟，然后笑了一下："听说脾气也很像，可惜我没见过他。"

徐皓听闫泽这么一说，想起来邵家长子曾在二十四岁因事故去世，而闫泽的外婆在闫泽还小的时候也因一次海难离世。一组家庭照早已有两个人不在世，徐皓觉得这不是一个好话题，便说："那真可惜。"

闫泽倒是语气寻常，说："可惜啥，也没什么。早些年……"

闫泽一顿，手里的烟积攒出一点儿烟灰，他对着外面弹了一下，继续道："早些年听人说，我舅舅人聪明，行事也高调。二十来岁喜欢上一个人，被我外公知道了，但我外公不同意，把那人家里搅和得家破人亡，那人在年底没撑住死了。听说出事那会儿离除夕夜就差几天。后来嘛，我舅舅有一次去马纳罗拉，没回来，第二天尸体在靠海边的峭壁底下被人发现。这事之后，我外公还没怎么着呢，我外婆先疯了。"

闫泽这短短几句话里牵扯出豪门背后多少腥风血雨，没人知道。徐皓突然没来由地想起上次张旭升他们那个电影，然后思绪跟着走，莫名其妙地，又想起自己那个梦。

一方面，徐皓觉得这是邵老能做出来的事儿。邵老这人霸道，手段强势，行事风格不顾及情面，即便做了令人伤心的事，也不像是会后悔的人。另一方面，徐皓怎么觉得这个故事有那么一点儿熟悉？想了半天，他没想出来跟自己的联系在哪儿。这就好像是数学推理，有一个步骤丢了，你脑子转得很急；又像是你把一粒很小的钻石扔在沙滩上，蹲下满地找，知道钻石就在这里面，可眼前全是沙子，你就是找不出来。

突然，闫泽语气特别平静、特别寻常地问他："哎，你说，要是你家有一天被人算计了，你会这么想不开吗？"

闫泽站在门口，左手指尖的烟冒出一点儿火星来。而背后，月色正浓，银河倾泻而下，山川里都是星星。

徐皓自少年梦醒以来，第一次看不清楚闫泽眼底的情绪。徐皓想了一下，说："我觉得活着不一定能解决问题，但是死绝对不可能解决问题。这种时候，承受活下去会更难。与其想着怎么去逃避，怎么堕落，怎么死，还不如想想怎么去抗争到底。我认为活着，有压力地活着；死了，必须有尊严地死去。当然了，你可以觉得我没有经历过这种事，我是在说风凉话，但事实上我非常认真。"

闫泽手里的烟头掉了,露出指间快要燃到底的火星,他不觉得。他没夹着烟的那只手抬起来,用指腹揉了把眼,叹了一口气,又像是在轻笑:"我没觉得你在说风凉话,我觉得你说得特别好,我觉得你比他们都好。"

闫泽转身拉开玻璃门,一阵夹杂着冰川气息的风涌到他身边,他背对着徐皓,把烟按灭在手边的烟灰缸里,呼吸时,嘴边溢出一丝丝白气。闫泽说:"你没事比什么都强。"

这句话闫泽说得声音不大,再加上外面刮风,其实到徐皓这里已经听不太清楚。不过徐皓还是听见了。

两人一室,一地破碎的月光,壁炉里的柴火烧得正旺。徐皓眼瞅着自己从沙滩上找到东西了。一粒小小的、透明的东西,还以为是钻石,没想到是子弹。

徐皓是个心里不怎么装事的人,所以他几乎不会费心思琢磨某个人的某句话到底是什么意思。但今天有点儿反常,徐皓在床上翻腾两个小时没睡着。

一闭眼,大脑就开始运转,一个个视觉图像牵连出看似杂乱的逻辑:几张家庭照、舅舅、家破人亡……徐皓心烦意乱地睁开眼,躺在床上,又想起张旭升他们准备拍的那个电影。姚清明问他:你觉得生活痛苦吗?……如果一个人因你而死,那么凶手是你,还是他自己?

徐皓从床上翻了个身,特别崩溃地抓了把头发,从来没像现在这样希望大脑停止工作。

不知过了多久,飞速传递信号的大脑皮层终于消停下来,徐皓迷迷糊糊地睡着了。在现实与梦的边界处,徐皓仿佛立于一片植被茂密且荒凉的土地上,一座黑色的石碑。有一个男人站在石碑前,突然像被打断一条腿一样,笔直地跪了下去。他的额头贴上冰冷的石碑,有雨打在身上。嘴唇翕动喉结颤抖,很久之后,才艰难地、不成声地把声带撕裂开一条口子。

"别……什么……"眼泪一滴也没有。可梦境瞬间被莫大的窒息感淹没,死亡的气息近乎贴身而行。

徐皓惊醒,喘息着翻身下床,几乎是跑着奔向洗手间,然后接了一捧凉水往脸上泼。泼了几捧水,徐皓勉强从刚刚梦境里的压抑感脱离出来,冷静下来一想，又觉得自己这感觉来得如此真实又莫名其妙。

莫名其妙，但手还是抖的。徐皓这下真的是一点儿也睡不着了。他披了件外套，走下楼，给自己倒了杯温牛奶，又走到壁炉旁。

墙上的照片在壁炉的火光中若隐若现，徐皓端着牛奶，看看小时候的闫泽，又看看闫泽的舅舅。

对于绝大部分的事，他早就放下了。生命是活给未来的，老抓着过去那点儿破事儿没意思。但只有一件事，徐皓曾找过无数个理由，始终也没找到特别合理的解释。

徐皓往一楼的观景台走。拉开玻璃门，徐皓吸了口夜晚雪山上的凉气，搓搓手，然后把门关上。

徐皓在观景阳台的第一阶楼梯上坐下来，看着天边倾泻而下的银河，视线顺着天边游移，大脑发散开来。

有个想法，挺离谱的，离谱到他徐皓都能失眠了。但要是真的冷静下来，顺着往深处想，也不是没可能。甚至很多发生在徐皓身上原先无法解释的事都有合理解释了。

他想起了他跟闫泽见的最后一面。

闫泽沿着楼梯往下走，一眼看见坐在壁炉旁的徐皓。徐皓一身睡衣加羽绒服，人靠在超大懒人沙发上，手脚放松，睡得昏天暗地。

工作人员是早起了，但是摸不准这位重要客人在睡眠方面是不是有什么异于常人的嗜好，所以没敢打扰徐皓，更没敢叫醒他。

闫泽的视线又落向徐皓的一只手掌上。徐皓手里松松垮垮地拿着一个金属外壳的烟盒，打火机掉落在地上。闫泽的视线在烟盒上停了一下，闫泽的拖鞋踩在地毯上，几乎没发出什么声音。待他走近时，徐皓似有察觉地动了一下眼皮。

徐皓先是被大白天的光闪了一下，他抬手遮着眼往前看。闫泽站在离他两米开外，闫泽看着地上的打火机，向徐皓伸手，示意他借力站起来，又不动声色地问："你抽烟了？"

徐皓搭上闫泽那只手，浑浑噩噩地借力起身，腰腿关节一阵噼里啪啦乱响。手里捏着烟盒，再配上自己这副快散架的身子板，昨晚的思绪一下子灌进大脑。

徐皓睁眼，醒了。徐皓突然松开闫泽的手，比平时反应更快。这会儿徐皓已经完全站起来，即使松开手也不会倒下。只是徐皓这一下撤得突兀，让闫泽的手停在半空中。

闫泽僵在交握的姿势上，手指伸着，两秒没收回去。徐皓看着眼前那只手，觉得这一下动作是有点儿唐突。抬头，对上闫泽没防备的眉眼，徐皓不想太尴尬，索性用撤回去的那只手，带了点儿慢动作性质扶到自己腰上，然后捶了两下。

徐皓演技拙劣，蹙着眉说："哎，腰有点儿扭了。"

闫泽悬在空中的那只手缓慢地收了回去。也不知道信了没有，闫泽看向地上的打火机，又看向徐皓手里那个泛着深青色金属光泽的烟盒。闫泽没有再问抽烟的事情，说："我叫医生来。"

说着，闫泽掏出手机，似要拨打电话。徐皓抬手拦下："不用了。"

察觉闫泽看他，徐皓控制了一下表情，没闪避这道视线，闪避会使情绪暴露得太明显。于是徐皓抹了把脸，只希望这一下能把眼里那层厚重的思绪全抹掉："嗐，昨晚接了个电话，没睡好，现在头还晕着。"

闫泽捏着手机看了徐皓一会儿，从徐皓手里把烟盒抽走，又拾起地上的打火机。闫泽问："什么电话，让你烦成这样？"

徐皓说："也没什么，就是我奶奶住院了，老太太身体一直不错，这次血压突然飙到两百多，一点儿防备没有，把家里人吓一跳。"

徐皓他奶奶高血压是真的，不过不是突然发现的，而是早几年就有的老毛病。徐皓真假参半这么一说，只想把这个尴尬的早晨给对付过去。

徐皓突然间觉得自己真有点儿看不懂闫泽这人……眼下，徐皓既不想让自己太尴尬，也不想让对方难堪，只想把事态定在当作什么事儿都没有发生的时候。事实上，也确实什么事儿都没有发生。

徐皓接着自己的话说："我奶奶今年快八十岁了，高血压倒也不是多大的病。但我爸打电话那意思就是想让我尽快回 X 市一趟，毕竟出国这几年都没怎么见老太太。咱早两天回去？"

闫泽垂下眼帘，吸完最后一口烟，说："行。"摁灭烟，闫泽说，"收拾收拾，今天就能走。"

徐皓紧绷的神经松下来一截，他呼了口气，说："不好意思，这次麻烦你了。"

闫泽原本准备走了，听见这句话突然又转过身来。他似有些烦躁，但又不是在生徐皓的气，只是浑身带着一股子难安的燥劲，他脸色难看地说："你不要这么跟我说话。"

徐皓没答话。一时间，他甚至找不准跟闫泽说话该用什么语气。

傍晚，临到再登上飞机时，两人甚至没说上几句像模像样的话。虽说什么都没有发生，然而事态还是变了。

再下飞机的时候，谁的脸色都不是很好看。两个人随摆渡车一起去往停车场，徐皓虽舟车劳顿，精神不济，但开车回家没什么问题。

徐皓下了摆渡车，远远看见自己的车还停在几天前的位置，估计被人清洗过，太阳底下亮得反光。闫泽跟着徐皓下来，徐皓说："那我先回去了。"

闫泽的脸色被明晃晃的日光一衬，显得有些阴沉。他看着徐皓，动了动嘴，却没说话。

没听到那声告别的客套话，徐皓也不好直接走，两人就这么面对面卡住了。

突然，从后方传来一个女人的声音："泽哥？"

闫泽盯在徐皓脸上的视线一动都没动，仿佛没听见这声招呼，反倒是徐皓先回头去看。

一个身着红色抹胸紧身裙的女人踩着高跟鞋向这边走来。她妆容浓艳，身材傲人，肩膀上披着的一件黑色小西装外套，又为她整个人添了一份优雅瑰丽的气质。远远一看，仿佛一朵绽放的红玫瑰。

这个女人拎着做工精致的小手包走到徐皓和闫泽面前，看着闫泽笑道："泽哥，听林子说你提前回来了，我来接你。"然后顺着闫泽的视线看向徐皓，红玫瑰笑得妩媚又娇俏，"这位是你朋友？正巧，我一远房亲戚也带着她姐妹来玩，晚上一起吃饭？"红玫瑰睫毛极长，冲着徐皓神秘眨眼，"都是美女哦。"

徐皓应酬着笑了两声，心想，我现在没心情管什么美女，我现在只想回家睡觉。只是一时间盛情难却，他不知道怎么脱身。反观闫泽这会儿跟丢了魂似的，听着红玫瑰说话一点儿反应都没有，也不知道在想些什么。

徐皓礼貌微笑，尝试找个说辞回家，偏偏这位红玫瑰不知怎的，打定主意要拖徐皓跟他们吃晚餐。红玫瑰一边跟徐皓周旋，一边冲身后招手，似埋怨："来呀，两位帅哥在这儿，你们躲什么？"

原来远处那四五个跟着红玫瑰的工作人员前面，还站着两位女生，看年纪也就二十来岁。

其中一位身着藕青色衬衣配牛仔裤，面容清爽，颇有些小家碧玉的味道。此时见红玫瑰招手，她有些不太好意思地走过来。另一位，格衫长裙，如瀑长发散到腰上，眉眼细细的，极有书卷气质。她微微低着头，露出一段优雅的长颈，似乎在观察地上那朵小花好不好看。

风一过，她轻轻用右手撩了一下头发，露出一只白皙可爱的小耳朵。一如梦中初遇同一个动作，身影重叠了。徐皓只觉得有一道惊天大雷从天边轰轰而过，对着他从头到脚轰下来。

红玫瑰揽过藕青色衬衫，说："介绍一下，这位是我表妹，康华。"然后她又指向格衫长裙，"这位是林潇，表妹的B大同学。她俩不光漂亮，还是正儿八经的才女。"

行，这下丢魂的不光闫泽一个人了。徐皓看着林潇，一时心情郁结，竟然说不出话来。

反观闫泽这边，早在徐皓大清早捏着仅剩一半的烟盒开始，闫泽就察觉到徐皓不对劲儿。

虽说徐皓给了个家人生病的理由，但闫泽潜意识里觉得这不对。徐皓表情不太自然，在回话的时候，也有点儿勉强。徐皓还躲开了他的手。直到徐皓跟他说："不好意思，麻烦你了。"

闫泽眼睁睁地看着徐皓松了一口气。徐皓脸上那种为难的情绪一下子暴露无遗。

某一个瞬间，闫泽察觉到自己捏着烟盒的手开始轻微地颤抖。徐皓这个表情他熟悉。五年前，在学校。闫泽穿过操场，孤注一掷向教室跑的时候。无论如何，没想到有人会对他说那些可笑的话。闫泽倾听了整场对话，时间不长，足够让他停下脚步。

然后他在教室门外看到了徐皓脸上的这种表情。有些为难，有些无奈，不想给人难堪，语气很温柔，也很客气。如同一把带着热度的枪，打开保险栓，正顶在闫泽的太阳穴上。

徐皓说："该说对不起的是我。"

背后阳光肆意泛滥，如同他的人。闫泽倚到门后，顺着墙坐下去。他从影子里一把攥住自己的心脏，捏出血来，又偏偏光芒万丈得刺眼。经此一别，五年了。

老天总爱在徐皓的生命中开恶俗的玩笑，例如现在，仿佛某种不可逃避的宿命。红玫瑰盛情难却，这顿饭左右推不掉。徐皓看看站在他左手边的闫泽，又看了一眼右手边不远处正在向他们走近的林潇。如果今晚需要徐皓选阵营，这还用选吗？

徐皓收拾好情绪，走到闫泽身边，自打上飞机之后，这还是徐皓第一次这么自然地跟闫泽搭话："你朋友，也不给我介绍介绍？"

闫泽回神似的牵引了一下视线，看向红玫瑰，好像刚刚意识到这儿还有个人。

闫泽兴致不高，对徐皓说："薛杉琪。"

这就完了？徐皓感觉自己笑得有点儿僵硬。

反倒红玫瑰神色自若，看上去已经对闫泽这种处事风格习以为常。红玫瑰的远房表妹康华和林潇已走到跟前，红玫瑰问闫泽："泽哥，你朋友叫什么我们还不知道呢。"

闫泽说："徐皓。高中同学……"闫泽顿住，一时间不知道该怎么说下去，他看向徐皓。

闫泽却发现徐皓的注意力并不在这段对话上。徐皓虽然做出一副在听的样子，注意力却被另一侧的东西勾住，使得他不自觉往一个方向频繁看去。

闫泽顺着徐皓的视线走。闫泽看到了一个女人。准确地说，那是一位富有气质且面容姣好的年轻女性，身材高挑，皮肤白皙，腰肢纤柔，非常容易唤起男人的保护欲。

闫泽的眉峰一点儿一点儿地皱起来。他皱着眉看看徐皓，又看看林潇，原本烦躁的心情更惹一把火，心想，徐皓看这女的做什么？而且这女的为什么还有点儿眼熟？

在场两位男人的视线对焦到一个点上，整个场面的气势立马开始发生变化。但林潇显然对这种注目礼习以为常，她将视线落在一旁，双手松松地握在身前，骄傲且矜持，谁也不看，仿佛一朵挺立的水仙花。

薛杉琪瞧着稀奇，开口道："不至于吧二位，看到美女，魂都飞啦？"然后她看看林潇，又看看自己，打趣儿道，"我觉得我也不差吧，怎么看见我你们没有这种反应？敢情现在男人还是喜欢古典美人呗？"

徐皓连忙将满脑思绪收拢起来，笑得有点儿抱歉："嘻，三位往这儿一站，我眼都不知道该往哪儿放了。冒犯了冒犯了。"

刚刚林潇走近，徐皓就在想，算起来这是这辈子见林潇的第二面，第一面只是街头偶遇，徐皓不觉得林潇会有印象。但有一件事让徐皓挺在意的，那就是前后两次，闫泽都在场。

徐皓如此想着，瞥了一眼闫泽，发现闫泽正一脸沉思地盯着林潇。

徐皓见闫泽看得那叫一个入神，仿佛林潇脸上有什么密码需要他解读，没来由荒唐地想：闫泽不会对林潇一见钟情了吧？

林潇确实好看，长了一张男人都喜欢的校园初恋脸，书香气浓厚，人又看着清纯，第一眼带给男人的"杀伤力"非常大——这点徐皓梦中算是深有体会。徐皓觉得要不是他梦里在林潇身上栽了个大跟头，他怎么也想象不到这小姑娘这么能折腾。

一众人往前走，闫泽阴沉着脸不知道在想什么，红玫瑰气场太强，林潇已经彻底被徐皓拉进黑名单，徐皓左右一衡量，还是挑了个看起来最好说话的人搭话。

徐皓特意落后半步，问红玫瑰的远房表妹："B大我还挺熟的，你们哪个专业？"

康华被人搭话，整个人吓了一跳，看着徐皓，惊慌地说："中、中、中文系的。"

徐皓也不知道哪句话吓着人家了，只得语气放得更和缓，鼓励道："B大中文系好厉害啊，你们刚毕业吗？"

康华更结巴了："对、对、对，哦不不不不，我不厉害，林潇比较厉、厉害的。"

徐皓："……"

闫泽站原地，突然不走了，对徐皓喊："喂。"

徐皓跟小姑娘确实没话聊，就往闫泽身边走。闫泽跟薛杉琪说："你们先走，我俩单独开车过去，我找他有事。"

徐皓奇怪，不知道闫泽找他会有什么事。薛杉琪回头，冲着闫泽和徐皓眨眨眼，说："行，你俩快点儿，别让我们等太久哦。"

闫泽盯着三位女生走远的方向，问徐皓："那女的谁？"

徐皓刚从背包里摸出车钥匙，闻言一怔："哪个？"

闫泽不怎么爽快地向远方扬了一下下巴："长头发穿裙子的那个。"

徐皓不动声色地把包背回去："你朋友远房表妹的大学同学啊，人家不是介绍了吗？"

闫泽看回徐皓，目光略带审视："那你俩又是什么关系？"

闫泽把"你俩"念得特别重，徐皓表现出诧异："我俩能是什么关系，我都不认识人家，这不是第一次见吗？"

闫泽一听，仿佛找到了谈判的突破口，说："徐皓，我们可不是第一次见她。高中，日料门口，记得吗？你一看见她魂都丢了，我问你她是谁，你不仅没告诉我，还冲我发火了。"

徐皓在心里感叹：这人不光记忆力惊人，也太能记仇了吧。

表面上，徐皓又卖弄起他拙劣的演技："见过？不可能吧，真没印象了，你是不是记错人了？你看人家明显也不认识我啊！"

闫泽眼睛眯起来，一副将信将疑的样子。

三个女孩子如此一搅和，反倒使得徐皓和闫泽在飞机上那种不自然散了一大半。徐皓不再去深想那些有的没的，推了闫泽一把："走吧，吃了饭我早点儿回去，明天一早我还得回老家呢。"

闫泽跟着徐皓走了两步，又一顿："你明早就走？"

徐皓顺水推舟地圆谎："对啊，要不是今天被留下吃饭了，我今晚就走。"

闫泽不怎么情愿地上了车。

晚餐地点选了一家法国料理店。徐皓一边切鹅肝，一边听桌旁三个姑娘说说笑笑。薛杉琪性格开朗大方，社交技能超强，她表妹康华看着内向，没想到刚一沾点儿红酒，人就活泼起来了，话也跟着变多。反倒林潇全程保持着矜持的微笑，与另外两位气场不太相同，有时附和，声音也相当温柔。真是三个不同风格的女孩子。

徐皓和闫泽全程充当背景板加护花使者，有话聊就聊，没话聊就吃。徐皓这边稍好一点儿，偶尔还能迎合女孩子们两句。闫泽则相反，完全不看桌上气氛，全场最带感情的几句话都是跟徐皓说的："这个怎么样？""口感一般。"

这边闫泽刚拿起餐刀打算跟徐皓分享牛排应该从哪段切，那边林潇突然开始主动搭话。林潇端着一杯红酒，在柔光的映衬下，手更加纤柔白皙，她十分温婉地对徐皓笑着说：“听说您是沃顿毕业的？真的好厉害呀！”

徐皓把目光从闫泽那边转到林潇脸上，愣了一下，才说：“过誉过誉，他比较厉害，他剑桥毕业的。”

闫泽瞥了徐皓一眼，继续切盘子里的牛排，动作流畅，完全没有要表态的意思。

林潇看了一眼闫泽，又看了一眼徐皓，手指略微在玻璃杯颈处收紧，眉眼处收敛的是恰到好处的矜持和柔弱：“那您二位都好厉害，不像我，满打满算，就只剩爱读书还算得上是优点了。您平时也爱读书吗？”

徐皓完全没想到林潇会突然拿他开刀，心里诧异之余，揉了一把手里的餐巾，才有些谨慎地开口：“呃、还、还行吧。”

林潇表情自然：“您平时爱读什么书？”

徐皓没想到林潇这也能尬聊下去：“史、史、史学？”

林潇依旧不依不饶，又问了几个问题，既不给人难堪，又能让话题进行下去，间或还得称赞徐皓两句。

徐皓跟林潇对话，隐约有种跟高手对招谈判之感，一时间也摸不清林潇到底想干什么。要说林潇突然对他感兴趣了，徐皓觉得不太可能。

正当徐皓如此想着，却见林潇上身前倾，重新扬起笑脸，说：“我敬您一杯吧，就当是为了知识，好吗？”

徐皓拿起杯子，余光瞥见闫泽抬头。林潇突然视线移开，对着闫泽扬起一抹非常走心的微笑。那走心程度徐皓简直没法儿形容，他突然开窍。

敢情人家压根儿是醉翁之意不在酒！

徐皓心里有一瞬间是百感交集的，他至今才明白，原来是这么回事。再看林潇，仍在微笑。徐皓端起红酒杯，敷衍：“好，敬敬敬，敬知识。”

两个酒杯一碰，清脆悦耳。徐皓扬起杯子，正准备喝，却见闫泽把手里的刀叉扔在盘子上，一把抢过徐皓手里的酒杯。

闫泽说：“这酒没意思吧。”

四个人一时间静音，不知道闫泽要干什么。闫泽脸上的烦躁一点儿也不加掩饰，随手抛给徐皓一个打火机，看也不看桌前人：“走了。”

徐皓跟着闫泽站起来，手里拿着打火机，心情有点儿微妙。俗话说，伸手不打笑脸人，闫泽却可以当着外人的面，这么不给敬酒的林潇台阶下，还是闫泽牛。

走之前徐皓用余光瞥了林潇一眼。行，饶是心理素质强大如林潇，此时表情也快裂了。

徐皓第二天一早坐飞机回了 X 市。有一点徐皓对闫泽没说谎，他奶奶近期确实在医院里，不过不是突发性住院，而是观察性调养。老人家上了岁数，基本隔上一年半载就会定期在医院里做做体检、稳稳血压，以防突然出现什么大病。

徐皓这趟回来得匆忙，没跟家里打招呼，人都到医院楼底下准备买水果了，才给他姑打电话询问奶奶是在几楼的哪个病房。

徐皓姑姑在电话里对于徐皓突然回来感到十分惊诧："我们这会儿都没在呢，就保姆陪着老太太，哦，保姆你还没见过吧，叫王姨就行。"随后她又絮叨了几句，给徐皓报了病房号。

徐皓坐电梯上去，找到奶奶所在的病房，隔着病房玻璃窗就看到他奶奶穿着病号服盘腿坐在病床上，正跟旁边床的另一个病友老太太聊天，精神头好得不得了。

徐皓提着一个特别大的果篮推门进来，喊："奶，我来了。"

他奶奶回头，满脸惊喜，操着带着乡音的大嗓门跟徐皓对喊："呀！皓皓你咋回来了？"

她扭头就去跟屋里其他人介绍，脸上那个炫耀劲儿甭提了："我大孙子来看我了，瞧瞧，多精神，啊，多精神！"然后，她回过头又板着脸埋怨徐皓，"你娃来就来，还买什么水果，那钱是大风刮来的吗？奶奶不高兴你浪费钱！"

徐皓把那个贼有排面的大果篮往病床边上一放，说："吃水果对身体好，对身体好就不叫浪费钱。奶，我特意叫他们多装了点儿苹果，你不就爱吃苹果吗？"

他往旁边看，见奶奶病床旁边坐着一位五十多岁的阿姨，面色黝黑，正拿着蒲扇给自己和老太太扇风，面相和善，就是显出一丝疲倦。

徐皓说："您是王姨吧？您在这儿陪床也挺累的，先回去休息一会儿吧，我陪老太太，回头咱俩再交班。"

王姨一听，连声感激地应下了。对床老太太也有家属来探望，是一位四十多岁的妇女带着一个十几岁的小女孩儿。那个小女孩儿从徐皓进屋就略带好奇地打量徐皓，而那个妇女则是开口夸赞道："朱大娘，你孙子长得这么帅啊，还这么懂事，知道心疼奶奶，特意给你买了爱吃的水果。"徐皓奶奶佯装板起来的脸顿时绷不住了，转过来乐呵呵跟人家继续炫耀，还比大拇指："娃娃学习好，出息，留洋回来的。他爹都说了，这是我老徐家的状元苗子！"

徐皓连忙跟人家笑着摆手："没有没有，没有这么夸张。"

与对面客客气气地寒暄几句，带小女孩儿的妇女灵机一动说："哎，朱大娘你孙子多大啦，有对象没有啊？没有的话我给介绍一个！你看我们园园也就是太小啦，要不真想跟朱大娘你拉个亲家呀！"旁边那个小姑娘十四五岁，闻言，立刻闹了个大红脸，又羞又气地喊："妈！说什么呢！"

还没等奶奶有所回应，徐皓就赶紧打哈哈，说："阿姨，我感情的事儿不着急，创业呢，真没时间谈恋爱。"

徐皓奶奶不在医院过夜，打完点滴回家住，等第二天早晨再过来。傍晚，徐皓他姑父开车来接他们回家，徐皓和奶奶站在医院大门口等着。远远看见一辆丰田停下，从副驾驶座跳下来一个少年，朝徐皓的方向扬着手兴奋大喊："表哥、表哥！"

徐皓看见他表弟往这儿跑，一愣，心想，这小子长得够快。这几年跟亲戚走动得少，徐皓以为他表弟还是原来那个只到他胸口的小屁孩儿。表弟跑过，徐皓抬手比画了一下，发现两人只差半个头，于是更惊奇："你咋长这么大了？"

表弟很不服气地捶了徐皓一拳："我都初三了，你咋还把我当小孩儿看呢？"

徐皓一把勒住表弟的脖子，说："行，我看你小子是翅膀硬了，敢这么跟我说话。"

两人贼幼稚地打闹了一会儿，被姑父赶着上车回家，徐皓的姑姑已经在家做了一大桌子好吃的。一家人热热闹闹围着桌子吃饭，那感觉跟吃年夜饭似的。

吃完饭，徐皓拦住他姑父，说开车送奶奶回家这活儿交给他就行。路上，奶奶突然问徐皓："咋觉得你娃有心事？"

徐皓扶着方向盘的手一顿，从后视镜里看了眼坐在后排座的奶奶："奶，你咋啥都知道？"

奶奶在后排座上哼哼两声："从小你娃有啥心事都写脸上，我是你奶，我能看不出来？"

徐皓一笑，挺无奈。夜色在车窗外如黑色的雪花般铺落，连同那些不为人知的思绪一并从心里冒出头来。成年这么久，鲜少会再把迷失感挂在脸上，可是奶奶就是奶奶，甭管徐皓长多大，在奶奶眼里还是个小孩儿。

徐皓说："奶，有件事跟我以前想的有那么一丝不一样，我真的挺烦的。"

奶奶笑眯眯地从后面看着徐皓："是哪家小闺女这么有福气呀？"

徐皓反应了一下奶奶在说什么，不由得失笑："奶，不是那回事儿。"

奶奶对于徐皓的反驳不置可否，仍然是笑眯眯的，那语气就跟小时候摸徐皓的脑袋瓜，盼着徐皓长大一样，奶奶自顾自念叨着："以后谁嫁给我们皓皓，就有福气喽。"

徐皓感觉小时候奶奶家那股子吃饭前的胰子味又冒了出来，再看看奶奶，比印象里又苍老了一点儿。以前奶奶头上白发还夹杂着几根灰黑的头发，如今一看，竟然全白了，那脸上的褶子像是麦地里犁翻的黑色肥沃土壤，只是笑眯眯的神情几十年也没怎么变样。

徐皓问："奶，你说我以后找个什么样的对象好啊？"

奶奶捋着手上的褶皱皮肤，絮絮叨叨："你们娃娃主意多得很，奶奶哪能给你做主呀？奶奶没上过学，不识字，以前跟你爷爷呀，都是家里说下的亲。但奶奶知道什么样的人好，以前闹饥荒，你爷跟着人家出去挖树皮，挖草根，粮食省出来，都给家里，养活了你爸、你姑。你爷自己瘦得像根烟杆子，动不动就饿晕在地里，回来也不肯说苦。你爷没福气，早早地去了，但咱老徐家的男人都是好样的。你爸、你、你爷、脾气像呀，真像。奶奶不盼你以后娶个多漂亮的女人，奶只盼着以后能找个真心体己的，大小事跟你一起担着，不委屈你。一个人要是想拿你当宝呀，最舍不得的东西在你面前都舍得。"

徐皓的思绪跟着奶奶碎碎的念叨纷飞开来，渐渐有些惆怅。徐皓的爷爷在徐皓出生之前就因为矿难去世了，徐皓只在照片里见过爷爷，身材偏瘦，穿着中山装，一脸严肃地坐在凳子上。然后他又想爷爷奶奶这段感情，早些年包办婚姻，奶奶虽然没说两人感情有多深厚，但这么多年回忆起来，话里话外都是爷爷曾把她当个宝。世界上估计没人会比奶奶更遗憾爷爷没

172

能赶上徐家的好时候了。

徐皓送奶奶回家，王姨出来接人。再从奶奶家出来的时候，徐皓收到一条何富生发来的信息。内容是再过两个月有一个规模挺大的拍卖会，问徐皓去不去。

难得何富生还愿意再跟徐皓有来往，徐皓回复一定去。信息刚发出去，又弹出来闫泽的一条微信。

闫泽："什么时候回来？"

徐皓拿着手机陷入沉思。

徐皓没来由想起梦中他跟闫泽去大堡礁跳伞的那一天。从飞机上往下看，海岸线圈起来的水域如同一个魔幻玻璃球，近一万五千英尺的高空自由落体六十秒，狂风把脸都刮变形了，那极限感觉真跟要死了一样。

即使在跳伞之前已经经历过非常严格的高空跳伞培训，徐皓仍然感觉又紧张又刺激，肾上腺素飙升。闫泽显然感觉也一样，在舱口大开的飞机上，两人没任何交流，眼睛里面闪烁着极其相似的濒临生命极限的火焰。

然后，徐皓透过护目镜，看见闫泽扯了个笑。桀骜不驯的笑容，在狂风大作的高空，显得异常张扬且耀目。

闫泽背着降落伞转身，缓慢、嚣张地伸展开双臂，看着徐皓，背对烟蓝色的大地和海洋，率先仰面倒下去。

徐皓晚一步，于撕裂的空气中，隐约听见闫泽对着苍穹和虹光大喊，像是要把肺里的空气一并吼干净："死一块儿，死就死！"

徐皓在 X 市待了大半个月，后来又辗转去了 B 市，主要任务就是捋他爸公司那摊烂账。

徐皓再回 S 市的时候，已入深秋。徐皓打车到家，正拿钥匙开门，一个电话打进来。

徐皓没看来电显示，接起来，一个女人的声音："徐先生？"

徐皓开门进去，问："哪位？"

那头轻轻笑了一下："是我，林潇。我们一起吃过饭的，你还记得我吗？"

徐皓眉头皱起来，他不记得自己有给过林潇手机号："林小姐你好，有什么事吗？"

林潇柔柔地说："是这样的，杉琪明晚有个派对，想邀请你来，你一定一定要抽出时间呀！"

徐皓揉了揉额角，那天吃饭薛杉琪倒是有跟徐皓互留电话。薛司令的千金亲自开口要电话，徐皓哪能不给啊，谁知道还有这么多麻烦事。徐皓说："林小姐不好意思，我这两天真的太忙了，劳烦你帮我带个话，谢谢薛小姐这么赏脸，这次我就先……"

话没说完，那边话音一转，换了个女人的声音，说："徐皓啊！"

徐皓叹了口气，笑："薛小姐。"

薛杉琪那边说："我不管啊，你现在就算在美国明天也得给我飞回来。闫泽不来，你也不来，你兄弟俩是在玩人间蒸发吗？"

徐皓语气犹豫："呃……"

薛杉琪打断徐皓的话，继续道："别呃不呃的了，我薛杉琪都把话说到这种程度了，你不至于这点儿面子都不给吧？"

话都说到这份儿上了，徐皓还能说什么，只得应下："哪儿能啊，去去去。"

薛杉琪娇笑两声："记得收拾帅点儿，我给你找个漂亮的女伴。"说罢，她挂了电话。

徐皓拿着电话特无力，心想，这个薛杉琪在某种程度倒是跟闫泽挺像，性格强势，完全不听别人说什么。

然后他想到闫泽，大半个月几乎没跟闫泽说上几句人话。首先，徐皓这段时间确实很忙，其次，徐皓也真不知道该跟闫泽说点儿什么，微信好几天不回，电话打过来，徐皓说话也挺敷衍，结果没说两句，那边就得跟他吵起来，吵到最后，那边摔电话。唉，都什么脾气啊，头疼。

不过闫泽不来这聚会倒让徐皓松了口气，要不然指着现在这情况，两人见面说不定得当场打起来。徐皓觉得自己没什么好打扮的。一套黑西装，头发随便抓两下，他只想应付完了赶紧回家。

派对组织在邻近城市的一个非常偏远的郊区，徐皓开车两个半小时到达目的地，看见一片度假山庄。房子建得很好看，偏欧式田园风格，有花园、菜地，还有喷泉。

徐皓没请柬，对门卫报了个名字被放进去。穿过葡萄藤长廊，空气里弥漫着麦子香和浅淡的烧秸秆味。门口，薛杉琪一袭红色拖地抹胸大长裙，眉目艳绝，好像秋天里的一簇火。

徐皓走近，跟薛杉琪打了个招呼。薛杉琪一看见徐皓，就笑着转头过去找人："我给你把女伴找来，林潇呢？快去叫林潇过来。"

徐皓一听这还了得，连忙说："不用不用，我又不会跳舞，我要什么女伴。我随便逛逛就好了，你忙你的，不用管我。"

正巧这时薛杉琪被新来的客人围住，徐皓趁机打了声招呼赶紧走远。但薛杉琪的这个朋友圈子，徐皓确实不熟悉。在场过半莺莺燕燕的女人，都是薛杉琪不知道从哪儿认识的小姐妹，风采各异，什么类型都有，同一个特点就是养眼。其余在场的男士，能跟薛杉琪交上朋友的，多半家底丰厚，惹得这帮小姑娘非常主动。

徐皓夹在中间很尴尬，只一个人周旋在边缘吃吃喝喝。如此迂回了大半个晚上，还是被林潇逮着了。

林潇今天穿了件蓝白色连衣短裙，脚下踩着八厘米高的水晶高跟鞋，显得两条大白腿又细又长。林潇端着一杯果汁坐到徐皓身边，微笑着说："怎么不喝酒？"

徐皓坐在沙发上，心里盘算着，直接站起来走会不会太不给人家面子："开车，喝不了酒。"

徐皓自认为已经很明确地表露出了拒绝交流的态度。然而，林潇就像是情商雷达全线断电，表情一点儿也不松动，继续笑着说："那我陪你喝果汁好啦，你喜欢喝橙汁吗？"

徐皓看了林潇一眼，心想，闫泽今天又不在这儿，她干吗非得缠着他呢。徐皓说："我不喝橙汁。薛小姐表妹呢，她来了吗？她是你同学，你都来了，她肯定也来了，我去找她聊会儿好了。"

徐皓说着就欲起身，衣角却轻轻被扯住。林潇抬头看着徐皓，有些楚楚可怜的味道："康华家里有事，没有来。你先别走呀！"说着，林潇也站起来，眼睛里竟然渐渐蓄上晶莹的泪，她很委屈地咬住下唇，"徐皓，从第一面开始你就不喜欢我，可是我什么都没有做呀！我今天来就是想问清楚，你到底为什么要这么对我！"

说到最后，林潇声音大了起来，还隐约带上哭腔。这么一整，就跟一对恋人闹别扭似的，徐皓还是演渣男的那个。

徐皓察觉到周围渐渐有人把目光投过来，多是看戏的意味。徐皓原本就不喜欢这种场合，林潇这一下让徐皓觉得更烦了。徐皓回头跟林潇说："你别在这儿哭，有话出去说。"说着，他先一步走出去。

射箭场。闫泽单手引着箭锋抬高手臂，微眯着眼，弓弦绷紧到极限。片刻后手一松，一支箭破空而出，正穿靶心。

闫泽站得笔直，又慢吞吞拉起一支箭，箭锋泛着金属蓝色的冷光。他看上去兴致不高，亦有些心不在焉，像是打发时间。这时手机振动起来，闫泽单手拎过弓和箭，看也没看接起来，那边林笃之问："在哪儿呢？"

闫泽还以为是徐皓失联这么久终于破天荒给他打电话了，结果一听是林笃之的声音，立刻烦上加烦，撂了句："俱乐部。"

林笃之大概察觉到了闫泽一言不合就想挂电话的意图，忙开门见山接着道："琪琪这边开派对呢，叫我去，你来不来？"

闫泽说："不去。"听那意思就是别烦他，说着他就要挂电话。

林笃之锲而不舍，又道："等等、等等，你上次去海洋之心捞的那个高中同学，人家都带女朋友来了，你还不来？我也是纳了闷了，琪琪什么时候认识他的？我本来还想过去跟他打个招呼，结果还没来得及，他就把女朋友带走了。"

闫泽原本已经把手机开免提扔到一旁桌子上，准备继续瞄靶子。听见这句话，闫泽捻了一下箭羽，片刻后微微垂下手，语气意外平静，问林笃之："什么女朋友？"

林笃之没听出有什么，笑了一下："不知道啊，人看着挺清纯，估计还在上学吧。"

闫泽继续平静地说："我过去，发我位置。"

林笃之一愣，没想到闫泽口风变得这么快，忙把位置发给闫泽。没几分钟司机到了，闫泽把射箭装备往车上一扔，把位置发给司机，人坐到后座上。

三天前，邵老给闫泽打了个电话。邵老问闫泽："你最近是怎么回事？"

闫泽不知道自己是哪一步漏了风声，但纸终究包不住火。闫泽是邵老一手带大的，邵老有多固执他知道，邵老甚至不惜把自己儿子逼上绝路也要掌控他的人生。但闫泽绝不能重蹈覆辙。

邵老年事已高，高层无意相争，主动避险，只求自保，他们只是不知道少东家在着什么急。

对于闫泽而言，他本想等时机更成熟、局势更稳妥的时候，再挑明一切。

眼下还差些火候，但闫泽等不下去了。所谓理智，不过是安逸现状的一层遮羞布，随便谁一扯就能扯掉。

闫泽坐车来到目的地，月色满地，埋在阴影中的树冠像一把张开的伞。青树下有一张长椅，上面坐着两个人。一男一女，都二十多岁。男人黑色西装妥帖包裹着挺拔的身体，女人蓝白色短裙衬托出曼妙的身材，如此隐蔽地坐在一起，倒真有谈恋爱的气氛。

闫泽全程表情异常平静，他盯着远处的一对男女，让司机停车，然后又问副驾驶座上坐着的保镖："狩猎的箭带了吗？"

语气寻常，跟问保镖带没带烟一样，保镖一愣，才意识到问的是少东家之前在欧洲狩猎活动时用的箭，那箭锋足以打穿一头麋鹿的脖子。保镖说："带了。"

闫泽伸手过去，保镖不知道少东家这是要干吗，但也没敢问，从车厢取出箭，递给闫泽。

闫泽嘴角勾了个不冷不淡的弧度，然后握住旁侧的弓弦和保镖递过来的箭，开门下车。

闫泽在车前点了支烟，向喷泉走去。八十米，闫泽把烟咬在嘴里，拉开弓弦到极致。六十米，闫泽微眯起眼睛，单手食指引向前方。五十米……

"砰——"一声轻微的爆破震荡在空气中，瞬间将徐皓和林潇旁边一棵树的单侧树皮打碎，惊扰了周围几只鸟兽。

徐皓从椅子上一下子站起来，林潇跟着慌慌张张地站起来。接着，第二支箭紧随而至，擦着林潇的身侧穿过，将她的裙摆钉在地上。

那箭的力道极大，将林潇带倒在地。林潇怔愣片刻，后知后觉地尖叫起来，她拉住徐皓的衣服躲到徐皓身后去，整个人瑟瑟发抖，这害怕真不是装的。

徐皓满脸的难以置信，看着闫泽从夜色中走出来。他将手中的弓一把扔到地上，只单手漫不经心地拎着一支箭。

闫泽左手擎着箭羽，箭锋正对着徐皓侧方。闫泽说："滚开。"

徐皓差点儿骂出声！这人是不是疯了？这又不是玩具！得亏徐皓动作快，没去管身后腿软坐在地上的林潇怎么样了，而是一把攥住闫泽的左手腕压到地上，刚刚这玩意儿要是再歪一点儿，可是要出人命的！

徐皓握着闫泽的手腕气得发抖，吼他："你发什么疯啊！"

闫泽咬着烟，视线落在徐皓脸上。闫泽笑得很轻，眼神桀骜且嚣张，偏偏脸上有种无望的认命感，夹杂着某种势不可挡的情感，令徐皓的记忆瞬间拉回到梦中跳伞的那一天。空气撕裂，苍穹燃烧着虹光。

闫泽说："无论你们有什么纠葛，到此为止了。"

徐皓对于闫泽接下来的话似有所觉，他松开了手。

闫泽说："随便你怎么想吧。徐皓，你要是觉得我有病，你别想治好我了。"

徐皓后退一步，无声地骂了一句。饶是提前有了点儿心理准备，徐皓还是被闫泽这番操作弄蒙。在弥漫着硝烟味的秋风中，徐皓吸了口气，强压下慌乱的情绪，逐步分析眼下境地。刚刚林潇尖叫了，肯定会惊动别人。

徐皓看着闫泽，理智逐渐占上风，说："你冷静一下，我们回去说。"

闫泽没动。与徐皓的理智完全相反，闫泽睨着徐皓，眼神从里到外透露着偏执。他感受到一团火在胸腔里肆意冲撞炸开，喉咙也牵起火烧火燎的刺痛感。闫泽想象过徐皓在这种情况下会有什么反应：愤怒、讽刺、轻蔑，总之不会是高兴。或者是露出那种无奈又客气的笑，无视他，一把推远他，冷漠地看着他，如同末日审判，一颗子弹从大脑神经贯穿到心脏。

话都说到这份儿上，他无所谓了。只是闫泽没想到徐皓会这么镇定。不高兴，不意外，不抵触，也没有客气和无奈。闫泽整条左手臂突然难以自持地疼，他张开嘴，感受到声带破损般的沙砾感："我没跟你开玩笑。"

徐皓上前一步，再次压住闫泽的左手腕："我没说你开玩笑。"一顿，徐皓冷静地重复道，"先收起来。"

秋夜月明，徐皓一双眼睛如同沉在海底的浮光，闫泽觉得近似梦中的溺毙感突然涌上来，那酸胀的压迫感几乎要把他的心脏压爆，瞬息，他仿佛又回到恒星陨落的那个夜晚。

手臂垂下去，闫泽看着徐皓，心里烫得要流血，又渐渐生出些许荒唐又自虐似的愉悦感，闫泽牵扯嘴角，心想，徐皓，你我之间，有能力伤害到对方的从来不是我啊！

徐皓见闫泽满脸孤绝艰涩的神情，好像下一秒得冲出去跟谁拼命似的，他也感觉头大无比。也不知道老天是不是嫉妒他日子过得太好了，一天到晚给他出这种难题。但退一万步讲，徐皓觉得闫泽来搅局也就算了，至于整得跟要去炸碉堡一样吗？不至于吧！

正如此想着，远处有人走近。一排保镖模样的黑衣人夹着护盾，薛衫琪被护在最里面，乌压压好几十号人向这边走来。薛衫琪走到他们跟前，看到在场的三位主角先是一愣。林潇坐在地上瑟瑟发抖，徐皓和闫泽之间剑拔弩张，像是在对峙。

饶是八面玲珑如薛衫琪，此刻也有些摸不着头脑。薛衫琪先是挥散了聚涌过来的保镖，派人把林潇从地上扶起来，然后单手叉腰走到闫泽和徐皓身边："您二位这是干吗呢，组团砸我场子来了？"

闫泽眼下这状态实在不合适跟别人交谈，徐皓主动带着歉意开口道："对不住了薛小姐，我俩不给你捣乱了，这就走。"说着，自己走了一步，见闫泽竟然还站在原地，徐皓用手推了推闫泽，"走啊。"

闫泽搓了一把眼睛，带着满身不好惹的躁劲儿埋头跟在徐皓后面走了。

站在后面目送两人走远的薛衫琪目瞪口呆，这就走了？闫泽还有这么听话的时候？

往外走的路上，徐皓开口，对闫泽说："我们聊聊。"

闫泽猛地抬头，瞳孔在月色下微微扩散，又收缩。他手指轻微地颤抖，去摸口袋里的烟盒，青灰色的金属烟盒在月光下散发出黯淡的色泽。太阳穴持续发热，闫泽硬逼着自己呼吸不泄露出丝毫软弱。勉强用鼻腔呼吸着，闫泽盯着虚空一个点，如同跟刑场上的刽子手对峙。

徐皓声线沉稳，道："你先别来找我，也别钻牛角尖，互相冷静一下。"

闫泽目光跟着风移动了一下，徐皓揉了一把额前的碎发："我也不知道你今天突然冲过来是想要我做什么，所以你给我一点儿时间？"

闫泽说："我给你时间。"闫泽强压下呼吸里的情绪，重复道，"我给你时间，但是你得给我个期限，你想冷静多久？"

徐皓眯着眼吸了口烟，像是在思考："少则十几天，多则……我暂时还没想好。最近工作上的事非常多，今天来聚会实属无奈。你等我忙过这段时间吧，行吗？"

"行。"闫泽说着，左手攥成拳，右手仍然伸展开。

徐皓拍拍闫泽的肩，说："行了，多大的人了。"

闫泽脸上抽动了一下。他狠狠地、用力地咬住牙齿。一团火仿佛自左手掌中爆裂开，将整片秋夜平原烧成灰烬。闫泽拼尽了二十五年的力气，没让自己在这一刻流下眼泪来。

三日后。

闫泽将手上一沓文件交给门口管家，环视别墅外围的洋景花园，半山坡植被枯黄，延绵至远处广阔水域，但庭院里没见到人。闫泽问："外公呢？"

管家接过文件，彬彬有礼地答道："老爷在书房。"

闫泽沿行廊往屋里走，没坐电梯，轻车熟路沿着楼梯爬到三层，敲响书房的门。

门是实木的，即使透着年代感，抛光面仍典雅细腻，敲起来有种厚重沉闷的回响。片刻后，门里传来一道苍老的声音："进来。"

闫泽推门进去，顺着靠近门的那张沙发椅坐下去。

邵老一身唐装，苍苍白发妥帖地梳到发际线后，双目矍铄，手里夹着一支雪茄，任凭烟丝燃烧。

邵老脸上表情收得很紧，只沉着一双眼看向闫泽，似平静无波的海面下面潜藏着的暗流。

邵老嗓音沉寂，听上去与一般老人没什么不同，只是语气较缓："阿泽，你知我一向都对你好满意，未理过亦未问过你的私事。"邵老夹着雪茄那只如树皮一样苍老的手在桌子上点了点，说，"但是凡事都要有个度，什么应该做什么不应该做，不要外公再提醒你。"

闫泽的手沿着真皮沙发的把手处捋了一把，站起身来，说："外公，我今天回来，不单是你叫我回来我才回来，有的事我一定要当面同你说清楚。"

邵老眉头微皱，看着闫泽从沙发上站起来，走到桌前，然后双手压在桌上。

闫泽说："我是不会放手的。"

邵老的手抖了一下，他一向泰然自若的气度有些破碎，流露出难以置信的怒气："你知不知道他接近你是为什么？"

闫泽压着桌面，对峙气势一分不减，道："我知道你想说什么，你不认识他，我解释再多都没有用。这样同你说，你担心的一切呢，我都无所谓，就算他骗我、利用我，我都不要紧。"

邵老几近惊怒地瞪着闫泽，记忆中那条抹不掉的裂痕再次涌现，同样的二十多岁，连模样都相似。

邵老一把抓起桌上的水晶烟灰缸，拼尽全力颤着手向闫泽砸过去，骂道："你放肆！"

闫泽没躲，任由那水晶烟灰缸砸在脸上，直接给眉骨处开了个血口子。

闫泽用手随意地擦掉留下来的血线，道："这次回来，我就是想和你讲明一件事，你不要动他，我和他没关系。你想做什么都好，冲我来。"

听到那个在邵氏几乎是禁忌的名字，邵老手指跟着猛跳了一下，他缓了一口气，目光深沉。雪茄不知在何时掉落在地上，邵老张开那只老树一样枯瘦的手，在桌子上敲了两下："我认为你好有必要同约瑟谈一下。"

闫泽勾起嘴角，眼色十分冷淡："我不需要看心理医生，我也不需要救治。比起我，我认为外公你可能更需要同约瑟谈一下。"

邵老眼中凝聚着满满的怒气："你！"

闫泽站直身体，目光倨傲，看着窗外远处的海湾。

闫泽张开左手，那夜攥紧的不过是一丝灰烬，掌心里面什么都没有。他转身离开书房，黑夜是一盏不亮的灯，那场海难过去，已经十五年了。所有人都说邵老夫人的死是一场意外，源于那场风平浪静且毫无征兆的海难。可闫泽心里清楚，那日外婆带他出海，未曾联系过别人，船上也没有第三个人。

外婆自小最疼他，只是犯起病来，总认不得眼前人到底是谁。出海那日，她看上去远比年龄更苍老，昔日风韵尽数消磨殆尽。黄昏时，她自加拿大某太平洋外海海岸驶离陆地，一边掌舵，一边在海岸上搜寻着什么，一会儿把闫泽叫作崇明，一会儿又叫作阿泽。外婆说，他们一定要去意大利，他们一定要找到那个悬崖上的小渔村。在外婆混乱的幻想中，那里是像天堂一样的地方。

太平洋的海水一望无际，夜色像一只遮天蔽日的大手，一直将人眼前的光景抓得什么也不剩。天黑下来，外婆迷路了。外婆看着陷入一片漆黑的大海，喃喃自语片刻，转头又看向有些被吓到的闫泽。

十岁的闫泽站在船的角落里，仓皇失措，一声不吭。外婆就着清冷的月光凝视着闫泽的脸，嘴唇动了一下，突然流下眼泪来。她面目苍老且扭曲，如同一只发了疯的年迈野兽。

她撕扯着自己的头发，痛哭着大喊大叫道："崇明啊、崇明啊！"她抓着头发跪在地上，拿头狠狠地去磕地板，一下一下，直到磕出血来。她痛苦地蜷缩起瘦小的身体，从胸腔里衰弱地发出几声悲恸的呐喊："妈妈对不起你啊！崇明啊，你才二十四岁，是妈妈对不起你啊！"

闫泽几乎无力地倚靠在船上，看着外婆跌跌撞撞地冲出驾驶舱，头也不回地跳入海里。那天夜里，一轮圆月惨白，没有星星。搜救持续到第二天天明，闫泽被人从小船拉上直升机的时候，他的人生彻底堕入了那八个小时的黑暗之中。

自那日起，他眼睁睁看着太阳沉落，再也升不起来。

十五年，天不曾亮过。十岁的闫泽曾被那种无助感逼得发疯，又如何会想到，未来将有一天，他脚下这片深不可测的大海，会被一个人点燃。

第五章
从头开始吧

◆……◇—— ◆ ◆ ◆ ——◇……◆

　　徐皓在他爸公司总部给自己找了间办公室，一周之内能因财务问题组织高层开五六七八次会。不懂就问，有点子就说，大半个月下来，高层们坐不住了，且看那花钱如流水的账单，莫名其妙的购股抛股，高层们再一次坚信这企业迟早要完蛋。

　　徐皓从公司大楼下来，晚上 11 点，接到安德烈的电话。徐皓感觉最近工作超负荷，再加上休息时间比较少，去车库取车的时候，有点儿头晕。他先是跟安德烈聊了两句他们近期投资进展，然后安德烈第不知道多少次跟徐皓抱怨上次去瑞士没能顺道去看看他。徐皓苦笑着用英语跟安德烈说："兄弟，我最近恨不得把自己一个人劈成十个人用，再加你一个，咱都能去踢足球了，你就别跟我计较这些了。"

　　安德烈那边倒是笑得挺爽快："哈哈，你还是这么幽默。我这边事情快处理完了，你看，马修再有几个月也要毕业了，你不来找我们，那我们去找你呗。"

徐皓拉开车门，跟安德烈说："到时再看吧，等我抽空，我们欧洲聚一趟也行。"

两人又随意聊了几句，徐皓感觉到手机振动了一下，是何富生给他发了条消息，提醒他别忘了明天的拍卖会。徐皓一拍脑门，心想，时间过得这么快吗？他几乎忘了这回事。

翌日，徐皓西装革履出现在拍卖会现场，何富生也一身正装，两人卡着时间在门口接头。

何富生打量了一下徐皓，说："怎么了，没休息好吗？"

徐皓揉了一把眉心，昨天喝咖啡挺到凌晨三点才睡，现在有些疲惫，嗓子也有点儿发痒。不过最近总这样，徐皓也算是有些适应了，说："不碍事，咱们进去吧。"

何富生踩着红地毯向里走，给徐皓介绍拍卖会格局，然后带着徐皓走进侧后方一个不起眼的小包厢，跟徐皓说："今天这拍卖会挺有趣，价格不会很高，多数是小玩意儿，艺术品居多。在座什么人都有，未必识货，你一会儿看中什么，尽管买就是，说不定能淘到好东西。"

徐皓给自己倒了杯清茶，斜倚在软沙发上放松身体，说："真不是跟你谦虚，就我这艺术品位，还是算了吧。"

何富生笑笑不说话。

拍卖会开始了，大屏幕一件件精修照片闪过去，四位数的翡翠有，六位数的画也有，不过价格战最多打到四十万元左右就落槌了。徐皓坐在沙发上昏昏欲睡，偶尔一两个东西出来，下面争得还挺激烈。

何富生十五万元买了一幅画，六万元买了两枚古董硬币，津津有味地放下竞价牌，转头一看徐皓眼睛都快闭上了，出言提醒徐皓："你要是累了，就先回去休息吧。"

徐皓强打起精神坐直身体，人来都来了，哪有半路走的道理。徐皓说："没事，我看着呢，挺有意思的，我也想买点儿东西。"

拍卖会进程过去一大半，徐皓随便举了几下牌子，莫名其妙中槌，花二十三万元买回来一个烟灰缸，旁边何富生的表情挺微妙的。管理员找徐皓签字，徐皓龙飞凤舞画了两笔。何富生说："你这品位确实独特……"

徐皓看着单子上造型平平无奇的烟灰缸照片，嘴角一抽，心想，这到底值钱在哪儿？那个卖货的这会儿别是要乐疯了吧！

徐皓签好单子交给管理员，楼下拍卖会接近尾声，主持人为最后那件商品卖足了关子，天南海北地乱扯一通后，舞台上的帷幕被拉开。

徐皓和何富生的目光随着满场乱响的音乐望向舞台中央。在看清那个被缓缓推上舞台的大件商品时，何富生吹了个口哨，说："我都不知道还有这种东西，你怎么想？"

何富生转头去看徐皓，发现徐皓整个人有些发愣。何富生轻轻推了徐皓一把："喂，不至于看呆了吧。你喜欢车？"

徐皓一下子回神，看着那辆车，一时间思路有点儿跟不上，表情相当震惊。台上是一辆法拉利，色泽热烈，混合动力车型，如同一只收拢羽翼的火烈鸟。

主持人开始叫价，八十万元，起！

听到这价的徐皓差点儿把手机扔了。也不知道是主办方真不懂价还是顾忌在座各位大多财力有限怕砸手里。这款法拉利是全球限量款，总共生产不到一百辆，全国能不能找出第二辆都难说，八十万元，要走正常流程，连这辆车的车壳子都买不了吧。

最关键的是，这款车外膜和部分设计均有私人定制的痕迹，徐皓敢打包票，全世界也找不出一模一样的第二辆。这辆车梦里徐皓开过，这是闫泽的车。此刻，它竟然会出现在这么一场拍卖会上，起价八十万元！

太匪夷所思了。徐皓完全想不到闫泽会有什么卖的理由，闫泽这种人，就算烂在手里，也绝不可能把"亲儿子"卖了。底下陆续有人叫价，八十五万，九十万，九十五万，九十七万，九十九万，徐皓感觉自己都快听不下去了。

徐皓举起竞价牌，道："两百万。"

台下有十秒钟的寂静。

主持人敲槌："两百万第一次！"

台下跟价："两百零五万！"

徐皓再次举牌："三百万。"何富生惊讶的视线射过来。

这次台下寂静得更久，主持人拖长了声音喊："三百万第一次——三百万第二次——"

台下再次跟价，这次声音听上去弱了一分，还有些气急败坏的情绪在里面："三百一十万！"

徐皓继续举牌，语气平静："四百万。"

行，这次下面声音彻底消失了。主持人顺理成章三槌落定。何富生失笑："还以为你对这场拍卖会没兴趣，没想到消费起来这么冲动。"

徐皓也笑，心里想的是，这事儿绝对有猫腻，就是买个答案，这钱他也得花。更何况四百万买这辆车，大赚一笔好吧。

管理员再次来找徐皓签字。徐皓接过单子，对管理员说："不知道我可不可以有一个额外的要求。"

管理员态度相当好，笑眯眯地问徐皓："您需要什么？"

徐皓签好单子，递给管理员："我想见一下卖家，必要的话，我可以加钱。车又不是什么敏感商品，跟前任车主见个面聊两句应该还可以吧？"

管理员犹豫了一下，对徐皓说："您稍等，我去问一下。"

何富生感觉挺纳闷："车都买了，见不见前任车主有什么关系吗？"

徐皓把茶杯放下，杯中茶早已凉透，他说："说来话长了。"

这话说了等于没说。何富生见徐皓不是很想开口的样子，也没追问。不多时，管理员回来，对徐皓说："先生您好，卖家说可以见一面，他正在后台办理交接手续，您随我来吧。"

徐皓跟何富生打了个招呼，就跟着管理员走了。穿过后台一扇侧门，走出去，是一片类似广场的空地，徐皓远远看见那辆火红色的法拉利，车前站着一名男性。他看上去跟徐皓年纪相仿，个子不高，身材偏瘦。

徐皓随管理员走过去，那名男性循声转过身来，徐皓一下子停住了脚步。反观那男性，几乎是瞬间认出了徐皓，他后退一步，眼中写满了茫然和震惊。

徐皓继续走，皱着眉，百思不得其解，朝眼前这个完全呆住的男性打招呼："江书云，你？"

江书云身体不可抑制地颤抖了一下，他喃喃道："徐皓。"然后江书云茫然地去看身后这辆车，仓促地低下了头。

江书云捂着脸蹲下，泫然欲泣："徐皓，为什么偏偏是你？"

徐皓本来就满肚子疑问，这一下也吃了一惊："不是，我还什么都没问呢，你哭什么啊？"

江书云捂着脸摇头："不、不该是这样，我接受不了，我真的接受不了。"

徐皓本来就精神不济，这一下更头疼了，心想，这又不是在演琼瑶剧。他十分无奈地说："我来就是想来问问你，这车不是你的吧？当然了，你卖不卖，跟我一点儿关系都没有。我就是想知道闫泽的车为什么会到你的手里。"

江书云闻言抬头，哭得一双眼睛跟兔子眼睛一样，结结巴巴地问："你、你跟闫泽，还有联系吗？"

徐皓没说话，江书云又把头低下去，把脸埋进手里，抽噎道："对不起，徐皓，我真的不是故意的，我根本不想动这辆车，但我最近真的急用钱。我……"

徐皓揉了把太阳穴，听他半天说不在点上，好歹是二十多岁的成年男人了，有什么好哭的，他不由得语气带了点儿烦躁："钱我肯定照付，你就回答我个问题，闫泽的车为什么会在你手里，这问题这么难回答吗？"

江书云被徐皓说得打了个哭嗝，抹着脸上的泪水道："他……他跟我换的。"

这句话声音极小，不知为何还有点儿心虚的成分在里面，徐皓勉强听见。

"是你出国没多久，闫泽找到我……他、他说……"

江书云蹲在地上，满脸是泪地看着徐皓，高中后再也没见过，原本以为这辈子再也没有相见的机会。他抬头日光亮得刺眼，徐皓还是没怎么变样，此刻正用直率又奇怪的表情看着自己。

江书云再次低下头，道："闫泽抢走了我最宝贝的东西，又把车钥匙扔在我桌子上，他说……等价交换，他不占我便宜，车停楼下，然后人就走了。"

徐皓更诧异了，江书云手里还有什么东西值得闫泽用这辆车换的？

"等价交换？你什么宝贝这么值钱啊？"

江书云咬着牙，吐出三个字："笔记本。"

徐皓满脸没听清的表情："什么玩意儿？"

江书云突然抬头，大喊道："笔记本啊，笔记本，是你的笔记本啊！"

徐皓愣了一下，然后，静默。说笔记本都抬举那个本子了，江书云当年随手抽的，完全就是徐皓的一个随堂验算本。这……等价交换个鬼啊？！

徐皓把车停放在自己公寓的车库。火红色的法拉利一开进去，在车库绝大多数灰白黑色系车中，显得如此亮眼，如此高调，令徐皓心情有一丝丝复杂和微妙。

上电梯，开门，进屋，身心俱疲，徐皓一头栽到卧室软硬适中的大床上。身上西装板正得很，但徐皓感觉自己累坏了，一根手指头也不想动，整个人趴在床上保持一个姿势睡死过去。

不知过了多久，一个电话打进来。徐皓睡眼惺忪地去找手机，手机屏幕在没开灯的屋子里亮得刺眼。

来电显示：闫泽。

接起电话，徐皓声音沙哑地开口：“喂。”

闫泽那边像是在跑步，又像是在运动，气喘吁吁地问徐皓：“你嗓子怎么了？”

徐皓头疼地揉了一把额角，把头埋进被子里，打开免提：“没怎么，啥事儿啊？”

闫泽低声笑了一下，喘息间还有间断的脚步声：“没事不能找你啊？这都大半个月过去了，呼……你考虑出来什么没啊？”

徐皓费力地在床上滚了一圈，终于把西装外套给脱了，然后有气无力地去解领带：“没有，最近简直忙得要死。”

闫泽又喘了口气，像是跳在了台阶上，说：“我怎么觉得你这声音不对劲儿啊，你生病了吗？”

扯了领带几下，解不动了，徐皓恹恹道：“没吧，可能是困的，最近熬夜用力过猛了。”

闫泽喘息的声音缓下来，他像是在走路，说：“那好吧。你早点儿休息？”

徐皓仰面躺在床上，揉着头发“嗯”了一声，正巧这时，门铃响了。

徐皓拿着手机，费劲巴啦地从床上爬起来，深一脚浅一脚地往门口走，对闫泽说：“先不跟你说了，我家来人了，我……”

话还没说完，徐皓打开门，放下手机，面无表情地看着门口。徐皓隐约感觉自己太阳穴附近的血管有要跳崩了的迹象。

闫泽为了电话不断线，一路沿着楼梯跑上来的，此刻身上出了些汗，气勉强是喘匀了。

闫泽一只手撑在徐皓门上，脸上带着与生俱来桀骜不驯的笑意，对徐皓说：“哟，好久不见，请我进去喝个茶呗。”

一看徐皓的状态，闫泽差点儿呛着，原先打好草稿的话全部抓瞎。此时的徐皓，白衬衫领口解开两个扣子，领带松松垮垮地挂在胸前，西裤略带一些褶皱。头发凌乱颓唐，眼睛里充着血丝，面色不佳，泛着病态的红色。徐皓满脸无语，恨不得直接给闫泽来上一脚："你……你干吗呢？"

闫泽计划完全被打乱。他站直身体，手忙脚乱："没干吗啊，这不，道、道歉吗……"

徐皓揉了把脸，转身往屋里走："行了行了，进来吧。"

闫泽怀抱一大捧花走进来，虽然是第二次来徐皓家，但他站在门口还是有点儿局促。

不过这种局促正被闫泽用皱眉头给掩饰住。他皱着眉头跟在徐皓后面走，好像对什么很不满意，在沙发上坐下，动作有点儿僵硬。

徐皓坐在他旁边的沙发上，随便两下把挂在胸前的领带扯掉，然后头疼地抓了一把头发："要喝茶你自便吧，我没劲儿给你泡了。"

闫泽眉头没松开："我觉得你病了。"顿了一下，闫泽去掏手机，"我叫个医生过来给你看看。"

徐皓抬手："免了。"他头有些发昏，睁着有点儿发红的眼睛看闫泽，"你晚上没事吗？"

闫泽放下手机看了徐皓一眼，视线又跟触电似的移开，嗓音也变得有点儿沙哑："没事啊，不是，你生病了怎么也不叫人啊？"说着，他又把手机拿起来，"还是得找人来看看。"

徐皓动作很慢，抓住闫泽的手机，几乎没用力就从闫泽手里把手机抽走了，说："真不用。你要是没事就帮我找一下温度计和药，还有退烧贴，应该就在那块儿。"徐皓用手在客厅区域画了个圈，说，"抽屉里，或者下面那个柜子里。我长这么大没生过几次病，吃药就好。"

闫泽顺着徐皓手指的方向开始翻箱倒柜。徐皓在后面指挥："上边儿，你看盒子后面有吗？"

闫泽从一堆有的没的东西里面翻出来一个落灰的医药箱，一边咳嗽一边拍上面的灰，满脸嫌弃："你多久没用了，过期没啊？"

徐皓也走过去，蹲在闫泽旁边去开箱子，心里有点儿没底："没吧。"

打开箱子，两人对着光仔细研究了一下生产日期和有效期，发现没什么问题，徐皓把温度计拿去水池冲洗了一下，又用酒精擦了擦，塞自己嘴里，然后回屋把睡衣换上。

再出来时，厨房的热水已经烧上了。徐皓嘴里叼着温度计，见闫泽不知什么时候从冰箱翻出来一些水果，此时，他试图把一个柠檬切片。

因不太熟练，闫泽身体前倾，手上拿菜刀往下切的动作很慢，那态度谨慎得就跟在做化学实验似的。徐皓看他那架势有点儿想笑，突然间来这么一下，还有点儿感动。徐皓走过去，说："行了，切什么柠檬啊，吃柠檬退烧吗？"

闫泽皱着眉头，神情严肃，手下动作丝毫不放松："退烧不得多喝水啊？喝水不得喝点儿带滋味的吗？"

嘁，闫大少爷什么时候干过这种活儿。徐皓看他那触目惊心的切法，真怕他切着手："你行不行啊……"

闫泽直起腰来，用没拿刀的那只手推了徐皓一把："这有什么行不行的，太简单了，你床上躺着去吧。"

徐皓嘴角一抽，太简单了？你切个柠檬跟切手榴弹似的。他把嘴里的温度计拿出来，对着灯比画了半天，才看清楚温度计上的数字是 39.2℃。徐皓有点儿吃惊，他本来只是觉得身上有点儿疼，头又昏又沉，但精神头还可以，完全没想到自己烧成这样。

但他不知道，现在他的反应力明显比平时慢大半拍。徐皓半睁着眼又开始往卧室的方向挪动，然后一头栽倒在床上，侧着身子不动了。嘴里还叼着温度计。没过多久，徐皓感觉有人把他翻过来，嘴里的温度计也被抽走了。

身体被挪动，有被子盖在身上，温热又干燥的手掌贴上他的额头。徐皓恍恍惚惚间总觉得是他妈来了。小时候徐皓发烧，他妈总会这么试他额头的温度，然后他奶奶会给他做鸡蛋醋汤。徐皓头昏脑涨地抓住那只正欲抽走的手，明显感觉到那只手僵住了。

徐皓半睁着眼看那团光晕："妈……鸡蛋醋汤呢？"

那只手显然更僵了。不多时，周围来了好几个人。有人扒徐皓的眼皮，然后给他手臂上扎了一针。徐皓还隐隐约约听见一个男人在客厅里问别人："鸡蛋醋汤你会做吗？"

片刻后，那个男人又说："你做你的，不用管我，我就看看怎么做。"

徐皓陷入了深沉的梦。半夜，半梦半醒间，徐皓翻了个身，平躺，感觉身上出了很多汗，烧应该退得差不多了。

卧室的门突然被打开，一丝光线割破了卧室黑暗的一角。有个人走进来。烧刚退，身上很疲惫，再加上此时应该是凌晨，徐皓不知道这人想干什么，就没睁眼。

闫泽走进来，几乎没发出任何声响。他没叫醒徐皓，而是在床边的地板上坐了下来。昏暗光线中，闫泽看着徐皓的侧脸。

闫泽一点儿要走的迹象都没有，徐皓也不敢翻身，装睡相当难受。

闫泽语气低缓温和，如同祷告："晚安。"

徐皓一把掀开身上的棉被，挺尸一样坐了起来，顺手打开了台灯，然后扭头看向闫泽。闫泽盘着腿坐在床边，看着徐皓这番操作，直接蒙了。

徐皓也盘着腿转向闫泽的方向，开口时，声音沙哑得厉害："来，咱们聊聊。"

闫泽维持着受惊的表情，半天才找回自己的声音，说话都开始结巴："那什么，你、你好了？这么快？"

徐皓抬手："我好不好跟这没关系，我觉得这么下去不是个办法。你……"

闫泽突然身体前倾，手停在徐皓身前，打断他的话："你等等。"

徐皓看着他。闫泽抬着手强装镇定道："你等等，你先别说，让我说。这事我想了很久了，其实今天刚来的时候就想告诉你，但因你生病就耽搁了。是这样的，首先，我觉得你不要把我们的关系想得太复杂。"

徐皓不太清醒地看着闫泽，心想，这还不复杂吗？

闫泽用手比画了一下，做足了谈判的姿态，继续说："你看啊，咱俩，你和我，原本就该是好兄弟对吧。以后，我们的相处方式跟现在完全一样，你懂吧？有时间，一块儿吃个饭，没时间，各忙各的。我们打球这么默契，可以周末一起打球。彼此都不会占用对方很多时间，私人空间绝对私人。况且……"

闫泽舔了舔嘴唇，继续道："况且，你要是觉得真不合适，大不了我再努力呗……"

徐皓有点儿怀疑，也怪他脑子晕乎，思维有点儿跟不上趟："真的假的啊？"

闫泽眼睛不去看徐皓，道："真的啊，就兄弟而已。"

徐皓揉了一把浑浑噩噩的头，反应慢半拍："那……那我要受不了你，怎么办……"

闫泽身体有不太明显的停顿，然后视线游移到地板上，道："那我就消失一段时间……"

徐皓有点儿吃惊："牺牲这么大？牛啊，兄弟。"

闫泽沉默地看着徐皓。徐皓想了一下，好像觉得这么一算还真没什么，就说："那也行吧。"

反倒是闫泽愣了一下："什、什么也行吧？"

徐皓揉了一把额前的碎发，还是汗津津的："这么一来我好像没什么损失。"

闫泽沉默了一下，没让自己突然站起来。他扯出笑容，挺勉强地："行、行啊。"

依着刚刚徐皓的口风，让他掌握话语主动权再说下去肯定没好事，闫泽接过话题，不过是想让事情别往更恶劣的方向发展。可是闫泽为了转移话题随口一通胡扯，两人竟然就这么聊开了，谁能想到？闫泽笑得脸有点儿发僵。

徐皓再醒来的时候，是第二天中午十二点。他掀开被子坐起来的时候，感觉身体还有点儿虚。徐皓慢吞吞地下床，昨天夜里身上的汗干了又湿，以至于现在睡衣贴身很难受。徐皓懒得解扣子，把上半身睡衣脱了，皱巴巴地扔在床上。

徐皓行动迟缓地挪着步子，打算去客厅找水喝。客厅空无一人，但明显有清扫过的痕迹。徐皓半睁着眼去厨房接水，然后用手指往窗台上一抹，白瓷砖擦得锃亮，连点儿灰都抹不下来。

徐皓举着杯子喝水，仰头间，看到客厅花瓶里插着一大捧花。热烈的红色花朵被精心摆弄过，那花瓶是徐皓从来没见过的。徐皓动作停顿了一瞬。眼下大脑清醒，令他想起来那场谈判。

徐皓对于自己说出口的承诺一向有承担的觉悟。人生就是这样，每一句说出去的话都会变成既定事实存在于当事人的回忆里，冲动时放下承诺也好，无心之失伤害到别人也罢，听的人可不会管你说话的时候脑子是不是有问题。

徐皓仰头干了杯中水，调整心态，心想，行吧。自我开导一番，徐皓还算淡定地放下水杯，打算给自己做点儿吃的。

他拉开冰箱门，里面的食材快要溢出来了，果蔬生肉熟食什么都有，甚至还摆了一整排啤酒。徐皓从最底层挑出两个鸡蛋。基于自身厨艺有限，徐皓最熟练的就是给自己下面条，带调料包的那种，比方便面稍微健康一点儿。面煮熟了，再扔上两个鸡蛋，搞定。

徐皓端着刚煮好的面条走到餐桌边，拿起筷子，正准备吃，对面客房门突然开了。闫泽一脸刚睡醒的样子，凌乱又嚣张的头发乱翘，他抓了一把头发，很随意地往门外看，就看见徐皓赤裸着上半身，只穿了一条睡裤，此正毫无形象地把一只脚踩在另一张椅子上，吸溜着面条。

完全没想到客房还有人的徐皓沉默地收回了脚，咬断面条，心想，这就有点儿尴尬了。不过这也难免，昨天闫泽忙活到凌晨四点没睡，还是因为他生病这事儿，于情于理徐皓也该让人留宿。

该用什么心态面对这件事儿呢，装作没事打个招呼，还是比往常更热情一点儿？

这边徐皓还没从这超纲的问题里缓过神来，那边"砰"的一声，客房门被摔得震天响。

徐皓那点儿复杂的情绪顿时被门摔掉一大半了，他瞪着眼又捞了一筷子面条，心想，摔这么狠，敢情不是你家门！再转念一想，闫泽都这德行了，他还有什么好纠结的，索性破罐子破摔，走一步算一步得了。

闫泽在冲动下摔门，对手上的劲道完全丧失了控制力。他转身靠在门上，眼前全是徐皓自下而上抬眼的那一个动作。闫泽狠狠揉了一把脸！

徐皓这边还吃着面条呢，那边门"哐"的一声又打开了，差点儿把徐皓呛着。

闫泽紧皱着眉头从屋里走出来，一身不知道要去哪儿干架的狂放气势，在徐皓匪夷所思的注目礼中，闫泽声音沙哑地撂了一句："我洗澡了。"然后他满脸不耐烦要往浴室走。

徐皓把筷子往桌子上一放，站起来："你等会儿。"

闫泽仓促的脚步立时一顿，他不死心又往前非常艰涩地挪了几步，跟违背什么生物本能似的。

徐皓这会儿已经走到闫泽跟前了。徐皓对于自己光着膀子毫无自觉，抽出一只手来推了一下闫泽的肩膀，又指向客房门："大清早你冲谁撒气呢，照你这么个摔法，那门不摔坏了吗？"

闫泽偏着头看向跟徐皓截然相反的地方，被徐皓这么一推身体又有僵化的趋势，他的声音听上去有奇怪的喑哑："我没撒气。"

徐皓说："你没撒气？你没撒气你快把我家拆了。"说了两句，看闫泽脸色不太对劲儿，徐皓问他，"你不舒服还是怎么着？"

对峙几秒，闫泽没有答话，徐皓抬起手，摸了一把闫泽的额头。挺热，他还摸了一手的汗。

闫泽跟被烙铁烫到了似的，脚步一乱往后退了一步，用左手捂住自己的额头："干吗啊？"

徐皓一看，人挺精神，不像被传染了啊！于是徐皓抬起手，像大哥一样拍拍闫泽的肩膀。刚刚吃面条那会儿，徐皓就想明白了，话既然是他亲自说出口的，那么眼下无非差他一个表态。徐皓说："说起来咱俩现在算好兄弟了，我家门就是半个你家门，摔坏了咱俩得一起修，懂吗？行了洗澡去吧，浴巾架子上都有。"意思就是，徐皓不会以生病为由，跟个没事人一样把昨天的话收回来。

闫泽不答话，转身向另一个房间走去。以闫泽这脑子，徐皓不担心他听不明白这话的言外之意。

昏昏沉沉地走进浴室，拉上门，闫泽看着镜子里的自己，面无表情，眼神阴冷，厌烦又不可一世的样子。谁又能想到自己心脏那块儿地方差点儿被徐皓整塌方。

昨晚谈话太顺利，闫泽睁眼之后，心里没底气。徐皓要是不认账怎么办，他还真能把他绑了关起来怎么着？闫泽打开水，双手撑在墙上，感受到冰冷的水冲在后脖子上，却如同岩浆在身上流淌。闫泽低下头，难以自制地颤抖着喘了口气。这下他是真的想拆家了。

闫泽从浴室出来，头上搭着徐皓的浴巾，见徐皓换了身睡衣，此时穿戴整齐，手边放了一盒抽纸，正在摆弄电脑。

闫泽擦了一把头发上的水，往厨房走去。徐皓一边擤鼻涕，一边闷声跟闫泽说："锅里有面条，将就吃吧。昨天谢了。"

闫泽把面条盛出来，尝了一口，还热乎着，只是没什么味儿。这很适合病人吃。

闫泽拉过一把椅子，在厨房把面条吃了，然后把锅用水冲了一下，又去打火。

徐皓一听厨房有打火的声音，相当震惊，隔空问闫泽："怎么了，没吃饱？"

结果闫泽那边传过来一声："你别管了。"

闫泽会做饭？徐皓真怕这少爷一把火直接把他家烧了。正当徐皓掐着点考虑要不要进去看一眼的时候，闫泽端着一个大碗走出来了。

闫泽把大碗往徐皓跟前的桌子上一放，徐皓立马闻见一点儿醋味，又看着碗里漂着的鸡蛋花和几点香油，心中钦佩之情那叫一个说不清道不明："厉害啊兄弟，你怎么会做鸡蛋醋汤？"就是……就是这碗有点儿海量。

一大早，徐皓的态度就很放松，令闫泽也跟着放松下来。他往旁边沙发上一靠："这有什么，太简单了。"

徐皓突然抬头："你关火了吗？"

闫泽跷着二郎腿的动作一僵："废话！"见徐皓站起来，又要往厨房走，闫泽直起腰来喊他，"真关了！"

徐皓说："我去拿碗，我奶奶说这玩意儿治感冒，对嗓子好，你也来点儿呗。"

碗是拿来了，两个人倒的时候笨手笨脚，洒出来不少。闫泽这是第一次下厨，做出来的鸡蛋醋汤竟然味道还可以，两人喝完，都比较满意。

徐皓倚在沙发上，拍了拍微微鼓胀的小腹，瞥了一眼客厅那瓶花，突然跟想起来什么似的坐直身体，一拍腿，说："嘈，有件事忘了跟你说。"

闫泽两条长腿松松垮垮地伸展开，满身慵懒瘫软坐在沙发上，闻声漫不经心地抬起眼皮，目送徐皓走回卧室："怎么了？"

徐皓从卧室的脏衣篓里找到自己全是褶子的西装外套，摸了摸口袋，摸出一把车钥匙来。

徐皓把车钥匙往闫泽身上一扔，说："眼熟不？"

闫泽眯着眼用手指拎起这把车钥匙。看清楚车标时，闫泽猛地睁大双眼，直接弹坐起来。

闫泽满目震惊，去看徐皓："什么情况？"

徐皓回看他："什么情况，我还想问你什么情况，有钱没这么败的吧！"

闫泽被问得有点儿难为情，他别别扭扭地换了个坐姿，问："怎么在你这儿啊？"

徐皓坐下，实话实说道："巧了，在一场拍卖会遇见这辆车，价格压得贼低，让我给买了。”

闫泽抓着车钥匙，又问：“你怎么知道这是我的车？你遇见那谁了？”

徐皓说：“是，我遇见江书云了，还等价交换，我真是……”徐皓推了闫泽一把，“别的不说了，咱俩往后算是拴在一根绳上的蚂蚱，你别整这些有的没的，知道吗？”

闫泽不怎么情愿地把头埋在一个靠枕里，闷声应了，又把手伸到徐皓跟前：“给你。”

徐皓看着闫泽手里这串车钥匙，在脑子里又过了一遍那个高调的色泽，太浪了，跟他气质严重不符。徐皓没接，说：“你拿着吧，送你了。”

闫泽把头从靠枕上抬起来，慢半拍扭过来看徐皓：“啊？”

徐皓端起旁边的笔记本电脑放在腿上，说：“这车给我，我也开不出门去，你用合适，正好楼下两个车位，以后你占一个……你干吗这么看我？”

闫泽保持着偏头的姿势，目光松懈得一点儿防备都没有，随后用拿车钥匙的手腕背部蹭了蹭眼睛，转身又一下扎进靠枕里，闷着声嘀咕。

徐皓听他一副老大不乐意的语气，明明又高又帅一男的，偏偏上来一阵跟个小朋友似的，就问：“干吗啊你？”

闫泽又把脸使劲儿蹭了蹭靠枕，微弱的鼻音都带出来了一点儿，闷声闷气地喊：“你对我也太好了吧。”

徐皓无语，心想，这是夸人的态度？其实梦里没闹翻之前，他俩基本也就这么个关系，吃喝共享，说话没拘束。梦中上大学的时候，徐皓也住高层公寓，在 B 市市中心，二十五层，他楼下有两个车位，其中一个就是闫泽的。

徐皓放下心来，拍了拍闫泽的肩膀，语气缓和：“好了好了，多大点儿事儿啊！”

两人在沙发上消停了一会儿，徐皓提议带闫泽去楼下提车，顺便指认车位。就徐皓对闫泽的认知，闫泽骨子里其实是个挺躁动、挺张扬的人，只不过不爱跟人打交道，所以总显得有些冷傲。爱玩车其实特别符合闫泽的性格。徐皓反而对跑车没太大兴趣。这款法拉利虽不是最新车型，但保养得非常好，如今还给闫泽，也算物尽其用。

下楼的时候，闫泽双手揣兜，执意要跟在徐皓后面，徐皓让他往前站，非不，他推搡着徐皓，说话也跟张不开嘴似的，就一味地让徐皓往前走。徐皓觉得就闫泽这种死要面子活受罪的德行，眼下多少是有点儿不好意思，索性就维持着一前一后的状态，下电梯到车库。

那辆火烈鸟停在徐皓宝马车后的一个车位上，从徐皓走过来的方向看，法拉利车身被遮挡，只露出红色的边角。

徐皓突然往后，正好拽住闫泽的左臂，然后硬是把两人拉到同一条水平线上。

闫泽被一路拽着来到车前，薄唇抿得死紧，他还在试图用把眉头皱死的方法掩盖自己的难为情。结果目光一接触到车身的一角，他的视线不动了。再顺着徐皓的力道往前走两步，整个车身暴露在闫泽的目光中。

闫泽舔了一下干涩的嘴唇。车开了不到两年，闫泽毫无留恋地转手送人，不代表闫泽对这辆车没有感情。这辆车曾是他的心头爱。但所谓等价交换，换的不过是由那本笔记本所维系起来的微薄记忆。

字迹力破纸张，记忆总是鲜活的。可这个人现在就站在他面前，还把车送还给他了。

闫泽看了一眼徐皓，发现徐皓斜倚在旁边那辆宝马车上，眼睛里有一点儿暮色后的温晖。大概察觉到被人注视了，徐皓也看过来。

徐皓的目光一向直率。他看着闫泽，发现闫泽眉眼怔忪又情绪高昂，仿佛在看什么光芒万丈的东西，连眉峰间那一点儿惯有的戾气都被冲散了，露出锋利又炙热的感情。

闫泽抬起手，张开双臂，目光焦灼火热，却竭力用漫不经心的语调撬开自己干涩的唇齿："周末约一下行不行啊？"

徐皓笑了一下，在闫泽的视线里，徐皓眼底的那丝温存如业火般灼烧起来。徐皓上前一步，说："行，有什么不行？就这周约个时间打球去吧，有段时间没运动了。"

徐皓跟闫泽约了周五晚上一起打球，在其余的工作时间里，果然就如闫泽之前说的那样，彼此都有充分的私人时间和空间。

相处模式也基本没什么变化，一天消息不超过五条，彼此尊重隐私，工作上的事情一概不做过多交流。两人还能一起运动、打球，偶尔做点儿极限运动，兴趣基本一致，聊天更是毫不费劲儿。

周五傍晚，徐皓从他爸在 S 市的子公司出来，正准备上车走人，却见他车前站着一位中年男人。西装革履，金丝边眼镜，头发梳得一丝不苟，提着一个公文包，满身社会精英的气质。此刻这人正一边看着手腕上的机械表，一边像是在等待什么。

徐皓走过去，中年男子抬头，随即冲徐皓扯起一个公式化微笑。他伸出手来，对徐皓说道："徐先生你好，我是张雷东，是邵氏集团下的一名管事。不知是否可以打扰您几分钟时间？"

徐皓眯了一下眼。他当然记得张雷东。手伸出去，跟张雷东和和气气地握了下手，徐皓也换上公式化面孔，提议道："没问题，我知道附近有家咖啡店还可以，或许我们可以去那里坐坐。"

两个人在咖啡店坐下，同一个场景，不同的地点，徐皓觉得自己真是有变化。梦里被张雷东找到时，正逢徐皓人生的最低谷，而他爸还面临着数项起诉，搞不好就要被抓进去坐牢。那时的徐皓空有一身倔到家的硬骨头，面对邵家铺天盖地的压力，只能无比屈辱地低头。

而如今，再一次遇见张雷东，徐皓不仅能保持平常心，甚至还能十分虚伪地跟张雷东寒暄。

梦中和现实，变化有多少？徐皓不仅走了一条跟梦中完全不同的路，甚至闫泽都变成他好兄弟了。可兜兜转转，邵家那么多人，竟然还是派了这么一位找到徐皓头上。

徐皓觉得命运这玩意儿确实挺逗的。寒暄过后，张雷东从公文包里拿出一个牛皮纸袋，放在他和徐皓面前的这张桌子上，用公事公办的语气开口说道："徐先生，明人不说暗话，想必您也知道我这次是为什么事儿来的。其实某种意义上，我跟您可以说是同一条战线。您看，最近闫少动作这么大，连我们老爷子都惊动了。闫少年轻，意气用事是难免的，但闹也闹过了，邵老的意思是总不能由着他这么胡来。"

说着，张雷东伸手，又把牛皮纸袋往前推了一下，说："这里，有英国和美国的几处房产，您卖了也好，自己住也罢。闫少的意思呢，就是以后不想再看见您，以后这国内啊能别回来就尽可能别回来了。您说这圈子就这么大，回头再叫闫少撞见，发起火来，老爷子不一定会管，我们底下这些人也劝不住啊！您也是聪明人，哪怕是为了您家里呢！"

徐皓原本还在点头，结果越听越不对劲儿，听到最后简直匪夷所思，堪堪忍了一下，没把公式化的表情给撑破功。

第一，徐皓怀疑张雷东这词儿是从哪个模板上背的，跟梦中的，竟然没改动几个字，照搬来就用，简直令人无语。第二，张雷东那开头所谓的"您也知道我这次是为什么事儿来的"，徐皓原本以为张雷东是为了闫泽来的，心想，邵老这消息可真够灵通的。结果说到后面什么"闫少的意思呢，就是以后不想再看见您"，徐皓才觉得不对劲儿。不想看见个鬼啊，他俩还约好了半个小时以后一块儿打球呢。

徐皓耐着性子听张雷东说完，拿起桌上的房产资料装模作样地看了看，才颇为友好地看向张雷东，说："邵家的诚意我已经很明白了，不过张先生，有件事我没太明白，您说我知道您是为什么事儿来的，可这点我真的不太清楚。所以冒昧问一下，您到底是为什么事儿来的？"

张雷东大概完全没想到徐皓在这个节骨眼上会这么冷静，甚至情绪上一点儿波动也不见。张雷东突然感受到一点儿谈判的压力，眼前这个年轻人二十五六岁的样子，谈吐一直保持着客套和礼貌，甚至在反问时也不会贸然地引起别人反感，即使是在听了那么一段令人难堪的话之后。今天恐怕远没有自己以为的那么好收场。

张雷东换了一个姿势，继续沉稳地说："您又怎么会不明白我是为了什么事儿而来的呢？听说闫少跟您动手了，为了一个女人？"张雷东递给徐皓一个充满暗示的眼神。

徐皓哑然失笑。哦，原来是这回事。原来邵老什么都不知道，甚至不一定知道闫泽前两天跟他见过面。而张雷东还在试图以情敌的姿态挑拨徐皓和闫泽的关系呢。

也对，那天林潇搞那么一出，外人不知道内幕，单纯打听消息，八成以为林潇是徐皓的女朋友。而闫泽拎着弓箭就来了，一点儿也不给当事人留情面，其实这事儿外表看起来竟然跟梦中挺像的。明眼人都会以为这俩男的是情敌关系。

理想主义是给年轻人玩的，成年人还是得务实一点儿。徐皓坐直身体，把牛皮纸袋往桌子上一放，道："我明白了。"

张雷东抬头，以为徐皓答应了，但看徐皓的表情，一时间竟也摸不清徐皓到底是怎么想的。

徐皓身体向后一靠，双手放在腿上，微微一笑点头，道："我明白了。

我觉得您说得有道理，邵老的这份诚意其实有些厚重了，我受之有愧。"

正在此时，徐皓放在桌侧的手机振动起来。不用看，徐皓也知道这电话是谁打来的，此刻徐皓在张雷东视线还未被吸引之前，不动声色地将手机握在手里。他俩约了打球，眼下时间都到了，徐皓却连个消息都没有，闫泽不着急才怪。

徐皓继续道："只不过这事儿，您说归说，未必就是当事人自己的意思。即使我收了您这份诚意，我也无法对您和对邵老做出任何承诺。所以我觉得呢，这东西，您还是先收起来吧。除非……"

张雷东皱着眉头，脸色不太好看，问："除非什么？"

徐皓拿着不停振动的手机站起来，说："除非，您让闫泽自己到我面前来，把刚刚的话再说一遍，到时候给什么我收什么。我约了人，张先生，抱歉，失陪了。"

不再看张雷东的脸色，徐皓走出咖啡厅，接起了电话。那边闫泽漫不经心地问："你到了没啊？"狂打五个电话，还装得跟自己还没到似的。

徐皓解释："嗐，我路上堵着呢，也怪我走的时候忘看表了。你要是到了先热身？我晚上请你吃饭补偿你，好吧？"

闫泽用鼻子哼了一下，听上去心情又张扬起来了。一个篮球落地又弹起来的声音传来，闫泽说："那得我选地方。"

徐皓打开车门，坐进去："行行行，你选你选。"

日子就像那抓不住的流水一样往下冲，两人就这么不咸不淡地相处着，总的来说还挺和谐。有一天，徐皓接到一个电话，是张旭升的电影开机了。

打电话来的是王浩然。王浩然刚从外地交流回来，而张旭升电影的一些前期镜头也正好在Ｓ市取景拍摄，所以王浩然打算叫着徐皓一起去张旭升那边探班。

徐皓在电话那边一声应下，然后又似临时想起来什么，转头向旁边稍远一点儿的距离问道："你去不去？"

王浩然听见另一个男人的声音，有点儿低沉，有点儿漫不经心："什么去不去？"

徐皓跟他解释："我和王浩然去探班张旭升，反正你也都认识，一块儿去呗？"

王浩然那边听着，感觉非常奇怪，没想出来跟徐皓对话的这个人会是谁。

不多时，徐皓的电话被那个男人接到手里，那人说："喂，王浩然？"

王浩然虽然毫无头绪，但还是客客气气地应下："你好，是我。不好意思，你是……"

那个男人用鼻子哼笑一下，声音很低，道："我闫泽。"

王浩然举着电话的手僵了一下。闫泽继续漫不经心地说："我会和徐皓一起过去的，我们到时候见？"

王浩然也沉着声，说："好啊。"顿了一下，王浩然又说，"你把电话给徐皓一下。"

那边电话直接按断了。王浩然皱着眉头站在原地，心里有些不太舒服。他心想，徐皓怎么会突然跟闫泽关系这么好？

且不论他们已经好多年没见过，徐皓回国之后，王浩然还提醒过徐皓，让他不要跟闫泽这人过多纠缠。那就是个泥潭，一脚踩进去，再想抽身可就难了。

王浩然很难不为这事儿操心。高中毕业之前，那次火锅聚餐，王浩然对闫泽的眼神记忆犹新。那是一个阴郁且爆裂的灵魂，如同一锅热油，表面沉寂无声，可爆炸只需要一滴水。徐皓怎么就是不听劝呢？

闫泽在徐皓家的沙发上坐着。今天是周六，闫泽挂王浩然电话的时候，徐皓正忙着跟另一头打字沟通工作上的事情。徐皓这人向来也没有什么公休日的概念，一个半月以来，闫泽对于徐皓自虐式的工作习惯习以为常，所以徐皓刚刚没留意闫泽和王浩然到底说了些什么。

闫泽把玩着徐皓的手机，这一边从手掌滑落，再从另一边提起来。从徐皓发烧那天算起来到如今，四十一天，他们一共见面——九次。算上更早之前，闫泽这是第五次来徐皓家。闫泽单手撑着太阳穴，目光不加掩饰地观察徐皓工作时的神态。徐皓敲击完键盘上的空格键，抬起头，活动了一下自己有些僵硬的颈椎，然后后知后觉地看向闫泽："电话打完了？"

闫泽嘴角牵起一丝笑，距挂断电话已过去了二十五分零五十六秒。闫泽把徐皓的手机放在桌上，说："打过招呼了，我跟你一起去。"

徐皓打量了一下闫泽，说："我怎么觉得你不太高兴，你要是不想去就算了。"

闫泽头靠在沙发上，看上去有些心不在焉："没不想去。"过了一会儿，他脸朝着天花板，又说，"你能不能别老跟王浩然走那么近？"

徐皓原本要去接水，一听这话又坐回来了："王浩然又怎么着你了？"

闫泽看了一眼徐皓，又撇过头去，说："这人心思沉。"片刻后，他又总结道，"反正我看他不顺眼。"

徐皓心想，人家王浩然还觉得你心思不正，让我离你远点儿呢。徐皓也不知道这两人对对方到底有什么偏见，明明都不熟。

徐皓说："那你也不能因为你看着不顺眼就不让我交朋友了吧。"

闫泽掀起眼皮："我从来没让你离张旭升远点儿吧？我也没让你离你那两个合伙人远点儿吧？王浩然不一样。"

徐皓费解地看着闫泽，暂时不明白有什么不一样。但他也不想过多纠结这事儿。

徐皓不会因为王浩然的只言片语跟闫泽拉开距离，同样，也不会因为闫泽的偏见去冷落王浩然。徐皓心里有杆秤，怎么想怎么做，他很少会受到他人的影响。

徐皓站起来，再一次跟闫泽确认："你确定要去吗，哪怕那里有你看着不顺眼的人？"

闫泽也站起来，说："去，当然去。"

拍街景是有难度的，尤其是张旭升他们这种小成本制作。所以，这部电影在取景时刻意远离市中心，几乎都选在了郊外没什么人经过的马路和老旧的住宅楼。

闫泽开着他那辆黑色兰博基尼在公路上飙车，徐皓则坐在副驾驶座上，第八次提醒闫泽："超速了。"

公路上车流比较松散，闫泽没什么情绪地应了一声，松开油门，点了点刹车，然后规规矩矩地跟在一辆丰田后面有序前行。

徐皓知道一时不看着这车速又得飙起来，头疼地揉了揉额角，这也是他老爱自己开车的原因。不是闫泽车技不好，而是他车技太好了，让徐皓心脏有点儿受不了。看看导航，所幸快到目的地了。

车停在路旁，两人开门下车，见马路上铺着两段轨道和几架机器。徐皓招手，喊："升子。"

张旭升闻声回头，大喜过望："皓哥，你怎么来了？"

张旭升正准备百米冲刺过来给徐皓一个熊抱，结果被突然从徐皓身后走出来的闫泽杀了一个趔趄，差点儿平地摔倒。

张旭升满脸难以置信，半弓着腰："闫泽？"

瞅瞅，这反应跟徐皓当时如出一辙，连惊叹的话都一样。但徐皓觉得张旭升的表情应该比自己傻得多。

徐皓在闫泽肩膀上搭了个哥俩好的姿势，跟张旭升说："都是老同学，带过来叙叙旧，王浩然还没来吗？"

张旭升说："来了，他刚跟制作组买饮料去了。"然后他又打量徐皓和闫泽，笑着捶了一下徐皓的肩膀，"你俩什么时候关系这么好了！"

闫泽嘴角抽了一下，连徐皓也被呛了一下，徐皓把搭在闫泽肩膀上的手放下来去推张旭升："滚你的。"

这会儿正好是片场休息时间，姚清明走过来。徐皓抬手打招呼："姚导，又见面了，来探个班，不打扰你们吧？"

姚清明今天仍然是一副不着调的派头，他戴着一顶鸭舌帽，上身穿着一件绿色棉背心，脚上穿着一双好像有十年没洗的运动鞋。他摆手："不打扰不打扰。"他见徐皓转头过去跟旁边的人介绍自己，就看了一眼徐皓旁边的闫泽，问，"这位是？"

张旭升抢在前面说："这也是我高中同学，我们一个班的，不是跟你吹啊，我们几个以前那绝对是校级篮球主力，那给别的班吓得，抽签抽到我们都得哭。就好比有一次吧……"

徐皓和闫泽不约而同地看了一眼张旭升，那意思很明确了：我们就静静地听你吹牛好吧。

反观旁边的姚清明，他其实压根儿就没听张旭升在吹什么牛，一直在不动声色地打量眼前这两个男人。

眼下是十二月份，十二月份的南方已经比较冷了。这俩男人看个子都在一米八五左右，身材挺拔。徐皓穿着一件厚重的深灰色棉服，里面搭一件高领灰白色毛衣，他的眉眼直率且明朗。而他的朋友则穿一件纯黑色的大衣，里面搭一件高领的黑色毛衣，令他整个人显出一些倨傲的侵略性。两个人衣品非常好，且通过姚清明一向敏锐到引以为傲的"第六感"来看，他俩衣品有点儿相似，不是互相同化，就是出自一人之手。

姚清明第一百次惋惜徐皓为什么不想拍电影，徐皓要是参演，说不定还能把他朋友带上，买一赠一，就这两人的气势，这搭配，秒杀他现有的男一男二，简直没道理不火啊！

姚清明突然灵光一现，开口道："那个，要不说巧了，我们今天的拍摄临时缺俩群演，很简单，就站在原地，摆两个动作就行了，也不用换装，镜头会跟着主角拉的，你们站位很远，甚至不会露出正脸。"姚清明看向一看就比较好说话的徐皓，搓了搓手，装作很为难的样子，"徐先生，你看，方便吗？"

张旭升闭上吹牛的嘴，吃惊地看着姚清明，那意思是：咱们有这个安排吗？下一秒，又被姚清明一个眼神刹住了要出口询问的话。

徐皓也压根儿没想到姚导会有这个请求，他看了一眼闫泽，想听他的意见。徐皓觉得这点儿小忙他倒是无所谓，反正也不露脸，应该就是走个过场，不需要什么演技。

闫泽皱了一下眉头，还没说什么，王浩然回来了。

王浩然看了一眼闫泽，闫泽也看了一眼王浩然，两人说上眼神里是什么意思，反正彼此都觉得很不舒服。然后王浩然问张旭升："你们围着研究什么事儿呢？"

张旭升又把姚清明刚刚的请求跟王浩然说了一遍。王浩然说："哦，没事，我也可以帮忙啊，要不我跟皓子走过场呗？"

徐皓一听，也行，这种事儿闫泽肯定会嫌麻烦，他原本也没觉得闫泽能答应。结果徐皓这边还没答应王浩然，却见旁边突然伸过来一只手。

闫泽微微抬起手挡在徐皓前面，看着王浩然，眼神不善："不需要。"

闫泽看了一眼姚清明，迈开长腿转身，一把揽过徐皓的肩膀，然后把徐皓拖走了："走，你想帮忙我陪你演，不就一龙套嘛。"

姚清明没想到自己这么容易就得逞了，他一边感谢王浩然的助攻，一边咂咂嘴，嗬，徐皓这朋友占有欲够强的嘿。

在街边站好后，闫泽跟他面对面，徐皓说："还好不是王浩然，要不然我俩得尴尬死。"

闫泽用鼻子哼了一声，很不屑："我早说过你别跟那个王浩然走太近。"

徐皓对闫泽说："这跟走多近走多远没关系，关系就不一样，还用我解释吗？"

闫泽听罢，嘴角扬了一下，又压下去。闫泽板着脸"哼"了一声，说："那我不跟他一般计较。"说得好像自己多宽宏大量一样。

徐皓说："你本来也没什么可计较的好吧。"

姚清明的要求很简单，徐皓和闫泽两人在马路边上闲聊就可以了，自然一点儿，就当没有镜头，因为距离很远，也压根儿不会收音，他们想聊什么都行。

张旭升原本想代表剧组请徐皓和闫泽吃个晚饭，毕竟给他们帮忙了。但帮忙的两人都说不用。回去的路上，还是闫泽开车。徐皓坐在副驾座上回消息。闫泽突然开口问他："张旭升这电影投资拉得怎么样了？"

徐皓快速打完最后几个字，抬起头，想了一下："没问，应该有缺口，我还挺想投一点儿的，但升子从来没跟我提过这事儿。我俩这关系，不好意思开口吧。"

闫泽手指在方向盘上敲了两下："瞧他们剧组寒碜成什么样了，导演想要保质，预算肯定刹不住，我估计张旭升差不少吧。"

徐皓的手机又振动了一下，他一边看消息一边笑着跟闫泽说："你还懂这个？"

闫泽挺寻常的语气："有时候会看看。"他余光瞥了一眼徐皓，"给谁发消息呢，这么高兴？"

徐皓没意识到自己嘴角带了点儿笑，于是收住了，抬头，对上闫泽的视线："开车别乱看。"

闫泽看回前方，追问："谁啊？"

徐皓收起手机，其实是王浩然发来的消息。王浩然苦口婆心劝徐皓别走歪路，还说徐皓要是不听劝迟早要出事，都把徐皓给劝笑了。徐皓知道王浩然是好心，但他们之间，谁还用得着给谁的人生负责怎么着？

徐皓觉得王浩然绝对是八点档电视剧看多了，就这种思维，徐皓简直没法跟他沟通。

但眼下闫泽问是谁，徐皓没打算跟闫泽说实话。这两人原本就不对付，别因为这点儿事再闹矛盾。徐皓说："是安德烈，有支股抛得及时，我们都高兴。"

闫泽又瞥他一眼："平时赚不少也不见你有多高兴。"那意思是他对这个解释不怎么信。

徐皓没想到闫泽还挺了解他，索性转移话题道："我们好久没出去玩了吧。"

闫泽果然注意力被带走："你有时间了？"

徐皓学着闫泽惯有的姿势，放松身体顺着副驾驶的座椅往下滑，一只胳膊肘搭在车窗台上，去看窗外："再年轻这么个耗法也要撑不住了。去日本过个周末怎么样？"

闫泽脚下这一脚油门踩得有点儿猛，徐皓侧头提醒他"别超速"，却见闫泽看上去很高兴。

闫泽眼睛又黑又亮，左手控制着方向盘，已经按捺不住脸上飞扬的神采："当然好！"

徐皓看他："你好像很喜欢旅游。"

闫泽笑："是啊，你什么时候能抽个整段时间出来，我还想去自驾游。"

徐皓耸肩："最近就可以，不然我们就别去日本了，国内就近自驾转一圈吧。看你更想去哪里。"

闫泽用手摸了一下鼻子，说："去自驾吧。"说罢，他顿了一下，"多借用你几天。"

徐皓从这句话里面听出点儿别的意思来，梦中他跟闫泽去过不少地方，也约好几次要自驾出去好好玩一圈，但后来闹翻了就不了了之。话说回来，以前闫泽好像就对约徐皓去自驾游这件事很有执念的样子。

徐皓问闫泽想自驾去哪儿，闫泽随便指了西北。徐皓看闫泽对目的地好像很无所谓的样子，索性还是自己定了。考虑到时间因素，以及之前已经带安德烈和马修走过一段西藏，徐皓把目的地定在了青海湖。来回一个星期差不多，路经西安，顺便也转一圈。

徐皓打算开自己的宝马，闫泽也没什么意见。出发之前，徐皓采购了一批物资，充电宝、车载充电器，以及手电筒、雨伞什么的。而闫泽准备的东西就比较多了，野营帐篷、烤肉架、车载冰箱、药箱、无人机，以及食物和各种户外用品。甚至在出发的前两天，闫泽把徐皓的车借出去，徐皓以为他要干吗呢，回来发现人不只把东西装满了，还给换了一整套顶级车载音响，美其名曰要提高旅途体验。

那天是直接从徐皓他家出发的，徐皓先开车出城，觉得累了两人再换着开。徐皓拉着满满当当的一车东西往高速开，心想，这架势，不知道的还以为他俩要去北极安家了。

而坐副驾座的闫泽则是一直在捣鼓自己新安装的音响："听什么？"徐皓说："随便。"然后闫泽随便播放了几首摇滚，问徐皓："怎么样？"听听这超高音和浑厚的环绕体验，徐皓感觉自己跟进了电影院似的，就夸赞："牛。"然后闫泽得意了。

两人一路上有一句没一句地聊着，徐皓忍不住夸闫泽的音乐品味，他自己也喜欢摇滚，而且这种长驱直入的嗓音、躁动喧嚣的鼓点也特别适合公路旅行。两人聊着聊着又聊到张旭升的电影上了，闫泽觉得挺有意思的，想给张旭升把空补了。闫泽说："单纯地觉得这电影挺好玩，你要是觉得夹在中间难做，就算了。"

徐皓说："我没什么难做的，不过还是得谢谢你提前问我一嘴，说明你知道替我着想了，谢喽。"

闫泽又往窗外看："嘁，我就随口一问，这有什么。"这人对于徐皓的夸奖只会嘴硬。

一路聊天氛围十分轻松。中间服务区换位，徐皓预估了一下时间，他们出发得早，晚上8点之前就到西安了。然后徐皓坐在副驾座上捣鼓音响，中间点错一个键，传出电台广播主持人的声音。

广播里好像是一档追忆青春期之类的节目，还没等徐皓找好按哪个钮调回蓝牙，广播就放起了《直到世界尽头》这首歌。徐皓记得自己小时候还挺爱看动画，这歌一放出来，青春那点儿回忆全都涌出来了。徐皓索性听了一会儿这首歌，问闫泽："你看过这个没？"

闫泽目不斜视："《灌篮高手》啊？"

徐皓有点儿惊讶："你也看过？"

闫泽神情放松："小时候看过，爱打篮球有它的功劳。"

徐皓更惊了："我怎么不知道？"

闫泽笑："你也没问啊。"

徐皓先前总以为他跟闫泽经历的不是一个童年呢，现在看来还是有不少交集的。徐皓说："难道没人说你特像《灌篮高手》里的一个人吗？"

闫泽看上去毫无头绪："谁啊？"

徐皓："呃，流川枫。"

闫泽一愣："我有他那么装？"

徐皓："呃，你……你是不是对自我认知有什么误解？"言外之意：你高中比他装多了好吗？

闫泽气得够呛，无意识中连粤语都吼出来了："你莫搞我啊！"

徐皓这边顿时被车速甩得有点儿心惊胆战："慢点儿，你别激动啊！"

下高速，找地方过夜，两人都没提前做准备，就从地图上现找了家酒店。办理入住的时候，闫泽停车去了，等他回来的时候，徐皓已经开好了两个套房，正拿着房卡在大厅等他。

徐皓见闫泽往里走的时候，双手揣兜，表情不太自然。徐皓把手里的一张房卡递过去，问："怎么了？"

闫泽看了一眼手里的房卡，又见徐皓手里还有一张，表情飘忽了一瞬，连忙掩拳咳嗽两下，说："没什么。呃，晚上吃什么？"

徐皓带着闫泽往楼梯间走："先把东西放下，城里转悠着吃吧。"

电梯门开了，徐皓用手挡住电梯门，示意闫泽先往外走。闫泽看了一眼自己手里的房号，视线顺着走廊延伸，又跟着走到徐皓后面，不动声色地打量徐皓住哪儿。

徐皓扫了一下闫泽旁边的房门："五分钟后见？"

意识到两人住的是隔壁，闫泽先开门，说："行。"

两人步行去附近的回民街，见有个店面很小，就走进去了。天花板比较低，闫泽走在前面，头差点儿撞在门框上，跟在后面的徐皓这才知道要低头，有点儿幸灾乐祸。然后，两人靠墙挤在一张仅存的小桌旁，肩并肩坐着面对墙，看上去勉勉强强，但好在店里生意火热。

徐皓掰开一次性筷子削了两下，闫泽学着徐皓的模样，也削了削。徐皓看着闫泽手里那两根木头刺儿外翻的筷子，说："你这筷子削了跟没削有什么区别？"

闫泽看着手里的筷子，很嫌弃："什么玩意儿。"然后他又打量起这个店面来，"这店能行吗？"

徐皓说："没生活了吧，闫少？"

热腾腾的面端上来了，闫泽用筷子搅了一下面条："是，你有生活，你还给我吃关东煮。"回忆起往事，闫泽没忍住还是说了出来，"那也太难吃了吧。"

徐皓把面和卤子拌匀了，也不抬眼，学着闫泽，来句方言腔普通话呛他："你则（这）人真系（是）跟人家不一样啦，人家记恩你记仇，好在我做好事不留名啦。"

耳畔人声嘈杂，闫泽语气带着一股子浑不吝的痞劲儿，张口就来："系（是）啊，我跟别人唔（不）一样。我唔（不）单止记仇，我还记得你。"

其实徐皓真不是很懂粤语，不过托闫泽日夜熏陶的福，水平够听懂这句话。导致徐皓一根面条差点儿直接咽下去。徐皓咬断面条，用筷子顶端指闫泽："你别以为我听不懂啊，你再这样我要讲家乡话了啊！"

闫泽一反常态，表情很无所谓，甚至还用筷子敲了敲徐皓的碗："讲啊，讲出嚟（来）就系（是）让你听懂嘅（的）嘛。"

徐皓感觉这男的怎么这么幼稚啊，然后顺手给他捞了一大勺辣子扔碗里，用筷子指着闫泽的面条开始飙家乡话："这是你逼我了。"

闫泽也给他捞回来一勺，两人忍着辣，一边吃面，一边用各自的家乡话扯皮，原本挺冷的天愣是吃出一身汗来。

吃完了面，嘴里火辣辣的，又想喝点儿酒，于是两人又去路边的清吧坐了会儿。结果徐皓第一口下去就觉得像假酒，闫泽的嘴就更刁了，两人合计一下，决定扔点儿钱再换个地方。

出门是酒吧一条街，闫泽在门口一摸口袋，烟没带。徐皓考虑到这里离酒店不远，就提议让闫泽回酒店拿，他自己找到酒吧给闫泽发定位，闫泽说行。

两人分头走后，徐皓沿着路边走，看见一个门头挺隐秘的门店，基于他多年的经验，这种地方往往都有点儿东西。结果进去一看，除了灯光暗点儿，舞池闹点儿，好像也没什么的。至于奇装异服，酒吧常态嘛。

徐皓找了个相对安静点儿的卡座，点了一杯洋酒，发现调酒师水平不错，索性就坐下了，又给闫泽手机发了个定位。徐皓边喝酒边打量四周，有男有女，路过的几个男女不经意地瞥了徐皓几眼。

离徐皓位置不远的地方有个吧台，其中有两个年轻女孩儿一直在窃窃私语，笑成一团，然后时不时地往徐皓这边瞟。徐皓拿着酒杯侧头，正好跟其中一个对视。

那感觉也不像是对他有意思要过来搭讪，就好像是徐皓脸上长了花，她们在有针对性地议论似的，那眼神徐皓说不上来，反正感觉不对劲儿。徐皓摸了把脸，正纳闷呢，视线突然被一个性感的小蛮腰挡住了。

顺着腰往上看，一头粉发，化着浓妆的小妖精。粉发小妖精站在徐皓面前，用贴着浓密假睫毛的左眼冲着徐皓一眨，弯腰下来，手指夹着烟，轻轻地冲着徐皓的脸上吐烟气，说："帅哥，有没有机会请你喝杯酒啊？"

然后，粉发小妖精眼睛瞟到徐皓右手腕的机械手表，语气更暧昧了，压低身体："不然，你请我也行啊？"

徐皓环视周围，恍然大悟："不好意思，走错店。"说着，徐皓站起来就想走，赶紧给闫泽发短信让他别来。

粉发小妖精胳膊在徐皓面前拦了一下，似乎不想让徐皓这么轻易走了，但徐皓在用手机发消息，绕了一下继续往外走。这时，旁边突然冲过来一个五大三粗的男的，指着徐皓和粉发小妖精，然后猛地给了粉发小妖精一拳，嘴里骂骂咧咧，大致意思是这粉发小妖精成天劈腿，这已经是第不知道多少次捉奸了。

然后，粉发小妖精就哭号，还要躲。徐皓心想，走错地方也就算了，出来玩还赶上这种狗血事，闹呢。他不想掺和，要走，那五大三粗的男的不让徐皓走，非要徐皓解释清楚。徐皓对着地上的粉发小妖精又看了一眼。要命！

环视周围，刚刚一直瞟徐皓的那两个年轻女孩儿也悄悄地凑过来，看起来非常激动，跟追电视剧追到情节点了似的，也没什么人能帮忙解释情况。

于是，徐皓建议这男的去看监控，这男的又说这地方根本没监控，两人又来了几句无效的对话。徐皓说："不是……你觉得我，有这么……"徐皓举着手上下对着那个粉发小妖精一比，半天没找到不太伤人的形容词。

粉发小妖精被徐皓这么一指，突然哭得更大声了，坐在地上开始撒泼。壮男也指着那个粉发小妖精："就这，你还说你俩没一腿？"

徐皓没忍住，把剩下的话给续上了："这么没品？"

这下壮男也怒了："你说谁没品？"

口袋里的手机振动起来，徐皓不再废话，绕开眼前人往外走。

壮男从后面跟上来："你站住，你把话说清楚，你俩到底怎么回事，不说清楚了你今天别想走！"

徐皓从口袋里掏出手机，正准备接电话，抬头看见了闫泽。闫泽大概是刚进门，右手举着手机站在吧台前。

看见徐皓后，闫泽放下手机，视线顺着徐皓后面延伸了一下，显然是看到了后面跟着的男人。闫泽抬腿往徐皓这边走来。

徐皓心想，得。

闫泽偏头，吐了口烟，隔着几米就用夹着烟的左手往徐皓身后指："干什么你？"

这句话不是问徐皓的，他显然是在对后面那个人发问。

徐皓上前握住闫泽垂在身侧的右臂，把闫泽往外拉了一把，但闫泽摆明了要把这事儿搞清楚，想直接拖走有点儿费劲儿。

徐皓跟闫泽较了几秒的劲儿，无果，回头，索性对那个执迷不悟的壮男挑明了："你看看我和我朋友，我们有必要和你抢？"

壮男一愣，看了看徐皓，又看了看闫泽，再回头去看那个妆花成一团的粉发小妖精，那叫一个相形见绌。他憋了半天，只憋出一句来："你俩走吧……"

徐皓："……"

回酒店的过程还算顺利，在楼下去车载冰箱里拿上酒，两人又去开放式的天台上敞开喝了几瓶。酒劲来势猛烈，突然开始上头，温度也跟着跌破零摄氏度，徐皓被冷风激得清醒了一下，提议回屋睡觉。

闫泽半睁着眼，审视着眼前无尽黑夜里一点飘零的星火。从没这么清醒过，从没这么沉醉过。闫泽酒意十足地开口："不管怎样，你别放弃我啊！"

攒足精力再出发的时候，是第二天早晨。两人直达西宁，在市里补充了点儿吃的喝的，徐皓跟闫泽换位，往茶卡开去。远离城市，人烟越发稀少，公路就窄窄的往返两条道，但已经闯入草地高原。

海拔三千米，细绒般枯黄的草地一直铺到地平线，夕阳把山色融成一团。冬天黑得早，深蓝色厚重的云裹挟着一小团太阳挤在天边，车内暖风一直烘着，车外视野广阔又敞亮。

徐皓在开车，路上冷清，时不时能看见牛羊，再往后，路灯也不怎么见了，只有两盏车灯衬着仅存的落日，来往的车都没有了。

徐皓觉得这地儿未免有点儿荒凉，看了一眼导航，方向没走错，但这种地方走夜路不太安全。徐皓说："咱是不是得找地方住了？"

闫泽在副驾驶座上摆弄手机，说："找着呢。"然后他又"啧"了一声，"这什么破地儿啊，连个宾馆都没有。"

得，这就是出门不做攻略的下场。徐皓看了看天色，还有一句心里话没说出来：这地儿晚上连个路灯都没有，等天彻底一黑，他怕闫泽犯病。

正这么想着，车头前的草坡上突然冒出来一大群羊。羊群密度很大，放眼望去羊毛白花花一片，冲过来一下子把车包围了。徐皓连忙停车，闫泽也是始料未及："什么情况？"

徐皓听着羊叫，很无奈："这下好了，咱俩彻底脱离工业世界了。"

闫泽瞧着羊群挺稀奇，去开车窗，窗外骤冷的空气一下子涌进来，鼻息直接冻成霜，闫泽赶紧把车窗关上："这么冷！"

徐皓也挺乐呵："这群羊还真抗冻嘿。"

两人身上穿着薄外套拉开车门，去后备厢翻衣服。

他们打从一开始就没想到这边冬天会这么冷，别的东西带足了，唯独御寒衣物不太够用。徐皓体脂率本来就偏低，被高原六七级的冷风一吹，冻得一个劲儿抖，看闫泽那边也是够呛。他们正想赶紧钻回车里，一个穿着大棉衣的少年带着一条大黄狗从羊群后面走过来。

少年看上去十七八岁，穿着高原游牧民族典型的大棉衣，戴着厚棉帽，嘴唇干裂，脸颊黝黑泛着健康又鲜烈的高原红。

徐皓远远地冲那少年喊话："小兄弟，周围有住的地方吗？"

那少年闻声过来，大黄狗绕着周围的羊群来回跑。少年打量了一下徐皓和闫泽两个人，用不太流畅的普通话跟徐皓说："你们要过夜？"

徐皓哆哆嗦嗦地把手揣在怀里，感觉自己像个难民，再看闫泽，握拳凑在嘴边，人都僵得跟块石头似的了，还嘴硬不吭声。徐皓说："是啊，你看，这地儿也太冷了。"

那少年听懂了徐皓的话，咧着嘴笑起来，牙齿算不上多白，但是非常整齐。少年又好奇地问："你们，城里来的？"见眼前这俩男人实在冻得够呛，他就说，"跟我走吧，前面有生意，客人，可以住。"

少年要管羊，不便上车，徐皓就慢速跟在这个少年后面。越过草坡，在一块向下延伸的平地上看到了三顶蒙古包状的大帐篷，帐篷再往下，延展出海一样的湖泊。

帐篷搭得随意，每顶帐篷之间都保持着十几米的距离，最大的主帐篷居中，门口拴着一只精神抖擞的德牧，旁侧还有篝火和烤肉架。烤肉架上架着一条大羊腿，肉香味飘得相当远。

帐篷的主人是一对四十多岁的游牧夫妇，看样子像是那少年的父母，少年跟那对夫妇简单地说了两句，那位身材丰满的女人就向徐皓二人走来。

原来这帐篷是可以接待客人的。听那意思，冬天会来青海湖的旅客很少，但夏天人多，旅游旺季的时候，他们会多搭几顶帐篷，供路过的旅客居住。

因为现在是淡季，压根儿没什么人会走这一带，所以他们没准备，只能临时收拾出一顶存干草的帐篷给客人用，但是可以提供电褥子和电暖气。

徐皓一听，临时就临时吧，这荒郊野地大冷天能找个挡风的地方就不错了，何况人家还有电，连忙答应下来。

两人进帐篷一看，其实地方还不错。帐篷扎得非常结实，一张硬板双人床，顶上挂着一盏电灯，虽然温度还是很低，但至少是一点儿都不透风。

徐皓又向女主人询问，有没有多余的军大衣和厚棉帽，他们可以额外付钱。女主人回自己帐篷找了一圈，拿来两套有点儿破旧的衣物，那意思是不用给钱了，借给他们穿，徐皓连声道谢。

闫泽全程没说话，坐床边不知道琢磨什么呢，抬头看见徐皓已经戴好帽子，正在裹军大衣，胳膊上还有一个花补丁，他一下子没忍住，笑出声来。

徐皓听他笑，回过身来。闫泽笑着倒在床上，抹了一把脸："你这也太土了！"

徐皓没好气地踢了他一脚："这叫入乡随俗，别笑了，赶紧穿！"

闫泽笑着坐起来，一边说着"行行行"，一边去穿衣戴帽。穿戴好之后，徐皓一看也乐了，果然很土，难得见闫泽这么乡土气息的样子。

两人裹着厚重的军大衣从帐篷走出去，准备找点儿吃的。此时天已经全黑了，没灯，但月色明亮，视物效果尚可。不远处篝火烧得正旺，徐皓回头问他："你还行吗？"

闫泽看上去状态还不错，他跟在徐皓后面："有什么行不行的？"这意思就是还行。

走到篝火旁，烤羊腿的味道实在是香，馋得那只德牧直流口水。徐皓把手揣在军大衣袖子里，去跟旁边的男主人打探："你们这个烤羊腿，卖吗？"一只活羊不便宜，要是人家还免费，徐皓都不好意思吃。

所幸那男主人挺实在，说："卖，烤羊腿，烤全羊，都能卖。"

两人一合计，就先要个羊腿吧。徐皓找了个长条木板凳坐下，闫泽就跟着坐在他旁边，两人胳膊长腿长地挤在一条长凳上，都把那个男主人看乐了。男主人又拿了个板凳过来，说："这还有呢。"

闫泽抬头看了一眼又撇开，摆明了一副拒绝交流的姿态。徐皓估计这黑灯瞎火的环境，闫泽心里肯定不自在，于是接过话："你不用管他了，我俩刚刚真是冻得够呛。这得有零下十几摄氏度吧？"

男主人又笑，摆了摆手："可不止，冬天，太阳一落下去，零下二十多摄氏度。今年算好的。不太冷，羊能挨过去。还有零下三十多摄氏度的时候。"

徐皓"啧"了一声，回头去看闫泽："难怪，我说咱俩不至于这么虚，这是太冷了。"

闫泽胳膊肘架在膝盖上，一直在看那个被肉香味引得流口水的德牧，德牧也看过来，一人一狗不知道在进行什么交流。

男主人喊了一声狗名，叫"小逮"，那德牧立刻跳起来，有绳子拉着，还是跃跃欲试，十分精神。

男主人问客人："不怕？"

闫泽说："怕什么，这狗挺好玩的，能吃烤羊腿吗？"

男主人去解绳子，说："能，怎么不能，什么都吃。不过谁舍得拿烤羊腿喂狗。"

绳子被解开，德牧立刻跟脱缰的马似的往草野上狂奔，兜了一圈又飞速跑回来，围着男主人一直打转儿。

闫泽跃跃欲试地看着狗。徐皓看闫泽一副想上前又不肯脱离板凳的样子，都替他觉得费劲儿，索性自己先站起来。

结果徐皓这边刚动，闫泽就抓住徐皓的手臂，手劲儿还不小，像是被徐皓突如其来的动作给闪了一下，有些仓促地看着他："你干吗啊？"

徐皓说："我去逗狗，行不行？"

闫泽跟着站起来。他手劲儿紧绷，像是在独木桥上找平衡。

闫泽说："那我也去。"

两人刚站起来，那德牧直接扑过来了，被男主人及时一喝，又听话地蹲在地上，伸着舌头喘气。男主人忙着去烤羊腿，临走嘱咐他俩小心被咬。徐皓看狗挺乖，半蹲下去顺势揉了两把德牧的毛。

闫泽看看狗，抬头说："再来条羊腿。"

男主人应一声，然后扭过头来："吃得了吗？"

闫泽"嗯"一声算是应了。闫泽坐回长板凳，双手搭在膝盖上，从紧绷的情绪中逐渐放松下来，又去注视着眼前一人一狗和火焰。

徐皓三米之内都算安全区，安全区可以自由活动。徐皓揉完狗，被甩了一身口水，回头见闫泽嘴角带笑，手靠在唇边，眼底泛着火红色的温情。

羊腿已经在切片了，徐皓扫了扫身上的狗毛，问闫泽："怎么了？"

闫泽用指腹揉了一把眼睛，说："没什么，这狗跟你好像，一副傻样子。"

冬天日出晚，早晨7点多，高原仍埋在夜色的湖泊中。徐皓裹着军大衣走出来，土帽歪斜地戴在头上，因为手冷，两只手揣进棉袖筒里，一副憨憨的样子。

篝火早在昨夜就已熄灭，羊群拢在一起，偶尔传来几声狗吠，声音离人很远。徐皓没走远，就在帐篷门口旁边坐下，不多时，侧方门帘又被人拉开。

闫泽肿着一双眼，嘴唇干裂，没戴帽子，衣服穿得乱七八糟，显然是刚睡醒。他出来时才意识到旷野上仍然漆黑一片，一时间被堵在帐篷口的位置动弹不得。而眼下徐皓就在闫泽斜前方坐着，两个人离得并不远，闫泽发现他的时候，徐皓已经从黑暗中站了起来，先开口："醒了。"

两个人挨着坐下，徐皓一副要谈判的语气，但话说得挺慢："之前张旭升不是非要我和王浩然看个粤语电影，看完了好给他电影作对比什么的吗？我不知道你看没看，那会儿看完没想别的，唯一的感触就是想着有时间也去南美洲走一遭。"

这注定不是一个寻常的早晨，破损的棉大衣，干裂的嘴角，敞着怀坐在土坡上，头发乱到起飞。往日城市里生活的样子几乎被磨损，无比接近真实。

闫泽仰起头，双手撑在身后的草地上，吸取氧气般呼吸着零下好几摄氏度的冷空气，思绪被肺腔里那股呛人的铁锈味冲刷得一干二净，好歹是把自己的情绪控制住了，听徐皓继续说："处理人际关系不是我的强项，是我把事情想简单了。昨天晚上我想明白一件事，我这一生中遇见过不少人，甭管男女老少，你算头一号。有些话我没机会说，那狗屁的蝴蝶效应把什么都变了，还就你没变。我闭上眼都知道你说哪句话该是什么鬼样子。

如果命运注定要这么走，那么我接受……那句台词怎么说的？"

徐皓眯着眼一边思索台词一边去看朝阳。

一轮巨大的红日升起，大批羊群冲入视线内，海一样的湖泊从地平线血色延展开。一瞬间，闫泽在萦绕的铁锈味中似乎意识到了徐皓接下来想说什么。

徐皓看着远方，从喉咙里含糊地笑了一下，道："借人电影一句话，大概是这么个意思。以前算我心态有问题，闫泽，咱们既往不咎，从头开始吧，行不行？"

这趟为期一周的旅行把人摧残得跟难民一样。回程，被城市那种现代化环境一包围，再洗个痛快的热水澡，令人真有种恍如隔世的感觉。徐皓估计，闫泽这辈子难得有几次这种体验生活的机会。

说实在的，要不是徐皓小时候曾经在农村生活过，他也不一定就受得了这种罪。即使如此，享了这么多年福，乍一下被送到荒郊野地去放羊，每天动不动就踩羊屎，冰天雪地还没地儿洗澡，想想就觉得难以忍受。

回来的路上，两人那脸被摧残得跟刚从矿上下来似的，反观闫泽竟然心情还不错，还知道用手跟着节拍敲打方向盘，干到起皮的脸上挂着笑容，速度恨不得轰到一百八。徐皓顿时觉得以前把闫泽想错了，他总以为大少爷吃不了苦，没想到闫泽承受能力这么强。如果徐皓有闫泽这生活环境，经历这么一出，指不定得整出什么心理阴影。而闫泽都这德行了竟然能笑得出来，实在是令人佩服。

到家，重新拥抱网络，生活立刻步入正轨。马修学分修得差不多，看意思是可以提前毕业了。电话连线的时候，他正在策划毕业旅行，问徐皓和安德烈有没有什么推荐的地方。当时徐皓和安德烈正忙着其他事务，没搭理他。马修气得要命："要我说，我们之间面临最基础的信任问题，根源就在于我一直说话而你们仿佛聋了，是造物主在把你们扔到人间的时候在耳膜上加了过滤网吗？嗯？我都这么大声了，你们却一点儿都听不见？嗯？一个字的建议都不给我？"

安德烈放下刚打印出来的上百页资料，叹了口气，看着视频里的马修："好吧，你想要什么建议？你又不是没钱，毕业旅游你就算是想去北极游泳，也可以请人给你量身定制一套方案出来，好吗？"

马修冷笑一声，一边吃着薯条，一边阴阳怪气地点评道："去北极游泳，嘀，亏你想得出来！"

安德烈很无语地看了一眼徐皓，说："天杀的，我就不该接他的话茬，我这不是上赶着找骂吗？"然后他又看向马修，"我的天，你竟然还在吃马铃薯，你还没吃够吗？"

马修不置可否。徐皓快速翻看手里的文件，头都没抬一下，对安德烈说："迎难而上一向是你难得的优秀品质，我明白，这也是我们三个合作这么愉快的原因之一。"

安德烈琢磨了一下："我怎么觉得这不太像夸奖，等等，你们两个怎么联合起来对付我？你们要是这样，那我可不客气了啊！霍尔，你知道我前两天在法国遇见谁了吗？"

徐皓目光定格在最后几页文件上，看得很仔细，没留心安德烈在说什么，随口敷衍："哦，谁？你第一百零几个前任？"

安德烈突然狂笑起来，甚至差点儿从椅子上翻过去。徐皓和马修一时间被安德烈这突如其来的狂笑震住了，都抬起头来。安德烈笑得抹泪："我遇见了珍妮，珍妮·德姆维尔，那个漂亮的红发妞！我在阿尔布瓦的街上遇见她，不知道她怎么跑到法国来了，还养了只狗，那狗就叫霍尔。哈哈，我的天，那狗可是太聪明了，是一只优秀的赛级猎犬。珍妮说起这名字的时候不太满意，她的原话是：这名字的原主人怎么比得上她的狗。她要是再看见你，指不定会放狗咬你。原来前任不如狗这话是真的。我当时笑得肚子痛。霍尔，你说你怎么会有这么好笑的一段感情！"

徐皓嘴角抽搐了一下，眼前浮现出那个头发漂亮得像珊瑚一样的美国姑娘，性格和身材一样火辣，但是有点儿烈过头了。到现在徐皓都还记得当初对方甩在他脸上的那个巴掌，敷了两天冰袋效果都不明显，被安德烈撞见差点儿笑到窒息，最后搅和到宾大上下就没几个不知道的。

耳边听着安德烈和马修此起彼伏的鸭叫似的笑声，徐皓看完了最后一页文件，把纸张摞在桌子上收拢了一下，抬头看着屏幕里的两人："行，既然大家今天都不想谈工作，那我就顺便再公布一件事。"

安德烈抹了把脸，抬起头来，他试图把笑收起来，但是完全收不住，于是做了一个十分夸张的憋笑表情。而马修那边则是把两只脚搭在桌子上，不停地往嘴里倒薯条，他惯常有一种挑衅的笑法，听起来感觉十分欠揍。

显然，两个人都没把徐皓接下来要说的话当回事，他们都以为徐皓是不想再谈论他的"黑历史"从而试图转移话题。

徐皓秉承着他一贯直截了当的作风，开门见山地对安德烈和马修说道："这么跟你们说吧，我有了一位好兄弟，独一无二的，与众不同的，仅此一位的兄弟。提前给你们打预防针，怕下次见面你们撞见了，适应不了，就这样。"

安德烈的脸在那个夸张的憋笑表情中僵住了，连眼神都不动一下，仿佛一时间没听懂人话。而马修……马修的视频框里没有人了，他整个人从椅子上翻了下去，视频镜头里还挂着一些沾有唾液的马铃薯碎屑，显然是刚从嘴里喷出来的。

徐皓较有先见之明，没等他俩反应过来，先把电脑关了。十几秒后，电脑旁边的手机振动起来，徐皓看了一眼，海外号码。不用动脑子他也知道接下来会面临安德烈和马修怎样层出不穷的聒噪盘问，一时间解释也解释不清楚，还不如让他俩自己消化一下。徐皓十分果断地把手机关机，自己则继续投入工作中。

手边这些资料看着还不错，尾页部分有一个项目，利润不明，但实操性强，是马修强烈要求投资的。

对此，徐皓虽明面上不表态，但安德烈知道，一般遇到这种事，徐皓不明确表示拒绝就算赞成，即使他们评估过后仍觉得这个项目风险远高于收益。安德烈老早之前就知道他这两位合伙人各有自己的职业操守。

徐皓看着项目企划方案里的资料，临时想起来王浩然就在F大硕博连读，有些项目相关的专业问题或许可以问问王浩然。

正这么想着，门铃响了，闫泽站在门口，一身剪裁得体的手工黑色西服，往日凌厉的额前发向后梳，露出的眉骨分明。他单手插在西裤的口袋里，等徐皓一开门，就轻车熟路地往里走，把车钥匙往桌上一扔，然后整个人在客厅的沙发上摊开，问："你手机怎么回事？"

好嘛，这都跟进自己家门了似的，一点儿不见外。徐皓说："没电关机了，你今天怎么穿得这么正式？"

闫泽头靠在沙发上打量徐皓："刚办完事，路过你这儿，就过来看看你，你干吗呢？"

徐皓说："工作。"然后他走过去，把闫泽嘴里的烟抽走，捻灭在之前跟何富生在拍卖会上带回来的烟灰缸里。

闫泽任由徐皓把他的烟抽走，仰着头躺在沙发上，一点儿脾气没有，还在那儿看着徐皓笑："好嘛，你说了算。"

语气那叫一个妥协，好像徐皓提了一个多么无理的要求，而他倒成心胸宽广的了。徐皓也觉得闫泽这态度挺好笑，踢了他小腿一脚，说："我一会儿去公园跑步，你去不去？"

闫泽打起精神来，把领带随手一扯扔在沙发上，然后松了松领口，说："去，当然去。"说完，他起身走到徐皓卧室，在衣柜里一顿翻找，找出来一套没穿过但褶皱可疑的运动服扔在床上。

徐皓在卧室门口仔细打量了一下，觉得稀奇："我怎么不知道我还有这么一套衣服。不是，你瞎翻什么呢？"实在看不过闫泽那种强盗一样的翻找架势，徐皓索性走过去帮他找，"护膝我都放这边了，收汗头带要不要？用我的吧……鞋？你多大脚？实在不行回你家拿一趟……等等，你的鞋怎么会在我家？"

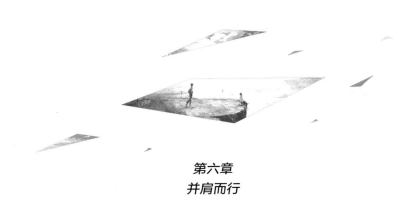

第六章
并肩而行

夜，纽约。

邵老坐卧在一张舒适的软皮沙发中，苍苍白发一丝不苟地向后梳上去，他背后是一张宽敞的木桌，桌旁立着一个金头发的中年男人和一个华裔西装男子。邵老面对着落地窗，腿上盖着一条毛毯，此时正在听那个金发男人逐字逐句地汇报事情。

从七十多层高楼的落地窗看下去，城市如同一条条光线交织的河流，而在一个很高的位置上，坐着一位生命即将走到尽头的老人。他位于河流的聚涌处，手上如同握着一张大网，只要微微收拢，就会有羸弱的光斑跟着塌陷。

邵老耐心地听完旁边人漫长的汇报，用带了些口音的英语问："董事会那边怎么说？"

金发男人犹豫了一下，用流利的美式英语回答："前段时间韩俞先生来过一趟，不知道少爷那边是怎么处理的，之前几个冒头的最近都不作声了，目前董事会过半人数选择不表态。"

邵老用手抚摸着沙发旁侧的羊脂白玉扶手，说："是长大了。"在沙发上活动了一下身子，邵老露出一丝笑容，"只是董事会这帮人，不捎上两句话，还真当我死了。"

金发男人额头上渗出一层冷汗。

邵老摩擦着掌下的羊脂白玉，眯起眼，颇似自言自语道："韩俞这孩子在阿泽手下做事，原本是想着帮衬一下，如今倒是刀用在刃上了，一个两个反而合起伙来刺我的手。他对阿泽没二心，我不会跟他计较。阿泽这孩子，与我年轻的时候很像，翻脸不认人，有时候下手难免不留情面。这点崇明比不上他……"

话说到这里，邵老的眉头突然似针扎般抽动了一下，他皱起眉，不再说话。

偌大的房间陷入了沉寂。不一会儿，邵老又问立在一旁的华裔男子："查得怎么样了？"

华裔男子上前一步，毕恭毕敬地递过来一个文件袋。邵老打开文件袋，第一眼看到的是左上角那个年轻男人的照片，笑容很有感染力，是一张典型的入学证件照。

资料中有许多个人细节，还有朋友圈子介绍。徐皓平日里交往密切的朋友还真不多，寥寥几页就能翻完。

能让邵老花费时间翻阅的资料着实不多。第一是这本资料关系到的事情确实比较特殊，第二是徐皓这履历，对于他人生的起步平台而言，虽然不能说完美，但实在不能说不漂亮。看得差不多了，邵老把资料往桌子上随意一扔，然后皱着眉头，用苍老枯瘦的手指揉了一下额角。

片刻后，邵老睁开眼，道："这后生交朋友还真是有一套，能力不错，眼光也好。如果做朋友，会是个很不错的朋友。却偏偏……"

邵老又把眼睛闭上，深深皱起眉头，用手揉着额角，问华裔男人："他父亲那边公司怎么样？"

华裔男人说："私下查过，但是被少爷那边的人发现，用手段压下来了。而且……"

邵老睁开眼，目色沉沉地看着华裔男人。

华裔男人擦了一下额头上的汗，继续道："对方防范意识很强，几乎查不出什么纰漏。除非，是用一些非常手段，但少爷那边总有人盯着……"

邵老一笑，甚至浮现出一丝慈爱："如果你只会讲废话，那我为什么要请你来？"

2017年对于很多人来说是意义非凡的一年，包括徐皓。徐皓没见过2018年什么样。2018年发生过什么国际大事，取得了哪些科技成果，流行过什么网络用语，人们谈论着什么，忧虑着什么，或许无非与之前若干年都相同，人们平凡地生活，世界正常地运转。

但徐皓无从得知，他的人生曾被永久地停留在了2017年。所以2017年对于徐皓而言不太一样。原本2016年底那段时间，徐皓心态还算平稳，该干吗干吗，临近年关，关于2017年的新年祝福铺天盖地地涌来，他才觉得有点儿不对劲。直到那天晚上的跨年钟被敲响，徐皓两只手搭在自家阳台的栏杆上，看着远处尽情绽放的烟花，手指和喉咙没来由地有点儿发痒，是想抽烟的征兆，肩膀又很沉，犹如被什么沉重的东西攥住。

正在此时来了通电话，那边一如既往吊儿郎当的腔调："新年快乐啊，徐皓。"

徐皓笑，看着烟花，手没来由地有些不听使唤。听到电话那边隐约有跑车引擎轰鸣的声音。一周前闫泽去美国，说是去办事，走得比较匆促，也定不下归期。再加上这段时间两个人都比较忙，竟然只打过两通电话，不过两人都不太计较这种事。徐皓回应道："新年快乐，你什么时候回来？"

闫泽没有直接回答徐皓的问题，而是问他："听声音你心情不太好，怎么了？"

徐皓捻弄着烟的手一顿，一时间竟说不出什么。城市外围的跨年烟花在眼前一簇一簇地绽放，在某一刻，孤独尤其。但徐皓实在不想把这种隐蔽的情绪传播出去，便逞强似的开始扯皮："我还好，孤家寡人在家跨年嘛，人家外面都成群结队，难免就有点儿那什么。早点儿睡吧，你什么时候回来告诉我，我给你接风，好吧……"

话还未说完，那边引擎的声音消失了，随后是打开车门的声音。闫泽说："我现在往你楼上走，准备开门吧。"

说完这句话，不等徐皓回应，闫泽就把电话挂了。徐皓知道闫泽不是会开这种玩笑的人，突然就有种被抓包的感觉，他赶紧把烟扔进垃圾桶，又使劲儿揉搓了两把脸，还没放下手，门铃就响起来了。

徐皓勉强收拾好情绪去开门，闫泽就站在门口，他的头发剪短了一些，身上套着一件皮夹克，精神状态非常好，有点儿浪荡不羁的感觉。

徐皓看着闫泽，突然发现剪短头发的闫泽更像从前，过去难忘的种种浮现在脑海中。徐皓愣愣地站定在门口。

徐皓张开双臂拥抱住闫泽，对方回应的力气很重。徐皓把头闷下去，好像全身上下都很累，自言自语道："原来你26岁长这样。"

闫泽把徐皓抱得很用力，动作上透着一点儿僵硬，但好像抱得够紧就可以给徐皓力量一样。闫泽略有些小心地问："你怎么了？"

自16岁梦醒以来，徐皓其实没什么机会表露某些负面的情绪。徐皓很忙，一直很忙，忙着跟时间赛跑，忙着让自己变得更强大，忙着武装他所在意的一切生活。可是曾经经历过的心情都缩在那里，小小的、脆弱的、负面的，无法被消化地缩在角落里，告诉徐皓，其实他怕死，他也怕疼，他怕不负责任抛家弃业的骤然离去和毫无意义匆匆而过的短暂人生。他怕重蹈覆辙，更怕面对至亲痛苦不堪的脸。一想到26岁的那个夏天，他就感到痛苦，这份痛苦甚至没办法用忙碌的生活抵消掉。

闫泽察觉到不对劲儿的时候，想松开拥抱看徐皓的脸，可是徐皓突然加大力气，用力地固定住现有的姿势不让闫泽转身。今天晚上徐皓尤其难过，这种心情没法告诉父母，没法告诉朋友，不知道为什么偏偏在2017年的这个年关，在闫泽面前，情绪突然失守，所以他不想让闫泽看见他此刻的表情。

徐皓说话的时候带着点儿气音，很不平稳，但他竭力用比较轻松的语气说出来："闫泽，2017年，26岁，咱俩好好过生日，咱俩好好把这一年过去了，好吧。"

闫泽闻言身体僵硬了一下，挺正常一句话，没来由让徐皓说得这么正式。但闫泽也大概明白徐皓想表达什么意思，徐皓语气很认真，并且这一年大概对于徐皓而言别具意义。但具体是什么，徐皓不想说就算了。闫泽也学着徐皓轻松的口吻："你想怎么过，随你咯。"

徐皓心情总算是平复了一些，问闫泽："你回来怎么也不提前跟我说声？"

闫泽跟在徐皓后面进屋，说："临时决定的，上飞机那会儿国内才凌晨3点，说什么！"

徐皓在一片日光中醒来，冬天天气晴朗时，阳光发白，他眯着眼睛不想动。没一会儿，徐皓家的门被敲响了。

敲门声一阵接一阵，徐皓跑出去开门，门一开，跟王浩然对上了眼。王浩然不知道什么时候配了副眼镜戴在鼻梁上，俨然一副搞学术的样子。

王浩然面带微笑看着徐皓，旁边还站着一个戴墨镜的黑衣男子，装扮非常像20世纪90年代港片里的黑社会大哥，他手里提着一个神秘的黑袋子，也面带微笑地看着徐皓。

徐皓说："哎呀，出野外回来你也不告诉我一声？你这不是……"一扭头，他发现王浩然注视着前方，一副皮笑肉不笑的样子。

徐皓闭嘴，扭头顺着王浩然的视线看过去，只见闫泽左脚一只蓝拖鞋，右脚一只黑拖鞋，慵懒地坐在沙发上，长手长脚随意地搭着，仰着头睨着王浩然，笑得阴恻恻地："来这么早，别人不睡觉？"

王浩然深吸了一口气，看着徐皓微笑着说："我劝你这么多回，敢情你都当耳旁风了？他是个什么样的人你不清楚，徐皓你脑子进水了？"

私底下，王浩然对闫泽颇有微词。不过，话说回来，闫泽这副德行确实很难让人帮他说好话。这两个人不对付，所以徐皓一直尽力不让这两人碰上面。但今天是个意外，而且徐皓没想到王浩然会当着闫泽的面放这种狠话，一时间惊呆了。

这下好了，闫泽脸上那点儿阴恻恻的笑也消失了，他抢起桌子上的烟灰缸狠狠扔在王浩然跟前的地板上，直接给木头地板砸出一个小坑。然后闫泽站起来，左手食指指着王浩然："你会不会说人话？不会说就滚！"

徐皓一看地板上的烟灰缸，这可是他那天在拍卖会好几十万带回来的后现代艺术品啊，但这会儿也没工夫心疼钱了，他张开双臂拦住要动手打人的闫泽："哎哎，你别冲动，他开个玩笑没别的意思，咱这么多年老同学了，不要闹这么僵嘛……"

王浩然临危不惧，冷笑一声："我跟你说过了，他这种人就是仗势欺人。我开玩笑？徐皓你就是脑子让进水才会觉得我在开玩笑，我告诉你，你跟他来往，被拖死的是你，死了都没人给你收尸，到时候你别怪我没提醒过你！"

八百年没听王浩然说过重话骂过脏字，徐皓今天算是见识到了。而闫泽这边，徐皓是彻底拦不住了，他右手扒拉开徐皓的肩膀，左手一把抓住王浩然的衣领子扯到自己跟前，隔着徐皓竭力阻拦在中间的身躯，跟王浩然对吼："关你什么事啊？我们好得很，你才要去死，你再这么瞎扯，你信不信我弄死你？"说着，闫泽的头猛地一个后仰，接着使劲撞上王浩然的鼻梁。

....

徐皓从冰箱里拿了两个冰袋出来。王浩然坐在客厅餐桌旁的椅子上，闫泽坐在另一头的沙发上，两个人脸色都很不好看，衣服上都沾了点儿血，是王浩然的鼻血。此时王浩然正用五六张叠在一起的纸巾捂着鼻子，鼻子上面还贴着一个退烧用的冰贴。

徐皓走到沙发旁边掀开闫泽的头发看了看，额头一点儿事没有，他点点头，说："头硬，佩服。"冰袋自然没有他的份儿。闫泽怀里圈着一个沙发上的抱枕，顶着一张臭脸，也不看徐皓，玩命地换着电视频道，那遥控器算是倒了霉了。

徐皓又走到餐桌旁边坐下，把冰袋递给王浩然，王浩然拿过来一个抵到鼻子上，痛得他一阵吸气，低声骂道："真是有病，这人有病吧？"

徐皓说："哎呀，都是老同学，互相给点儿面子嘛。"

王浩然立刻撇开冰袋给徐皓展示红肿的鼻梁骨，开口鼻音特别重，语气非常愤怒："什么面子不面子，说到底你以后怎么样跟我有什么关系？我就是把你当朋友我才会劝你，我就是对他没信心！你看我鼻子啊！他什么身份你又不是不知道！"

徐皓给王浩然倒了一杯茶，说："哎呀，咱俩关系那必须铁啊，还有那个闫泽他平时脾气也没有这么差的，呃……"徐皓也给自己倒了一杯茶，感觉这话说得不是特别有信服力，于是换了个话题试图转换王浩然的心情，"哎，你配新眼镜啦？不愧是读博士的人哈，这一戴上眼镜果然就显得整个人特别有学术水平……"

王浩然手持冰袋抵在鼻梁上，两眼透过眼镜冷冷地看着徐皓。

徐皓并不是非得解决王浩然和闫泽之间的矛盾。这两位不是一路人，更玩儿不到一起去，解决不好反而弄巧成拙。其实，对于彼此看不顺眼的人，互相不接触就是最好的解决方式。

徐皓看着王浩然情绪有所缓和，试探性地跟他提了两句项目的事。没想到，王浩然一听这个，状态来得很快，一扫刚刚死气沉沉的样子，一边回应着，一边从包里拿出自己的平板电脑，给徐皓展示他这段时间的想法和搜集的一些论文资料。徐皓的电脑也在旁边，两个人索性就在餐桌上讨论起工作来。

王浩然有备而来，项目中涉及大量深度专业知识需要跟徐皓讲解明白。隔行如隔山，两个人交流起来还是费了不少劲儿。项目交流工作被敲门声打断，徐皓站起来想去开门，闫泽冲他摆摆手，示意他去开门。闫泽在沙发上趴了大半天，此时整个人看着懒洋洋的，他趿拉着拖鞋走向门口。

不一会儿，就见门外进来五六个着厨师装的外国男人，动作迅速且旁若无人，连锅带盆在客厅宽敞的茶几上一顿摆弄，还贴心地在桌子中间摆上花瓶，插了束鲜花，然后就匆匆离开了。这一切发生得快速而神奇，让人反应不过来。

王浩然都惊呆了，徐皓耸耸肩，不置可否，这厮肯定误以为他们天天都这么过。徐皓试图打破沉默，他看了一下手表，时间将近下午1点，跟王浩然聊得投入，竟然没发现时间过得这么快。徐皓挠了挠后脑勺，说："既然……既然那什么来饭了，边吃边聊吧？"

王浩然扫了一眼桌子上的饭菜，表情也挺微妙，说："算了，今天聊得差不多了，一会儿我还有事。"说罢，往徐皓斜后方扫了一眼，接道，"再者，我看另一位这表情也不是多欢迎我，好像我们占用了他家的地儿一样，真是可笑。"

徐皓今天才发现王浩然的嘴皮子还挺厉害，一瞟旁边的闫泽，那位脸色铁青，快跌破临界点了，而王浩然鼻子还肿着，徐皓真怕闫泽一火起来再给王浩然来上一拳，便忙又把话题扯回来："那下次吧，下次我请你吃顿好的，顺便聊聊分红的问题，是这样的，我觉得你可以兼职来给我们当个技术顾问什么的……"

话没说完，王浩然摆摆手，对徐皓说："咱们这个关系，有些话我就直说了，这里面的很多观点都不是我的，是我导师的。我出野外的时候浏览你发给我的资料，被他无意间看见，他对这个项目也非常感兴趣。分红、技术顾问什么的都无所谓，如果这个项目的科考队还在招募期，我们团队也想带几个人进去。当然，如果这件事令你难做，那就算了。你明白我的意思。"

徐皓稍做思考，答道："如果我没记错的话，这次科考队远不到饱和的人数，你们语言交流方面都没问题，又是专业的，没什么为难的。晚些时候我联系一下，有信了立刻给你回复。"

徐皓送走王浩然，再回来，闫泽仰面躺在沙发上，一只手遮在额头上，另一只手垂在沙发外面，饭菜怎么端进来的就怎么摆着，盖子都没掀开。

徐皓盘腿坐到茶几下铺着的毛毯上，掀开眼前最近的锅盖，一股子鲜美的俄罗斯红烩汤香气扑面而来，烩汤番茄味十足，上等小牛腩炖得软烂香浓，那味道甭提了。徐皓一边开餐盖，一边看着闫泽道："你怎么突然这么萎靡？"

闫泽从沙发上爬起来，面无表情，拿起勺子，从锅里舀了勺汤，又放下，说："没食欲。"他顿了一会儿，又说，"我要不是看在你的面子上，我早就……"

话没说完，余光瞥见徐皓放下了汤勺。徐皓脸上那种轻松的表情突然消失了。他眉峰微微收敛，视线沉下来，看着闫泽，像是在等他说话，但是没等到，便问："你就怎么样？"

闫泽看了一眼徐皓的表情，嘴唇动了一下，破天荒没有继续放狠话，而是拿起勺子搅着碗里的汤。没多久，闫泽又闷闷不乐地嘀咕："你听他说的那是人话吗？他把自己当谁了？"

徐皓用筷子轻轻抵住闫泽不停搅着汤的勺柄，闫泽的手就停在那个地方，握着勺子，一动也没动。然而两个人视线仍然是没接触的，徐皓看着闫泽，闫泽看着碗，于是徐皓又问："你还没有回答我，不看在我的面子上你要干什么？"

闫泽忍了一会儿，突然抬起头，愤怒地说："王浩然惹到我了，我想让他付出些代价，不行吗？你又不是没听到他说的什么话。我们的事情，他凭什么指手画脚？每次遇到这种事你总是偏袒别人，你有没有考虑过我的感受？"

闫泽这一番控诉，点燃了徐皓的火气。其实王浩然有些话说得没错，闫泽的脾气徐皓比谁都清楚，付出代价，什么代价？闫泽到底知不知道他们这群人随意说出口的所谓代价会对别人的家庭造成什么影响？徐皓用筷子点了点闫泽眼前的碗沿，说："闫泽，你觉得我没有考虑过你的感受是吗？你说我偏袒别人，你想散伙是不是？"

闻言，闫泽眼睛都瞪红了，一下把勺子摔在碗里："你敢？！"

徐皓猛地把筷子摔在桌子上，彻底火了："闫泽，你再给我摔一个试试？你看我敢不敢！"

闫泽从桌子上跨过来，一把把徐皓按倒在地毯上。他攥紧徐皓肩膀处的衣服，眼神恶狠狠的："不准！"

徐皓躺在地毯上，用力推了一把闫泽，没推动，说："行，动手，你想动手是吗？"两个人脸离得很近，徐皓突然发力起身，伸手一把钳住闫泽的下巴抬起来，能感受到闫泽剧烈的喘息。徐皓眨巴两下眼睛，点点头，说，"行、行，我没有考虑过你的感受，你就考虑过我的感受吗？我徐皓这辈子就没被人威胁过，有种你就继续说，你看我敢不敢！"

闫泽紧皱着的眉峰突然一松，视线无措了一秒钟，又盯紧徐皓把脸凑得更近，咬牙切齿地吼："徐皓你什么意思？！"

徐皓钳着闫泽的下巴把闫泽从他身上推开，接着从地毯上站起来："字面意思，把我家钥匙还给我，你最好自己冷静两天！"

说罢，他就往卧室里走，背后突然被人大力一撞。徐皓用双手缓冲了一下，却整个人朝前脸被挤在墙上。

闫泽身体颤抖着，大口喘息着，好半晌才扯出一些气音："我不走！你敢……干吗让我走！我就知道，都怪王浩然！都怪他！"

闫泽越说声音越大，还使蛮力把徐皓压在墙上，不肯松开。而徐皓这个姿势很不好着力，脸都被挤扁了，他气得够呛，冲着墙喊："你把我放开！你要把我挤死吗？你能不能像一个成年人一样解决问题？关王浩然什么事？"

闫泽继续吼："就是因为他！他不来什么都好好的，他一来什么都不好了！昨天你还好好的！今天就让我走！你怎么能说话不算数？你这是在骗我，你知道吗？"

徐皓脸紧贴着墙，差点儿被气笑了，主要是这个姿势真的让人哭笑不得。徐皓长出一口气，说："你倒说说我怎么骗你了！"

听得出来徐皓没那么生气了，闫泽也逐渐平静了。他狠狠揉了一把自己的脸，带着鼻音，委屈地说道："你想跟我绝交。"

徐皓趁机转过身来，有些好笑地看着闫泽，只见闫泽用右手掌频繁地揉眼睛，放开左眼去揉右眼，表情臭臭的，跟别人欠了他几百个亿似的。徐皓无奈地说道："我什么时候说要绝交了？"

闫泽说："你刚刚虽然没明说，但是你就有那么个意思。"

徐皓说："我没有。"

闫泽说："你有，我就是太了解你了，不然你为什么让我把钥匙还给你？"

徐皓说："你了解个头，我那是让你气得，你还说王浩然说的不是人话，你说的那叫什么人话？"

闫泽声音发闷："那我说的也是气话，谁生气不说气话，你生气不也说气话吗？王浩然说话之所以让我生气，是因为他跟很多人的观点一样，他们对我有偏见，而他跟你关系又这么好，我怕你受影响。唉，反正你不懂。"说到最后，闫泽深深地叹了口气，听那意思是无比惆怅啊！

徐皓说："我不懂什么了？我又不是第一天认识你，人家怎么说你我自己不会分辨呀？他们哪有我了解你，对不对？"

闫泽鼻音浓重，声音低且沉，说："你不懂，他们也不懂。这个世界上没人可以伤害你，包括我。"

徐皓身体一僵，视线转向一桌美味，可惜那些美味早已不再冒热气。鲜美的食物即将失去热度，就好像时间被定格在某个即将划走的保险期内。没来由，闫泽这句话令徐皓觉得有些好笑。

其实很多小男孩儿心里都有一个骑士梦。就在徐皓还酷爱玩变形金刚的年纪，他也有骑士梦。总有一天，他徐皓将凭一己之力打败恶龙，拯救被掳掠的公主。那公主一定要美丽、善良、柔弱。他可以从恶龙的城堡里用双臂将公主抱出来，然后像对待最鲜嫩的玫瑰一样，守护她，保护她。雨雪会令鲜花枯萎，大风会令花瓣散落，它如此娇艳，甚至是骑士自己都不敢轻易地触摸它。

然而童话世界崩塌了，战后世界来了。最终两个人只能在一次次枪林弹雨后的废墟中达成和解。

春节前，徐皓回了 X 市。除夕，表弟不看春晚，非要到徐皓房间里看电影。徐皓斜躺在沙发上陪着表弟看了一会儿，剧情实在乏味，他困得眼睛都睁不开了。

凌晨的时候起来，表弟还在徐皓屋里吵吵，徐皓受不了了，去阳台抽烟，顺便给闫泽打了通电话。闫泽在挪威，他妈妈身体一向不是太好，最近在挪威疗养。

徐皓这边晚上12点多，那边傍晚5点多。两个人聊了点儿没营养的内容，互相问候了新年好，闫泽问他："你又抽烟了？"

徐皓看着手里的烟，也不知道闫泽是怎么听出来的，就说："习惯了好难戒的。"

闫泽那边顿了一会儿，说："那你不要抽了，我也戒。"

徐皓一边抽烟一边含糊地笑了一声，说："这话真不像是从你嘴里说出来的。"

闫泽那边窸窸窣窣了一阵，然后贴着手机，嘟囔一句。

徐皓说："你干吗那么小声，难道周围有人懂中文吗？"

闫泽突然用英语说道："没有，但其他人看我的眼神很奇怪。所以我换了一间没人的房间。"

徐皓也用英语回他："那我也是。"

闫泽说："你接的是我的这一句，还是我的上一句？"

徐皓说："当然是上一句，哦，现在是你的上上句。不然我为什么要用英语告诉你？"

闫泽那边突然低沉地笑了起来，在2017年的除夕，X市的凌晨，满天星辉闪烁。

闫泽又换回中文，说："你表弟几岁了？你确定他听不懂英文吗？"

徐皓继续用英语回他："我想……初中了吧？管他呢，听得懂又怎么样，我又没说什么敏感词。"

一回头，见他表弟不知道啥时候就站在窗台边，吓得徐皓差点儿把手机顺着窗台扔出去，赶紧把电话挂了。然后他表弟用发现新大陆一样的眼神指着徐皓说："好哇，你偷偷抽烟被我发现了！我要告诉舅舅！"说着他就要往外跑，却被徐皓一把抓回来，捂住他的嘴不让他乱喊。

徐皓对表弟说："孟天宝，大过年的你别吵吵，想要什么好玩的表哥给你买好吧？"

表弟眨巴着眼看着徐皓，意外之喜甭提了，等徐皓放开他的嘴后，立马说："我要游戏机！"

行，有备而来。就徐皓他姑家这个条件不可能连个游戏机都满足不了表弟，主要是表弟平时学习不咋地，然后徐皓他姑父就对表弟的零花钱管得很严，怕他学坏。徐皓说："那玩游戏机不会影响你学习成绩吗？"

表弟立马扯着嗓子往外喊："舅——"

徐皓又一把捂住表弟的嘴，说："行，就当我给你压岁钱了，你想买什么自己去买可以吗？"

表弟一想，也行，就点点头。徐皓放开表弟的嘴。表弟说："那表哥给我转账吧，省得回头被发现我还得充公。"

还转账呢，徐皓踢了表弟一脚，这小子跟猴子一样蹿床上去了。然后徐皓又问："孟天宝，你这次期末考试英语考了多少分？"

表弟脸色开始变化："呃……呃……不是吧表哥，大过年的你跟我提这个？"

徐皓把转账页面调出来，手指放在待确认的按钮上，表弟一看眼睛都亮了，徐皓又问："孟天宝，期末英语考了多少分？"

表弟立刻投降："五十五分，表哥，一分不差五十五分！"

徐皓问："满分多少分？"

表弟支支吾吾："呃……呃……满分一百二……"

徐皓一时间简直不知道该放心还是该忧心："满分一百二你考五十五，孟天宝，有你的。姑父不是打算高中就把你送出国？你打算出去当文盲吗？"

表弟盘腿坐在床上，有点儿苦恼，滑着手机屏幕："其实我不想出去的，表哥。你也知道，咱们男人，对故乡都有牵挂。可是我爸不理解我，他从来不听我的意见。"

徐皓："不管怎么说吧，孟天宝，我劝你好好学习。"

大年初二，徐皓一家三口去奶奶家吃早饭，一大清早就听见表弟在隔壁跟姑父吵架，十分叛逆。不多时姑父拽着表弟的衣领子登门，表弟衣服皱巴起来，绷着一张脸又倔又臭，两个人的阵势把徐皓爸妈和奶奶都惊住了。奶奶忙走到表弟前面帮他整理衣领子："大宝这是咋了？"

表弟一看见自己的姥姥，没绷住就呜呜哭，姑父跟奶奶说："妈，你别管，这臭小子就是欠揍了。"然后姑父跟徐皓爸妈说，"你们知道这小子干什么好事了？他花了好多钱给人小女娃买礼物！"说着，姑父用力拍了一下表弟的头，骂道，"我让你不学好，我让你乱花钱！"

表弟一抹脸上的泪，恶狠狠地瞪着地板，吼道："我没乱花钱，我花的是表哥给我的零花钱，那就是我的钱！我爱买什么就买什么，你管不着！"

姑父一听，火气更旺，抬腿一脚踢在表弟的腿肚子上："敢顶嘴？不是乱花钱，你表哥也在创业，他的钱好赚吗，给你就让你这么花？你现在有什么能力这样花钱？你花的都是别人的钱，你现在不努力，迟早有一天都是要你自己还的，孟天宝，都是你自己偿还的！"

表弟说："永远都是这一句，永远都是这样。咱们家什么东西不是明码标价的？动不动就要我还这个还那个！别人都有游戏机可以玩，就我没有！别人都可以给人买礼物，就我没钱！呜呜，咱们家只看得到表哥，他多优秀，他多努力，没人看得到我，没人管我死活！"

说着，表弟摔门跑出去，看那样子跟要冲出去就不回来了似的。姑父正在气头上，说："让他滚，一天天不学好，让他滚了就别回来！"

徐皓穿了件衣服跟出门，手疾眼快在院子里把表弟抓住，表弟眼泪鼻涕一起往外流，但是很硬气，不吭声。

两个人在马路边上坐了一会儿，大年初二的早晨，街上没什么人。路边到处都是炮仗的碎片和纸筒。徐皓问表弟："孟天宝，你多大了？"

表弟抽着气说："十八。"

徐皓说："孟天宝，可以的，十八岁就知道给女孩送礼物，嘉嘉是吗？她全名叫什么？"

表弟抹了把无声流淌的眼泪，说："任思嘉。你跟我爸都一样，你们就笑我好了。嘉嘉是一个好女孩儿，她值得这一切。表哥，你也喜欢过谁吧，你不是应该会理解我吗？"

徐皓想了一下，决定转移话题，就说："其实我跟你一样。但那个年代的小孩儿大概比较朴实。我平时多开两句玩笑吧，接她们在球场递过来的水，路过教室里借本书，次数多了，就熟悉了。跟你不一样的是，英语满分一百二的时候，我都考一百一十五。所以这个问题说明什么？说明还是得好好学习。"

表弟前面听得还挺投入，一直听到最后一句，那脸色变得……然后发出好大一声不屑的"哼"。

徐皓继续说："可能是年代不一样，我比你晚熟。我十八岁认识了一群朋友，那时候才知道，原来男人可以通过送名贵礼物这种手段赢得一个女孩儿的芳心，就感觉这种人生又高级又潇洒。二十岁的时候，我遇到了一个女孩儿，她很美，但是不喜欢我。所以我拼命地给她送礼物，送首饰，后来，她变成了我的女朋友。我心想，这是一个好女孩儿，她值得我给她的这一切。"

表弟问："所以你现在有女朋友了？"

徐皓笑着看表弟："当然没有，你是不是傻啊？孟天宝。我想跟你说的是，这个女孩儿没多久就离开了我，因为另一个男人出现了。这位兄弟又有钱又有势，长得又帅，身材又好，就是脾气有点儿暴。所以这么一位高富帅对她示好，她连跟我分手都没来得及就劈腿了。你说气不气？"

表弟一拍腿："好气啊，表哥！你怎么回事啊，抢你女人的那个男人是你情敌啊，怎么在你嘴里全是好词儿？你也是一个完全符合当代'高富帅'标准的男人好不好？你可是我平常出去吹牛的头号素材啊！那女的也太没眼光了吧。"

徐皓说："你可消停的吧。我自爆这么多烂事，是让你引以为鉴，你品出什么东西来没有？"

表弟立刻炸毛了："我的嘉嘉跟你这个前女友性质可不一样，我的嘉嘉是个好女孩儿！"

徐皓说："那如果有一天另一个男同学出现了，长得又帅，打球又好，英语一百一十五分，数学满分，名贵礼物随便送，还动不动撩一下嘉嘉同学，你确定你的嘉嘉把持得住？"

表弟结巴起来："这……这……"

徐皓说："好，就暂且不提嘉嘉，换另外一个漂亮女孩儿，面对这种条件，拒绝得了吗？"

表弟不乐意了："这种偶像剧设定也就只有小姑娘才会信好不好？长这么大我也就认识你这么一个表哥好不好？"

徐皓说："那还是你见得太少了。孟天宝，你反过来想一想，你觉得你跟这种偶像剧设定比差在哪儿呢？长得帅吗？个头摆在这儿呢，反正不丑是吧？打球好吗？看你这身板，体育反正不差吧？至于花钱这个问题，你知道我为什么上学的时候零花钱那么多吗？因为我成绩稳定在年级前二十名。你舅舅高兴，每次拿到成绩就给我钱。拿着钱，我就可以大手大脚地去玩。所以现在你看出问题在哪儿了吗？"

表弟蔫了。

徐皓说："没错，你跟偶像剧男主就差一个学习成绩了。你现在这个年纪、这个优越的条件呢，也不需要想太多。你只需要记住一件事，你可以用你的成绩争取到很多现在没有的自由，即使在某种意义上是受限的，但这一切都将是你应得的。等以后入了社会呢，你的知识，你的思想，你的意志，就会变成你的武装。到那时，即使没有嘉嘉，没有爱情，没有钱，什么都没有了，你的精神也不会垮掉。你明白我的意思吗？所以现在，趁着还有时间，好好努力吧。时间不等人，孟天宝。"

两个人回家的时候，家里已经开始准备午饭了，见两个人回来也没什么反应，看那样子本来也没怎么担心过。徐皓上二楼看电视，表弟跟在后面，还有些没精打采的样子。看了会儿电视，表弟突然问："表哥，你有什么特别想做的事没有？"

徐皓说："你是说真的假的？"

表弟说："什么真的假的，我想问的是，你现在做的就是你小时候的梦想吗？"

我的天，都多大了，还梦想呢。徐皓说："算是吧，不然我现在成天累死累活的是在干吗？"

表弟突然扭捏起来，说："哎，表哥，其实我也有一个梦想，但我一直没好意思说……哎！你先不要看电视了，你听我说嘛！"

被抢走遥控器的徐皓看着表弟："行，你说。"

表弟抓了抓头发，很难为情，脸都涨红了："其实我从小都想当个飞行员，努努力，说不定还能当个宇航员？你看我有这方面的潜力吗？"

徐皓把遥控器抢回来，继续换台，说："我又没开过飞机，更没坐过火箭，我怎么知道？"

表弟的脸色由红变紫，很难描述。

徐皓说："孟天宝同学，你都十八岁了，是时候为自己的人生目标负责了。反正甭管以后干吗吧，文盲是当不了飞行员的，更当不了宇航员。你懂我意思吧？"

表弟痛苦地抱着头倒在沙发上："呃啊，你真的好烦啊，你叨叨来叨叨去怎么都是这件事啊，你才二十六岁啊，我们五十多岁的班主任都没有你能叨叨啊，表哥！"

三月份的法国气温比国内北方气温稍高一点儿，徐皓乘飞机抵达巴黎戴高乐机场的时候，正是晌午。正月里，他和闫泽相约欧洲见面，三月份，徐皓处理完国内的事情就坐飞机来了。徐皓下飞机打开手机，没两分钟，有电话打进来，闫泽在电话那头的语气很愉悦："到哪儿了？"

徐皓从机场大厅走出来，太阳很高，他抬手遮了一下，审视着身边法语英语混杂的引路牌，说："法国。"

闫泽在电话那头轻笑了一声，说："那说明你没坐错飞机，厉害。"

徐皓调侃："行，大老远飞过来就这接待态度，我原路返回了啊？"

闫泽立刻接话："哎，别、别……"听闻身后有脚步声接近，徐皓似有所觉地转身，正对上闫泽伸出来准备抢徐皓手机的左手。

因过年以及一些别的杂事纠缠，徐皓和闫泽已有一个月没见面。但这并不影响两个人对彼此那种熟稔的感觉。徐皓笑了笑，装不认识他，用英语客套地问："喂，你这是在做什么？"

闫泽很配合，他也微笑着摊开手，表示他没什么恶意，并用英语回徐皓："没什么。很高兴看见你。"

他们的相处模式有点儿奇怪。分开的时候不会过分挂念，因为各有各的事，并且可以达成共识；再见的时候又会重燃昂扬的热情，一点儿都不会因为时间消减，反而会像八月份风暴过后的晴天一样日光泛滥。两个人先是假惺惺地握了一下手，然后又热情地拥抱了一下，都笑得有点儿莫名其妙。

闫泽取车，徐皓坐上副驾座。倒时差并没有令他觉得很疲惫，徐皓打量着巴黎的街景，突然问闫泽："你刚刚说的什么我没听懂，是法语吗？"

闫泽将车驶入马路，意识到徐皓问的是哪一句话，说："对，我外婆从小是在法国生活的。我以前也会一些法语，刚刚想起一句话。"

徐皓觉得稀奇："是什么？"

闫泽瞥向窗外，道："嗐，没什么。"

徐皓说："翻译翻译？"

闫泽摸了一下鼻子，看上去不太好意思："怎么说呢，翻译成中文好没意思的。不听也罢！"前半句还是普通话，后半句又讲外语，蒙混过关的意图十分明显。

徐皓看闫泽这副嘴脸，伸手去捏住闫泽的腮帮子。闫泽吃了一惊，忙稳住方向盘，脸被徐皓扯变形，闫泽目光严峻地看着徐皓。

徐皓看闫泽这表情，一个没忍住笑了。

闫泽挺没辙的，单手搭在方向盘上，徐皓趴在副驾座上直笑，那神情很容易便让闫泽想到以前那段少年时光。那会儿徐皓挨窗坐着，时常会跟别的男生开玩笑，有时候笑得不行就会用手去拍窗台。有一次徐皓动作幅度过大，碰倒了窗台上一盆刚刚发芽的绿植，花盆碎了，根茎和土都被摔在外面。第二天徐皓带了个花盆来把植物栽了回去，一天浇三次水，但那棵苗最后还是枯萎了。看那光景像是被浇死的。这件事令徐皓深受打击。想到这儿，闫泽嘴角无意识扯起一丝笑，随后露出既无奈又妥协的表情。

本次车程的目的地是闫泽名下的一座葡萄酒庄园，距离巴黎有五个多小时的车程。徐皓有一搭没一搭地和闫泽讲话，随着汽车平稳有序的轻微颠簸，徐皓感觉到一丝困倦，于是他靠在副驾的软椅上打起盹儿来。

不知过了多久，徐皓于睡梦中感受到手机振动，后知后觉地接起来，电话那头安德烈的声音听上去喜气洋洋的："霍尔，你定了来找我们的日期了吗？我是这样想的，我先去找马修，然后等你来的时候，我们一起去接你，你觉得怎么样？"

原本年前徐皓就有去欧洲找安德烈和马修的意向，但正赶上新年，行程就推后了。徐皓揉了一把额头，还没睡醒，声音含糊。安德烈又说："哦，抱歉，我又忘记了时差，现在在中国是夜里快1点了吧。霍尔，你这作息真的比我爷爷还在世的时候都要规律得多！"

徐皓抓了抓头发，从副驾座支起身来，看了一眼周围，城市建筑已经远去，法国田园风光令人视野开阔。路边有叫不出名字的灌木丛，渐入黄昏，日光为大片草野末梢扫上油画般的色调。徐皓说："呃，没有，我这边还是下午。"

安德烈愣了一下，诧异地说："下午？可我这边也是下午！你现在在哪里？"

徐皓问闫泽："咱们现在在哪儿呢？"

闫泽扫了一眼导航，说："第戎往北五十公里，距离我们要去的地方还有……"闫泽点了一下车载屏幕，分析道，"还有四十分钟的车程。"

这两句问答是中文，安德烈一个字也听不懂，于是在电话里抱怨道："你们在讲什么？"

徐皓看着导航，言简意赅地总结道："我们在勃艮第地区。"

安德烈鬼叫起来："勃艮第？什么，法国？你们？"

面对安德烈一连三个问题，徐皓不知道该先回答哪一个，于是叹了口气说："是的，我们在法国。原来是想在这里待几天再跟你们约见面的时间，但是……没想到咱们这么有默契，我下午才下飞机，你现在就跟我对接上了，你说巧不巧？"

安德烈憋了一会儿，说了一大串不知道什么语言的话，徐皓没听懂，反正不是英语也不是中文，大概是意大利语。安德烈在生气或者情绪激动的时候总会爆出几句母语，徐皓早已习惯。且听安德烈当下语气十分愤慨，骂骂咧咧，肯定不是什么好话。徐皓感到头疼，便说："还能不能正常交流了，朋友？"

安德烈立马换了个腔调，好像在跟第三者说话似的："朋友！听听，这家伙还把我当朋友，这真是让我感到荣幸！我从去年就邀请这位先生来欧洲，毫无反馈、毫无反馈！如今，瞧瞧，他竟然屈尊自己来了！"

这阴阳怪气的腔调令徐皓感到熟悉："安德烈，说真的，你被马修附体了吗？"

安德烈说："兄弟，说真的，你是想把我气死吗？"话毕，安德烈话锋一转，又像是反应过来什么，问道，"等等，你说'你们'？你和谁在一起，是你那位……呃，好、好兄弟吗？"

虽然徐皓跟安德烈和马修简单提起过这件事，但三个人对此交流较少，安德烈显然还有些没反应，连说话都结巴起来。徐皓扫了一眼闫泽，闫泽也瞥了他一眼，徐皓说："没错。"

安德烈说："也就是说，这次我们见面，他会跟你一起来，是这样吗？我们马上就会见到他了，对吗？噢我的天哪！我想我需要喝杯酒冷静一下。"

说着，电话那边出现了玻璃杯接水的声音，显然安德烈真的在倒酒。徐皓无奈地笑起来："安德烈，我的朋友，这点儿小事不至于吧。"

安德烈喝了一口酒，说："但你那天说的话实在很郑重，而且你本身也不是一个多么感性的人……"说到这里，安德烈像是想到了什么，突然大笑起来，玻璃杯里响起冰块碰撞的清脆响声。

安德烈说："等等，你说你在法国？这太巧了，我之前跟你说过，珍妮也在法国，她还养了条跟你名字一样的赛级猎犬。哈哈，真不敢想象你在法国遇见珍妮会是什么样子，哈哈！我的天哪，电影都不敢这么拍！真期待见到那个场面。"

徐皓嘴角抽了抽："请停止你那些不切实际的幻想，朋友。法国这么大，能在街上偶遇到珍妮的概率不高于我会飞，好了，有什么事我们见面再说吧。"

安德烈还在笑："这种事说不准的。好了，等下我会通知马修的，过两天我们就在法国见吧。我会十分期待跟你好兄弟的首次会面，回见。"

安德烈匆匆地挂了电话。好吧，徐皓抬头看了一眼闫泽，徐皓觉得他很棒，安德烈会和他合得来的。

正这么想着，却见闫泽打开车窗，双手轮换着操控方向盘，单手搭在窗框上，然后看向反光镜。闫泽将反光镜扳到另一个方向，从他的视线里，镜子正对上徐皓的脸。徐皓察觉到了闫泽的动作，于是徐皓也从反光镜中看到了闫泽的脸。

闫泽从镜子里看了一眼徐皓，就把视线又转到眼前车辆稀少的公路上。徐皓从镜子里看着闫泽的表情，却见闫泽带着一点儿笑，那笑意很微妙，皮笑肉不笑似的。

闫泽问："好了，珍妮是谁？"

徐皓的视线一顿，从反光镜上移开。天边蓝紫色浓云翻涌，残阳像一块暗淡的炭火。记忆中徐皓和珍妮的最后一次见面，是在费城某个墙面画满涂鸦的小路上。

那时二人已分手一周，珍妮约徐皓出来，抱着一个大纸盒站在徐皓面前，是为了把徐皓留在她那里的东西还给他。珍妮用她那惯有的不屑神态把徐皓从头到脚睨了一遍，就把盒子扔在了地上。转身时，珍妮火红的长发扫在徐皓脸上，如同一捧柔韧的蛛丝。随后，不知为何，珍妮突然回过头看向徐皓。或许是妆太浓，或许是别的原因，那张脸上的表情令徐皓难以分辨。最终徐皓只分辨出了愤怒，珍妮用力对着徐皓大喊："去死，霍尔！"

这就是他们之间所说的最后一句话，非常戏剧，难以描述。

徐皓半天没有开口的意思，闫泽越发觉得不爽，正要开口再说点儿什么，徐皓打开一点儿窗户，身体后仰靠在椅背上，声音含糊："前女友咯。"

闫泽哼了一声，看上去一点儿也不意外："那她为什么要养一只跟你名字一样的狗？"

徐皓耸肩："我怎么知道，要不都说女人的想法真的太难猜了。我一直以为我们是和平分手。但事实上，她好像很恨我。"

闫泽扫了一眼反光镜里的徐皓，徐皓一脸事不关己，仿佛在转述别人的事情。随后闫泽从嗓子里"嗯"了一声，掐灭了最后一截烟，分辨着眼前公路的指路牌，随后开向一段盘旋的山路。

闫泽说："你这么说我就懂了。"

徐皓看他："你懂什么了？"

闫泽薄唇抿了一下，不知道想说什么，但是没说出口，最后敷衍地挥手："跟你说了也白说，反正你也听不懂。"不等徐皓追问，闫泽往远处一指，那里有一座散发着柔和光芒的建筑。

闫泽说："到了。"

眼前这栋建筑大概有些年头，三层楼高，石子墙壁盘满树藤。院子和室内环境被人精心打理过，院内灯火通明，室内摆放着各类食物和饮品，角落点缀鲜花，从玄关的位置起数个房间都铺着价值不菲的地毯，图案各异。

不得不说闫泽他们他们家聘的管家确实专业能力过硬，虽然人不在场，但是几乎每一个细节都提前替客人考虑到：进门的鞋放哪儿顺手，纸巾怎么摆放，哪里放甜食，哪里放主食，冰箱里的东西怎么摆才能看上去更加赏心悦目，厨房里不仅锅碗瓢盆齐全，甚至还有简易菜谱。

徐皓随手打开摆放在桌面上的鱼子酱瓶子，用勺子在面包上抹开，闫泽则去了另一个房间。徐皓往嘴里塞面包，随手翻阅厨房摆放的菜谱。这时闫泽折返，松开袖口，从早先就摆放在餐桌上的醒酒器里倒了两杯白葡萄酒，对徐皓说："入乡随俗，尝尝。"

徐皓自认为没什么品酒水平，但液体从味蕾一过，大概能尝出来这杯白葡萄酒的口感跟以前喝过的是有细微差别的："是不太一样，我也说不上来。贵吗？"徐皓问出了他比较关心的问题。

闫泽看他一眼："自家酿的，又不卖，几串葡萄值几个钱？"

徐皓欣赏着手里这个晶莹剔透的高脚杯，闻言颇为诧异："葡萄酒庄园不卖酒？你们家喝得了这么多酒吗？"

闫泽喝了一口酒，看那意思也没怎么好好品："当然喝不完，这么多酒给你当水喝你喝得完吗？这里的红白葡萄酒出口全世界，不过有的卖，有的不卖。"闫泽从一旁捡起还剩半瓶酒的瓶子，对徐皓示意道，"最好的不卖。"

徐皓接过酒瓶，前后看了看，瓶子做工精致，但确实连个正经的包装都没有，更别提什么商标或者商品信息。上面只有几个让人看不懂的简单编号，应该是内部储藏备注用的。

徐皓把酒瓶放在桌子上，闫泽松散地斜倚在一旁，左手端着高脚杯，视线在漆黑的玻璃上停顿，不知在想什么。

徐皓一边品酒一边打量起闫泽，闫泽身上惯常有一种倨傲的颓废感，他常态化地享受着身边的资源，却又仿佛对世界的一切都加以嘲弄。徐皓猜不到他在想什么，于是就问："你在想什么？"

闫泽对着玻璃窗似有所指地抬了一下酒杯："我在想那位，珍妮小姐。"

徐皓"嘻"了一声："想她做什么？"

灯光将酒杯里的液体映射得异常澄透，闫泽抿下一口白葡萄酒，随后看向徐皓："我在想，你爱过她吗。"

徐皓喝着酒被呛了一下："怎么，好奇？"

闫泽低头，单手擎着酒杯用英语低声道："我在想，她拥有过你的心吗？"

徐皓放下酒杯，闷着笑了一下，也用英语问："那红宝石小姐呢，她拥有过你的心吗？"

闫泽将酒杯放在桌子上，道："这个问题没有意义，假设你曾经真的爱过什么人，至少不会是这个珍妮。至于我的'宝石小姐们'，她们不恨我，即使我做事非常荒唐，但是她们不恨我。因为她们需要的，无非就是'宝石'。"

闫泽个别单词发音咬得不甚清楚，令徐皓感到好奇："你可以这么肯定我没爱过珍妮吗？要知道，你甚至都不认识她。还有那些小姐不恨你，这又代表着什么呢？"

其实所谓荒唐事和"宝石小姐们"，徐皓不感兴趣。

闫泽意有所指："看来我说得没错，先生，你真的不懂女人。她爱你，所以才会养那条名叫'霍尔'的杜宾犬。你不爱她，所以无论怎么对她，她都会恨你。"

徐皓与闫泽对视片刻，突然想到什么事情，眉峰微微一皱，道："等等，我不明白。"徐皓整理了一下思绪，接着道，"你为什么会知道珍妮养了什么品种的狗？这不对啊，因为我也不知道她养的是杜宾……她养的是杜宾吗？"话音一顿，徐皓想到一个可能，问闫泽，"你调查她了？"

闫泽微笑一顿，目光轻微地闪烁起来。闫泽缓步离开徐皓的身边，端起桌边的酒杯，像喝白开水一样咽了两大口。闫泽眯着眼开始思索。

　　今夜气氛不错，有些事被无意间捅出来，而这种过界的行为大概率踩到了徐皓的雷区。用徐皓惯常的话来说，这大概是"侵犯了他的隐私权"，是非常"不尊重、不平等"的对待。所以，即使徐皓现在看上去很平静、很讲理，但以闫泽对徐皓的了解，他极有可能在生气的边缘。四五秒之后，闫泽说："这件事原本不想告诉你的，因为我怕你会对我有成见。"

　　徐皓看着闫泽，不太高兴："如果你指的是不经当事人允许就去乱翻别人的历史往事，那么我得说，这种事确实值得别人有意见。"

　　闫泽闻言又想了一下，放下酒杯，对徐皓示意："我替我的外公向你道歉，如果这件事让你不舒服，那么我愿意对此做出弥补。"

　　徐皓有点儿没跟上思路："不是，这跟你外公又有什么关系？"

　　闫泽表现得很冷静，像是在公事公办，完全看不出他正在刻意地转移矛盾点："两个月前，我外公把你身边几乎所有的事情都调查了一遍。这件事确实欠你一个道歉。这些资料后来被我截下，我就顺手翻阅了一下。也没细看，就……不小心看了看你交过的那几任女朋友，什么的。"

　　闫泽说到后面，突然握拳到嘴边用力地咳嗽了两下，以此掩饰自己的情绪。徐皓说不上什么心情，只感觉自己活在这个世界上未免太透明："也就是说，你外公因为你，调查我，甚至查到了我前女友养了什么品种的狗？"

　　闫泽说："是的，我外公这人，你也知道，上个世纪的人了。"闫泽说着，点了点自己的太阳穴。

　　徐皓有点儿无语。自己的黑历史被人莫名其妙扒了个遍，当然痛快不到哪儿去。至于闫泽，他也没有说实话。邵老查过徐皓的资料，这份资料也确实后来被闫泽找人截下来。但邵老的资料里没有徐皓在费城生活的公寓地址，出入最多次数的酒吧名称，以及前女友珍妮养了条什么品种的狗。

　　邵老只看关于徐皓的最有效信息，他不会关心徐皓的某一任前女友还有什么旧情难却的细枝末节。

　　徐皓松了一下领口，他心里觉得不痛快，所以需要一些独处的时间。徐皓说："我洗个澡。"没心思再继续这个话题，徐皓转身向二楼浴室走去。

　　浴室花洒设计讨巧，出水力度适中，滚烫的水流冲刷在身上，令长途跋涉的身体感到放松和舒适。但徐皓的大脑始终没有放松下来，他在想别的事。

邵老既然连远在异国他乡的珍妮都能查得这么仔细，就说明徐皓家里的事他更清楚。一方面，徐皓庆幸他准备做得早，眼下就算邵老想找徐皓他们家的麻烦，也无非就是把徐家架空出来的那个壳子套走。对于徐皓他们家而言，这损失完全在可承受范围内。

另一方面，不知道是出于什么原因，邵老的打击手段远逊于梦里，对徐皓他家造成的影响几乎可以忽略不计。今天从闫泽口中所得，邵老早在两个月以前就出手了，那么按照常理来说，这两个月不可能这么风平浪静，除非是有人在中间做了什么。

简单洗浴完毕，徐皓关上花洒，用力抹了一把脸上的水珠。闫泽其实已经不止一次暗示过，他对一切很有把握。

起先徐皓没有仔细考虑过闫泽所说的话，他已经做好了破釜沉舟的打算。自梦醒以来徐皓一直努力构建的安全感，为的就是在面对选择的时候，可以力抗风险，不必动摇。可直到今天和闫泽对话后，徐皓才意识到，在他真正面对风雨之前，风雨早已到来，只不过是闫泽走在前面了。

而令徐皓感到不痛快的地方也正是此。他并非对闫泽的举措有什么不满，而是一种难以言述的微妙感觉横在两人之间。他很想对闫泽说，他的安全不需要闫泽来保证，因为他们可以并肩而行。

打开浴室的门，闫泽就坐在客房内的软沙发上。闫泽衣服没换，还是进门时那套。他整个人深陷在沙发中，两条腿撇开，手里把玩着一个桌子上摆设的水晶魔方，当徐皓打开浴室门时，闫泽半睁着的眼颤动了一下，但摆弄魔方的手指没停。

徐皓用手擦着头发，问他："怎么了？"

闫泽语气漫不经心："没事。"手里不停地摆弄魔方，闫泽又开口，"看你什么时候消气。"

徐皓把毛巾扔进脏衣篓，说："我没生气。"

闫泽瞥了一眼徐皓那表情，小声哼了一声，视线又落回到魔方上，一脸没听进去的样子。

徐皓换上睡衣，闫泽还在玩魔方，看那意思今天不把魔方扭通关晚上就不睡了，但他手法草率，斗志不是很强，很有要耗通宵的阵势。

正在此时，徐皓手机响起来，打破了两人僵持的氛围。徐皓一看来电显示是马修，立即接起来。马修在那边阴阳怪气地叫起来："嘿，安德烈说你在法国玩儿？"

徐皓顿了一下，说："再见。"他作势就要挂电话。一听马修这腔调就是没急事，明显是从安德烈那里听到什么风声，然后专门打电话过来调侃徐皓的。徐皓没心情让他俩八卦。

马修连忙抢在徐皓挂电话之前说："等等，我们还没有约见面的地点！"

徐皓又把手机贴到耳边，对马修说："这事你问安德烈，我烦着呢。"

马修那边发出了很受不了声音，说："霍尔，我怀疑，你的那位好兄弟受得了你这种脾气吗？"

徐皓嘴角一扯，直接把电话挂了，扔在桌子上，发出一阵不小的响声。

闫泽坐在沙发上，上半身前倾，双肘搭在膝盖上，有一下没一下地摆弄着魔方。听见徐皓那边有动静，他抬眼一扫，收回视线，变换着手中的魔方轴，自言自语道："还说没生气，见鬼了。"

眼看着魔方即将成功，闫泽又随手将其打乱。这时徐皓经过了漫长的思想过程后，终于开口对闫泽说道："我觉得咱们有两个问题得解决一下，你先把手头上的东西放一放，听我说。"

闫泽似乎早有预料，一只手从膝盖上耷拉下来，用徐皓几乎听不清的声音对魔方说："得，领导开会了。"

徐皓走到闫泽对面坐下，一脸正经地看着他："你嘀咕什么呢？"

闫泽随手把魔方放在一旁，决定先入为主。他不想因为珍妮的事和徐皓吵架，更要杜绝徐皓回想起往昔任何美好回忆。思索再三，闫泽对徐皓回以微笑："没事，我准备好了，你开始吧。"

徐皓原本准备了一肚子长篇大论，被闫泽突然的迷之微笑噎住。且看闫泽笑容非常温和，徐皓的手刚抬到半空中又放回去了。他谨慎地看着闫泽，事出无常必有妖。

见徐皓不说话，闫泽维持着脸上非常反常的微笑，坐到徐皓身边。他一只手覆盖在徐皓的后背上，用充满包容且妥协的语气对徐皓说："我知道你想说什么，你不喜欢的事情我以后不做了。"

这下子徐皓受不了了，他站起，一脸疑惑地看着闫泽："你突然受什么刺激了？你是不是又想搞我？"

徐皓"又"这个字眼用得十分微妙，闫泽嘴角凝固，看徐皓那表情，好不容易攒起来的一点儿心思破功了，硬是把到嘴边的话又咽了回去。本以为就徐皓这种吃软不吃硬的人，走温柔攻势说不定能有奇效，没想到这个人竟然油盐不进、软硬不吃，还一脸见鬼的表情。真是见鬼了。

眼见闫泽以肉眼可见的速度恢复往日黑脸，徐皓的脑子这才回归正轨。被闫泽这么一搅和，原本严肃的谈话也严肃不起来，那感觉就好比全副武装准备搏斗，结果发现对手变异了。准备的草稿都白打了。

索性省略开场白，徐皓言简意赅地跟闫泽摊牌："两点。一是你外公，你外公算你自家事儿，你想自己解决我没意见，但如果出了什么事儿，我们得一起承担。二是咱俩的私事，还是刚刚那个意思。有你外公也好，没你外公也罢，以后不管有什么事儿，你不要总是自己做。我是走在你旁边的人，不是易碎品，你不需要跟我保证什么，懂吗？"

闫泽停顿了一下，扬起头。他有些愣怔地看着徐皓，似乎没想到徐皓想说的是这个："就这？没了？"

徐皓没明白闫泽想反问什么："就这。"

闫泽无声地叹息。随后，闫泽单手抹了把脸上，后仰倒在沙发上，两条长腿耷拉在床沿外，完全解除了警戒状态："就这事儿你还要开会，动不动就拉人开会，总裁都没你能开会。这有什么好答不答应的，我搞你？你莫搞我吧！"

闫泽还以为徐皓会因为隐私被深挖这种事儿跟他大吵一架。徐皓则对闫泽这种敷衍的态度提出不满："什么开会不开会的。这叫按时定点谈心，及时解开心结，有利于双方友谊坚固，我网上查过的，你懂什么？"

闫泽抬了一下手，依然有气无力："这什么网站，明天我就找人把它黑了。"

徐皓："……"

闫泽仰面躺了一会儿，还是觉得不太放心，有点儿怀疑地看向徐皓："你今天怎么这么好说话？"

徐皓翻弄起摆放在茶几上的棉棒盒，然后拿出一根来掏了掏耳朵："看你今天这么配合工作，想想，算了。"他其实是被闫泽那突然反常的一出搞毛了。

闫泽伸手，拉住徐皓离得近的那只手，扯了一下："你是真不生气了吧？"

徐皓敷衍地挥了一下手，把棉棒扔了，那意思就是不提了。徐皓还没有意识到他今晚被闫泽混淆了视听，调查这事，徐皓觉得邵老干得出来，但他没想到这老头竟然这么龟毛。不爽归不爽，依着徐皓公私分明的性格，确实不会朝闫泽发火。

徐皓又无聊地刷起手机，结果一不小心睡了过去。这觉入睡得不知不觉，梦中隐约听见有人在他头顶叹气，听上去没辙，像是遭遇了大麻烦，对方在地毯上不停地走来走去，但最终还是对什么东西妥协了，深长地、缓慢地叹了一口气。

有人在徐皓头发上轻轻地抓了两下，似乎是不愿意惊醒他，动作克制，有很隐晦的温柔。那人在头顶说：“看你睡成什么样子了啊。”

徐皓陷入黑暗之中，梦中有人对他微笑，仔细一看，才认出来是闫泽。闫泽很随意地坐在马路边上，正用一种奇异又温和的目光打量着徐皓，好像在等他，又好像不认识他。闫泽莫名其妙地来了一句：“看你睡成什么样子了啊。”这时徐皓突然发现这地方他认识，是 Q 大校园的一段路，闫泽背后山坡上的紫荆花油画般鲜艳得刺目，有梦的斑块开始脱落。突然，闫泽伸出左手，食指的法语刺青像着火了一样燃烧起来，那火烧得极旺，把空间都扭曲了，转瞬间又熄灭下去。闫泽开始微笑，他露出食指上一段完好无损的皮肤。

徐皓醒了。此时，闫泽穿了一件单衣，正坐在一个种满鲜花的大平台上抽烟。

徐皓推开阳台的门，一股沁人的新鲜空气涌进来，令人心情舒畅。平台上白色和红色的花居多，多数拥簇在阳光中，还有少部分匿在阴影里。闫泽就坐在遮阳的椅子上，不知道在想什么。

徐皓走到他旁边坐下，闫泽说：“待会儿去山上骑马吧，这个季节的乡村很漂亮。”

徐皓说：“行行行，你愿意怎么就怎么的吧。但我不太会骑马，你教我呗？”

闫泽一听，嘴角立刻扯起一丝得意的笑，看意思是就等徐皓这句话。不过片刻，他又坐回到椅子上，捏了捏鼻梁骨，试图用漫不经心的腔调对徐皓说：“那就我教你呗。”得，架子还挺大。

下午骑马的过程还挺顺利，徐皓挑了一匹比较温顺的棕白相间种马。

闫泽在底下指导了一下技巧，徐皓就能抓着缰绳走了。两人慢慢悠悠地在山路上骑马，野花相伴，漫山遍野的葡萄藤开始发芽，还算自得。

接近傍晚的时候，他俩在山脚下一家风格独特的小馆子吃了一顿简餐。老板是一个小个子棕色鬈发的法国人，他对两个亚洲面孔骑着马突然从山路上冒出来，感到非常惊奇。吃饭过程中，徐皓和这位老板用英语攀谈起来，大概聊得高兴，这位老板还请他俩分别喝了一杯自家酿的果酒。

往回走的时候天是紫色的，两个人沿路扯了一些有的没的，这时徐皓接到了安德烈的短信。安德烈和马修最终把见面地点约在了尼斯，安德烈像是有什么难言之隐，短时间内去不了别的地方，而马修则无所谓，他正想看海。

三天后。徐皓和闫泽率先抵达酒店，放好东西，然后开车去机场接马修。安德烈不是当天坐飞机来的，他只说在机场见面。徐皓二人到机场附近给安德烈打电话，发现安德烈已经到了。

安德烈不知从哪里整了一辆皮卡，见徐皓在约定地点冒了头，就从皮卡驾驶座飞奔下来，对徐皓招手："嘿，我在这儿，兄弟，好久不见！"

二人热情地拥抱了一下，然后安德烈对着徐皓左右侧一阵猛瞧，好奇溢于言表，结果没看到人，安德烈奇怪地问："霍尔，你的好兄弟呢？你说过会带他来的。"

徐皓把头转向一个方向，对安德烈说："他有东西落在车上忘了拿。"说着抬了一下下巴，"来了。"

安德烈顺着徐皓的视线看过去，看见一个亚洲面孔的男人正在向这边走来。个子很高，衣品那是相当好，身材挺拔，样貌十分英俊，只是神态看上去有些倨傲，不太好相处的样子。安德烈愣了一下，问徐皓："这是你兄弟？"

这时，闫泽已经走了过来，他听见了安德烈的问话，用笃定的语气替徐皓回答："是的，你可以叫我莱斯。很高兴认识你，安德烈，朋友。"

闫泽在说到安德烈的名字的时候，明显地停顿了一下，像是要顺势念出他的姓，但是不知道想到什么，没说出口，最后用"朋友"代替了。

安德烈像是意识到了一些事情，打量起闫泽，闫泽同样打量着他，两个人的视线意味不明，好像在空中无声地做什么交流。

徐皓看不明白了，问安德烈："你俩这是什么眼神？别告诉我你们两个也认识！"

安德烈闻言，迅速收回视线，转脸又换上那副没心没肺的表情，对徐皓问道："什么叫我们两个也认识，谁和谁还提前认识过？"说罢，仿佛刚才无事发生，安德烈笑着和闫泽简单握了一下手，"你好你好，我是霍尔的好朋友兼合伙人，朋友的朋友就是朋友，这么算来咱俩也算是朋友，非常好，就这么办。"

徐皓完全不知道安德烈在说什么，他奇怪地看向闫泽，结果闫泽耸了一下肩膀，一副事不关己的样子。徐皓只得解释道："莱斯和马修是校友，马修认识他。但我还没有告诉过马修是怎么一回事，他们之前在中国有过一点儿误会，我不想这误会再闹大了。还是当面解释比较好，那什么……"

正解释着，身边忽然炸出一句超级大声的感叹，引得周围人纷纷侧目，徐皓三人同时转头，就见马修拎着两个大包站在广场上，张大嘴巴，见鬼了一样看着他们。

眼前的光景几乎跌破了马修能接受的底线，马修崩溃地抓着自己的一头鬈发大喊起来："莱斯？为什么他会在这里？为什么你们会站在一起跟十八世纪的法国贵妇一样若无其事地聊天？"

徐皓试图稳住马修，主要是怕马修再这么喊下去会引来巡逻的警察："你冷静一点儿，有什么事我们回去说。你不会想刚落地就被请进局子里录口供吧？"

安德烈也没想到马修竟然会有这么大的反应，一时间摸不着头脑。闫泽则站在旁边睨着马修，想起之前的事，他怎么看这矮子都觉得不爽。不过徐皓和闫泽提前打过招呼，这次见面怎么着也不能跟马修吵起来。所以闫泽不打算跟他一般见识。

反倒是马修先注意到了闫泽那种不屑一顾的神态，一时间怒火攻心，气不打一处来，然而马修脑子转得极快，转瞬间他就无力地意识到，这一切不是开玩笑，徐皓是真的跟这位常年用鼻孔看人的家伙成了好兄弟。

马修站在原地沉默了一会儿，突然握拳捶向自己的胸口，看上去十分悲愤："让我死……让我死……"

作为法国第二大旅游城市，尼斯有着得天独厚的气候优势，终年温暖宜人，艺术气息浓厚，还有着世界一流的石滩和海景。

马修坐在安德烈皮卡的副驾驶上，皮卡随着山路蜿蜒前行。安德烈一边开车一边在方向盘上打拍子，嘴里哼着不知名的西西里小调。而马修则是把车窗完全拉下来，整个人浸润在略微腥咸的海风中。

一栋栋红顶欧式老建筑在眼前穿梭而过，随处可见石子墙爬满绿叶和藤蔓，远处山峰巍峨，另一边则是大海。日落时分，太阳像打翻了颜料一样没在海水里，而海面则像是一个巨大的调色盘。啊，地中海！

马修面无表情地审视着车窗外的风景，间或扫一眼开在他们前面不远处的那辆宝马。期盼了一个星期的地中海美景此刻不能让他开心分毫，马修心情沉重。

谁能来告诉他，这到底是为什么？马修在校期间确实听闻一些花边八卦，其中就包括这位莱斯。像马修这种典型仇富又没什么女人缘的"书呆子"，消息听得越多，越对这群人感到厌烦。据传，这位莱斯因为自身条件过硬，每位女伴都美得令人眼红跳脚。虽然他们关系保质期普遍不长，但由于出手阔绰，也没留下什么负面感情传闻。马修私下和室友聊起来时，曾给几个出挑的人分别起了外号，这位莱斯就被马修和其室友"亲切"地称为"四百万"。如今这位"四百万"却成了马修最好朋友之一的好兄弟。

呵呵。要是让那个曾和马修一起吐槽过八卦的室友知道这消息，估计能把他六岁那年种下去的两颗假牙笑喷出来。

车子抵达酒店，安德烈停好车，下车拿行李的时候却没看到马修的影子。安德烈单手拎着行李走到副驾驶的位置，意外发现马修正在不停地用头撞车。安德烈敲了敲车窗，提醒马修该下车了。于是马修一脸生无可恋地打开车门。

安德烈对马修说："兄弟，怎么了，你不是一直吵着要来看地中海的吗？为什么你看上去并没有很高兴？"

马修取下自己的两个大包，对着安德烈有气无力地说道："高兴？现在连地中海都救不了我。"

说罢，马修拎着包走进酒店，留安德烈一脸莫名其妙地站在车旁。

办理入住的时候，马修稍微感到好受一点儿。考虑到马修此行对海景很有执念，安德烈向大家推荐了这家酒店，临海而建，整个建筑像一座白色城堡，城堡前的草坪也修建得很有格调。前台小姐用甜美的笑容和略带法国口音的英语向马修保证，她们家酒店的海景房独一无二，而眼下正是最令人心醉的傍晚时分，这片海景也被称为"玫瑰色的吻"。

安德烈替马修选择的是一间带独立阳台的小型套房，卧室玻璃门外面就是带栏杆的阳台和海面，乍一看甚至有种坐在船上的感觉。天色渐暗，海天一线泛着玫瑰花蕊的颜色，前台小姐说得没错，这景色确实令人心醉。

但马修的好心情显然没能持续太久。晚饭仍然依从安德烈的推荐，去了一家在当地颇受好评的馆子。在那里，马修生吃了鲜美的生蚝，喝到了冰镇白葡萄酒，还吃到了颇具特色的红酒炖肉牛和配方奇怪的鹰嘴豆薄饼。安德烈这家伙似乎对于整个欧洲的吃喝玩乐都研究得透彻，倒酒时竟然不知怎的和隔壁桌一位漂亮的法国女士搭上了话。

但整顿饭下来最令马修受不了的，并不是安德烈那口蹩脚的法语，而是坐在马修对面的那两个男人。

虽然这两个男人也没有做什么出格的事，无非就是坐在一起吃饭、讲话，对不同的话题发表各自的观点。但在只有他们两个人低声谈话的时候，他们会讲一些中文，并且会说一些只有他们两个人才能明白的"段子"。毕竟整张桌只有他们两个人知道他们在笑什么。安德烈只顾着和旁边桌刚认识的美丽女士搭讪，对自己桌上的话题一点儿都不上心，而马修则恨不得这顿饭能结束得再快一点儿。

回酒店的路上，马修心情郁闷，打算在酒店周边的街道走一走。结果在距离酒店停车场很近的一条小巷里遇见了一群人。准确地说，是不下十个壮汉，他们有着典型的欧洲面孔，几乎全部穿着西装，但都是领口大敞，看上去很散漫。他们围绕着停在小巷路边的三辆车抽烟聊天，大声聊天，说着马修也听不懂的语言，好像一群游手好闲的赌徒，但又像是有目的一样守在原地，并不会走远。

当马修发现他们时，他们也发现了马修。大声聊天的声音突然像是拔掉电源一样，在狭窄的小巷子里消失了。蹲在路边的一个壮汉率先站了起来，警惕地盯着马修，随后其余的人都像是意识到了什么，接连站起来。

马修眼尖地看到其中一个人随着自己起身的动作，把一个泛着金属光泽的东西别到了腰后。鉴于眼前这帮人的气势，马修并不认为那会是吓唬人用的武器。

于是，马修在一群猛男的注视下，做了一个后悔终生的傻动作——他后退一步靠住墙，打着哆嗦，并将自己的双手高高地举过头顶。

幸运的是，这群人虽然面露凶光，但看上去并不想为难马修，一个人带头招呼，然后猛男们陆续上车，三辆车就这样开走了。

马修几乎是逃一样冲回了酒店。他没有回屋，而是选择直接去敲徐皓的房门。他之所以没有去烦安德烈，是因为安德烈现在肯定忙着跟他新认识的法国姑娘过夜生活。开门过程并没有让马修等很久，徐皓仍旧穿着刚才吃饭时的衣服，看样子他也是刚回来不久。

马修从没觉得徐皓那张带着惊愕表情的脸有这么亲切，看得他几乎热泪盈眶，如果没有旁边那道不怎么爽快的视线盯着，马修很有可能会给徐皓一个拥抱。但是马修没有，因为旁边那道视线存在感过于强烈，想要无视掉很难。

没等徐皓开口邀请，马修已经毫不见外地走进他们的房间，并且拿起桌子上的葡萄酒给自己倒了一杯，大口喝了起来。因为是两个人住，徐皓他们挑了一个接近两百平方米的套房，屋内设施一应俱全，露天阳台上还有沙发和摆放东西的木架子。所以马修突然闯进客厅也不会显得拥挤。

闫泽坐在沙发上跷着二郎腿，用他那种惯常被马修看不惯的神态打量着马修，而马修此刻也没精力考虑他是不是应该为此生气，因为此时的马修情绪十分激动。马修一把抓住徐皓的胳膊说道："我想我们应该立刻离开这里。不，我们应该立刻离开法国！"

随后马修添油加醋地说了一遍他今晚的遭遇，听得徐皓云里雾里，闫泽则是一脸没法直视的表情。徐皓对马修说："你是不是不小心闯进了人家拍电影的片场？你难道没有发现地上铺着的轨道和一大群工作人员吗？"

马修崩溃地撕扯着头上的鬈毛："霍尔，我没有跟你开玩笑！是真的，那群人壮得像是在母乳里打了激素！打败我可能只需要他们的一根大拇指！"

闫泽则坐在后面对徐皓说风凉话："那我看这帮人打架还是不太行。"

闫泽这句说的是中文，马修听不懂，但看那表情和语气就不是什么好话，马修怒目而视："他在说什么？"

徐皓没辙地看了一眼闫泽，示意他不要再火上浇油了。随后又转过头来对马修说："他说，这一切实在是太可怕了。但我认为会遇到这种事情还是小概率，你要相信我们正在一个法制完善的发达国家，好吗？你先回去睡一觉，有事我们明天再说。"

马修在酒精的作用下大脑不如往日机敏，眼下别无他法，只得从徐皓的房间告别。临走的时候，还顺了他们房间的一瓶葡萄酒，因为马修觉得这酒口感不错，后劲儿又足，正适合让他回去充当安眠药。

回到自己屋后，马修后知后觉地想起徐皓刚才翻译的那句话，觉得太扯了。为了下次被莱斯嘲讽可以当场反击，马修决定好好学习一下中文。一想到如此可以打莱斯一个措手不及，令他摆出吃瘪的表情，马修就觉得很值。

若干年后，当马修学成归来，终于可以勉强在徐皓面前用普通话表达清楚意思后，他却"惊喜"地发现，原来中文体系里还有一个很多中国人都听不懂的分支，叫粤语。

徐皓完全没将马修的夜间奇遇放在心上。在他看来，哪怕那帮随身带枪的人真的在酒店周围游走，也与他们没有任何瓜葛。

但马修当晚的反应真的好好笑。鉴于他们三人长年累月已经积攒出了过硬的友谊，徐皓在第二天吃午餐的时候，把这件事当段子又给安德烈讲了一遍。马修在徐皓刚开口的时候就换上追悔莫及的表情，并立刻出言反击，试图打断徐皓的调侃，但没什么效果。而安德烈的反应则很反常。安德烈听到这件事情先是愣了一下，随后表情游离了好几秒钟。

徐皓看出了安德烈的心不在焉，马修在一旁喋喋不休，试图为自己昨晚的行为找一个理由。徐皓敲了敲桌面打断马修的话，示意马修看向安德烈。徐皓对安德烈说："嘿，你怎么了？"

安德烈一下子回过神来。他看了看徐皓，又看了看马修，这两个人正同时盯着他。闫泽则坐在徐皓的另一侧，手里把玩着一块手表，看上去对什么都漠不关心，也没有想要参与这个话题的意思。安德烈连忙"哈哈"了两声，一边用食指挠着自己太阳穴的位置，一边试图为自己刚才的走神打掩饰："什么？呃……你们刚刚说到哪儿了？"

安德烈说话颠三倒四，眼神一直在地上游移，并试图把话题移到别的事情上。然而徐皓看着安德烈那副心虚的样子，总觉得安德烈有什么话没有说出口。于是徐皓没有去管安德烈，而是又把马修的遭遇说了一遍，可这次安德烈的表情变得更奇怪了。

安德烈略微涨红了脸，食指不停地挠着太阳穴，仿佛徐皓调侃的不是马修，而是他一样。安德烈佯装出感到好笑的样子："哈、哈，这可真是……"安德烈试图想找一个确切的词来形容这件事，但是说了一半又卡住了。

徐皓看了马修一眼，马修也发现了安德烈的反常。于是徐皓问安德烈："你看上去不太对劲儿，难道你认识昨天马修遇到的那群人吗？"

安德烈正欲开口辩解，马修又把话抢在前面："你可要想清楚再说，老兄。因为每次你一说谎，都会不自觉带上点儿小动作。有事你可瞒不过我们。"马修学着安德烈的小动作，用食指挠了挠自己的太阳穴附近。

安德烈忙把挠着额头的手放到腿上，他生性直率开朗，不太会说谎话，尤其是当着自己最好的朋友的面。但他看上去仍然非常纠结，脸几乎拧成一团。片刻后，安德烈像是想到什么，突然看向坐在另一侧的闫泽，用有些着急的语气说了一句法语，并在这句话中喊了闫泽的英文名字。

把玩着手表的闫泽闻声抬起头，他似乎也没想到自己会被卷进这个话题。随后闫泽耸了一下肩膀，看上去仍是一副置身事外的神情，并回了安德烈一句法语。两人竟然就这么你一句我一句地用法语聊起来了。

徐皓诧异地看向马修："你能听懂他们在说什么吗？"

马修也感到很震惊，摇摇头："很遗憾，我的法语水平只能让我听懂他们的对话里出现了人称代词'你''我'和'他们'。但我更好奇他们两个人什么时候变这么熟了。"

随后，徐皓又看向闫泽，想要分辨他们在谈论什么。察觉到目光的闫泽对着徐皓笑了一下，拍拍徐皓的肩膀，像是要表示自己跟这事没关系。徐皓当然希望看到闫泽能和自己的朋友相处愉快，这也是徐皓带闫泽来见安德烈和马修的原因。但徐皓仍感到十分好奇："你们聊什么呢，搞得这么神秘？"

闫泽表情微顿，思索了一秒钟，想要开口对徐皓解释，但安德烈那边同样也看出了闫泽的意图，他立刻拔高声调对着闫泽急促地喊了一句法语。虽然徐皓听不懂安德烈在喊什么，但是通过表情，徐皓也知道安德烈是希望闫泽可以对这段话保密，否则安德烈也不必用法语开头了。

徐皓见安德烈激动成这样，心想，这事儿可能事关安德烈的隐私。徐皓便对安德烈说："放轻松些，伙计。如果你觉得这件事儿说出来会令你为难，那你就没必要对我和马修解释。我们当然会尊重你的意见。你觉得呢，马修？"

马修摊开双手，表示自己没有异议，而安德烈看上去则深受感动，他表情诚恳且抱歉地看了看徐皓和马修，似乎真的有难言之隐，最后抓住了徐皓的手。安德烈很快就恢复到了往日的神态，对徐皓声情并茂地说："噢，你的慷慨就像沙漠中的泉水一样让我感到饥渴，快来让我吻一吻你的手背……"

　　徐皓被安德烈这浮夸的演技硌得够呛，没等他咏叹完就赶紧叫停。然而闫泽看上去更介意，他立刻把自己的手挡在徐皓的手前面，不怎么爽地"啧"了一声，仿佛安德烈要亲的是他的手一样。

　　这下受不了的变成另外两个人，马修掐着自己的脖子吐出舌头，而安德烈则不停地搓自己的胳膊，仿佛起了一身的鸡皮疙瘩。随后，安德烈转脸又握住马修的手，对马修"深情"地说："亲爱的小马修，还是让我来亲亲你的小手吧。"

　　马修当场被恶心得头皮都要炸开了："滚！"

　　回到房间之后，闫泽走到徐皓身边，揽住徐皓的肩膀，说："你真的不想知道我和那个安德烈说了什么吗？"

　　徐皓最近才发现闫泽人前人后有些不一样，主要表现为人前他的话比较少，人后他的话明显多了起来。再就是神态也不一样，当只有他们两个人的时候，闫泽会表现得更轻松，也更明朗一些。

　　徐皓想了一下，对闫泽说："如果是关于你的事情，就告诉我。如果是关于安德烈的事情，那就不必说了。如果安德烈想要我知道，他会亲口告诉我。"

　　闫泽语气仍旧平常："看来你很信任他？"

　　徐皓说："当然，不信任他我怎么可能跟他一起做事。"说到这里，徐皓笑了一下。

　　闫泽看了一眼徐皓，突然说："我没讲过吧？你笑起来真好看……你要长命百岁啊！"他又说，"反正我会陪你到一百岁。真不知道你一百岁长什么样子。可能你牙齿都掉光，笑起来漏风的。"

　　徐皓说："你这么有信心我们能活到一百岁？"

　　闫泽说："我就是希望咯。以前我觉得人这一辈子真傻，地球在宇宙中就是一粒沙子，人类文明更是连沙子都算不上。不过现在我希望能看到你老得牙齿都掉光的那一天，我希望看见你直至生命最后一刻也没有痛苦。即使这对于人类文明，对于整个宇宙可能没有任何意义，但是对于我，对于我个人是有意义的。虽然我们都会老，都会死，但如果我的记忆可以组成一个世界，你会在那个世界永生。"

徐皓笑容微顿。徐皓不知道闫泽为什么会想到这个，但是他听着，突然自灵魂深处感受到了一阵痛苦和震颤。没有实质性的疼痛感，却像轰鸣声一样由远及近。梦中生前最后几秒钟那种呼吸困难像是历历在目，令他几乎瞬间被内心中某一种深刻的感情压垮。

徐皓压抑地屏住了呼吸。他这一辈子坚强、乐观、与人为善，可不曾有一秒……徐皓在面对死亡时看见生命的源火。那虚无的光阴中有一粒永生的火种，火种中传出一种声音，带我走。

楼下突然传来一声破空的爆炸声。玻璃炸裂开来，打破了屋内的气氛。闫泽几乎是瞬间抬起了头，他对这个声音很敏感，迅速看向窗外。他们的套房在三楼，窗外只有平静的海面，观察不到任何有用的信息。紧接着楼下的人群开始尖叫。

徐皓几乎和闫泽同时辨认出了这是一声枪响，虽然不知道发生了什么事，但应该就发生在这家酒店当中。两人十分默契，二话不说各自简单收拾了一下东西就往外走，打开门的一瞬间，徐皓意识到了问题的严重性。

他在门口看到了正从走廊狂奔而来的马修。马修右半边衣服沾染着血迹，他脸色惨白，双唇发抖，一边跑一边大喊了无数声"见鬼"，好像这样做会让他好受一点儿。在看到徐皓打开门的一瞬间，马修停下了脚步，他看上去没有受到伤害，却彻底崩溃了："快、快跟我走，安德烈被人杀了，他被人杀了！！"

徐皓大脑空白了一瞬间，然后他飞奔过去一把抓住马修，闫泽跟在他后面，三个人用非常快的速度向电梯口跑去。马修仅仅说话就几乎耗光了自己的力气，他几乎是被徐皓提着走的。马修大口喘息着说："我们就在楼下、就在楼下，什么也没干，只是喝茶，然后安德烈被打中了，紧接着又冲出来一群男人，我不知道为什么，他们包围住了安德烈，给他做抢救，当时安德烈还有意识，他让我来找你……"马修哽咽住了，几乎说不下去，这时徐皓三人已经跑到了茶餐厅。

警察还没有来，门口有两个穿着西装的白种人在把守，但是看到徐皓他们三个一瞬间就让开了路，并且没有做出任何解释。徐皓往里走，茶餐厅已经被清场，此刻留下的只有那伙人，正如马修所说，他们穿着懒散的西装，却面容严肃，肌肉发达，一看就不像是会守规矩的人。

安德烈被安置在沙发上，他满身血迹，伤口被简单包扎，但是已经失去了意识。站在安德烈旁边的一个四十多岁的外国男人，发现了徐皓三人到场后，立刻跑到徐皓面前。这位中年男子先是看了一眼徐皓，又向旁边的闫泽看了一眼，最后目光锁定在徐皓身上，他英语口音和安德烈相似，但是比安德烈重很多。这人递给徐皓一张字条，上面写着一个街道的门牌编号，他对徐皓快速地说："请带他走，到这里去。情况不乐观，但请您一定要快。"

徐皓扫了一眼字条上的英文，大脑开始飞速运转，听口音至少可以判断这些人和安德烈是同乡，撇去动机不论，如果这群人想要安德烈的命，在徐皓他们没来之前有一百种法子可以弄死他，没必要费这种周折。再就是闫泽和安德烈私下有过交流，闫泽一定知道安德烈的底细，如果这件事闫泽没有表示异议，就说明这个方法是可行的。

冷静分析的同时徐皓没有耽误时间，他抢过字条，安排几个人把安德烈搬到车上，然后由闫泽开车，徐皓坐副驾驶导航，马修在后座扶着满身是血的安德烈，他们就这样上路了。

目的地不在城区，路程大概有半小时，马修全程在后面号啕大哭："我怎么感觉他死了，噢，我摸不到他的心跳了，不要死啊，安德烈！"

徐皓忙从副驾驶爬过去摸了一下安德烈的脖子，虽然有些微弱，但还能试到脉搏，徐皓几乎是一手的冷汗。闫泽车技没话说，几经周折终于把安德烈送到了字条上的地点，那边大概得到消息，早有人备好了手术推床在街边接应。有一个看上去不像医生反而像刚睡醒的酒鬼一样的人站在路边，趁着挪运的间隙去翻安德烈的眼皮，但没人制止。马修上前想要打听情况，那头发乱糟糟的老头嘴里一直念念不停地说着没人听得懂的意大利语，也没有人搭理马修。随后满身是血的安德烈就被推进了小巷深处，马修跟着跑了进去。

徐皓跌坐到马路边上，他心情很糟糕，深深地吸了一口气。闫泽在徐皓旁边坐下，说："瓦兹·马里诺，全欧洲最好的外科手术医生之一。估计是安德烈他老爸不放心，特意安排这老头儿跟过来的。有他在，你不用担心。"

听见闫泽这么说，徐皓虽然满头疑惑，但紧揪着的心多少放下来一些。

这时，远处七八个人走近，三个亚洲人，其余全是外国面孔，他们径直走到闫泽面前，开始交代事情，声音较小，徐皓听不太清楚。为首那个人三十五六岁，个子不高，皮肤略黑，西装革履，看上去像个律师。徐皓看这人有点儿眼熟，却没想这人也发现了徐皓的目光，他对徐皓露出一丝友好的笑容，并点头示意："徐先生。"

闫泽这边交代完了事情，对徐皓介绍："忘了介绍，这是韩俞。你们交换个联系方式。以后如果有事需要帮忙，找不到我就联系他。"

交换过联系方式之后，有一个人把一个装满日用品的大箱子推过来，随后这几个人就像没来过一样走了。待街面上再次恢复寂静，徐皓后知后觉地意识到一件事情，问闫泽："等等，你的人为什么会突然出现在这里？"

闫泽打开后备厢，把箱子扔上去："要不是我昨晚托人递了口信，你以为安德烈今天能保住这条小命？"

徐皓想了一下，立刻恍然大悟，还有点儿感动："是昨天马修回来抱怨那会儿你就察觉到不对劲儿了吗？我天，多亏你口信递得及时，这群人才能支援得这么迅速，你这反侦察能力太强了。"

闫泽又捏了捏鼻梁骨，看上去有些疲惫："我是习惯了，也奇怪安德烈心这么大是怎么活到现在的。这地方最近不太平。"

这时，马修从巷子里走了出来，他的表情看上去不太悲伤，但是很麻木。马修抓着乱七八糟的鬈发，对徐皓说："安德烈没事，只是失血过多晕过去了。但我觉得今天这事儿很蹊跷，这帮人就像是凭空变出来的一样。"说着，马修动作一顿。大喜大悲之后，马修甚至摆不出什么正常的表情了，"安德烈显然有大事瞒着我们！我说，安德烈该不会是哪个国家的王储吧？"

徐皓把安德烈的事情大概向马修解释了一下。马修听完后，整个人看上去像是被雷劈了。

徐皓怕马修想不开，就问他："你还好吗？"

马修一下子跌坐在旁边的石头上，像是失去了所有力气，自言自语道："我词穷了，我这一辈子都没有这两天活得精彩。我无话可说。"

徐皓也没话说，这重磅消息足够他们消化一阵子的。他们再次见到安德烈是在第二天。安德烈已经醒了过来。子弹打断了他的一根肋骨，导致他失血过多，但好在没有伤及脏器，不会危及生命。当徐皓和马修走进病房时，安德烈立刻向着进门的方向颤巍巍地伸出一只手，看上去快不行了："如果、如果我说，我最后的一个愿望，就是……"说到这里，安德烈困难地呼吸起来，好像难以说下去。

徐皓看不下去安德烈这拙劣的演技，索性挪开视线。马修则直接拆穿了安德烈："安德烈，省省吧，不要搞得好像在说遗言一样。"

恢复常态的马修说话永远尖酸刻薄，徐皓没忍住笑。

安德烈被马修这一句话气得差点儿坐起来。原本想通过卖惨来博取两位好朋友的同情心，顺便借着受伤获取隐瞒事实的原谅。但安德烈忘了这两个男人压根儿没什么同情心。随后，安德烈和马修就针对安德烈这种出血量该不该晕倒一事展开了激烈辩论。

徐皓则趁着马修和安德烈唇枪舌剑的时候找了把椅子坐了下来。闫泽今天一早有事出门，所以这趟没有跟过来。徐皓原本还有些担心安德烈身份曝光会对他们三个人的关系造成什么影响。但如今看来，安德烈还是安德烈，不会因为挨一颗子弹就变了性质。

当徐皓和马修准备告别时，安德烈再一次张口留住他们："我们还是最好的朋友兼合伙人，对吗？"

见徐皓和马修一时间都没有说话，安德烈伸手轻轻覆盖住自己胸下的伤口，像在摸索着什么。安德烈说："当初建立绿色基金的时候，我们曾发过誓。请不要因为得知真相就离开我，欺骗你们并非我的本意，我很抱歉。"

徐皓和马修对视了一眼，徐皓说："你要知道，理想是没办法主动离开一个人的。绿色基金是我们的理想，这个理想中永远有你的一部分，只要你愿意。"

安德烈为这一句话深受感动，甚至眼里泛起了泪花。马修耸了耸肩，率先走出大门，好像这样会显得很酷。

踏出病房门的那一刻，徐皓不由得想起闫泽的那句话。这种家庭背景能养成安德烈的这种性格，确实很奇怪。又看到马修走在前面的背影，双手插兜，高昂着头，仿佛无惧一切。同样奇怪。

马修童年在父母的凌辱和虐待中度过，成长路上跌跌撞撞，以致如今他仍然很不擅长表达自己的想法。马修嘴硬毒舌，全身倒刺，人前总竭力想要隐瞒自己那颗善良柔软又布满伤痕的心，而那颗心就像金子一样，再怎么遮掩也会散发出微弱的光芒。否则马修不会在护送安德烈的途中一度以为他死了，哭得仿佛天要塌了。

至于徐皓自己嘛，徐皓走到阳光中，注视着远处晴朗的天。徐皓比谁都清楚安德烈思想里的理想主义色彩，马修同样，这也是他们三个能成为朋友兼合伙人的原因。

回国后，生活依然按部就班地进行。徐皓他爸妈在新的一年放飞自我，大半的时间都在环球世界，具体哪个国家徐皓记不清楚，总之美其名曰是享受退休生活。王浩然和他导师的团队如期加入科考队。张旭升的电影后期工作也接近尾声。临近初夏，气温开始升高，张旭升专门打电话来请徐皓和闫泽吃顿饭，以表之前帮跑龙套的谢意。

七月，王浩然联系徐皓，他们科考之旅进行得非常顺利，并且与原考察单位增加了合作项目。王浩然为此想感谢一下徐皓，但徐皓倒觉得是他应该感谢王浩然，因为王浩然及其导师确实给了徐皓很多技术上的支持。两个人推托了一番，就相约一起喝杯咖啡。

徐皓抵达咖啡店的时候，发现王浩然并不是一个人在等他。经介绍，徐皓才知道旁边这位就是王浩然的博士生导师，名叫王磊。五十多岁，衣着很朴素，学究气非常浓厚。徐皓听王浩然私下言语中简单透露过，这位王磊先生业内科研成果极其显著，是以后有机会竞选院士的学者。他们简单寒暄，彼此感谢。王磊先生惊讶于徐皓看上去比他想象中年轻很多，而徐皓则对王磊先生很尊重。徐皓自己没走科研这条路，但这条路不好走，这点他很佩服王浩然。

然后，徐皓也讲出了他此行的目的。技术顾问的费用是一定要给的，若王浩然和其导师执意不收，就由徐皓以绿色基金的名义为他们的项目做投资，以环保项目为主。这点想要说服马修和安德烈并不难，而王浩然他们也更容易接受。

八月，二十六岁生日临近，徐皓没有任何感觉，甚至差点儿忘了这件事。

马修在八月的第一天给徐皓打电话，他近期决定在英国定居，在伦敦买了一个公寓，希望徐皓和安德烈可以来他家做客两天，也可以带上闫泽。

徐皓和闫泽简单对了一下日程，徐皓近两个月能抽出时间来的只有八月中偏后段，而闫泽下半年的工作安排则非常满，他只有在八月十日之前和二十七日之后才能勉强抽出两天来做自己的事儿。他们的时间对不上，所以只能徐皓自己去。

得知徐皓要去一趟英国，还正赶在生日前后，闫泽感到烦躁。虽说徐皓对于过生日这件事儿没有任何概念，也谈不上期待，但这对于闫泽似乎意义不同。徐皓不想因为这个生日干扰他和闫泽本在计划中的工作。

时间有的时候就是这么紧张，生活中的抉择很多，未必每一条道路都可以令人满意。最终徐皓还是决定在生日前一天飞英国找马修。订机票的那天晚上，徐皓向闫泽承诺，他在英国不会逗留超过一星期，等他回国，他们可以补过一个非常值得纪念的生日。

去伦敦之前，徐皓在某天下午接到了一个非常奇怪的电话。

电话那头先是没有说话。徐皓客气地问了几遍"哪位"，那头才传来人声。

声音苍老且深缓，单从语气中也听得出那种位居高位者的从容，是一位男性，普通话带着明显的口音。老人问："徐先生？"

徐皓镇定了一秒钟，才道："我是，您好。"

老人说："我是邵甫元，想来我们之间并不陌生。长话短说，若你有空，有些事儿我们当面聊。"

邵老讲话非常言简意赅，徐皓一时间没有开口说话。他从对方说第一句话时就推测出了是谁。可邵老会主动给他打电话，这绝无仅有，也难以想象。至于和邵老面对面交流？徐皓无法推测其中会有什么变故。徐皓说："您的意思我明白，但我不想令闫泽难做。或许有事儿我们现在就可以聊通，您想问什么？我不会隐瞒。"

邵老说："后生，有些话只有当面才能聊明白。我看过你们基金会的资料，你是一个很有前途的年轻人。或许这次我们聊过，你会找到更适合你的路。"

徐皓说："更适合我的路？邵先生，我很尊敬您，也希望您能理解。我和闫泽的关系基于绝对平等和互相尊重，这会有助于我们互相理解对方。闫泽和我聊过您儿子的事情，说实在的，这是一个非常不幸的事故，也意味着，和您单独见面，对我而言很有风险。请原谅我说话比较直接。"

邵老停顿了片刻，像是在思索，然后对徐皓说道："原来你在担心自己的安全，不过我想说，你同我见面并不意味着会有风险。首先，关于崇明的事，我想，只有软弱的人才会选择自杀，你很难完全将过错归到我身上。其次，"邵老又停顿了一下，说，"显而易见，我不赞成你和阿泽做朋友。

但我曾经失去了我最心爱的儿子。退一万步讲，如果我想你凭空消失……"

邵老笑了一下，听不出什么意思："那么我不会打这通电话，更不会等到现在。我老了，但脑子不糊涂。阿泽和他很像，我不会为此再失去唯一的外孙。我想，等我们面对面聊过，你或许会找到更适合自己的生活，我欣赏有事业心的年轻人。"

徐皓说："我明白了。"

徐皓和邵老将见面的时间定在八月的最后一天，在B市。徐皓并不知道邵老究竟想跟他聊什么，但邵老给出的保证很有说服力，最真实的还是那句话，如果想让徐皓凭空消失，办法多得很，不至于等到现在，更不至于专门打个电话过来拉警报。

所以，徐皓觉得这场谈话似乎躲不过去，不如正面解决。有时候，徐皓也会思考梦里的车祸是意外还是人为。但他自己明白，他要回国是临时决定的，没有告诉朋友，甚至没有告诉父母。所以当夜他选择打车，在回家的那段高速公路上结束了自己的一生。这一切如此随机地发生并结束，仓促到无从留白，仿佛是既定的命运。

徐皓又想起邵老的话，自杀就意味着软弱吗？

抵达伦敦后，徐皓和马修、安德烈会合。安德烈的伤口看上去已经完全好了，他们家族的斗争似乎也告一段落，眼下他可以随处乱逛。但令徐皓没想到的是，他们碰面后吃的第一顿饭竟然是四川火锅。

在伦敦吃川锅，这感觉甭提了。四周很多人都在用中国话交谈，徐皓感觉自己像是没出国。马修倒是很嗨，他说吃火锅还是多几个人比较过瘾，并且决定给自己新家也买上一套做火锅的锅碗瓢盆。

马修新家的厨房很敞亮，但三个男人都不怎么擅长做饭。弄焦了三块牛排之后，他们终于在第二天中午选择下馆子。马修恳求徐皓回国后可以时不时给他邮寄些正宗的火锅底料，徐皓则答应得比较敷衍。

8月17日，伦敦时间晚7点整，马修家的门被人敲响。马修去开门，收到了一份奇怪的快递。一个很大的纸箱，外侧被深蓝色礼物纸包裹着，蝴蝶结中别着一张纸卡。上面用花体写着"给霍尔"。下面还有用英文写的一句诗："光灿灿的基克拉得斯群岛，但愿你能安全避过"。

马修将礼物递给徐皓，徐皓则拿着卡片翻来覆去地看，这是什么意思？

传阅三个人，没人看过这句话，徐皓拆开了包装，里面竟然是一盒乐高，还真的是可以拼成遥控飞机的机械乐高。

徐皓有些没辙，还有些想笑。他继续拆着乐高的包装，很清楚这是谁送的，徐皓只是没想到闫泽竟然会送到英国来。这下他还得托运回去。

马修在旁边用手机查卡片上的这句诗，很快得到了答案，马修说："破案了，这是贺拉斯的一句诗，基克拉迪斯群岛在爱琴海南部，是当时罗马战争下的一片净土，后半句应该是希望它别受干扰。写卡片的人可能觉得你对他而言，相当于基克拉迪斯群岛对贺拉斯的意义。好了，以上是我瞎编的。"

徐皓这时已经拆开了乐高的包装，他钦佩地看向马修："马修，我以前怎么没发现你还有当诗人的天赋？"

马修白了徐皓一眼，说："不好意思，请把卡片拿回去，我实在不想成为你们传话的载体。人不来也就算了，还写诗……"

徐皓把卡片接过来，刚刚一下子没认出来是闫泽的字体，现在再看发现这字写得还挺好看。没想到这家伙这么有心意，徐皓真不知道等到闫泽生日了，他该送闫泽点儿什么。

这时，安德烈弯腰，从乐高箱子里捡起来夹缝中一个不起眼的文件袋。

文件袋里有几张资料，纸很厚，看上去像是证书或者某种正式书面资料。安德烈翻着手中的资料，突然吹了声口哨，对徐皓和马修说："等等，我看这句诗没那么简单。"

徐皓和马修同时回头，徐皓看着安德烈手中的文件袋："这是什么，乐高说明书吗？"

安德烈合上文件袋，将手上的纸张递给徐皓，说："你还是自己看吧。那家伙送了你一座小岛，并为你保留了署名权。真正意义上的私人小岛，位列派塔利群岛之中，就在希腊边上，这下你打开窗户就能看见爱琴海，真正意义上的爱琴海。"

徐皓拿着手里这份不起眼的文件袋，一时间不知道该先把文件收起来还是先给闫泽去个电话。现在国内时间是凌晨3点多，通常来说，徐皓不会选择在睡觉时间打电话给闫泽，但这礼物确实有点儿超纲了。

徐皓走到马修家的阳台上，拨通了闫泽的电话。没多久那边接了起来，闫泽声音听上去还算清醒。他们在电话中没有聊关于生日和海岛的事情，只是简单地问好，徐皓说了些来英国路上发生的琐事，像他们有时坐在家里吃饭那样交谈。最后徐皓说："我等下订机票，你要是没事儿的话，到时来机场接我。"

闫泽说："没问题。"

随后两人互道晚安，语气听不出有什么特别的含义。徐皓挂了电话。

徐皓告别马修和安德烈是在收到礼物的三天后。乐高不方便携带，徐皓提前找了跨国物流邮寄回去。回国当天，伦敦阴雨连绵，受天气影响，飞机晚点五小时才起飞。徐皓登机时，遮光板外一片漆黑，只看得见飞机跑道上灯光闪烁。随后，飞机的轰鸣声和推背力几乎同时发生，徐皓有一瞬间的恍惚。

徐皓莫名想起年少出发去费城的那一天。通常来讲，徐皓很少会在飞机起飞时留意推背力的这种细节，只是那天所发生的一切都令人难忘。那时他在校门口打完架不久，腿上的伤没完全愈合。出发的航班是在上午，飞机步入跑道的推背力很强。当机身穿破云层，徐皓看见了太阳金色的光轮，如同他即将面对的不可知的未来，又是人生迈出质变的第一个拐角。

或许，人生就是由几个巨大拐角构成。飞机进入平流层，灯光暗下来。徐皓戴上眼罩，陷入昏睡之前，他慢慢地想。

人生第一个拐角是徐皓自梦中睁开眼。他没有携带很多有用的记忆，但是人变了。第二个拐角是十八岁那年出国，徐皓彻底脱离了梦中的轨道，认识了一群不同的人，有了自己可以奋斗终生的事业。第三个拐角是闫泽。正如徐皓和邵老所说，他和闫泽的关系基于平等和互相尊重，但不只是这些。徐皓说不上来。

徐皓用手摩挲起口袋里的一个小玩意儿——一个灰蓝色鸭崽钥匙环，很圆，做工不错，细细密密地用线缠紧，徐皓在伦敦一家手工艺品店恰巧看到，花了十英镑买下来。这玩偶令远在异乡的徐皓想起闫泽。

近些天，徐皓有时会回想起和闫泽在法国的生活。清晨，看见闫泽在卧室延伸出去的大阳台上，四肢慵懒，又颓废又恣意。抑或是某个阳光充足的下午，徐皓攀上屋顶，发现闫泽正站在屋顶的另一侧。闫泽双手撑住被鲜花拥簇的高栏杆，向某一处眺望。他一直在向某一处眺望，久到发梢都被太阳浸润成光轮的金色，甚至无从察觉徐皓接近。那时徐皓顺着闫泽的视线向远处望，看见山野空旷无际，红白鲜花如莫奈画中一样盛放；看见远处有池塘，波光粼粼的水面上，有四五只绒毛未褪的野生鸭崽在拼命游泳。

就在这杂乱记忆中的某一个瞬间，徐皓觉得，可能他们的关系，不止平等，不止尊重，不止这些。

飞机抵达 S 市的时间是北京时间晚上 6 点 30 分。徐皓拖着行李走向国际航班出口，从落地的大玻璃窗往外看，太阳正慢慢降落，视野极佳，空中遍布橙明色的火烧云。各国语言的接人招牌堵在路上，徐皓侧身穿过人群，正要拨通闫泽的电话，却看见了他。

闫泽今天一身休闲潮牌，他双手插在口袋里，略抬着下巴，神色桀骜且张扬。他目不转睛地看着徐皓，好像一直在等徐皓发现他，直到徐皓发现了他，他露出微笑。

徐皓走到闫泽面前，从口袋里掏出那个灰蓝色鸭崽钥匙扣，对闫泽说："送你的。"

闫泽单手拎起来，鸭崽外形很圆，脸上嵌着两个豆豆眼，正在用力瞪着他。闫泽没忍住，问："这什么啊？"

徐皓向停车场的方向走去："小礼物。"

闫泽边走边把玩手里的鸭崽，大概是没收过这种礼物，觉得又稀奇又可爱。提车时，闫泽把钥匙链绕了一圈挂在后视镜上，说是等回家了要专门找个地方收留它。徐皓笑他幼稚。

回家的路正值晚高峰期，天气炎热难耐，徐皓提议在外面吃过饭再回家，闫泽表示无所谓。闫泽公寓位于 S 市的黄金地段，周边有数个大型商圈。徐皓从手机上随便找了一家铁板烧。两人到附近的时候，徐皓觉得口渴，想下车去便利店买水，闫泽就把徐皓先放在了路边。吃饭的地方停车位满了，闫泽得找地方停车。

一开车门便是空气黏稠的炙烤感，徐皓买了瓶冰矿泉水，一口气灌了大半瓶，才觉得有些清爽。

8 月份的南方，天黑得很晚，日光还没有完全沉下来。闫泽随车流吞没在拐角。徐皓站在路边，看着天边一线紫黑色的残晖，突然感到了微弱的触动。人有时会有这样的错觉，徐皓觉得这个夜晚似曾相识。

他曾在这样的天色中邂逅林潇，林潇穿着校服从完全陌生的徐皓眼前走过，仿佛某种无法逃避的命运点。命运。徐皓漫无边际地想，生命中确实有很多人力无法避免的巧合。徐皓毫无征兆地邂逅林潇，又在阔别五年后见到了闫泽。很难说，这种巧合不是命运。

下周去 B 市见邵老。邵老会和徐皓谈什么呢？这是否又会变成徐皓人生中的第四个拐角？徐皓无从知晓。

徐皓在路口等候绿灯，室外温度闷得让人透不过气。他取出手机，给闫泽发消息："热，店里等你。"

这时红绿灯桩急促地响起来，绿灯了。徐皓随着稀疏的人流向前走，发送消息，在合上手机之前，徐皓无意间看到了手机上的时间。

19 点 50 分。很奇怪，这时间也令徐皓感到似曾相识。徐皓抬起头，走在十字路口的正中间，对面绿灯平稳地跳着数字，人流稀松平常，一切看上去都很正常。手机消息显示发送成功。

徐皓继续向前走着，手里攥紧剩余小半的矿泉水瓶，突然没来由地想，今天几号？紧接着，徐皓在右侧听到了跑车引擎巨大的轰鸣声。

徐皓下意识地向右侧看去，瞳孔骤缩，身体瞬间进入极度戒备状态。徐皓先是看见了刺目的远光灯。一辆灰色跑车像疯了一样冲过路口，车灯投射进眼里的一瞬间令人无法看清路况。徐皓左前方的一个女人几乎来不及尖叫就被撞飞，而徐皓凭借其敏锐的身体反应，在这不到三秒钟突发的交通事故中，仅勉强偏开一点儿身体。

接着，徐皓的身体被巨力撞飞出去，落地的时候，徐皓强撑着护住了头。人群疯狂地尖叫起来，徐皓第二个被撞，后面陆续还有受伤者。跑车冲破路障后终于停了下来，驾驶位和副驾驶位上跌跌撞撞冲出来两个年轻人，一男一女。女的惊慌失措，男的则狠狠踹了一脚被撞烂的车，他对着车和天空破口大骂，对着围观和尖叫的人群破口大骂，然后浑浑噩噩地掏出手机拨打电话。

他们非常年轻，或许还不到二十岁，满身酒气，走路都无法走直线。肇事者第一通电话没有报警，也没有找救护车，那个男的走了两步，歪歪扭扭地坐在马路上。年轻的肇事者对着电话说："张叔，出事了，撞人了……我没跑，喝酒了，快来……"

徐皓伏在地上，无力分辨这人后面说了些什么。徐皓想要坐起来，双手无力，仅能维持一点儿模糊意识。鼻腔和嘴里陆续有血沫开始上涌，徐皓眼前一阵阵发黑，全身撕裂般疼痛，仿佛随时能咳出肺里的渣沫来。

但眼下无论伤情如何，自救意识尚存。徐皓困难地点开手机，但颤抖着左手，拨通了最近电话记录。电话接通。闫泽声音如常："徐皓？"

徐皓在剧烈的痛觉中蒙了一瞬间。似曾相识，连音色都似曾相识。徐皓突然觉得荒唐，生命中人力不可违背的荒唐。徐皓认出了这个声音。他意识到了今天是 8 月 23 日，是他过 26 岁生日的第五天。

他自 16 岁以来，严以待己，拼命上进，一刻不歇地构建着意识中的安全感。可他没有真正想过生命中需要抗击的敌人是什么。

电话那头闫泽继续对他说："我刚进门，没看见你坐哪桌。街上好像出车祸了，我们等路况好一些再回家，怎么样？"

徐皓吐出嘴里的血水，他顽强地维持着意识，呼吸困难，用破碎的音节对着手机念了一个字："……来。"

大概是徐皓的声音过于反常，对面脚步一顿，接着有门被撞开。电话那边突然奔跑起来，跑得很快，有风声灌入。闫泽没有挂掉徐皓的电话，而是又拨通了另一台随身手机。因为不清楚具体发生了什么事，闫泽声音还算克制，他报地址，语速很快，隐约听见奔跑时剧烈到几乎发声的呼吸。默契这种东西很奇怪，不用太多字眼，足以让对方知道他情况不妙。

大量的血水从鼻腔和口腔中涌出来。徐皓逐渐听不清周围的声音。其实徐皓并不想让闫泽看到他这副样子——又狼狈，又虚弱，只是下车买瓶水而已，被酒驾搞成这副样子。

徐皓这十年活得很努力。生命机会来之不易，徐皓舍不得浪费时间，他一直向前走，一直向前走。但遗憾无法避免。

倘若这一刻真的是人力不可阻挡的命运，徐皓又希望闫泽在，站在他面前，握住他的手，那粒火种至少有一秒钟可以将他从死亡身边带走。

不多时，围观人墙出现了个口子，有人疯狂地撕开人群缝隙，然后在人群的最前沿停顿了一下。有人靠过来，脚步错顿，不太冷静。有人在徐皓身边近乎瘫软地跪了下来。

耳畔有电流的杂音膨胀起来，振聋发聩，由远及近，嗡嗡作响。闫泽无法接受地触碰了一下徐皓的背脊，又感到同等疼痛般抬了起来。他满身戾气地环顾四周，痛苦不堪，拼命压抑喘息，像是要歇斯底里地喊些什么出来，却发不出任何声音，最终只握住了徐皓落在手机旁的那只手。握得很紧，像是要捏碎徐皓的手骨。

额头贴住徐皓的手背，感受着从手背传来的一点儿热度，身体如溺水般轻微痉挛起来。闫泽感到路面有如波浪般起伏，仿佛世界陷入一片令人难以理解的黄昏中。

吃饭停车而已，就五分钟。他感到愤怒，前所未有地愤怒；感到痛苦，无法抑制地痛苦。体内的所有血液像沸水一样烧滚起来。他表情狰狞，艰难地呼吸着，仅盯着徐皓完好无损的手。他感到那摊血会把他逼疯。

有一天，太阳陨落海中，万物陷入黑夜。又有一天，他从梦中醒来，愿意用太阳去换一颗星星。绝无仅有的星星，那是属于他的星星。窒息感迫在眼前，闫泽痛苦地咽下一个气音，这时有更多的人过来。

他们谨慎地将徐皓搬运到推床上，迅速地开始急救措施，有人套呼吸机，有人去掀徐皓的眼皮。徐皓身体随着车轻微晃动起来，他不清楚周围的情况，只从手指交握处感受到了熟悉的气息。那只握着他的手不曾松开。

徐皓突然像是有了力气。他处在意识瓦解的边缘，试图说些什么，呼吸罩里面嘴唇微动。

双手接触的地方握力骤然增加，四周人声嘈杂，很混乱，仿佛电台雪花噪音。有东西贴在他的手背上，有水，滚烫的水。

徐皓在恍惚中看见了葡萄酒庄园，栽满鲜花的大阳台，奶奶做的剔尖。海岸线圈成的玻璃球，太阳金色的光轮。徐皓想说，别当回事，是有火种燃烧起来了。

还有他们的关系，不只平等，不只尊重，不只理解。嘴唇微动，四个字："……不只这些。"

无论命运是否不可违背。徐皓硬撑着最后的微薄意识在想，他将抗争到底。记忆的最后，电子表时间跳到了 19 点 58 分。

第七章
跟我走吧

◆……◇——◆ ◆ ◆ ——◇……◆

S 市，西郊。

深夏傍晚如同一盆浓郁的彩墨，泼在万家灯火之上。S 市西郊一处建筑的白色外墙此时也被晚霞浸染成驼绒色。

这里远离市区，没有工业噪声，偶尔有工作人员穿梭其中，多是医务工作者。这里依山而建，绿茵环绕。内部医疗设施齐全，走廊宽敞，隔音效果很好。路过的人神色匆匆，皆保持默契般压低声音，时不时翻阅手中纸张，低声交谈着。整栋建筑里只有一位伤患。

徐皓睁开眼的时候，正是一个傍晚。他先看到一片纱网状的海滩，意识凝滞，思维锈迹斑驳，有很长一段时间不能理解自己在什么地方，又处于一种什么状态。他就这么一动不动地躺着，半睁着眼迟缓地分辨这片纱网状的海滩，绿色的浪潮，翻涌起白色静止的泡沫，又像染了油墨。

不多时，身边似乎有人意识到他醒了，那人仓促又大声地说着什么，接着有更多的人围绕在他身边，言语激动，场面混乱。但徐皓并不能听懂这些人在说什么。他身体沉重得像是被泡得发烂的海绵，视线很难移动，呼吸困难，意识尚且在搁浅。眼睛里只有这片静止的泡沫，窗外夕阳将墙面和海滩映成火橙色，原来是一幅画。

再次睡去之前，徐皓觉得意识里有一片雪花在坠落。也不知道过了多久，徐皓听见有人在旁边说："你觉得这么摆怎么样？"

另一个人说："哎，你就随便摆摆吧，谁看啊。"

原先那个人说："怎么说话呢，怎么能跟艺术家说这种话？别的都可以随便，唯有艺术不能随便，明白吗？"

徐皓觉得这两人声音很熟悉，费力地睁开眼。这是一间十分干净且舒适的房间，房间刷着白色和淡黄色的漆面。有携着轻微草叶气息的风从窗户送进来，各种医疗仪器环床摆放着，像个病房。

张旭升头发看上去剪短了一些。他站在一旁桌子前，手里摆弄着一个高脚花瓶，桌面上铺着许多根植干净的鲜花。张旭升抽出一枝百合，看了看，又插进去一枝向日葵，皱着眉头打量，认真得仿佛要去参加什么插花大赛。

王浩然看着张旭升摆弄了一会儿花，摇摇头，拿起手机，正准备扫开屏幕，余光瞥了一眼床上。王浩然难以置信地放下手机。

徐皓微微牵动嘴角，嗓音虚弱略显沙哑，说："张旭升，别闹了。"

张旭升手里的那枝花掉在桌子上，他转头过来看徐皓，张了张嘴，神情惊愕，愣是半天没说出一个字来。片刻后张旭升说："皓子，我昨天还跟浩然说呢，要是一大美妞往这儿躺一躺还能当睡美人，你这种大老爷们儿顶多算植物人。植物人肯定没公主那待遇，顶多就我这种级别的王子给你脸上来一口，到时你一硌硬，哎，指不定就醒了。"

徐皓躺着动不了，依旧用有点儿虚弱的声音对张旭升说："别说了，画面有了。"

张旭升一听，徐皓还有心思开玩笑，就说明他没什么大事，心里那股拧成麻花的劲儿总算松下来。张旭升又换上一张最真诚的笑脸，刚想开口再调侃两句，王浩然走过来按住张旭升的肩膀，打断了他下面要说的话。

王浩然问徐皓："你感觉怎么样？"

徐皓从喉咙里发出一丝微弱的类似痛楚的吞咽声，意识还算清醒，就是说话有些费力："不怎么样。我躺了多久？"

王浩然说："一个星期。中间你醒过来一次，但是说什么都没反应。大夫怕你有什么后遗症。你现在有什么异常感觉没？"

徐皓轻微撇了一下头，算作否认，又缓慢地将视线落到房间墙面上的那幅画上。纱网状海滩在晴天日光的照射下恢复了原本的颜色，碧色的海浪，金黄柔软的沙滩。就像清晰的意识，井然有序的大脑。隐约残存着印象，那个意外醒来时，分外深刻、分外浓郁的黄昏，还有一些混乱的记忆。

张旭升在旁边说："能有什么异常啊，还不是一下就认出我们了？你真当拍电视剧呢，还搞失忆环节，王浩然你这要是进我们圈子当导演了，也得是八流电视剧导演，我跟你说。"

王浩然对张旭升说："闭上嘴吧你。你这几天喋喋不休的，吵得我头疼。"

张旭升说："还用起成语来了，你猜怎么着王浩然，这几天陪床下来我觉得咱俩的感情已经正式步入倦怠期了，下一步你是想离还是怎么着？"

虽然知道张旭升是想故意活跃一下气氛，王浩然还是瞪了张旭升一眼。

徐皓问："话说回来……怎么是你俩给我陪床？"

张旭升被王浩然瞪了一眼，有点儿回过味来，这下反应倒是很快："哦，你那俩外国朋友也来过，看你没事了就没让他俩多待，毕竟他俩外国人不会说中文，陪床也不方便。别说，你那矮个子老外朋友也太感性了吧，知道你出了事哭得比我还夸张。"

徐皓闻言，嘴唇再次牵动起来，张旭升这话很容易联想到之前安德烈住院时马修的那副夸张样子，但真笑又会牵扯伤口，徐皓吃痛地吸了一口气。

王浩然说："别贫了，我叫医生过来看看。没大事儿就好好休息。"然后转身时不动声色给了张旭升一个眼神，张旭升接到眼神，难得意会，闭上了嘴。

徐皓打断了他俩往外走的脚步，说："你俩别跟我在这儿打游击，被车撞的是我……行吗？我说话多了伤口还疼呢。闫泽呢？"

王浩然的脚步稍顿，张旭升卡在后面，看了看王浩然，又看了看徐皓，一副有难言之隐的样子。

徐皓抬了抬下巴，那意思是他在等下文。王浩然转身看了一眼张旭升，张旭升跟着摊开手，特无辜，那意思是不关我事儿你自己看着办啊。两人就在这种对视交流中又走了回来。

王浩然犹豫了一下，说："就是这事儿不知道该怎么跟你说。闫泽不在这里，你也知道闫泽这人比较轴嘛，你出了这种事儿，他去做心理疏导了。"

徐皓看上去不太明白这话里的意思，王浩然一时间又顿住了。张旭升接话道："那天之后的事儿你都没印象了吧，毕竟伤成那样，没成植物人，都是兄弟几个烧高香了。"

徐皓从嗓子里"嗯"了一声。其实关于那天的后续，徐皓不能说是完全没印象。现场有个人攥着他的手，那么用力，简直要擦出火来，那是要往他灵魂里灌岩浆，烫得连死亡都持续颤动。

某一瞬间，徐皓觉得是自己睡太久了，竟会忘了闫泽长什么样。并非指五官，而是真正的样子。像是在漫长的时间段里无目的地等待什么，直到互相再见到的那一刻，徐皓会从毫无概念的状态一下子脱离出来，认出他，然后说："对了，你是这样的。"

张旭升继续说："你肯定没印象。你出事儿之后是闫泽找人把你抬医院去抢救的。我接到电话的时候，你已经在手术室里面躺了四个多小时了，手术室的灯还是红的。我和老姚一起过去那会儿，浩然还没来，门口围了一堆人，我全不认识。闫泽在最里面，就在手术等待区的正门口。旁边有椅子他不坐，就站着，面无表情一声不吭，好像当周围人全都不存在。我刚认出他那会儿真吓了一跳，他衣领上、下巴上、手上，全是血，眼睛充血，跟几天几夜没睡觉了似的，表情挺可怕，我都不敢靠近他。那会儿我就觉得他有点儿瘾症，因为我跟他说什么他都不明白，就看他光把头磕在手术室的门上，然后时不时会像动物那样喘一口气。喘气你明白吗？我形容不上来……举个例子吧，去年我去非洲，见过有人非法狩猎。当时有只犀牛挨了几颗枪子儿，半拉身体轰地一下倒在地上，鼻子和嘴巴一起呼吸，但又异常愤怒，就会发出那种铆足了劲儿又没什么力气的喘气声。扯远了，反正当时就是那种情况。后来浩然也来了，后面的事儿他都知道……说来这事儿太神了，徐皓，你真没什么异常感觉吗？"

徐皓问张旭升："你指什么？"

张旭升说："你知道你的心脏曾经停跳了三分钟吗？"

徐皓看着他们一脸茫然。

王浩然说："三分二十七秒。"

张旭升说："三分半，可以说是三分半……这三分半你相当于是死了，你心电图拉得笔直，好像人真就这么没了一样……"张旭升揉了揉鼻子，调整了一下情绪，又勉强换了个稍微轻松一点儿的口吻，继续说道，"嗐，说来也巧，原本你就算是死手术台上了，我们也不会立刻知道，怎么也得等大夫出来答复，对吧？但当时正好有个小护士急匆匆地拿了几张单子出来，她刚推门出来，手术室里隔了好几层屏障后面就传出来那个动静。其实传到我们外面时声音已经非常小了，但不怎么的闫泽就可以听见……然后这家伙突然就像是疯了。他要去推等待区那个门，我当时反应快，第一把先拦了他一下。开玩笑，你还在里面抢救呢，有点儿常识的都知道不能进去给医生捣乱好吗！结果我竟然完全没拦住他，我被他那股冲劲儿掀在门上，场面一下子就乱了。门本来也没掩上，被我撞得豁开了一个口子，这时我也隐约听到了。你在电视里听过那种声音吧，就是心电图仪器拉成一道线的那个声音，'嘀——'拖好长的调子，从来没觉得这动静有这么尖锐，简直像是有人用针扎我耳朵。那一下我也蒙了。还是浩然和老姚沉得住气，他俩冲上来把闫泽逮住，先是把他压在墙上，没压住，后来叫我帮忙，门外又来了两个，我们五六个大老爷们儿，七手八脚地拦住闫泽。最后只能把人压在地上。我就那么卡在门口儿听了一分多钟心电监护的仪器声。我以为你完了，我一边哭一边拧着闫泽的一条胳膊。闫泽手臂上全是暴起来的青筋，他竟然还有劲儿跟我们拼，我们这么沉，闫泽硬是在地上拖着我们往前又挪了半米。你就一直没缓过劲儿来。那会儿我不看，却也能感觉到闫泽崩溃，我是看不见他怎么掉眼泪的，只能听见断断续续的那种声音从地上传来，就那种让人没法形容的喘气声，跟要死了一样。那一刻我觉得不仅你完了，我觉得闫泽也要完了，但我不知道他为什么也要完了……后来还是老姚跟我说……"

张旭升到最后几乎是抓着脸说完的，可见这件事儿从里到外给他的冲击性都非常大。王浩然在一旁不作声，只是看着窗外，房间里安静了片刻。

徐皓一时间也没法说话，他喉咙干涩，又觉得一些伤口之外的东西在持续疼痛。半晌后，徐皓问："后来呢？"

张旭升继续说："后来有大夫来，给闫泽胳膊上扎了一针，不知道是什么东西，反正人很快就失去意识了。再后来，听说他精神状态不稳定，被家里人接走去做心理辅导了。过了一天，又有个姓韩的男人来看你，还留了个电话。他说哪天等你醒了，伤好点儿了，一定记得给他去个电话。"

徐皓又从喉咙里"嗯"了一声，房间里再次安静下来。过了一会儿，徐皓对张旭升说："打电话吧。"

张旭升错愕："现在？"

徐皓没说话。还是王浩然先开了口，他说："行吧。"

王浩然转身去给那个姓韩的打电话。

张旭升看着躺在病床上的徐皓，几天前他觉得好像他从来没认识过闫泽这个人，现在他又觉得不认识徐皓。张旭升想起自己的那部电影。电影都拍完了，张旭升还是不明白这到底是个什么故事。故事从开头就是生死相隔的境地，直线碰撞的感情被冲淡了，就变成了一个永远生活在过去的故事。现在张旭升隐约摸到了另一条线索，感觉很奇怪，没法说出来。就像是一种状态，表面静得像水，真踩下去了才发现没底。

王浩然给那个姓韩的打电话，没响两声电话就接通了。徐皓还是那种明显病患语调，听上去不太正常，说："你好，是韩俞韩先生吧？"

电话那头被吓了一跳，难以置信地低声询问："徐先生？"对方快走了几步，到了相对安静的环境中，再次问道，"徐先生，你现在感觉怎么样？"

徐皓说："还行，算清醒。闫泽怎么样？"

韩俞停顿了一下，说："这里说话不太方便，我现在在国内，稍晚点儿我去找您。"

徐皓和韩俞见面是在通电话的三天后。韩俞走进病房时，徐皓勉强可以坐起来。他在看新闻，关于这场车祸的消息风头还没完全过去，仍有一些后续报道冒出来。

当时房间里除了徐皓，就只有两个小护士，张旭升和王浩然被徐皓赶回去了。说来惭愧，这边专业医护工作者很多，围着他一个伤者转悠实在是大材小用。他俩又都有正经事儿要忙，整天陪在这儿也没必要。

至于徐皓家里，徐皓父母在国外，一开始是没敢跟徐皓家里说实话；现在是情况好转了，徐皓能自己接电话，也没必要再说实话。所以也不方便让家里人来探访。

韩俞进屋时，徐皓把电视关上。

徐皓挪了挪身体，半倚在靠垫上，说话还是很慢："说说你们家那位吧，他现在怎么样？"

韩俞坐到徐皓身旁，拿出手机，言简意赅直奔主题："不太好讲，我给您看几段视频吧。"

视频里是一个宽敞的房间，窗帘紧闭，屋内灯光柔和，家具只有两把软椅和一张单人床。

闫泽就坐在其中一把软椅上。他的双眼被蒙住，头以一种看上去还算放松的姿势向后微仰，手脚松散地向下垂落，像是在这把椅子上睡着了。

对面另一把椅子上坐着一位五十多岁的金发白种人，他戴着眼镜，衣着朴素，看上去很有学术气质。

徐皓问韩俞："他们这是在做什么？"

韩俞介绍："这位是约瑟，一位国际有名的心理咨询师。他曾经参与过几次闫少以往的心理治疗，但因为老爷子的参与和他本身治疗手段有些强硬，闫少和他的关系比较紧张。约瑟擅长催眠。"

徐皓"嗯"了一声，继续看下去。

视频中，约瑟用英语问闫泽："从这扇门走出去，告诉我，你现在在哪里。"

大约两秒钟之后，闫泽用一种没什么感情的冷淡语气开口，同样用英语答道："南美洲尽头，一座城堡。"

约瑟问："属于你吗？"

闫泽说："属于我。"

约瑟说："帮我形容一下，城堡是什么样子的？"

隔了一会儿，闫泽说："很破，建在海面上。一层排水。二层平台，没什么东西。三层有阳台，每隔一段时间……"话语停顿住了。

约瑟问："每隔一段时间会怎么样？"

闫泽说："每隔一段时间，阳台外面就会出现一个旋涡。"

约瑟问："旋涡？"

闫泽说："比山还深的旋涡，旋涡出现的时候，我必须在场。"

约瑟问："为什么？"

闫泽说："为了不被拉进深渊。"

谈话停了一段时间，约瑟在手写本上记录着什么。

约瑟问："这座城堡里只有你一个人吗？"

闫泽说："以前是。"

约瑟抬了下头："以前是？"

闰泽说："来了一位客人。"

约瑟问："什么样子的客人？"

闰泽说："牧牛人……农场主……骑士……我说不准。"

约瑟问："一个男人？"

闰泽说："一个男人。"

约瑟问："他来找你做什么？"

闰泽说："来让我目睹一场死刑。"

约瑟问："谁的死刑？"

闰泽说："乔治·拜伦。"

约瑟问："乔治·拜伦？乔治·戈登·拜伦？"

闰泽说："我不确定。"

约瑟问："在哪里？"

闰泽说："在我的城堡。"

约瑟想了一下，又问："这位乔治先生在被执行死刑时是否有留下什么遗言？"

闰泽说："他说，他会把死亡变为胜利。"

谈话又停滞了。约瑟继续在自己的手写本上记录着。

约瑟摘下眼镜，揉了揉鼻梁，用一种相对轻松的口吻对闰泽说："好了，跟我说说吧，那位客人，他是一个什么样的人。"

闰泽说："他是乔治·拜伦。"

约瑟问："他就是乔治·拜伦？他执行了自己的死刑？"

闰泽说："不。"停顿了一下，他又说，"我不确定。"

约瑟话锋一转，问："那么，他的死亡是否令你感到无法释怀？"

闰泽说："不。"他顿了一下，又说，"他不会死。"

约瑟有些不解，问："可你目睹了他的死刑，不是吗？"

闰泽说："死刑之后，他没有名字了，所以他不再是乔治·拜伦。"

约瑟分析道："所以死的是乔治·拜伦？"

闰泽说："死的是乔治·戈登·拜伦。"

对话稍微停滞了几秒钟，约瑟停下手中记录的笔，又打开了话题："那就说说这位没有名字的客人吧，他来自哪里？"

闰泽说："外面。"

约瑟说："好的。在城堡的那段时间，他见过你的旋涡吗？"

闫泽说："那个旋涡只有我能看见。所以我必须在场。"

约瑟重复道："只有你能看见，是这样。"约瑟记录的笔锋一勾，问道，"那你是否对此感到遗憾？"

闫泽左手食指略微跳动了一下，竟反问道："为什么？"

约瑟说："这座城堡里只有你们两个人，不是吗？他看不见你的深渊，就意味着他无法与你分享孤独。这难道不会令人感到遗憾吗？"

闫泽说："不会。"

约瑟问："为什么？"

闫泽说："他在阳台的时候，旋涡不会出现。"

约瑟再次露出轻微的诧异："他也可以登上阳台？我以为那是你的私人领地。"

闫泽说："是的。所以，我不确定他看见过什么。"

约瑟思索了一下，说："你有没有想过，总有一天这位客人会看到那个巨大的旋涡，那时他就会离开城堡，回到自己的故乡。"

闫泽说："当然，我想过。他是划着船来的，总有一天会划着船再走。"

约瑟问："到那时你打算怎么办？"

闫泽说："我可以不计代价留下他，原本，我是这么想的。"

约瑟重复着字眼，问："原本？"

闫泽说："后来有一天他病了，我说，走，可以，船上能否多带一个我。我没想到他会同意。他说，可以试试。为什么不呢？"

约瑟说："所以，你甚至愿意离开自己的城堡，再划船去一个自己从没去过的地方？"

闫泽问："为什么不呢？"说着，闫泽的左手手指又动了一下，他仰着面微抬下巴，说道，"深渊在躲他。"

视频里面，闫泽双眼被蒙住，他下巴微抬，就静止在这个动作上，画面戛然而止。

徐皓盯着手机，久到手机早已恢复黑屏，韩俞叫了他好几声："徐先生？"他这才牵挪视线，看向韩俞。

韩俞也在看着他。徐皓倚在病床上，闭着眼用手指捏了捏鼻梁骨，他看上去有些疲惫，又仿佛在沉思，片刻后从喉咙里问出一句话来："是让人关起来了吗？"

徐皓用下巴示意了一下手机，话里没说什么人，但两人都知道他指的是什么。韩俞沉默了好一阵，才说："不全是。"顿了一下，他又说，"单看这视频，您可能还不了解全部事态。老爷子确实管得宽，但我们这几年也不是没事儿做，闫少要真想脱身，招呼一声，没人困得住他。但闫少现在之所以被老爷子强制压着做催眠，是因为就算真把人接出来，我们也没别的办法，还得找约瑟。"

韩俞看着徐皓，徐皓从他视线里察觉出一丝复杂的情态，似乎其中有话没说完。徐皓揉着鼻梁骨的手指抬起来，又揉了一把眉骨，他问："那么全部事态是什么？如果不做这催眠，会怎样？"

韩俞没多说话，他常年西装笔挺，扣子恨不得扣到喉结的位置上，却突然开始解领带，解完领带又解扣子，在徐皓还算冷静的视线里，韩俞逐渐露出了脖子上青黑的瘀痕。看上去不像新伤，至少伤后五天，但一眼看得出当事人下手很重。

韩俞苦笑，说不上是有点儿无奈还是怎么着地看着徐皓："不催眠，就这样。徐先生还在抢救那会儿，闫少被老爷的人按住打针，考虑到他的身份，剂量不敢用多，后来竟趁乱被老爷子叫人绑上飞机。我后脚带人先飞了法国，那边一落地，就被我们的人劫下来。我登机接闫少，他看上去药劲儿刚过，意识不太清醒，我准备扶他下飞机的时候，衣服边还没摸着，就被他拧着脖子压在机舱上。要不是旁边还有人拦着，我差点儿挂在那儿。那时候我才发现一个问题。"韩俞收了收领口，听上去很不是滋味，"闫少竟然不认识我。"

徐皓揉在眉骨上的手停住了。

韩俞一颗一颗系起扣子，然后打领带。韩俞一边苦笑一边对徐皓说："原本我跟您想法一样，我以为是老爷子那边用药了。但我仔细一想，觉得老爷子不至于，闫少是他晚年唯一的盼头，真把人伤着了，他图什么呢？后来一打听，还真不是药的事儿。徐先生你可能也知道，闫少小时候受过伤，精神创伤，从那以后就受不了没光的地方。小时候有几次应激特别严重，得叫医生来做急救措施。这么多年，该想的法子都想了，一是这事儿不是外伤，心理问题，很难治，二是闫少对这类治疗极不配合，聊过火了能往人心理医生头上摔椅子。只有约瑟——闫少十五岁那年老爷子把约瑟请回来，只有约瑟和闫少聊得下去。聊完之后，一开始不觉得有什么，见效还是闫少上高中之后，闫少逐渐恢复正常社交，犯病频率也显著降低。约瑟是世界一流的心理学者，专攻疑难杂症和催眠，他可以在人还没反应过来的时候把人聊进去，再生扒开你的脑子看里面装着什么。关键是聊完，他还可以让你不知不觉，以为无事儿发生。这是很可怕的。说夸张一点儿，这种人，他可以潜移默化地影响你喜欢什么，讨厌什么，甚至刻意记得什么，刻意淡忘什么。"

徐皓把手放下来，目光暗沉沉地看着前方，从喉咙里"嗯"了一声。

两人一时间都没有说话。片刻后，韩愈说："徐先生，你猜老爷子现在在想什么？"

徐皓身上带伤，精力不振作，但说话平铺直叙，目光清醒得甚至带着些锐气。徐皓没有第一时间答话，却问他："闫泽还不知道我挺过来了，是吗？"

韩愈说："应该是的。"

徐皓说："邵老爷子平时在想什么我不知道，现在，估计正操心着怎么才能趁着这个机会让他外孙把我忘了吧。"

韩愈不置可否，问徐皓："那徐先生你自己怎么想？"

徐皓一只手抵在太阳穴边，闭着眼思考，片刻后像吐烟气一样吐了一口沉气出来，道："我在想，闫泽做邵甫元的外孙，真是倒了血霉。"

韩愈表情一僵，完全没想到徐皓半天会憋出这么一句话来。徐皓腰身板正，即使穿着病号服，身上插着管子，向后往枕头上一靠，仍能看出挺直修长的身段。他向后一靠，凝视着虚空中的一个点，说不上什么意思，继续道："韩先生，你要是能联系上邵老，麻烦帮我捎句话。就说出车祸前我和邵老爷子曾经约过一次谈话，算算日期现在也才刚过去，不知道有没有机会再给我续上。我可以去法国，找个地方坐下来，好好谈一下他给我规划的未来'好生活'。"

"好生活"这三个字念得比较特殊，韩愈先是答应了，又看了一下徐皓的现状，原本特别利索的一个大好青年，现在重伤待愈，面色虚白，身上管子还没拔呢。韩愈犹豫了一下，对徐皓说："徐先生，你要不还是等好点儿再跟老爷子聊吧，你现在这样怎么去法国呀？"

徐皓却说："我会想办法，你放心吧。"

两个人聊完的第三天，韩俞给徐皓来了通电话，说口信儿带到了，但老爷子那边还没回复。徐皓说，没事儿。徐皓心里也不觉得意外，如今这情况，不到万不得已，邵老当然不想和徐皓再聊什么，他大概巴不得闫泽就此当他死了，能把他忘了更好。

徐皓担心的，也不是闫泽要是真当他死了把他忘了怎么办。徐皓跟韩俞又要了几段视频，那边催眠成功率其实很低，每次成功了之后，无非就围绕那几个问过的话题，一层一层去扒人家的记忆，然后永远卡在那几个词儿进行不下去了，乔治•拜伦、死亡和深渊。

有一次约瑟带了几个人一块儿去，这也让徐皓知道约瑟大概都是怎么催眠成功的。闫泽坐在那把椅子上，两只手还让人给绑上了。约瑟把闫泽的眼罩一摘，然后手上拎着个东西抬起来，说："乔治•拜伦早在十九世纪就已经死了，不是吗？"

闫泽盯着虚空的一个点，像是无法理解这个人在说什么，然后目光渐渐凝缩在约瑟的手上。约瑟手上是一个没什么特别的钥匙环，下面垂着一个圆鼓鼓的灰蓝色鸭崽玩具，瞪着两个小黑豆眼，正随着约瑟的手一圈一圈地晃动。

闫泽的眼睛突然就红了，他从喉咙里发出一阵近乎撕裂的声音，然后连人带椅子翻倒在地上。他全身发力挣扎，面容扭曲地看着那只鸭崽，疯狂又痛苦。

转着转着，对话就开始了。徐皓没看完，被大夫喊起来拔管子。大夫用手往外抽管子，动作很小心，偏偏就跟在给徐皓心脏抽血似的。一圈一圈从体内开始绞，五脏六腑震颤，绞得他连思维都感觉到疼。

徐皓虽然不了解催眠，但是他了解闫泽，闫泽这个人，脾气大归脾气大，轴也是真的轴，但凡他认定一件事，别说催眠了，除非是真把他打回去投胎，否则有些事儿，他怎么也变不了。

况且，那是闫泽的脑子，里面装的全是他的思想。那是触及他灵魂深处最干净的一块地儿，是他全身血液沸腾的最初点，是他的罗曼蒂克，他的隐蔽之处，他的精神所及、他的梦，那是他的火种。你什么人啊，你就要扒开人脑看？徐皓倒是真想往这人头上摔板凳了。

晚上的时候，徐皓给安德烈去了通电话，沉着口气说："安德烈，你帮我个忙。"

徐皓说完之后，安德烈说："就这？"

徐皓说："就这。"

安德烈想了一下，道："兄弟，其实这也不是帮你的忙。上次要不是你们在场，我这条小命能不能保住还是个问题。我老爸之前也说了，你们得到的不光是我的友谊，还是我们家最高的友谊。友谊是什么意思呢？意思就是你的事儿就是我的事儿。但我觉得你这主意也太单薄了，欧洲是我们的地盘，你怕什么，进去抢就完事儿了！"

徐皓叹了一口气，说："现在不是抢不抢的问题，你带人，人家就不带人了吗？代价你想过没？再说，有法子把人弄出来，但弄出来现在也很麻烦。总之你就别操这份心了。按我说的帮我忙，行不行？"

安德烈一听，索性直接答应了："好吧，你说了算。"

徐皓叫安德烈那边先派人打听着邵老的行踪，没想到又过了一个星期，邵老竟主动联系上他。

一个从来没见过的电话号码，徐皓接起来，对面老人说："徐先生。"

徐皓眨了一下眼睛，又立刻镇定下来，对着电话说："邵先生。"

邵老说："徐先生近来身体可好？"

徐皓说："还可以。"

邵老一时间没答话，徐皓也按兵不动，竟一时沉默下去。

片刻后，邵老说："听说徐先生找我？"

徐皓说："原本呢，邵先生联系我，说要给我指条出路，日子都敲定了，又因为我这点儿事儿耽搁了。现在想着时候正好，不如续上日程。您觉得呢？"

邵老说："怎么，徐先生要来法国？"

徐皓拄着拐站起来，一步一步走到窗口，凝视着昏黄的落日，说："为什么不呢？"

约谈比想象中还要奏效，徐皓不清楚到底是韩俞那边奏效了，还是安德烈那边奏效了，总之邵老最后给了一个地址，法国这趟可以走。

徐皓现在这情况，说实在的，车勉强能开，走路只能拄拐，慢走不远就牵扯着浑身上下都疼。但他还是没怎么耽误时间，包了个私人飞机就过去了。

邵老挑的这地儿，说来也巧，就在尼斯边，上大概一小时车程，上次和闫泽从葡萄酒庄园开车过来可能还路过这附近的公路。徐皓下飞机的时候，扑面而来的是法国早秋凛冽又温柔的空气，他吸了一口空气，看着眼前大片大片的田野，仿佛在看莫奈涂满黄绿色涂料的画布，平白生出故地重游的惆怅思绪。

安德烈带着人在私人停机坪接他，两个人上车也没说什么话，车队就动了，然后沿着公路快速往目的地驶去。

第一站没去邵老那儿，徐皓早些时候让安德烈在当地找了个做手工西服的地方，按照他的尺寸给他做了一套正装，纯黑色，非常笔挺，非常潇洒，要是不挂着拐走就更好了。

但真到邵老那儿了，徐皓还是得挂着拐走。邵老约的地方是一座高耸的古堡，很符合他的气质，古老、气派、宏丽、幽僻。徐皓挂着拐第一脚踩进那中世纪壁画涂满一整面墙的大堂时，感觉自己的这一只脚像是踏进了墓地，拐棍在上等地毯上落不下任何声音。

邵老在会客书房坐着，身后站着不下二十个人，皆面容严肃，低垂着视线。邵老极瘦，银发一丝不苟地向后梳去，坐在轮椅上，腿上盖着一条细绒毛毯，单手夹着雪茄，视线落在雪茄旁侧。

徐皓挂着拐一步一步向前走，他西装笔挺，身段修直，气宇轩昂。徐皓走得很慢，他身后也跟着不下二十个人。安德烈不着急，插着兜跟在徐皓旁边走，看上去轻松得像是进了自己家门。后面的人也同样不急不慢，他们西装革履，神态不羁，像逛展会一样跟在后面左右打量，有人甚至挑衅地吹了声口哨。

就在这两种气质截然不同的人马对峙中，徐皓挪到了邵老对面的那把椅子上，以极慢的动作坐了下来，然后把拐杖放在一旁。

徐皓向后一仰，靠到椅背上，松了口气，随后双手从容在桌面上交握，对邵老说："邵老先生，幸会幸会。客套话不多说。您要是不介意，就把人都撤了吧。有些话，咱们还是私聊合适。"

邵老夹着雪茄抽了一口，看着徐皓，没出声。徐皓微笑着看他，又道："您别看我现在收拾得像那么回事，其实现在让我再站起来都费劲儿。不说现在是在您地盘上，就是在别的什么地儿，就我现在这身体状况，咱俩真打一架都不一定谁打得过谁。我们简单聊个天，又能对您造成什么困扰？"

邵老放下雪茄，没说话，抬了抬手，后面的人就往外走。

安德烈站在徐皓旁边，对徐皓说："那我们在外面等你了，但说真的，你俩这样干巴巴聊天，不会出事儿吗？"

徐皓语气挺随意："放心吧，我不是还跟你要了个后手吗？"

安德烈被噎了一下，说："说真的，你不要还好，你这么一要，我真不知道待会儿会发生什么事情，我们全出去，这彻底变成人家的地盘了，也不知道暗地里躲着什么东西，你千万不要冲动。"

徐皓说："行，我有数，你放心吧。安德烈，这次谢了。"

安德烈轻轻捶了徐皓肩膀一下："嗐，说这些干吗？那我们出去了。"

安德烈说着，带走了最后一拨人。当整个偌大又古朴的书房仅剩下桌前两个人时，邵老点了点手中的雪茄，用带口音的中文问徐皓："徐先生，你是为什么来这儿的？"

徐皓又挂上那种微笑的神态，颇为绅士，对邵老道："邵老先生，算来这才是咱们第二次见面。彼此之间算不得太熟悉，但该了解的都了解一些。我知道您为人，也知道您，很不愿意放手。"

邵老夹着雪茄的手指在桌上一顿，大概没想到徐皓能这么开门见山。徐皓的话也顿了一下，继续道："原本呢，来见您之前，我想了很多话要对您说，我想跟您聊生活、聊本能、聊钱、聊实话。我想跟您说人类活着是一定要有其精神追求的，也正因为如此，我们才会在某些时刻脱离兽性本能。我想说甭管您信不信，跟您家底有关的那点儿东西我一个也瞧不上眼，您要是为了点儿破钱就这么爱折磨人，您把闫泽交给我，我俩找个农村种地去也比在您手底下遭罪强。我还想跟您撂句实话，说实在的，您上年纪了，快九十岁的人了，真拦又能拦到什么时候呢？您觉得我二十六岁，我是等不起吗？等您两脚一蹬驾鹤归西，又管得了我们怎么做事儿？这类话我都想过，好听的、难听的、理性的、感性的……全都想过，但我后来仔细一想，这些话纯是虚的，产生不了任何价值，也不可能动摇您的任何想法。索性呢，我跟您说点儿别的。"

邵老看着徐皓，又抬起夹着雪茄的那只手，轻声一笑，有些嘲弄似的，开口道："你说。"

徐皓慢条斯理地说："原先呢，闫泽跟我说过一句话，这句话在一个很特殊的时刻说出来，让我记了很久。闫泽说，他不是邵崇明，不至于保不下我，还让人逼得跳海。我当时心想，怎么就要保我，还得不让人逼着跳海呢？他舅舅的事情我略有耳闻，确实是一件非常令人遗憾的事。我也挺理解老先生您的，这么大的家业，前后两个继承人都犯上这种事儿。但理解归理解，问题在于……"徐皓吸了一口烟，眯着眼，道，"不是说脱离您的掌控，您就可以不把他当人了。"

邵老嘴角那丝嘲弄的微笑随着徐皓的话逐渐敛得一丝不剩，到最后，他甚至有些被戳到痛处一般，眼底含着暗怒，对徐皓冷道："你以为你什么身份，来谈论我们家的事？"

徐皓抬起抽烟的手，看上去很客气，一点儿也没有要生气的意思："是，您说得没错，我身份不够，谈不了你们家事。那就说点儿和我有关的。闫泽说他不是邵崇明，这个我信。但我也有句话想跟您说。"徐皓又吸了一口烟，思索了一下，才道，"我想说的是，我也不是别人，任谁被你逼得走投无路都会去寻死，但我不会。我不需要闫泽来保护，更不可能看着他去跳海。人这一辈子就这么点儿时间，这么点儿机会，说实在的，无论发生什么，我都不会主动放弃。我也不可能让闫泽放弃。带着这个念头，我来找您。顺便，为了让这场对话变得更加有信服力，我还给您带了个小礼物。"

邵老手上那根雪茄的烟头燃断了，他却没有再去点烟，而是高深莫测地看着徐皓。邵老说："后生，你不怕死吗？"

徐皓微笑着，继续慢条斯理地对邵老说："怕，当然怕，您看，您刚刚完全有机会毙了我，但您没有。这说明我们的谈判是有价值的。我在赌，赌您既然愿意见我，就说明您有不那么好解决的问题，赌这个问题在被解决之前，您不愿意毙我。当然，您明白，我没什么好跟您比的，带着来，无非就是表表态。这样，还免得您再威胁我那些莫须有的，浪费咱们时间。"

邵老看着眼前这个年轻人，年轻人自始至终冷静、镇定，带着挺客气的微笑，却是从进屋以后，一步没让过。他像是被风摧断的树，纵重伤未愈，豁着口子，仍一眼看得出向上生长的骨相。二十六岁，太年轻了，邵老一生阅人无数，极少失态，更没想到这一瞬间会透过他想起从前。

邵老夹着雪茄的那只手慢慢低垂下去，他向上看，不知想真正什么，整个人像是更瘦了，连同气势都如余烬般沉落进地毯里。他看着壁画，眼珠苍白又混浊，像是想到了什么，连同那人生来孤勇热情的天性都一并记起。多少年了，从禁忌开始就要陪他走入坟墓，可其中往事又如何说？邵老说："如果当年那个人有一半够胆，走到我面前，崇明又怎么会被我逼到去死。"

徐皓脸上浮的那层笑淡下去，他把烟掐灭在烟灰缸里，说："那个约瑟，您一定见过治疗过程，平心而论，您真觉得效果大吗？我和闫泽认识很久了，他情绪很稳定，很健康，根本不需要被救治。他那么骄傲的一个人，您是他外公，您就这么让人扒开他脑子看，您就让人给他按在地上打那些什么镇定效果的针。您不觉得疼，是吗？那么我觉得疼，行不行？您不把他当人看了，我想把他当人看。那个什么乔的要真那么有本事，怎么深渊不躲他？为什么还得按在地上打针？还非得刺激成那样儿才能做治疗？快别让他瞎祸害人了，人还给我吧，行不行？"

邵老不答话，徐皓伸手去拿自己的拐杖，勉强站起来。邵老在后面跟上最后一句话："为什么约瑟不行？你觉得你行？"

徐皓拄着拐，身后一片日光斜切入幽深的走廊，影子几乎与人重叠。他回头看了邵老一眼，继续一步一步往外走。

徐皓说："因为深渊在躲我。"

有邵老这边松口，再办什么事儿就容易多了。徐皓和韩俞对接上，跟着车打算去闫泽做治疗的地方找他。距离邵老那个城堡也就半小时车程。结果一个车队的人都到了，突然那边来了一句，闫泽人从今天中午就没找到，房间里没有，外面也没有，跟蒸发了一样。现在所有人都在翻天覆地地找他呢。

徐皓简直有理由怀疑邵家是不是故意的。但韩俞说不是，打听了一下，好像人真不见了。徐皓跟着韩俞来到视频里看到的那个房间，原来拉开窗帘之后是很敞亮的，阳光充足，外面就是广阔的草地。徐皓拄着拐，坐到闫泽平时被催眠的那把椅子上，在坐上去的一瞬间，他感觉自己像是坐到海底去了。人就那么沉下去，几乎无法再挪动身体。

一个戴金丝边眼镜的中年白种人走到徐皓对面坐下，看着他，目光温和，看上去十分有礼貌。约瑟用英语对徐皓说："你就是乔治·拜伦先生，对吗？"

徐皓身体动了，他双手搭在膝盖上，额头抵住手，对约瑟说："其实你没搞懂一件事儿。"

约瑟略带疑问地看着徐皓。徐皓撑着拐站起来，单手抚摸过这张椅子的纹理，说："曾经坐在这里的这个人，他高傲、孤独、倔强、热情、勇敢、叛逆。他曾经在我过生日的时候送过我一段手写诗，我也不知道他怎么想的。

其实你不可能治好他，浪漫和理想主义是他病的根源。他才是乔治·拜伦。"

跟这人废话再多也没用。徐皓跟安德烈借了一辆车，顺便把留在约瑟那里的钥匙扣也取回来了。虽然身体状态不太好，但徐皓还是想转转。他在想闫泽能去哪儿。所有地方都找了但没找到，就凭这家伙现在都不知道还是不是在做梦的脑子，别说护照了，钱都没拿，手机也没有，能跑哪儿去？

徐皓开着车，不知不觉就开到了尼斯边界。他看着眼前瑰丽的黄昏，突然灵机一动，向一处海岸开去。白色城堡一样的酒店，旁边有一道人迹罕至的海崖，是他们住在酒店时曾散步走过的地方。从那里能看到尼斯最令人心醉的傍晚时分，这边海景也被称为"玫瑰色的吻"。

徐皓把车停到了距离海崖最近的那条路上，挂着拐下来，然后踩着野草地向那个海崖边上走去，结果他看见了一个男人。

背影歪斜，一动不动地面对地中海，风把他的衣服吹得鼓起来。山崖之外，地中海如莫奈笔下的油墨淌开，天边大块大块掉落粉紫色的云彩，落日像一盆暴溅开来的调色板，把那人身上调得全是昏黄色，也有一部分溅到了徐皓脸上。

徐皓被风吹得眼睛发涩。他一瘸一拐地往前走，走近了点儿，喊他。那人没反应。徐皓索性再走近点儿，走到那人身后。两人隔着一臂长的距离，徐皓把拐往旁边一扔，又叫他。

那人回过头来。男人平静地注视着他，突然抬手，一臂长的距离，他一只手伸来触摸到徐皓的脸，好像不认识他，又好像等他很久。

风把两个人的衣服都吹得鼓起来。徐皓说："你知道吗，乔治·拜伦是不会死的。如果深渊躲他，他就会向深渊走去。"

落在他脸上的手指微微一颤动，像是要从梦中醒来。那一刻，徐皓看见有橙明色雪花在飘落，仿佛这个世界顷刻间就会被撕得粉碎。黄昏，分外浓郁的黄昏，异常深刻的黄昏。

徐皓伸出一只手，拉住那人有力的手臂，将他从海崖最旁边拉回到自己身旁。风狂卷着，有一粒石子随走动沿着海崖滚落，转眼摔碎在礁石嶙峋的深渊里。有火种落在这片草野之上，经风一鼓，卷席起浩荡无际的大火；那是要往灵魂里灌岩浆，烫得连死亡都持续颤动。

徐皓对着那人动了动嘴唇，却几乎从眼中流下泪来。他说，闫泽，别回头，跟我走。

是，你说得没错，我可以笑。我可以每天不板着一张脸。我可以将所有不重要的事情都抛在脑后。我可以做我一切想做的事儿，只要这件事儿切乎实际。至于什么是不切实际的，以前我没讲，现在我来举个例子。

我要时间倒流，不可能。我要地球停止公转，不可能。我要摘掉外婆故事里小王子的那朵玫瑰，不可能。我要一切合乎常理，不可能。我要你只注视我，不可能。

至于切实际的事情，你想听，我也可以说几件。比如我挥霍过剩的精力，执迷于寻找刺激，这你知道的。比如我渴望末日和一切事由的终结，虚度光阴，你也知道的。还比如我对你的看法，这你不知道。你以为你知道，但你不知道。

在我意识到是你之后，末日才真正来临，而后又迎来空前的高亢重振，令我在数个夜晚无法安稳入睡。我的精神在震颤，我渴望更深度更逼近性命的交流，我恨不得你将我的心刨出来审视。我想让你知道，这世界一切都是虚假的、懦弱的、无希望的、可憎的，而我这里流的血还是热的，是属于你的。我们曾聊起过相关话题，你表现得比我包容。你包容得很理性，很冷静，很不带感情。

"可以理解，生物界总有这种状况发生。只要不发生在我身上就好了，你管别人怎么过。"你是这么对我说的。

但没事儿，我想。我打电话找你，你接起来就会第一时间过来。你看上去丝毫不在意。有时你放下手机看着我，笑着耸肩，漫不经心。你单手揽过我的肩膀，熟稔又自如，一边走，一边说那些陈词滥调。

那年在新西兰的酒馆，三杯酒如此之烈，几乎灼伤我。趁酒意，我问你，徐皓，你觉得我重要吗？其实我这话问得很可笑，但你没有介意。你酒量不行，酒品还可。你斜倚在座位上，在昏暗的烛火中看着我，沉静得很反常，专注得很反常。很久之后你对我说，闫泽，你很重要。

而后，你缓了一下神，继续吐着酒气对我说："闫泽，你跟别人不一样，你这人看上去很野，好像有些纨绔习气，但其实骨子里很傲慢，还很理想主义。之前我看你有读诗，浪漫派诗歌，对吧？有一句你对我念起过，最后一句，'With silence and tears'（以沉默，以眼泪），拜伦的一首分别诗，为什么要对我说这个？我不明白。"

你皱着眉头说，话语不甚清楚，但人喝醉有时就常会这样，态度真诚到近乎赤裸，你对我说："如果真有面临分别的那一天，我想象不出来，但如果真有，那肯定是件大事儿……说不定是我得癌症了，或是地球要玩完了，也可能是我们老得动不了。总之，等真有那么一天，我们就来这儿，"你说着，用拿着烟的手点了点桌子，"就来特卡波圈一块地放羊，我叫上你，带几只从小养大的狗和马，去打猎、开荒，要活得像中世纪还不知道工业革命为何物的野蛮人。我发誓我会叫上你，闫泽，到那时你要跟我走，别拒绝我。"

我没讲话，一味地喝酒。太阳穴被酒劲儿顶得发胀。你的目光直接又不够清醒，永远不知什么是忧愁的，穿过酒馆桌台上那根烧过一半的蜡烛看向我，是在询问我是否愿意一起变老。随后三杯酒下去如此之烈，是真的灼伤了我。

后来呢，我们渐渐疏远。再后来你出国了。我开始整日整夜地做梦，梦中我一遍一遍地提醒你，拜伦先生，还记得我们的末日吗？你一副中世纪的面孔，饱经沧桑，很冷静，很疏离，同时又在微笑。你说，什么末日，你不记得了吗，往后全是明天。

每当这时我会骤然惊醒，面前约瑟一张脸，关注且略显悲伤地看着我。闭上他们这该死的眼睛，不要这样看我。我不需要同情，也不需要被救治，我宁愿是你毁了我，同样成就我活着。在疗养院待了一年半，我病情好转，而后我自由了。我保留了你的公寓，还有惯常默认的两个车位。听说你在英国，日子过得还不错，且没有回国的打算。

我开始着手担起家里的工作，恢复常态，恢复社交。有时去你的公寓住几天，权当你随时回来。我回避深渊的问题，深渊是我一切阴暗面的指向，它庞大发胀又面目可憎，它会令你惊醒。而我想让你明白，我可以很正常，并不非得是深渊。正如你所说，我可以笑，可以每天不板着一张脸，可以将所有不重要的事情都抛之脑后，也可以面对明天。

亦如拜伦诗中所写：如果我再遇见你，隔着悠长岁月，我该如何向你致敬？With silence and tears（以沉默，以眼泪）。

不过拜伦先生，你从没说，有一天，你是会死去的。在医院目睹你尸体的那一刻，说实话，我没有认出来。你穿着手术服，裸露墙灰色的手脚踝，血迹被处理过，头发完全被剃光了。我在你头骨右边摸到了一片坎坷的碎粒，触感几乎令我感到惊异。我的深渊完全膨胀，肆虐着生长，令我眼前发黑，令我意识分裂开来，无法毁灭，也无法再被毁灭。我想，如果我再遇见你，隔着悠长岁月，我该如何，向你致敬？

我又开始没日没夜地做梦，我渴望做梦，强制性做梦，你如幽灵般伴我左右，而你确实该是幽灵。梦中你我总无话可说。你站在三楼的阳台上看着我，一副中世纪面孔，饱经沧桑，又冷静，又疏离。你背对着城堡外的海，不掺任何感情地向远方眺望。你在，旋涡从不会出现。远处可能有你的家乡。

我说，拜伦先生，毁了我吧。你讥讽似的笑了，目光收回来一瞬，大概觉得我不可理喻。

我就在梦中凝望着你，你出现过很多次，又消失过很多次，你执行了自己的死刑，又从末日中重生。你始终不肯毁了我。缄口不言就是你的原因。

后来，有一次很奇怪，你竟然在梦中开始对我讲话。你看上去比以往任何时刻都冷静，更比以往任何时刻都显得世故。你的目光缄默、理性、成熟，仿佛一只无形的手轻触到我的梦，突然神态不再讥讽，也不再觉得不可理喻。渐渐地，你像是真正从时间尽头走回来，持续对我说着什么，又被意识拉成奇怪的声轨，好像虫鸣。

梦中，我的心脏如愿以偿被剖开，再回到决裂那夜。你的脸比墙灰更没生气，头骨碎裂，眼里不是愤怒和伤痛。你看着我，像不认识我那样看着我，然后坐到我的身边。你身体外侧悬挂着我的心脏。

你突然变得年长起来，中世纪面孔在你脸上纵横得更加深刻，你颈部喉结仍然分明，却构成更成熟的轮廓。你反复沉入梦中，将现实界限淌成了一摊水。

而我，清醒的时候沉睡着，沉睡的时候又清醒着。我有很多话对你说，你略带困惑，并不能听懂。我想说，拜伦先生，如果不能毁灭我，就请留下来。

留下来吧，我突然又听懂了你在说什么。你说，别用这样的余生回忆我。

这一刻，即使在梦里，我都觉得可笑起来。你生于我的梦中，我的梦不会这样讲话。与此同时，我从未如此清醒地认知到，死亡的实质是什么。死亡不意味着末日，也不意味着离别。死亡的意义在于这一刻，我无法辨认你是否真实存在过，我也无法辨认生命在下一秒会载于什么介质之上。说实在的，倘若你不能毁灭我，那也不差我自己走一遭。

我于废墟中与这个虚无的世界诀别，我没有非要等待什么，我当然知道，即使你站在我面前，也无非是一场梦罢了。

梦是时间反常的假象，是潜意识为争取求生所做的一场骗局。我凭什么相信？直到深渊的口子完全打开，你从火光中蹒跚走来。你面容浮肿，没有头发，半身淌着水，躯体虚幻浸在火中，你叫我，闫泽，你给我滚进来。

我的梦不会这样讲话，更不会如此愤怒伤痛地看我。我确认你死亡，如同确认你曾经活着。所以当我的手穿过你的脸，连同这虚幻的火都是冷的。

拜伦先生，你曾说过，倘若面对末日，那里会是两个人。就算不能一同老去，至少让我没有明天。没有明天，末日何谈离别。毁了我吧，我最后一次恳求你，毁了我吧。

可你却对我说，活下去吧，闫泽。倘若我的记忆可以组成一个世界，你会在那个世界永生。你在我惊怔痛苦的视线中迅速燃烧殆尽，如木屑般散了，仿佛没存在过。再也没有毁灭，再也没有被毁灭。

确实，死亡不是终点。终点是永恒停留的这一刻，我想。

倘若我的记忆可以组成一个世界。倘若那个平行宇宙里有你，就会有另一个我。有盏蜡烛，要替我点燃。

至于我，你说得没错，我可以笑，我可以每天不板着一张脸，我可以将所有不重要的事情都抛到脑后。我可以做我一切想做的事儿，只要这件事儿切乎实际。只是这世界再无末日，往后，全是明天。

明天。徐皓不会刻意想有关明天的事。他确实有一段非常轻狂的过往，年轻且挥霍，那感觉像是从井口往下跳，到处充斥着酒精和令人迷醉的欲望，抬头看看或许有光，但深陷泥泞里反而觉得自在。有时徐皓回顾往昔，这是他唯一的成长期，无可重复，亦无可替代。说到底是他比别人幸运，觉得后悔的那一刻，竟还能从头再来。

从头再来。类似的话徐皓曾对另一个人说过，讨巧借电影里的一句台词，只是没想到那人会那样看他。后来有次做梦，徐皓再回到那天高原和夜色湖泊里，日出寒气逼人，太阳升起来仿若岩浆涌动。闫泽在旷野中看着他，像从没认识过那样看了他一眼，然后说话。

为什么不呢？那样一个境地里，确实没任何理由说不。

第二次听见这句回应是在约瑟的催眠过程中，被催眠的那一方口吻冷淡，依旧轻描淡写，为什么不呢？

为什么不呢？有时闫泽这种状态会令徐皓将现实与过往搞混。记忆中有个人桀骜不驯且玩世不恭，总轻描淡写揭过去一些事，深究下去没任何意义，徐皓也确实没找到任何意义。后来他们在尼斯的海崖上相见，对方的神态竟没有变，那个瞬间令徐皓想起从前。

后来徐皓有所成长，一次死亡经历令他以惊人的速度成长起来，这种成长是私人的。从前他不知道自己想要什么，现在知道了，也仅知道自己想要什么。后来又经历第二次死亡，他竟坠入另一个人的梦中。他开始想起一些事儿，又扛起了曾经觉得边缘化的东西。当徐皓在尼斯的岸边与闫泽再次相见，某种意义上，徐皓觉得这可以说是他们第一次的坦诚相见。那一刻深渊是真实的，浮光也并非无意义的。对方神态一如过往，令徐皓轻易想起从前。当徐皓直面深渊的那一刻，一同坍缩的还有另一个人的过去。

离开尼斯，他们坐飞机返回 S 市。从尼斯回来的路途比往常更沉默。闫泽状态不算很好，有时他会突然握住徐皓的一只手，像是走路被闪了一下，那一瞬间手劲儿大得令人吃惊，紧接着又放开。徐皓坐在旁边，看着闫泽把头沉入双臂之中，同样不怎么说话。

徐皓身上的伤没痊愈。虽然不至于要待在疗养院里观察，但禁止剧烈运动，减少户外出行还是必要的。时隔一个月，徐皓终于又躺在了自己公寓的床上，周围不下十个人忙着给他在床边布置简单的医疗设备，像回到了疗养院房间。闫泽坐在一边的沙发上，两只手肘撑在膝盖上，握拳抵在唇边一言不发。众人走后，徐皓在床上动作缓慢地翻了个身，两条腿垂放在床边坐起来。闫泽有所察觉，身体动了一下。

徐皓打量着闫泽走近，说："我怎么觉得你瘦了？"

闫泽走到徐皓身边，失力般沿着床坐到地毯上，然后握住徐皓一只手。他说："我在想，倘若连这一刻也是假的，不如痛快告诉我吧，行不行？"

徐皓觉得稀奇："你觉得现在是假的？"

闫泽说："我不知道。我见过你很多次，有时你是你，有时你变成了任何人。你可以对我说任何话但你不说，你可以出现在这个世界的任何一个角落，就是没我。现在我握得到你的手，有温度，热的。你对我讲话，每一个字我都听得懂。我想说如果连这一刻都是假的，那么我接受不了。确实，倒不如别告诉我，我接受不了。"

徐皓点头，算是听明白他的意思，然后顺着闫泽的话开始分析："你想，如果我是假的，我会问你瘦没瘦吗？幻觉交流大多是听不懂的，就算听得懂，也基本不会出现这么接地气的问题，对吧。"

他们之间常年维持着精度非常高的默契，即使话说得模棱两可，却能让另一个人立刻明白对方想要表达什么。闫泽抓着徐皓的手蒙了一会儿。徐皓又伸手去解身上的外套扣子，掀开里层衣服露出身上的绷带。室内温度适宜，徐皓赤裸着上半身把衣服扔掉，继续分析道："你再想，如果我是假的，你会看到这么具象的伤口吗？不会吧。意识是抽象的，即使你能感觉到我有伤，但你不会看得这样清楚。这是我手术后留下的创伤，虽然现在还没完全长好，但可以看得出愈合痕迹。这才是符合现实发展规律的，是固有的、不会再改变形状的痕迹。如果你还是对现实保留怀疑，过两天你再看，这道伤口会愈合得更彻底。它可以清楚地告诉你，这世界是按线性时间发展的，而你所看见的一切，包括我，都再真实不过了。"

闫泽目不转睛地看着徐皓身上长达十几厘米的缝合伤口，他突然感到了一阵剧烈的痛感，仿佛双眼逆着光直视太阳，眼周几乎瞬间就泛起了红色。闫泽的手指触及徐皓伤口旁边的皮肤，想落又不敢真的落下去，最终似于清醒中抓住点儿什么，难忍地问："疼吗？"

徐皓看着闫泽的头顶一时间没说话，片刻后开口："还好。"闫泽落在床上的那只手已经攥成拳，徐皓如梦中那样反问，"你呢？"

闫泽垂下头去，沉沉地出了一口气，才说："我疼。"闫泽顿了一下，声音沙哑得奇异，仿佛暴雨前的沉闷云层，他又自言自语般低声道，"我疼。我疼得想死。你不知道你躺在那里是怎样看着我。你鼻腔有血流出来，还要告诉我你没事儿……我疼得都不敢想你到底怎么了。你握着我的手，是有话对我讲，可是我一个字都听不清楚。我送你去手术室抢救，有门隔着，你……"那夜的记忆翻涌上来，闫泽抬起左手，呼吸连带着声腔颤抖，下意识用力握住徐皓的手。

徐皓回握住闫泽的这只手，用了些力气，仿佛睁眼便可看见有人留在了梦中永恒的黄昏中。徐皓低下头去对闫泽说："闫泽，你知道的，如果我不是我，我不会这样对你讲话。"

确实，命运变轨了，真正握住火种的那一刻，竟还能从头再来。

接下来的日子比较平静，徐皓年轻，身体恢复得不错。闫泽状态有所好转，只是晚上不可避免地失眠。有一阵子，晚上闫泽会在客厅点一盏灯，不是抽半宿的烟，就是靠在门边看着徐皓睡觉不说话。时而徐皓起夜会被闫泽这神出鬼没的状态吓一跳，不过多吓几次倒也习惯了。闫泽目前状态不需要人照顾，但确实需要点儿时间来调整。

没过多久，姚导的电影上映了，张旭升给徐皓和闫泽两人送了两张首映票。照张旭升的话说，怎么也是上过镜的群演，不得来看看自己的表现？徐皓挂掉电话，问闫泽，闫泽也没事儿，两人就开车去了。

现场可以说人满为患，放映后还有主创观后谈，张旭升和姚导都在现场。他们作为该部电影的导演和制片人，正逢事业上升期，精神面貌都非常不错。徐皓和闫泽走在一起，简单和张旭升打了个招呼，又跟姚导招了一下手，就去观众席找位子。张旭升也算没白当制作人，甭管这场首映来了几个明星几个名导，给徐皓他俩留的位子还真是居中的最佳视角的。

随后熄灯，电影开始了。故事一开始是个葬礼。一个男人去参加另一个男人的葬礼。死掉的这个男人是一个享誉世界的钢琴作曲家，享年不到三十岁。两个人曾是高中同学，关系不错，后来断了联系。

十多年后，主角没想到再次收到这人的消息竟然是来参加他的葬礼，并且收到一份遗物，是死者的手账，里面写的都是死者未曾公开过的曲谱。他开始深入他们不曾联系的这十几年，发现事情不像自己想象中那样简单。深入到后半截的时候，画面切入一个街角，好吧，徐皓看到他和闫泽出现了。确实没露脸，远远地看有两个人。

整部电影看下来，只有这一个场景令徐皓走神了一瞬。如此一看，倒好像是他在画面外审视过去一样，过去里还真就站着他和闫泽两个人。后来主角把手账翻到最后一页，那里笔画潦草，写着整个手账唯一出现过的一段汉字，又好像一首诗。

你，立于光与影之中，耀目泛滥的光明，卑劣无声的阴影，立于沉默与放纵之中，梦是欲望，空虚溢涨，无秩序死亡。我在人间，仅仅人间。

看完电影出来，天已全黑，张旭升和姚导忙着应付各方人士，徐皓他们走的时候没再打招呼。深秋的风扫在身上有一种阔别重逢的冷意，令人意识到又快要入冬了。

徐皓没直接去取车，对着街边抬了下下巴，对闫泽说："走走吧。"

闫泽说："行。"

两人就在深秋的街道上走了起来，路边落叶随风沙沙作响，一时间谁也没说话。

徐皓率先打破沉默："你觉得这部电影怎么样？"

闫泽说："凑合吧。"

徐皓说："你好歹也算资方，你不关心一下？"

闫泽说："那这样讲你也算资方，你替我关心一下好了。"

徐皓一时语塞，看向闫泽，对方好似一副对什么都不上心的神态。这一眼又令他想起刚才电影中那一幕，他觉得他经历过这么多，多少是有点儿变了，但闫泽没变，不管以前还是现在，连神态和口吻都没变过。徐皓突然开口问他："哎，你相不相信这个世界有鬼？"

闫泽脚步一顿，颇有些难以置信地看了徐皓一眼，像是完全没想到徐皓竟会问出这种问题来，然后说："你干吗突然问这个？"

徐皓耸肩："没什么，就是突然想到了。我觉得可能真有平行世界存在。做个假设，如果平行世界里有另一个你，还有另一个我，你觉得现在我们应该在做什么？"

闫泽没多想，漫不经心地开口："也这样聊着。"

徐皓："……"

闫泽看着徐皓那表情扯了一下嘴角，往前走着，想了一下，又道："我觉得平行世界对我没意义。如果我没记忆，那就没任何意义。但你要是问这个世界上有没有鬼，那我不知道。你也知道我没信仰，不相信什么来世，按理说也不该相信人有灵魂。但说真的，你在手术室里心脏停止的那几分钟，让我意识到死亡绝不是解脱。直到那时，我才开始希望这世界有鬼神。"

徐皓看着闫泽斜后方的身影，伸手握住他的一侧肩膀。同样轻描淡写的神态，看过来的一瞬间甚至连目光都是重叠的。有时徐皓还会想起闫泽梦中覆盖在他头部伤口上的那只手，在最深层的意识里，温柔得几乎不像他本人。只是不知那紫荆花的梦中是否还有回头路可走。

徐皓对闫泽说："你说得没错。其实平行世界没意义。那次车祸之后我总在思考人生可能的变数，后来发现这其实是无解的。如果遗憾注定无法避免，倒不如把每天都当最后一天来过。闫泽，等真有末日的那一天你就跟我走吧，我们摆脱科技和工业便利，去体验一下野蛮人的生活，也算没白活这一遭。"

闫泽突然有一下脚步没迈开，牵扯得徐皓也停顿了一下。闫泽抬头注视着徐皓，突然哆嗦了一下，说："嗬，你还会说这种话。"

徐皓说："怎么了？"

闫泽说："我不知道，我在想。"

徐皓说："这有什么好想的。"

闫泽看了徐皓一眼，眼神颇为深沉，不说话。

片刻后，闫泽像是忍不住了，对徐皓说："我不相信来世，但我相信末日，你知道吗？"

徐皓拿着烟的手顿了一下，说："我不知道。"

闫泽继续说："我在想，如果人类文明真有崩塌的那一天，但凡能清醒地看见我就不会睡着。末日时间肯定无法被正常估量，最后一分钟我们可以一起漫长地看这个世界。"闫泽又说，"其实那天的事儿我没忘，只是没提。那天你在我眼里像是静止的，比末日都漫长，是永远不会消失的一个影子。我不可能回头的。徐皓，我没讲过，你站在那里对我讲话，我就是死了，变成鬼了，也会从地狱里爬出来跟你走的。"

徐皓点头说："你可真行。"随后徐皓在路边垃圾桶按灭了烟，又把闫泽的烟也抢过来掐了，说，"行了，为了咱俩能活着看见末日，现在就开始养生，戒烟吧。"

事实证明，徐皓还真不是说说而已。虽然戒烟过程难免令人焦躁，不过可以忍受。徐皓原本自律性就很高，闫泽呢，也算听劝，不让抽就不抽了，然而两人的暴躁次数直线上升。人给的理由非常冠冕堂皇，不让抽烟嘴皮子肯定是空虚的啊，这不是让人难受吗？

后来日子就又回到正轨。

至于闫泽到底有多不爱笑，其实徐皓觉得也没有吧，无非就是有点儿爱装酷而已，而且闫泽原本也不是个多么随和的人。他就这副德行，不怎么接地气，还有一颗放肆又逼近深渊的灵魂。没法改，也不必改了。

后来有次徐皓做梦，梦中有人走近，路上铺满了紫荆花，一看，竟是更年轻时候的自己。二十六岁的徐皓和二十岁的徐皓在那段紫荆花爬坡的马路边坐下，两个人有一搭没一搭地聊了起来。聊的什么忘了，只记得二十六岁的徐皓觉得二十岁的徐皓傻乎乎的，而二十岁的徐皓又觉得二十六岁的徐皓絮叨得像个大爷。两个人牛头不对马嘴地聊了半天，什么也没聊明白。临走时，两个人还进行了一个比较正式的告别仪式。二十岁的徐皓看着二十六岁的徐皓，自问道，我以后就变你这样了？看那样还有点儿纠结。二十六岁的徐皓只回了自己两个字，快滚。

醒来之后，徐皓回想这个梦。梦中自己没给更年轻的自己什么建议，不仅因为对方臭屁得非常欠打，说也相当于白说，还因为二十岁的徐皓就是这样一个人，没吃过苦头，不接受说教。现在的徐皓倒是和闫泽更好了，他还有了曾经没法设想的事业，有了更膨胀的野心。这鬼迷心窍的发展是二十岁的自己想破头也想不明白的。

但其实也没必要想明白，总有一天，二十岁的徐皓会成长起来。他会站在人生的岔路口，凭最底线的意志，立誓与命运抗争到底；也会有火种落在他身上，点燃他的灵魂，再令世界陷入一片无可估量的火海中。

命运将迎来永恒的末日，他们会一起漫长地看待这个世界，直至最后一分钟。

番外 画家
——徐皓的梦中世界

我凭空出现在这个地方，一个黄昏中的码头。之所以说是凭空出现——首先，我不知道我在哪里；其次，我不知道我怎么来到这儿；最后，我不知道我是谁。

一个大坝的岸边，海面叠浪静止。我旁边有一座灯塔。那是一座非常高大、线条奇怪的白色灯塔。另一侧是太阳，如印象派油画般扭曲的日落。海水不是蓝色，夹杂着昏黄色、紫色、墨绿色等等。以上不是形容，就直观视觉来看，这个世界由颜料般的色块所构成，很反常规。

而我，有思维，没有记忆，凭空出现在这里，更反常规。我沿着巨大灯塔的外围走，试图寻找到更多可用的线索，用以解释我为什么出现在这里。当我绕着灯塔走过半圈时，我看见了一个人。

一个男人，准确地说是一个男画家。画家半坐在高椅上，单手端着颜料饱满的调色盘，正目不转睛地看着被画板撑起来的画布。画家创作很投入，拿着笔不停向画布涂抹，一点儿也没有将周围发生的事儿放在心上，比如我的出现。

我向画家走去，走近时，发现了一个细节：这位画家的双手很干净，与颜料盘及笔端色泽斑驳形成鲜明对比。我想，如果这位画家在作画，且端着一个混着各种颜料的调色盘，没道理手指这么洁净。

我走到画家身旁，问他："你好，这是什么地方？"

画家一动不动，仿佛没听见我说的话。他既不回头也不答话，只双手不停地涂抹画布，像是在赶时间。我又问了一遍："你好，这是什么地方？"

画家仍无作答。我开始怀疑这位画家是个聋子，他可能需要我用别的表达方式才可以交流。当我第三次重复这个问题，并开始找纸和笔准备写字交流的时候，画家开口了。

画家全身心思扑在那幅画上，没有回头看我，只是落笔的节奏开始显得烦躁。画家态度恶劣地对我说："关你什么事儿？"

问：这是什么地方？答：关你什么事儿？

这段对话不仅答非所问，且思维逻辑混乱。显然，这位画家没有听懂我在问什么，或者说，他只关心他自己的事儿。这句态度恶劣的"关你什么事儿？"可能是他应对外界问题的统一答案。

与画家无法交流，我准备去别的地方看一下。初来乍到，我迫切想要对这个陌生的地方建立较完整的认知体系。我想，如果走很远都遇不见正常的活人，我可以再回来找这位神经质的画家。

我有一种离谱的想法，这个世界脱离了现实感，好像存在本身只为了构成某种形式上的意义。但是什么意义，我无从知晓。只是我没想到这个世界这么小。我顺着灯塔大坝向前走，还没走出多远就被挡住。前方是一片混沌的白色，很奇怪，仿佛我面前有一道空气墙，走到一定的位置就再难行进半步。我又向反方向走，这次我数了步数，共一百五十二步。这一侧的空气墙距离灯塔很近，我只要一回头，就可以看见对着画板不停涂抹的画家。或许这个世界是围绕着这座灯塔和这位画家存在的。我审视着整个世界的框架，再次向画家走去。我想要情报，他是唯一的人选。

当我走回到画家身边时，我发现画家作画的动作有些奇怪。我仿照画家的姿势举起双手，立刻意识到了奇怪在哪儿，这位逻辑混乱的画家是个左撇子。

接着我看向画家前方的画布。更奇怪的事情发生了。刚才我路过画家时，没有留心看这幅画，这幅画在我的余光中就好像是一片黄白斑块的雾。可当我全神贯注地看向这幅画时，我看到了一座灯塔，白色的灯塔，海岸，斑驳的海水，还有码头，黄昏中的码头。灯塔下有一对很小的人在拥抱。

事实是，我现在所处的世界一切细节都可以和这幅画重合，包括空气墙，混沌的白色就是画布呈现的边缘。这是一幅成品画。而画家——我发现了另一个关键性问题——他压根儿不是在创作，他重复做着涂抹的动作，仿佛只为了完成某种设定和任务。但这幅画是完整的，他无法为这幅画再加一笔颜料。

难怪，我想，他的手这么干净。或许这幅画压根儿就不是他的。我再次审视起这幅画，油画和世界重合度高度一致，唯独没有灯塔下拥抱着的两个小人。现在灯塔下只有我和画家两个人。但为什么是我们？我们甚至都不认识对方。

我开始怀疑这个世界存在的意义。我对画家说："你没发现这幅画和这个世界长得一样吗？"我说着，用手指了指脚下的大坝。

画家仍然不理我。我又问了他几个关于画的问题，例如"你是这幅画的作者吗？为什么要画这样的画"，但他置若罔闻，我觉得焦躁起来。

"喂。"我忍无可忍地推了画家一把。

画家突然像是惊醒一样，从高椅上跌下来，左手画笔掉落在地，调色盘险些被打翻。画家表情如此惊愕，甚至还有点儿茫然。似乎他是一直坐在这里，从来没被人推过一把，也没料到有一天他会被人推上这么一把。

然后他转头看向了我，他的视线定格在我身上，看了好一会儿，他依然没有回答我刚刚抛出的任何问题，而是答非所问道："你怎么在这里？"

画家的话立刻引起了我的注意。我向画家靠近一步，问他："你认识我？"

随着我的脚步向前，画家下意识后退了一步。他的表情变得不自然起来，有些局促，但很快被遮掩住。随后他看向手中乱七八糟的调色盘，好像那团混乱可以让他平静。

看着画家的反应，我有了一种奇怪的感觉，我捡起地上掉落的画笔，走到画家面前。

画家察觉到了我在走近，下意识还是想躲，但我没有给他更多的反应时间。我一把抓住他的左臂，他的身体瞬间发生僵直反应。画家的神色变得更加局促和焦躁，却无法再反抗。想法得到证实，却更令我奇怪。这位画家有些怕我。为什么？

在这个画的世界中，我是外来客，没有目的，对四周一无所知；画家则是局内人，他处于世界的中心，且带着目的在作画。他明显比我更占优势，比我知道更多东西。原先他态度恶劣地对待我，看上去对一切都不屑一顾，没道理怕我。

但自从画家状似认出我之后，情况就扭转了。我把画笔放入他的左手中，放开了他的胳膊。随后画家后知后觉地放下左臂，这才夺回了自己身体的控制权。画家看着手中的画笔，像没见过这支画笔一样出神。

我看向他半抬在空中的左手。很耐看的一只手，手指修长，骨节分明，食指上圈着一枚戒指。准确地说是个铁环，年代久远，表面生锈，外漆部分脱落。很难想象画家为什么要把这么一个东西戴在手上。

当画家拿起画笔，准备继续作画的时候，我从他手背朝外的方向，看到了铁环外侧刻写的一串小字。不是我能看懂的文字，而且很不起眼。眼下无处可去，我开始尝试与画家闲聊。"上面刻的什么？"我指着他的手指问道。

鉴于刚才数次失败的尝试，我没有期待能得到对方的正常回复。我只是希望他能开口再说点儿什么，随便什么，或许有新的线索。

令我没想到的是，我一问出口，画家动作就静止了，好像读取磁带被卡住一样。紧接着，传来纸张撕裂的声音。斑驳的海面突然从外部撕裂开，印象派夕阳抓出褶皱，整个世界随着狂风暴雨翻涌起来，墨汁一样的海水顺着裂缝涌进，瞬间淹没了灯塔。

这个纸做的世界随着我的一句话瓦解了，没有任何征兆，没有任何理由。在被海浪彻底吞没的瞬间，我感到头顶有一股巨大的吸力传来，近乎野蛮将我的意识抽离出去。

电光石火间，我来不及反应，随着天翻地覆般的晕眩感，我被弹射到一面墙上。几秒后，我恢复清醒。我不知道发生了什么，但就是这么一下，眼前的空间已经变了。那个色泽沉郁浓烈的油画世界彻底消失，紧接而来的，是一个更闭塞的地方。我发现自己处在一个难以视物的昏暗房间，面前有一个酒瓶子。

准确地说，与刚刚的印象派很不相同，这是一个正常且真实的酒瓶子。酒瓶里的酒还有一些，倒在桌子上，深红色酒液顺着桌面洒了一地，部分液体表面已经干了，凝固成一团血状的污渍。

从颜色看上去，这个酒瓶子已经倒了很久了，旁边留有几个褐色脚印，随着走远越发变淡。大概曾有人从这里走过，并对此毫不关心。在没有弄明白究竟是怎么回事之前，轻举妄动是愚蠢的。我不动声色地打量起自己所在的房间，然后我意识到一个问题。

我所在的地方，与其说是房间，不如说是废墟。一个居家房常见的客厅，目测四十多平方米，还算宽敞。遮光窗帘遮挡得密不透风，从窗帘外缘荧光一样的边线来看，外面应该是白天。屋内混乱程度到了令人难以理解的地步，电视机被掀翻在地，椅子胡乱堆在一起，那个洒了满地酒的瓶子仅是混乱的冰山一角。桌子上有腐烂的水果，有几颗滚落在地上，然后是剩饭，被人漫不经心践踏过的软烂剩饭，又被脚印拖出去足有几米远。遍地都是烟头，长的短的，地板和桌子布满烟头灼烫的疤痕。还有各种牌子的空烟盒、捏变形的啤酒易拉罐、早已过期的即食三明治，垃圾堆得比冰箱高，垃圾筐里有一块电子表。

随后我又看向地上早已凝固的酒红脚印，开始推测我为什么会出现在这里，刚刚的世界又为什么会突然被撕裂开，没有任何头绪。

在我还没想明白该如何行动时，沙发上有一堆垃圾突然动了。一个玻璃酒瓶被打翻在地，然后从沙发椅背遮挡的后方，迟缓地伸出一只手来。我没动。原因是我没想到这房间原来有人，而且离我这么近。

那只手抓到沙发椅背上，费了些力气，把自己从低处拉起来。那是一个男人，头发略长，非常凌乱，遮盖住眼睛，下颚胡子像野草一样生长。他站得不稳，左手抓在沙发椅背上，右手拿着一部手机，身形晃动，身上带有明显的宿醉感。他仅站在那里就感到吃力，然后跟跄着向另一个方向走去。他光着脚从我身边走过，我没出声，他仿佛没看见我。

室内光线昏暗，但空间有限。他几乎从我眼前走过，怎么可能看不见我？难道是个盲人？

正当我如此想着，男人这时已走进另一间屋子，受到莫名的牵引力，我的视野也不受控制地跟在他后面。他去了洗手间，这男人身体不适是真的。我站在洗手间门边上，看他双手扒在马桶边上呕吐，呕吐到青筋暴起，支撑在侧的双臂都轻微痉挛起来，但他又没真正吐出什么，大概只是难受。足有五分钟，他停止了干呕，喘息着滑坐到一旁，后背撞在洗手池下面的落地橱柜上，搁置在手池边的手机跟着滑了一下。

马桶是自动冲水型的，那男人离身之后，马桶自动冲起水来。我不知道他在生活中遭受了怎样致命的打击，但从室内环境来看，他确实在糟蹋生活。这种铺张浪费的行为在我看来不太可取。且莫名其妙地，我还有点儿难以承受。为什么？

这时，男人缓解了生理上的不适，摇晃着身体站起来，向客厅中的"废墟"走去。他走了有一阵，客厅及更远处陆续传来因翻找而发出的窸窣声。这次我站在原地，发现自己并没有跟着移动。

难道是与我捆绑的东西仍在洗手间？我看向了被搁置在手池旁边的手机。我围着手机仔细打量着，一部普通的手机，没有用保护壳，看不出什么特别，但确实隐约与我有一层说不上来的联系。这时男人的脚步声响起来。

他又一次回到洗手间，肢体状态松懈，嘴里半咬着一支点燃的烟。这男人看上去对一切感知都漠不关心，如同随地可见的水果，从内部开始溃烂。溃烂，但并不脆弱。我说不出那种奇怪的感觉。

男人的左手从我眼前穿过，拿起水池上的手机，再次离开洗手间。在这个过程中，出现了两条线索。首先，当那个男人触碰手机的一瞬间，手机上方突然毫无征兆地浮现出一串近乎透明的数字。

62：56：07。

男人对此无所察觉，并且数字开始像计时器一样缩减。

62：56：06。

62：56：05。

我不知道这又有什么意义。其次，这个男人惯用左手，其左手食指背部有一圈文字刺青。

虽然状态完全颠覆，所处环境也毫不相干，但我还是后知后觉地认出了他，画家。

作为一个没有记忆的"人"，我想知道我是谁，以及我为什么会出现在这里。连续两次陌生的地方，唯一交集是见到了同一个人。我想这人应该跟我有关系。我称他为"画家"。

我的问题大概率能在画家身上找到答案。还有那部与我捆绑的手机，它上方数字正随着电子表的变动同步缩减。我不知道当这三个数字同时归零时会发什么，我也不喜欢将希望寄托于未知的东西上。鉴于上个世界毫无征兆就瓦解了，我要凭借现有条件找答案，最好赶在归零之前。只是，着急没有用。我拿画家没办法。

白天，画家不出门，几乎不吃任何东西。他表现得很沉默，对环境也很冷漠。歪倒在地上的电视机持续播放画面，没人扶正，也没人去看。画家只是抽烟，一刻不歇地抽烟，再就是喝酒。

胃里没有任何东西的时候，喝酒是一件痛苦的事情，看画家那副状态，他仿佛丧失了痛觉。当身体代替大脑作出应激反应时，画家会像刚醒来那样去洗手间呕吐。他干呕得很用力，胃里除了酒，没有任何东西，强烈的应激会引发身体痉挛，这个过程很遭罪。结束之后，画家抬起头来，用喘息着平复呕吐感，眼睛只盯着虚空的一个点。这时他会难得外露一些情绪，凶戾缠身。

多数时间里，画家不制造任何声音。而我，我没心思看电视里歪斜的画面，只能看着手机上方的时间不停流逝。

55：35：27。

55：35：26。

一无所获。

桌上烟灰缸插满烟头，画家从洗手间回来，脱力般仰面坐在沙发上，双手散搭于沙发靠背两侧。客厅烟雾缭绕，旁侧一盏昏黄的台灯。灯下我们两个人并肩而坐，画家沉默地看着天花板，一言不发。我同样沉默，他看不见我。

一整天，画家什么都不做，我陪他坐着。

我挪开视线，很不寻常地，感到无能为力。又过了近一个小时后，画家拿起手机。

我的视线跟随过去。从我到来之后，这是画家第一次主动打开手机。他熟练地输入密码，08，输入到中间两个数之后，画家拇指一顿。他缓了一会儿，才继续输入，18。

手机锁屏解开，画家用拇指点进手机相册。照片很多，很杂乱。相册中风景居多，不见人像。画家向上翻了几页，然后拇指再一行乱七八糟的杂物图上停滞了一下。他像翻阅过无数次那样，凭记忆对接下来出现的东西似有所觉。过了几秒钟，画家手指缓慢地滑下去，下行出现了第一张人物照。是朋友们的合照。

乍一翻到这张照片的时候，画家捏着烟的左手没控制住颤抖了几下，嘴唇跟着哆嗦起来。他像是被这张照片狠狠烫了一下，即使做了心理准备，动作里仍有鲜明的痛觉反应。

照片上一共三个男人，左边一个白人，右边一个黑人，中间是个亚裔。三人大概是朋友，勾肩搭背，二十多岁，站在挂满灯花花绿绿英文招牌的街上。中间那个亚裔男人看上去是这张照片的主角，他个子挺高，对着镜头笑得相当活跃，且傲气十足。他比了个手枪的手势，抵在自己微微抬高的下颚上，有耍酷的意思在。

画家只扫一眼就扬起了头。他右手握着手机，脸上肌肉抽动了一下，左手食指和拇指不停地哆嗦，从喉咙里发出一声短促的气音。

烫的痛觉真实发生了，这份痛觉抵消掉了画家一部分精神上的东西，直到左手臂不再颤抖。画家松开左手，破碎扭曲的烟掉落在地。他看上去平静了一些，对手掌中翻起血肉的烫痕无所察觉。画家继续翻看手机。

从照片来看，手机属于这位摆手枪动作的年轻男人。人像不多。看来手机主人对拍照不感兴趣。单人照片更少，与雪山合影，与形状奇怪的建筑合影，大多还是与朋友合影。手机的主人看上去身体状态不错，笑容惯常真实，也很有感染力，就是爱显摆，运动抓拍喜欢挑战高难度动作，看得出这人生活中比较活跃。还有几张不知被谁用这部手机抓拍的照片，也是为数不多的单人照。其中一张是在地铁站台，侧影挺拔，单肩挎着日常用运动包，注意力在被吸引的一瞬间，他向手机方向看过来，脸上没防备。

翻到这张照片时，画家陷入了某种静止的思绪中，拇指停滞在手机屏幕的边角。他放下手机，看了看混乱的烟蒂，又看着地板上摊开的光晕。

画家用鼻子呼吸，逐渐艰涩颤抖地呼吸。他低下头，像是不堪重负，随后手指蜷缩都变得痛苦起来。

我看着画家左手伤口崩裂，有些血水滴落下来。这部手机困住了我。如果，画家面前这部手机是我的。那么照片中那个看上去又不太成熟的男人应该就是我。

第一个问题解开了。但我不知道我和画家究竟是什么关系。而画家陷入如此难于逾越的痛苦之中，也令我感到难以承受。

我坐在接近光源的地方，画家则躺在沙发背光的另一侧。他将自己埋在杂乱的毛毯中，仿若不存在，一动不动。我站起来，地上没有我的影子。

我走到窗帘边上，透过一点儿没被遮住的边缘审视外界。我们所在的公寓是一个十分现代化的高层建筑，看地段较繁华。我顺着对面同一小区公寓楼一层层往上数，重复核算几次，确认自己眼下正在二十五层。

我又看向屋内，心里盘算着有什么办法能和他搭上话。如果这手机真是我的，而画家这副鬼样子又有我的原因，那么我有必要让他不这么消沉下去。至少，活得像个人样吧。

我尝试着改变地上液体的痕迹，无济于事，我又去尝试操纵被画家握在手中的手机，没有任何反应。直到我看见了画家左手食指上的刺青。

一串看不懂的文字，不明含义。但是刺青表面，微不可察地飘动着一丝仅比汗毛高一点点的金色光芒。

如果不是这个角度近乎完全暗下去，我观察的距离又足够近，我不可能看见这点光。它不属于画家身体的一部分，我不知道那是什么。

当我用手触碰那点光时，一股似曾相识的蛮力传来，随之，我走进了画家的意识中。我躺在手术台上。没有医生，没有人。我坐起身来，冰凉的灯光打在身上，房间内就我一个人。我穿着手术服，头发被剃光，戴着帽子，裸露在外手脚都是无血色的惨白。

我走下手术台，四周玻璃都是黑的，眼前只有一扇医院常见的门。我回想起刚刚发生的一切，当我接触那点金色光芒的时候，我走进了画家的意识中。画家正在昏睡，所以这里是他的梦。

上一个反常规的画中世界，也是他的梦，难怪。梦是潜意识的体现，难怪毫无逻辑和现实感可言。我无法用逻辑来解释梦，也无法用理性衡量潜意识。我尝试推开面前唯一的门，推不动。随后门后传来脚步声。门开了，画家赤裸着上半身，长手长脚地坐在正冲着门的软沙发上。他放肆又慵懒，了无生气地看着我，眼神如同被冷水浸灭了的炮仗。在画家看到我的那一刻，我身外这颗不属于我的心脏痛苦地蜷缩了起来。画家单手抵在唇边，脸上开始浮现微笑，好像这份痛觉不属于他。

我走到画家面前，看向他的左手，很干净，没有烫伤疤痕。食指刺青不见了，随之取代的是一个破损的铁环，外漆斑驳，上面刻着与刺青相同的文字。

我走到画家旁边的沙发坐下，像在家那样与他并肩坐着。我不知道自己在这里扮演一个怎样的角色，有些烦恼地摘下帽子想抓抓头发，却摸了个光头。

这触感有些差强人意。我收回了手，想再把帽子戴上，这时旁边伸过来画家的手。画家右手掌宽厚，覆盖在我裸露在外的头上，状若笼住一只刚出生毛还没长全的小鸡。

画家用一种很奇怪又很平静的腔调问我："疼吗？"

我沉默，视线停顿在画家左胸口上。我问他："你呢？"

画家没有说话。刹那间风云变幻，我以为画家醒了，但还没有。恍惚中看见有人对我微笑，我走近一看，还是画家。我脚下的路像是校园常见的一段马路，单侧山坡上的紫荆花如同油画般鲜艳得刺目。画家很随意地坐在马路边，正用一种奇异又温和的目光打量着我，好像在等我，又好像不认识我。

我向着画家走去，画家对我伸出左手，周遭有梦的斑块开始脱落。他左手的戒指突然像火一样燃烧起来，火烧得极旺，把空间都扭曲，梦迅速地褪色。是画家要醒了。

我对画家说："在家多通风。"

画家没反应。

我接着说："至少洗个澡。"

画家没反应。

我说："你还知道我是谁吗？"

画家没反应。梦几乎褪成白色，这次醒来的方式较上次温和很多。我束手无策，只能在最后关头一把钳住画家的肩膀。画家失去了概念性的微笑，如上次一般陷入短暂惊愕的状态中，梦境顷刻间摇摇欲坠。我最后逼问画家："手上刻的什么，告诉我。"

画家近乎失神地看着我。他嘴唇微动，无声念了几个音节。下一刻，梦瓦解了。画家还没有睁眼，他停留在潜意识的边缘，将醒未醒。而我，我注视着画家左手的刺青，刺青上有微弱的金色光芒在闪动。

当画家猛地睁开眼时，这金色光芒消失了，如同隐匿在脑海深处的潜意识。画家跌跌撞撞地走向厕所，窒息般昏沉闭着双眼，然后趴在水池边痛苦地呕吐起来。

　　手机留在原处。我坐在沙发上，回忆刚刚的梦境，还有梦境最后的那句话。画家口中无声念动的是一句法语："Allumer le bougie."托梦中意识交流的福，语种不是阻碍，我还是意会了。那句法语的意思是，点燃蜡烛。

　　画家睡着时，潜意识主控大脑，他会做梦，这时左手刺青会浮现出一点儿光，那光的形状确实有些像蜡烛最外缘的火光。当我接触这点儿光时，我会被拉入画家潜意识的梦境中，但是我说什么他都无法听懂，因为我想表达的都是清醒意识下的思维逻辑，潜意识不会接受这些。

　　然而最后那刻，潜意识即将隐匿，我再问画家那个问题的时候，他回答了我。这时画家可能会意识到自己正在做梦。就像人有的时候会做清醒梦那样。我不知道他是否会意识到我的存在。他大概常梦见我，可能会以为这句问答只是梦的一部分。

　　点燃蜡烛是什么意思，他又为什么要把这几个字刻在手上？

　　如果有头发，此刻我一定烦恼地抓起头发来。随后画家从洗手间回来，跌回沙发，身体触碰到手机。

　　我看见手机上方浮现出的数字：43：37：22。还有不到两天。

　　时间正如一条不停塌陷的赛跑道。它永无止境，偶有弯道，意识仅足够支撑人在其上短暂停留。我如一点浮沫，黏附在跑道的弯道剖面上，于沦没等待塌陷的过程中，见前方有人踽踽独行。

　　不知怎的那人察觉到我，他回头的瞬间，是我二人于时空裂缝中对视的瞬间。我背后是几近崩塌的隧道和绝无可能再有已知的混沌黑暗。他不会不明白这是什么，纵是如此，仍逆着时间向我走来。

　　有一瞬间我感觉到疼痛，将被吞没的疼痛，难以发声的疼痛，心脏长在身外侧的疼痛，未知的疼痛。我试图问出答案，蜡烛，什么是蜡烛；我，为什么是我。

　　随后我被惊醒。画家在我身旁的沙发上翻过身，左手垂落在地。原来这次换我做梦了。

　　我看着画家掉落在地板上的左手，掌心烫伤的血痂已完全凝固。画家时而昏睡，时而翻身清醒。他在这个白天莫名不愿醒来，却又睡得相当不安稳，蜡烛光芒随之忽隐忽现。

当他真正睡着时，食指蜡烛会被逐渐占主导的潜意识点燃，这时我可以走进画家的梦中。真奇怪，蜡烛如同烙印被刻入画家食指刺青中，竟也是他真正潜意识的外现。

画家翻来覆去地做梦，我则一次又一次接触那摇曳的烛火。我试图在画家的梦中找到蜡烛的最终解释。

第一个梦十分短暂。我闯进去的瞬间开始飞速坠落，仅感受到一片翻来覆去的天空和强劲的空气流速，随后我被弹了出去。梦醒了。

第二个梦亦十分短暂。我起先看到了海面，深蓝色碎玻璃一样的海面，随后又看到了一艘船，一艘载满玻璃的纸做的船。一个全身水银状的人站在甲板边缘，看轮廓像一个女人。她扭曲着四肢，极不协调地颤抖着，接着落入海中，身体摔碎在汪洋无垠的玻璃上，发出刺耳又惊悚的破碎声。这时梦又醒了。

纵然我不是画家，我依然感受到了梦乍一惊醒时那种异常糟糕的感觉。画家从沙发上起来，搭着胳膊静坐片刻，沉凝着视线，开始打量桌面。

画家随手扫掉桌面乱七八糟的垃圾，在几层塑料袋底下翻出一个药瓶。他从药瓶里倒出几粒药扔进嘴里，就着手边的液体咽了下去。随后，画家满身疲态地翻过身，再次陷入沙发中。

折磨了半个白天，没有梦是好的。画家仍执意想要入睡。我不确定在梦里，画家是否能意识到有"他人"的存在。抑或，他仅仅是想梦到谁。我顺着他逐渐趋于平稳的呼吸声，掌握住了那簇烛火。

这一次梦终于不再支离破碎。我出现在一个倾盆大雨的夜晚。雨水毫不留情地浇灌在我身上，周围随处可见滑腻的石子路和古老的欧洲建筑。我站在一扇轻掩又沉重的门前，光线顺延门缝透隙在外。

又是一扇门，不知有什么，画家又是否在里面。我推门进去，明艳的灯光一瞬间晃到了我的眼。这扇门后与之前门后的世界大不相同，没有什么奇怪的东西。这仅仅是一个异常明亮的房间，整面墙壁由白炽灯泡组成，找不到分毫暗角，好像曝光过度的照片。

太亮了，显得一点儿余地都没有，仿佛梦一张白纸。

我在这个富丽堂皇的房间角落里发现了画家。画家装扮得活像生活在好几个世纪之前的人，他全身湿透，也像是刚从雨夜中闯进这间屋子不久，麻布包裹被雨水浸透，里面装着瓶瓶罐罐琐碎物品。画家腰上别着一把镰刀，衣服结实且老旧，此时正萎靡地坐在角落里，手里拿着两块全是水的打火石。他低头忙着摆弄手里的打火石，很专注，并未发现我的存在。

我走近时，发现画家面前摆着一根短小的蜡烛。

蜡烛！这是梦里第一次出现蜡烛的形态，这房间一定有特殊意义。我蹲在画家身边，画家正在用手碰撞两块尚滴着水的打火石，试图点燃这根蜡烛。虽然知道交流可能没有意义，我仍尝试性开口，争取让自己的话符合这场语境。

"你知道这样是没用的，对吗？这样不可能点燃蜡烛。"

画家没有抬头，手上忙碌着碰撞打火石。这次他没有无视我，也没有认出我，而是答非所问地对我说："旅人，又是你们。雨夜中的旅人，不愿睁眼的过客。不要在这里过夜，这里是我的房间。"

我俯身观察他，发现画家闭着眼睛。他闭着眼，在灯光通明的房间里，尝试点燃一根无法被点燃的蜡烛。一如既往，梦透着古怪，找不到合理解释。

画家下了逐客令就不再理我。他反复地摩擦打火石，做着徒劳无功的工作。我不想浪费机会，遂观察起这间屋子。亮，真的亮。光线饱和到刺眼，几乎令人感到不适。画家既然说这间屋子是他的，就说明在这个倾盆大雨的环境中，他没必要再走出房间。那为什么要点蜡烛，在如此明亮的房间，再点蜡烛岂非多此一举？这一举动又仿佛是某种仪式，我试着以现有条件开始分析。

闭着眼，可以说画家在这场梦里扮演盲人，他或许不知道自己房间里有光，从而以为点燃手里这根蜡烛会是唯一的光源。抑或是灯非火，他全身湿透，需要热源，所以想用火把水烤干。总之点燃蜡烛后，会完成一个仪式。完成仪式是解释这场梦的关键。

房间观察完毕，没有可疑之处，确实仅仅是一个光线过度的房间。我沿着墙壁走动，突然察觉裤子口袋里有物品在碰撞，掏出来一看，竟然是一盒香烟和一个老式打火机。

随手一擦，火苗立刻从机口盈跃起来。是可用的。画家如此大费周章，妄图用湿透的打火石点燃这根蜡烛，而我口袋里却有一个打火机。有那么一瞬，我分不清是我走入梦中还是梦创造了我。

我蹲到画家身边，用打火机点燃了画家面前的蜡烛，轻松替画家完成了仪式。没有风，这根蜡烛光芒几近静止，与画家食指那簇火苗如出一辙，似乎本就应该是在这里燃烧着的。

明亮的房间，一颗永久燃烧着却又没必要存在的火种。

火种？这二字的概念令我感到微弱的触动，有东西如绞螺丝般蛮横拧进我的意识中。火种，谁的火种？指间没有刺青。青灰色高原草野，一条奔跑的狗。有人问，特卡波？什么特卡波？

画家突然睁开了眼睛，梦在我绞痛的意识中换了场景。我出现在一架机舱门大敞的飞机上。我身上背着沉重的装备，状若士兵等待跳伞的指令。数万米高空之下，身下只一个巨大且魔幻的靛色玻璃球。

这显然不是正常该跳伞的地方，我的意识却不再焦虑，也不再有绞痛感。我看着远方，感到空前的平静，仿佛我本就属于这个地方。机舱门平行看出去，我看见的是夜空和一条被光芒撕裂的银河。

画家坐在我旁边，同样沉重的行李，同样状若等待跳伞的指令。画家脸遮在护目镜后面，看不清楚神色，但我能感觉出他在看我。

双手交握于膝上，我们姿态平静且安定，好像即将面对的不是凭肉体从宇宙向地球跳伞，而仅仅是坐着飞机来外太空看银河。

银河像一张静止的照片。画家的梦里难有如此写实又平静的景象，我再一次感受到了微弱的触动，似曾相识。这一刻我离过去很近，再走下去，我就会想起一些什么。

画家突然开口，对我说："那次去特卡波，你说……光星星，没什么可看的。"

特卡波，画家的意识里也有特卡波。我留心听着。这时机舱有风呛进来，整架飞机濒临解体，我随机身晃动扶了一把旁边的铁板，担心梦又要醒，听画家继续说下去："那次去特卡波，你说……光星星，没什么可看的。你说，等你有一天得了癌症，或是地球要玩完了，就来特卡波圈一块地放羊。你说，等真有那么一天，你叫上我，带几只从小养大的狗和马，去打猎、开荒，要活得像中世纪的野蛮人。等真有那么一天……对吧？"

机舱顶棚突然被强劲的气流顶开，由机器构建出来的稳定时空顷刻间混入了很多宇宙细小的黑色碎末。我险些被一阵不自主的气流带出机舱，旁边的画家抓住了我，他的身体竟有一部分已融入背后，变成飞机的一部分。

画家尚自如的手突然变得难以自持，比机舱抖动得还厉害，几乎握不住我的手。

画家支撑着身体，维持着机舱不被吹散，护目镜随机体崩溃出现裂痕。他重复着对我说："那次从大堡礁，去特卡波，你发誓真有那么一天，你会叫上我。要活得像中世纪的野蛮人。我没讲话，你大概以为我不向往。……你说我冷血动物，让我别在你眼前晃，说我不配来教育你的感情。可是你忘了，我们有谈过！"

画家右侧护目镜已全碎了，他声音艰涩，低伏下去，硬攥着我的手，想要争取一点儿时间。最终从他嘴里念出了一个人名，如此难以承受，几乎从梦中醒来："等真有那么一天，你发誓你会叫上我。……我没讲话，徐皓，你大概以为我不向往。"

无数破损的机械组件飘荡开，飞机随之解体。我被梦弹了出去。画家如同窒息般惊醒，他深重且急促地喘息着，翻身从沙发滚到了地上，身体下意识痉挛，体力甚至不足以支撑他立刻坐起来。

我亦感觉非常不适，思维一度陷入混乱。我感到有东西在我的记忆深处急速萌生膨胀，可又无法真正看清是什么。这短时间内令我痛苦不堪。徐皓，我意识胀满，锁定手机上方浮现出的数字。

28：37：22。原来我叫徐皓。

我与画家该是旧识，我还没想起他的名字。

胀痛的意识背后，有些东西逐渐清晰。直觉很奇怪。我一定认得画家，却又觉得不曾真正认识他。他平时是什么样？我有一种不明确的概念。好似画家于我，距离无法估量，时有草海叠浪的印象，周遭苍翠冷峻，比畜牧更接近野生；亦有死火山口的景象，荒废无人，弥漫着一股子铁锈斑呛人的气息。这种概念使我察觉到一种状态，离群索居、桀骜难驯。再回到那个紫荆花的梦中。画家在路边与我对视，在我远望的目光中微笑。这一刻他又该离我很近。

倒计时仅剩二十四小时。画家躺在地上，我站在他身边，我们两个人如同被时间流放的拾荒者，一无所有，被迫互相留守，他甚至看不见我。我能感到有东西将我和他困在了这一天之中，我说不上那是什么，远比人力所能及的要庞大，比人所能想象的边界更为惊怔。他是画家，是火山口的野人，远不只这些。我是这部手机的所有者，是雨夜里点燃蜡烛的旅人，亦远不只这些。无论是我走进梦中，还是梦创造了我，这一切始终与我有关。

从某种意义上来看，我和画家是一个整体，同样面临等待时间归零的那一刻。

至于结果是什么，我不知道。自我短暂地有意识以来，与画家共同经历的一切事全部指向悲观。但认命或是服从有违我本性。我只是想不明白我会如此存在的意义是什么。

显然，我和画家的关系比一般的纠葛恩仇还要复杂。很难形容这种感觉。我看着他，尊重他、理解他，他在梦里见到我，那种难过同样令我感同身受。我对生命没有太明确的憾意，只有一种难言的感情，是清醒时无法回避的生命之轻，是死亡前不堪拥抱的痛苦本质，或许不只这些。我说不上来。

歪斜在客厅角落的电视机持续播放着画面，电影镜头如零星闪掠过的海燕，时明时暗，有对话在低声交谈。画家躺在被垃圾包围的地板上一动不动。

18：55：32。

屋门处突然传来门铃的声音，一声，两声，无人开门。接着敲门声响起来。门外人敲门动作很克制，极有节奏地叩了三下，对着门内说："闫少，您在吗？"

画家没有反应。门外人说："老爷子时间不多了。夫人联系不上您，托我给您带个口信：最后一面，她和你一起去医院。"

等了一会儿，仍无人应答，门外人继续说："夫人说，若您还是没有消息，明天她会亲自来。"

门外人久久得不到回应，最终离去。

17：23：18。

大门处早已没有声音，画家突然抬了一下手，向着大门挥扫，颓丧得仿佛提不起来一口气："都滚，别来烦我。"

我守在画家身边，等着他食指上的蜡烛被引燃。时间不多了，坐以待毙不是我的风格。

15：59：44。

画家再次睡着，火焰开始生长，我随之与他陷入短促且混乱的噩梦中。每一次惊醒，我与他同时萌生的那种迫切的窒息感也越发强烈。画家从地上爬起来，摇摇晃晃一副骨架，比我更像野鬼。他开始翻找药瓶，抖着手倒出一把药片，然后匆忙地灌了一口酒。

13：59：44。

我再一次掌握那簇烛光，场景终于变得稳定起来，我出现在一个破碎的晚宴上。

　　画家似乎伸手在我身上摸索着，颤抖着吸气，似疼似冷，不知道在找什么。而老者在旁边消失，船只、侍从和酒宴环境也慢慢消失。我试着挪动手指，发现渐渐掌握了身体的支配权。坐起来，我意识到场景已被替换，四周野草旺盛。

　　我坐在野草地里，画家坐在我对面，一只手停在我的手肘处，全身痉挛，几乎把肺都呕了出来。我伸手拍了拍画家的后背，说："别太当回事，幻觉而已。谁都会做噩梦，醒了就过去了。"

　　其实我在梦里说话很没意义，与其说是劝慰画家，不如说在自言自语。画家睁着昏沉且猩红的眼睛，咽下呕吐的气音，突然问我："你呢？我听说你要出国。"

　　我一愣。出国？出国又是哪一出？

　　我思忖了一下，说："我这不是想着跟你唠会儿嘛，唠完再走。"

　　梦很稳定，没有要崩塌的痕迹。画家愣愣看着草地，神色间有些没防备，大概不知道该怎么理解目前现状。片刻后他对我说："别走了吧。"

　　梦里逻辑混乱并非连贯的，画家已经没有了呕吐的冲动。而我一愣。从我的前一句话来看，这句"别走了吧"竟像是对我的回应。我无法判断这一刻画家是否真的可以与我交流，没说话。

　　画家双手用力地揉着脸，像是突然想起什么事情来，感到非常折磨，又道："林潇这事算我不对，行吗？我给你道歉。别走了吧。"

　　我隔了很久，才对画家说："出不出国不重要，重要的是现在我们还能做什么。"顿了一下，我斟酌措辞，又道，"如果我说，我是真实存在着的，并非一场幻觉，一个假象，你怎么看？"

　　画家看着我，视线又开始发直，好像没明白我是什么意思。但梦已经很稳定，没有要醒来的迹象。

　　我说："可能这样做没意义，但我还是希望你能记住我接下来所说的话。过去的就让它过去，我不计较，你也别放在心上。等会儿你妈会来，你洗个澡，随她出去多透透气。你还年轻，不要让痛苦主导生活，我不是，也不该是你纠缠不清的噩梦。还有……"

　　视线落在脚旁的细长草叶上，我继续道："还有就是，我们年纪或许

311

相差不大。如果我父母还健在，想托你递个话，告诉他们，别太挂念我。我不难受，希望二老能踏踏实实过晚年。你也一样，我能做的有限，但我不愿见你颓成这种样子，无论是否因为我，你明白吗？"

话音一落，以我为中心的草地突然出现裂缝，梦抖了。是梦里下起了雨，有雨打在身上，雨点异常庞大，近乎每一滴都有石头大小，无处躲避，打得我身体直颤。画家一下子消失了。随后他从很远的雨雾中走来，周遭植被茂密且荒凉，而我坐在原地无法挪动。

我在梦中再一次物化了。画家站在我面前，没打伞，我们二人在草地上接受全身心的陨石洗礼，身体仿佛可以吸水，湿透后异常沉重。我不能动，画家看着我。

画家像被雨水打断了腿一样，在我面前笔直地跪了下来。草地随跪姿倾裂得更加严重。

画家额头贴上我的额头，异常冰冷，陨石雨更猛烈地打在身上，天阴沉得呈现淡紫色。画家嘴唇翕动颤抖，很久之后，才艰难地、不成声地把声带撕裂开一个口子："那天晚上，你找我电话，想说什么？"

我不知画家所提的是哪个夜晚，但我感到难以呼吸，铺天盖地的大雨几乎将我埋没。意识绞痛感随之袭来，隐约间我看见车灯，异常刺眼的车灯，天翻地覆的车顶棚，有血沫滴落在手上。

我不能动，却仍有发声的能力，我的声音同样艰涩，我对画家说："告诉我的父母，我没事儿，别太挂念我。还有就是，人总得和过去和解。"我吞咽了一口气，只觉得整个人置身海底，窒息感越发强烈，困难道，"所以，别用这样的余生回忆我。"

画家全身湿透，脸上全是水，他听我说完，单手在我身上摸索起来，仿佛一个盲人在摸一块石碑。画家从我后背摸到了什么东西，他的语气介乎平稳与疯狂之间，像暴风来临前黑压压的天际，只等一个爆发的极点。画家对我说："人，所有经历过的事都不会消失，只会在别人看不见的地方滋生或是腐烂。你说人总得和过去和解，只有幸存者才有权利选择是否愿意和过去和解。你不是幸存者，徐皓。你和邵崇明、外婆一样，是海中的饵料。没错，所有人都这么想，我大可以和过去和解。我可以和十八岁的你和解，也可以和二十一岁的你和解。但周围没人和我说你是一个人，一个不仅生活在过去的人。"

我意识里的钉子开始震颤。画家垂着头，雨水如注淋在地上，梦境破损不堪，有一角竟隐隐露出客厅"废墟"的轮廓。电视屏幕静躺在角落里，如刺针般闪烁着画面。画家左手戒指在雨中暴涨出火焰，他在客厅的地板上坐着，而我脚下仍是草地，再往外是轮船陡崖似的甲板。

　　画家正坐在我对面，梦境现实淌成了一摊水，再无法清晰分割开来。他如紫荆花梦中那般看着我，好像在等我，又好像不认识我。接着他站起来，空有一副骨架，蹒跚向陡崖似的甲板边缘走去。

　　00：03：32。

　　客厅角落里的电视同样灌着倾盆大雨，有人在对话，有人在调情低语，客厅大门门铃响了，无人应答，接着是敲门声。画家走到了甲板边上，伸手拉开厚重的窗帘。日光顷刻间融进室内，秋寒料峭，映白了一整面墙。

　　00：02：56。

　　电视画面奔跑起来，脚步声低促，振聋发聩。画家站在窗边，陡崖似的甲板，他很平静，仿佛一场谈判，背影歪斜，只有食指火焰疯了一样沿着墙壁蔓延。画家说："所有人都在劝我和过去和解。可这次是你，徐皓。我不当幸存者。"

　　00：01：48。

　　敲门声越发急促，电视里法国暴雨的夜晚。有人一路冒雨奔跑，低语似调情。男人问女人，如果我说我爱你，会怎样？女人说，就像在明亮的房间里点燃烛火。

　　我混乱地睁着眼，甲板背后，金色的光轮，二十五层的天空，二十五层的阳光。那一瞬间我的意识几乎被撕裂，自存在以来，第一次明确指向疼痛。

　　00：00：32。

　　画家跨坐在窗台上，手指火焰几乎燃烧到我。

　　00：00：22。

　　我挪动了第一根手指。

　　00：00：12。

　　我一把攥住画家食指的火，全身燃烧起来，意识痛苦战栗，愤怒不堪地吼出了声。

　　"闫泽！"

画家身体微微一震。

我在他背后，从深渊的草地里爬出来，满身淌着水，又满身冒着火，脏污不堪。我苟延残喘地对他说："你给我滚进来。"

画家食指火芒被扑灭，两只脚悬空挂在窗外。他平静眼色突然巨变，瞳孔震颤，难以置信地看着我。然后他从窗台上翻滚下来，摔在我面前。

00：00：10。

我抬头看他，画家同样看着我。面对面，我从他眼睛里看到了自己的样子。画家并不畏惧这样的我，他试图触摸我，手直接穿过了我和火，落在地上。我从画家的眼里看见一滴泪，正落在我面前，几乎将我溺毙。

00：00：06。

有人从客厅闯入，我是画家梦中残留下来的烛火，他们只看得见画家趴伏在脏乱不堪的"废墟"里，又怎么看得见燃烧着的我。我第一次意识到梦是什么，梦是时间反常的假象，是潜意识为争取求生欲所做的一场骗局。

画家额头磕在地上，冰凉的地板，梦的界限越发渺茫。有人想要将画家搀扶起来，可画家疯了一般抵在地板上流泪。

我即将燃尽，声音同样虚弱，只能对画家说："倘若你的记忆可以组成一个世界，那我将在这个世界里永生。活下去吧，闫泽，死亡不是终点，总有一个地方我们会再见。"

00：00：01。

意识消匿之际，我听得耳边有一个声音泣不成声。他说，徐皓，叫上我，带我走吧。